绿 宝 石
Fall into your light

U0528100

冬至

凝陇 著

北京联合出版公司

从今往后，他们还有很多个八年，可是他们会一直紧握彼此的手，再也不松开。

目录

Chapter 1 / 001
绯红色的夕阳余晖穿透教室的大玻璃窗，流光溢彩地洒在两人身上。

Chapter 2 / 018
那个夏天，从天堂到地狱，好像只是一瞬间的事。

Chapter 3 / 036
"江成屹真像变了一个人。"

Chapter 4 / 054
"陆嫣，你听说过'冬至'吗？"

Chapter 5 / 072
页首写着"Serial. Murder Case"——连环杀人案。

Chapter 6 / 091
她喉咙里滚来滚去的那三个字，清清楚楚，就是"江成屹"。

Chapter 7 / 108
正如很久以前每一次见面，她笑着扑到他怀里的模样。

Chapter 8 / 130
谁知第一次直面死亡竟是以这样一种残忍的方式。

Chapter 9 　　　　　/ 147

"我想，你那么出色，很快就会找新女朋友。"

Chapter 10 　　　　　/ 165

"我已经做好了准备，可以比八年前更好地爱你。"

Chapter 11 　　　　　/ 181

对方似是要揭开她心头那个结痂已久的伤口，好割去其中的腐肉。

Chapter 12 　　　　　/ 198

"凶手的犯罪冲动只与他迫切想要完成一种使命密切相关。"

Chapter 13 　　　　　/ 216

江成屹，我们来玩个游戏。

Chapter 14 　　　　　/ 236

朋友间的误会已经产生了，接下来只差一个死亡的契机。

Chapter 15 　　　　　/ 255

从今往后，只有笑容，再没有眼泪。

Chapter 16 　　　　　/ 274

整个世界安静得只剩阳光和他。

Chapter 17 　　　　　/ 294

"知道你好，但不知道你这么好啊。"

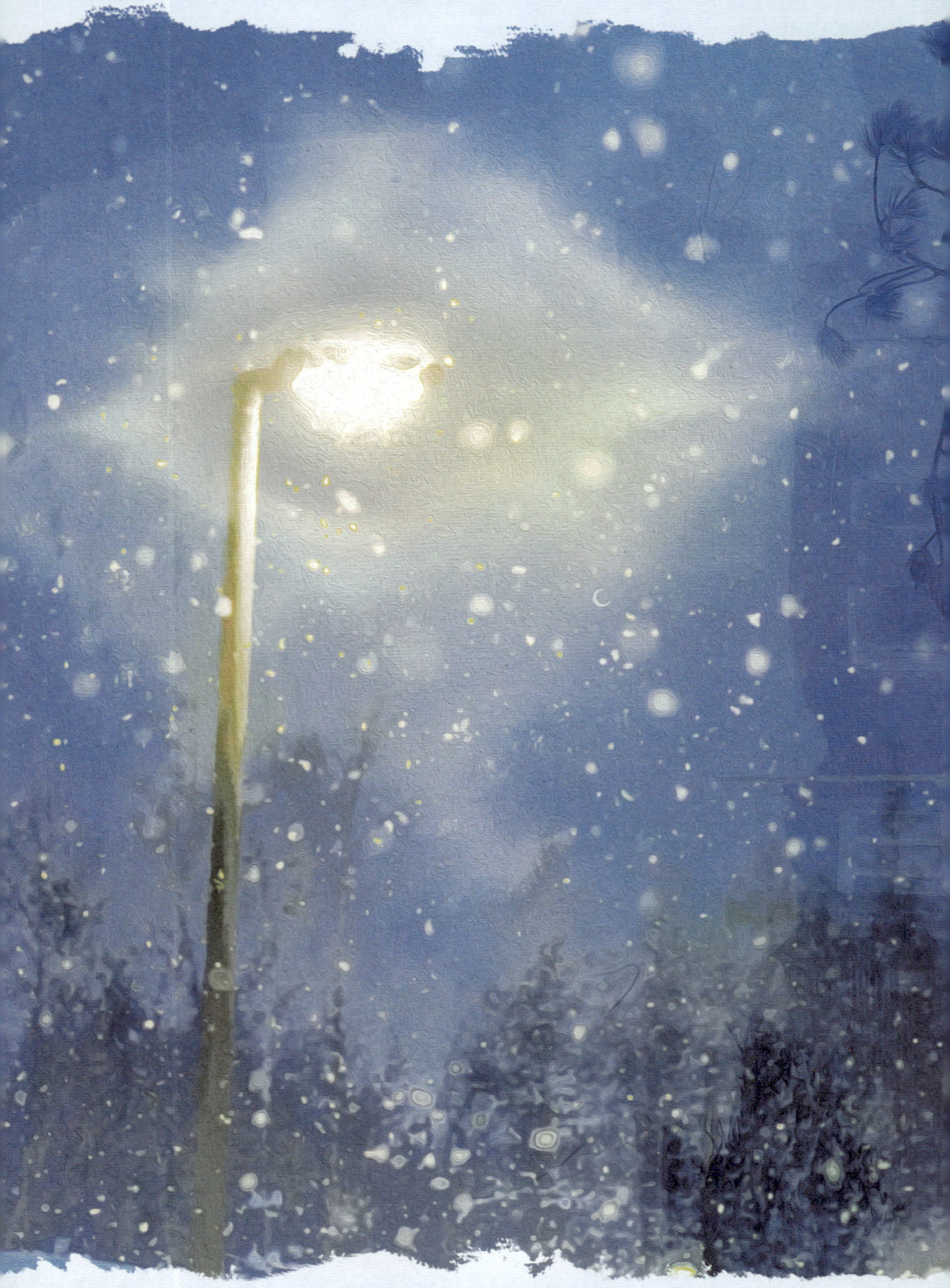

Chapter 1

绯红色的夕阳余晖穿透教室的大玻璃窗，
流光溢彩地洒在两人身上。

电话响的时候，陆嫣正在浴室洗澡。今天下班晚，到家都快十点了，她又累又困，满脑子想的都是床，一进门就钻进浴室里，只想赶紧洗完澡，好上床睡觉。

手机搁在卧室的床上，离浴室门有一段距离，厚重的浴帘一拉，顿时阻隔了一切。铃声接连响了好几遍，才穿透重重障碍，送到陆嫣耳里。

十点以后的电话意味着什么，陆嫣比谁都清楚。她心里一慌，顾不上满头的泡沫，胡乱用浴巾包上头，就冲出去接电话。可没等她奔到床边，铃声就断了。她用浴巾擦了一把眼睛，拿起手机，滑开锁屏键。

屏幕上是一长串陌生的数字，既不是科里的座机号，也不是今晚值班同事的电话，掐断得又正是时候，摆明这是骗子的伎俩。

什么玩意儿。她顺手就把那串号码拉入了黑名单，把手机扔回床上。

昨晚也是这样，临近十一点，她都准备睡了，突然来了个电话。她以为科里有急事找她，火急火燎地接了，可没等她说话，电话就挂断了。

她暗暗问候电话那头的骗子，回浴室接着洗澡。她心里装着事，洗得也就比平常更快些。出来的时候，身上骤然少了热腾腾的水蒸气包裹，她冷得一哆嗦，忙从衣柜里翻出一套厚睡衣穿上，钻进了被窝。

今年 S 市的冬天来得格外早，不到 12 月份就冷得出奇，上周接连下了几场雨，导致气温一度逼近零摄氏度。街上已经有不少行人换上了冬装，稍微瘦弱点的甚至裹上了厚厚的羽绒服。

今晚，连一向自诩身体素质不错的她都有点扛不住了。

拉高被子，她打了个呵欠，闭上眼。瞌睡照例来得很快，她这种职业，连失眠的资格都没有。

意识不知不觉滑进深渊，直到她再一次被铃声吵醒。她太累，起初只觉得有什么东西在耳边吵闹不堪，让她烦得直皱眉头。响到后来，铃声已经像雷鸣了。

恍惚间，像有人从泥泞中拉了她一把，她猛地睁开了眼。

电话那头是值夜班的同事的声音，有点焦急："小陆，你得到科里来一趟，又要来一台硬膜外血肿手术，忙不过来。"

不知怎的，她突然松了口气，想起那个著名的笑话：楼下的人等着楼上的另一只鞋子落到地板上，久等不来，整夜都不敢睡。对她而言，这个电话就是"另一只鞋子"，真打过来时，她心里反倒踏实了。

"好，我这就去。"她跳下床，奔到浴室，胡乱揩了把脸，穿上外套就出了门。她今晚轮副班，按照医院的规定，只要科里有事，十分钟就得到场。

她裹紧外套，大步流星地出了公寓。

她穿过一条长长的窄巷，眼看再转一个弯就能拐到医院东门，突然迎面走来一个人。

时值深夜一点，空气冷飕飕的，巷子里除她之外，连只猫都没有。那人出现得挺突兀，悄无声息的，却又来势汹汹，迎头就撞了过来。

陆嫣反应快，忙侧过身往旁边一躲，就听哐啷一声，地上有什么东西被踢倒了。

那人身子失去平衡，往前一栽。砰！不知是头还是肩膀，硬邦邦地磕到了墙上，发出闷闷的一声响。

混乱中，陆嫣贴着墙稳住身体，心里大感奇怪，大半夜的，这人走路干吗这么急？想起那些不好的治安新闻，她顿起戒备，连忙往前迈开一步。这样一来，她整个人都离开了窄巷，往右一偏头，就能看见医院东门的保安室。相距不过几百米，她只要喊一嗓子，保安就能听见动静赶过来。

站好以后，她再次警惕地回头，这才发现那人居然是个女孩子。

本来已经打算离开，她又停了下来。刚才女孩撞到墙上的那一下又急又冲，依她看，伤得挺重的，要是不幸撞到了头，恐怕还得到医院处理一下。

"你没事吧？"她开口了，上下打量那女孩。

巷子细窄，一半是昏暗错落的屋影，女孩紧贴墙根站着，一动也不动。

陆嫣看着对方，心里渐渐涌现出一种怪异感。

那女孩扎着双马尾，身上穿着一件A字形短款外套，是暗淡的红黑相间的格子图案，相当过时的款式。这身打扮如果放在十年八年前，也许还算时髦，现在看，却未免太过时了。

更奇怪的是，目光刚一触到那女孩，陆嫣眼前就像掠过什么浮光掠影，总觉得在哪儿见过对方。难道是医院的同事？她忍不住想要看个仔细，可惜头顶的路灯灯光过于昏暗，不足以照亮那女孩低着的侧脸。

就在这时候，那女孩突然有了动静，一只胳膊扶着墙，另一只胳膊却缓缓抬了起来，就像拍打灰尘那样，拍了拍肩膀。

陆嫣错愕了下，随即松了口气，看样子不像伤到了头面部。她赶时间，既然对方没事，她就不打算继续逗留。

她正要转身离开，那女孩突然像检查脖子伤势那样缓缓甩了甩头，女孩这一动，马尾辫上的发卡被路灯的光芒折射了一下，轮廓顿时变得清晰。陆嫣脑中血流一轰，心剧烈地跳动起来，跳得那样急、那样快，像随时都能跳出胸腔。

那是一只水晶蝴蝶发卡，很俗气，也很落伍，如今市面上也许早已绝迹，可是几年前大街上随处可见。

她清楚地记得蝴蝶的翅膀是怎样向两边曼妙地展开的，翅膀上面密密匝匝地贴满水钻，只要有光，戴在头上，蝴蝶就会泛着细碎的星芒。

十七岁时，她买过三对这样的发卡，一对留给自己，另外两对则分别送给她当时最好的两个朋友，其中一个女孩为了她们之间的友谊，曾经天天佩戴。

夜风刮在脸上，冷硬如刀，陆嫣大脑一片空白，她直视着前方，只觉得黑暗中仿佛有什么东西重重地拥过来，密不透风地包裹着她。她终于明白刚才那种怪异感从何而来，眼前这女孩无论穿戴还是走路姿势，都跟她记忆里的那个人高度重合。

可是——不，这不可能。

她空前无措，与此同时，心底某一块尘封已久的伤处像被一把无情的铁锹铲了一下，有破土而出的迹象。

那女孩似乎发现了陆嫣的异样，整个人静止在昏暗里。

一种令人不安的死寂悄悄在巷子里弥漫。

明明相隔不过几米，可是两人之间像有一条界线，只要陆嫣再往前走一步，就会踏入一个不可知的世界。

不知不觉间，在一片昏暗中，那女孩有了动静，她转身的时候，红黑格子外套贴着墙壁擦过，发出沙沙的声响。

等陆嫣意识到对方已转为面向自己的姿态时，呼吸陡然变得粗重。理智告诉她，这女孩绝不可能是那个人，但眼看着那女孩踩着幽静的步伐一步一步逼近，她的牙齿还是不受控制地轻颤起来。

正在此时，一阵尖锐的铃声划破巷中的寂静。

陆嫣蒙了一会儿，等明白过来是科里来电话了，立刻如溺水的人抓住了救命稻草，想也没想就低下头找手机。可谁知越心急，越找不到。

她这边拼命翻找手机，那女孩则停下脚步，像在静静等待什么。

铃声高亢，一声接着一声，固执地震荡着周围的空气。

陆嫣屏住呼吸找了好半天，终于摸到了手机。

不等她拿起来，同事被放大了的声音便传过来，带着笑意："小陆，刚才那急诊又不来了，你要是还没出门，就不用急着过来了。"

原来，她刚才太手忙脚乱，不小心按到了免提键。

她心里先是一跳，紧接着又奇异地镇定下来。同事的声音熟悉、真实，跟巷中的世界截然不同。理智瞬间回笼，她静了静，关掉免提，将手机改为听筒接听状态。

"没事，我已经到楼下了，很快就到。"一开口，她才发现自己的声音像被砂纸打磨过一样，变得无比沙哑。

而在她接电话的当口，那个女孩悄无声息地转过身，往巷子深处走去。

陆嫣当然注意到了，连忙放下手机。

那巷子又窄又长，每隔几米就设有一盏路灯，用以照亮行人脚下的路。那女孩走在巷中，身上的红黑格子外套被一盏接着一盏的路灯映照着，光影流转，忽明忽暗，远远望去，仿佛黑色海浪中漂着的一朵红花。

陆嫣紧紧盯着那个背影，直到女孩走出去很远，巷中那个红点仍然未灭。

❄ ❄ ❄

五分钟后，陆嫣到达科室。走廊上只开着一盏灯，光线昏暗，她低下头换好鞋，拿出更衣室的门禁卡，推门而入。

换好衣帽，她沿着宽阔的走廊往内走，到处空空荡荡，只有位于走廊尽头的两个手术室亮着灯。她踩了一脚感应门的开关，第五手术室的门应声而开。

两名普外科医生正在台上缝皮，巡回护士和器械护士则在低声清点手术用品数量。

听到有人进来的动静,几人抬头,见是陆嫣,冲她点了点头。

陆嫣瞄一眼那堆器械,得出结论:刚刚做的是肠梗阻的急诊手术。

她走近同事黄炜。

"来了。"手术已进入尾声,为了帮助病人苏醒,黄炜正在给病人"洗肺",见到陆嫣,他还没来得及接着说话,先吓了一跳,"怎么脸色这么难看?"

陆嫣勉强笑起来:"没事,来的路上走得急了点。"

黄炜奇怪地盯着陆嫣,目露关切。他跟陆嫣是师兄妹。两人除了都是S医科大八年制学生,还都师从科室主任于博。

由于临近退休,在陆嫣之后,于博再也没有收过八年制的学生。算起来,陆嫣是黄炜最小的师妹。为此,在工作上,他没少明里暗里地关照陆嫣,今晚如果不是实在忙不过来,他不会临时给陆嫣打电话。

"真没事?"

"真没事。"陆嫣笑着转移了话题,"对了,黄师兄,隔壁是什么手术?"

"妇科一台急诊腹腔镜手术,不过还在谈话,病人还没进手术室呢。"

说话的工夫,麻醉机上的呼吸曲线显示患者已经开始自主呼吸,黄炜顾不上再跟陆嫣说话,全神贯注地盯着屏幕,开始认真地诱导复苏。

陆嫣立刻乖巧地说道:"师兄,你忙,我去隔壁手术室做准备。"

巡回护士刘雅娟听到这话,抬头看向陆嫣:"陆医生,你先别急,妇科才打了电话,说患者还在犹豫到底是保守治疗还是做手术,估计还得一个小时才能送过来,而且我们这边的副班电话还没打通——"

副班电话打不通?陆嫣步伐一缓,有点惊讶。

不管是医生还是护士,只要当天上副班,必须二十四小时随叫随到,要是联系不上,事后一定会被追责。自打她上班以来,还从没听说过副班电话打不通的情况。

她看出刘雅娟面有难色,并未多加过问,只是点点头:"那我先到休息室喝口水。"

她出手术室的时候,一名二十出头的助理护士正好进来,一边走,一边说:"刘老师,汪老师的手机还是打不通,家里的座机也没人接。"

"还打不通?"刘雅娟当机立断,"那赶快给第二副打电话。"

陆嫣皱了皱眉,手术室里姓汪的护士只有一位,叫汪倩倩,身材苗条,眉清目秀,由于性格内向,平时不大爱说话。在她的印象中,汪倩倩胆子有点小,工作时非常严谨、负责，不大像会玩忽职守的那种人。

过了一会儿，助理护士去而复返："刘老师，周老师的电话能打通，她说她马上就来。"

刘雅娟松了口气："那就好。"她又压低声音抱怨，"这个小汪，今晚到底是怎么回事？"

冗长的早交班之后，陆嫣全身上下每一个毛孔都透着"累"字。昨晚除了那台妇科的腹腔镜手术，后面又接连来了好几台急诊手术，她跟师兄一人带着一名进修医生，各负责一个手术室，整晚下来，根本没有闭过眼。

科里有规定，像她这种后半夜临时被喊过来干活的情况，第二天可以补休。于是在更衣室换好衣服以后，她跟同事们打声招呼就下班回家。

出了医院东门，照例要经过那条小巷，走到巷口时，陆嫣的脚步不知不觉地缓了下来。

早上八点半，正是一天当中最热闹的时候，巷子里不时有人走动，喧哗声不断。行人多数是附近的居民，尤以医院退休的老职工居多。见到陆嫣，认识她的不忘打招呼："小陆又上晚班啦。"

她笑着回应："嗯，才下班。"

说话时，她忽然想起曾经在哪本书上看过：恐惧感这种东西是有时效性的，某些时刻觉得可怕至极的东西，到了其他时刻，也许根本不值得畏惧。

此刻她站在巷口，也有类似的体验——昨晚那种如同被冰水兜头浇下的寒战不复存在，只剩下满腔的怅然。

其实她知道，别说相同的衣服和发卡，就算步态和动作再相似又如何，只是巧合而已。毕竟当年出事时，她可是亲自陪着阿姨去医院认的尸。

想到这儿，她胸口隐隐一痛，忙往家走。

❄ ❄ ❄

到了家，陆嫣不由得松了口气。对她来说，这个小小的家是世界上最温馨的所在，到家的那一刻，立刻有一种清新之气扑面而来，再疲累也会冰消瓦解。

她放下包，第一件事就是洗澡。从浴室出来，她又到厨房煮面。

这房子不到七十平方米，二手房，是几个月前她从医院退休老教授那儿买来的。麻雀虽小，五脏俱全，这是用她那个已经三婚的爸爸送给她的所谓"傍身钱"买的。

陆父风流了一辈子，女人无数。陆嫣六岁的时候，就因为父母感情破裂，跟着母亲搬出了那座窗明几净的两层小楼。好在陆父虽然感情账一塌糊涂，但在经济方面不曾亏待她们母女俩，多年来，从不拖欠抚养费不说，就连陆嫣上学、出国的费用也一点不含糊。

听说陆嫣争气，留在本市最好的医院S医科大附一院，陆父一高兴，第二天一早就往她账上打了一笔钱。

当时陆嫣满怀雄心壮志，只觉得眼前的道路通达无碍，单凭她一个人的力量就能将母亲的生活照管好，并不想接受这份"馈赠"。她想要婉拒，却被母亲拦下来了。

"收下。"母亲瞥她一眼，声音透着疲惫，"就冲你跟着他姓陆，这笔钱为什么不能收下？"

陆嫣望着母亲，不知何时起，母亲明丽的脸庞已悄悄爬上了皱纹。美人迟暮，总是令人分外心酸，何况这个美人还是自己的母亲。她也知道，父亲前段时间才在市中心最贵的楼盘买下一套"豪宅"，就为了他的第三次婚姻。相形之下，这点打发她们母女的"傍身钱"也许根本算不得什么。母亲的话里，除了一份负气的意思，何尝没有为今后考虑的打算？于是陆嫣克服了心理上的障碍，随和地收下了，甚至笑呵呵地给父亲回了一个电话道谢。

母亲因为还未退休，继续住在东城，而她为了上班方便，在对这套房子进行简单的翻新后就搬来了。

吃饱喝足后，陆嫣关掉手机，一头倒在床上，爬床的时候，那姿态跟小狗没什么区别。她累啊，累得连脚指头都不想动，对睡眠的渴求达到了空前的强度。

她一觉睡到了傍晚，还觉得意犹未尽。

醒来后，她打开手机，登时收到无数条短信，叮叮当当响个不停。她心里一紧，还以为医院有急事找她。等翻看完收信箱，她又松了口气。除了两个陌生号码，剩下的电话全都是唐洁打来的。

唐洁是她高中同学、多年闺密。

咦，这家伙不是去斯里兰卡旅游了吗，什么时候回来的？

陆嫣狐疑地要回拨过去。就在这时，手机叮当一声响了，又进来一条微信："大美女，在忙什么呢？今晚的校友聚会还来不来？同学们可都来了，就差你了。"

陆嫣定睛一看，对方头像是个面容妍丽的年轻女郎，名字写着"丁婧"。怪了，不是早就把这人拉黑了吗，她怎么还在联系人名单里？

陆嫣正琢磨怎么回复的时候，唐洁的电话火急火燎地打进来了。

"陆嫣，我刚下飞机。"

陆嫣懒洋洋地问："哦，你终于舍得回来啦？"

"先别说别的，我跟你说，你知道江成屹回S市了吗？他今晚会去参加校友聚会，你没看到丁婧在群里发的消息吗？"

听到江成屹这个名字，陆嫣顿了一下。

唐洁性格虽然大大咧咧的，心却一点也不粗，立刻就察觉到了，连忙抢白说："你先别说话，我知道你要说什么——'这还不简单，不去不就完了'。"

陆嫣暗暗翻了个白眼，不愧是她多年损友。她镇定地清清嗓子，换了一个说法："今晚还真去不了，老板刚给我布置了一篇论文，我得抓紧时间查资料。"

唐洁幽幽道："其实校友聚会每年都举行，偶尔缺席一次也没什么，但你这个借口平时拿来敷衍敷衍可以，今晚肯定不行。你知道吗？丁婧居然打着毕业八周年的旗号，请了七中的校长出席，就连咱们那届的几个班主任也在其中。从上个月开始，丁婧那几个人就轮流在校友群里吆喝，要大家提前做好安排，谁也不准缺席。"

有这事？陆嫣脑子里一片茫然。

她的微信加了好些群，多数是在她不知情的情况下被拉进去的，过后才发现。她太忙，除了那几个与工作相关的群，基本没在其他群里冒过头。

唐洁说的这个高中校友群，她知道，丁婧是群主，群里很热闹，一天下来消息可以累积到几百上千条，多看一眼都觉得头疼，她哪有闲工夫回过头去翻聊天记录？

"上周周老师还在群里打听你，我知道你忙，就替你回了，说你一定会去。他听了很高兴。他老人家大病初愈，难得跟咱们出来聚一聚，当年读书时又那么重视你，你总不好意思不去吧？"

陆嫣撩了撩乱糟糟的头发，没说话。

周老师是她高中时的班主任，去年得了甲状腺癌，在附一院做手术。当时她还没毕业，为了周老师，特意请导师于博亲自给做的麻醉。出院以后，周老师在家养病，基本处于半退休状态。

算起来，他们师生已经快半年没见过面了。

她终于有所松动，随手按了免提键，起了身。走到盥洗室，她挤出牙膏，开始对着镜子刷牙。

电话里唐洁继续说："现在不到五点，聚会定在金海KTV，我还在从机场回去的路上，马上就进市区。前因后果我都跟你交代清楚了，丁婧这回估计是有备而来，你可想好了——到底去还是不去。要是去，你就给我回个电话，我一会儿开车到你家接你。"

一个小时后，陆嫣在巷子口见到了唐洁和她那辆黑色SUV。

出去浪了一个多月，唐洁晒黑不少，浑身上下漾着一种蜜色，笑起来一口白牙简直亮得刺眼。

"喏，给你的。"唐洁递给陆嫣一个免税店的购物袋，里面是一套护肤品，正是她平时用的那个牌子。

"多谢金主接济。"陆嫣笑嘻嘻地接过，坐上副驾驶座。她和唐洁关系好得可以共穿一条裤子，互送礼物是常有的事。

两人不光是高中同学，还是大学校友，只不过她上了八年制，而唐洁因为分数不够，选了五年制口腔专业。

本科毕业后，唐洁没考研，而是在一家市立口腔医院上了一年班，并顺利考下口腔医师资格证。在那之后，唐洁那个财大气粗的老爸干脆以唐洁的名义注册了一家私人口腔医院，又聘请了好些退休的口腔科老教授坐诊。由于经营得当，几年下来，唐洁名下已经有好几家分院，收益日隆。

闲来没事时，唐洁最大的乐趣就是满世界跑。

陆嫣时常感叹，《红楼梦》里贾宝玉那套著名的"富贵闲人"理论，正好可以用来形容唐洁。

两人系好安全带，唐洁看看腕表："还有二十分钟，来得及。"

陆嫣兴致不高，车里暖气开得太大，烘到脸上，有点热，她不咸不淡地"嗯"了一声，顺手解开身上的蜜棕色开司米大衣的腰带。

唐洁侧过头，饱含深意地盯着陆嫣的一举一动，在得知前男友回S市的消息之后，这家伙的反应未免太平静了。

陆嫣大衣里面是一件黑色高领毛衣，衣服很贴身，举手投足间，上半身的窈窕线条得以完美呈现，没有多余的装饰，只耳垂上一对小小的钻石耳钉，璀璨夺目，映着她那张精致的脸。

"那么饥渴地看着我干吗？"陆嫣察觉到唐洁在打量她，有些心虚，故意做出警惕的样子。

唐洁转动方向盘，将车驶离停车位，岔开话题："我在想，没有性生活还能这么光彩照人，你是怎么做到的？"

陆嫣回以神秘的微笑："恢复单身不就有机会知道了？"

唐洁："……"

恰逢下班高峰期，道路异常堵塞，陆嫣跟唐洁说着说着，忽然想起汪倩倩的事，连忙拿出手机。昨晚联系不上，今天应该有消息了吧。她在通讯录中找到汪倩倩的名字，拨了过去。短暂的安静之后，电话很快就通了。她松了口气，耐心地等汪倩倩接电话。

"你说，我们要不要提前给周老师他们打个电话？"唐洁突然开口了。

路况越来越复杂，再这么堵下去，她们准会迟到。

陆嫣贴着听筒点点头，正要说"等我打完这个电话"，谁知就在这时候，话筒里传来忙音。还没等她反应过来，电话就被人掐断了。她愣了一下，正考虑还要不要再打过去，突然进来一条微信："小陆医生，我现在不方便接电话。"语气跟平时汪倩倩说话一模一样，后面还跟着一个表示道歉的表情符号。

金海 KTV 位于雅居路，离七中只隔一条马路，出于就近原则，他们每年的同学聚会都会选在这里。

陆嫣坐在车上，隔得老远就能看见 KTV 门口闪烁的霓虹灯，整栋楼是一座巨大的三层玻璃建筑，富丽堂皇之余，还带些科幻色彩。

车一开进来，保安就跑过来引着她们往后面的停车场驶去，待车泊好，又贴心地替陆嫣和唐洁打开车门，一条龙服务，周到无比。

坊间传闻金海的幕后老板是日本人。此刻，陆嫣深深觉得，这消息绝不会是空穴来风。

穿过停车场，两人绕到 KTV 的大楼正面，往楼内走。

门口的客人络绎不绝，然而一眼望去，个个陌生，没有一个是七中的同学。两人心里有数，虽然紧赶慢赶，但她们还是迟到了几分钟，估计进去以后少不得会被罚几杯赔罪酒。

两人进了电梯，服务生按下三楼按钮。这电梯四面环绕着圆形玻璃，人在电梯里可以看见后面的停车场。

刚好在这时候，停车场开进来两辆车，车速都很慢，但是彼此相去不远，一前一后咬得很紧。

两人一边说话，一边无意识地盯着外面。突然，意想不到的一幕发生了。前面那辆车开着开着突然停了下来，紧接着，毫无预兆地猛地往后面那辆车撞去。

"天啊，什么情况？"唐洁兴奋至极，紧紧盯着那两辆车。

陆嫣也吃了一惊。

更出人意料的是，在撞上之后，前面那辆黑色路虎非但没有半点罢休的意思，车门猛地一开，还从车上下来一个身穿黑夹克的年轻男人。那人手中握着一样东西，直直指向后面那辆车的车主。

陆嫣望着眼前的一幕，惊讶得说不出话来，因为她不只发现那男人的身影十分眼熟，而且在短暂的错愕过后很快认出那男人手上的东西竟然是——枪。

可她还没来得及仔细确认，叮的一声，三楼到了。

出了电梯，不止陆嫣和唐洁一脸蒙，连身边的服务生小哥也呆若木鸡。

刚才那一幕太震撼，万一事态失去控制，整个金海KTV都会陷入混乱，接下来别说同学聚会，就连人身安全都没法保障。

服务生小哥毕竟受过训练，第一个反应过来："两位女士别怕，我下去看看是怎么回事。"

他走以后，唐洁咽了口唾沫，问陆嫣："刚才楼下那人，你觉不觉得很眼熟？"

两人站在走廊正中间，左右两边各有一长排包间，难得眼下走廊里没人，正是交流的好时机。

陆嫣冷静地点点头："眼熟！怎么办，要不要报警？"

唐洁："吓傻了吧你，江成屹自己就是警察，报什么警？"

陆嫣："警察也有控制不住的时候啊。"

唐洁："……"

突然，左前方一个包间的门被打开，一阵鬼哭狼嚎般的歌声顿时喷涌而出。有人在门口愣了一下，紧接着惊喜地走过来："陆嫣，唐洁！"

两人还有些蒙，但已经认出这人是刘勤。这人是校友会的副主席、原来的六班班长、校友中热心肠第一人，平生最大爱好就是帮同学们联络感情，每年的同学聚会几乎都由他主持操办。

刘勤招呼这一声后，房间里的人立刻闻风而动，转眼又钻出好几个脑袋，男男女女都有，看到两人，顿时一片哗然。

"迟到了啊！迟到了啊！陆嫣，你说咱们多久不见了，今晚这么难得的机会，你也不早点来，周老师都问你好几回了。"

"唐洁，别说你开车了不喝酒，都知道金海有代驾，今晚不许扫兴，反正不醉不归。"

大家七嘴八舌的，一阵乱。

陆嫣嗓子有些干，急忙对拥上来的众人说："迟到了是我们的错，但是大家先别急，那什么……刚才楼下出了一点状况。"

几个女同学误以为陆嫣要对自己的迟到行为进行狡辩，忙起哄道："不管，不管，迟到了就是迟到了，说什么都没用。"说着就要把两人往包间里拽。

"等等，等等。"唐洁急得嗓门都大了起来，"陆嫣没说错，刚才楼下真出事了，现在还不知道是什么情况呢！"

众人见两人表情严肃，不由得面面相觑："出什么事了？"

正在唐洁努力组织语言的时候，电梯门开了，那名服务生去而复返，身后还跟着一个值班经理模样的人。

"就是她们。"服务生小声说着，指指陆嫣和唐洁。

值班经理忙走过来，笑着解释："是这么回事，刚才一位警官在停车场执行公务，情况有点特殊，不小心吓到了两位女士。但是，二位别怕，现在犯人已经被逮住了。"

"啊，还有这事？"刘勤他们满脸惊讶。

唐洁跟陆嫣对了个眼神，紧接着问："那——那警官人呢？"

值班经理的手机却在这时响了起来，他连忙走到一边接电话，频频点头。稍后，他放下手机，堆起笑容说："应该是押着犯人走了，具体的我也不知道。不过我作为今晚的值班经理，敢向各位打包票，金海目前里里外外都是绝对安全的。"

刘勤他们几个人虽不知道来龙去脉，但听了这话，都松了口气。

这时候，包间的门再次打开，一位四五十岁的中年人扶着门框朝这边望过来："出什么事了？"

"周老师。"唐洁第一个注意到，眼睛一亮，赶忙迎过去。

周志成戴着黑框眼镜，斯文，矮小，站在门边，先看看陆嫣，又看看唐洁，满脸露出慈祥的笑："你们两个今晚表现不好，来得这么晚，怎么回事，路上堵车？"

刘勤不等陆嫣和唐洁回话，走过去，笑着插嘴："周老师，已经没事了。对了，有什么话，咱们别在过道里说。今晚金海三楼的包间一大半被咱们七中包了，托赖丁婧的面子，这一回不止2009届的同学们，连文校长、周老师都赏脸来了，说起来真是难得，咱们同学聚会哪回这么热闹过？"说着，便拥着众人往包间里走。

陆嫣不得不把刚才的事抛到脑后，微笑着挽了周老师的胳膊进去。

房间里有人正唱《难忘今宵》，浑厚沧桑的中低音年代感十足。陆嫣举目一望，就看见文校长端坐在沙发上，被人众星拱月似的围住，手里拿着麦克风，唱得无比投入。

除了文校长，最打眼的莫过于穿一身红色针织连衣裙的丁婧，她齐耳短发，大红唇，并拢的长腿又白又直，泰然坐在沙发上，很有港姐的风范。

看见陆嫣进来，丁婧连忙放下啤酒杯，鼓掌欢迎："不容易，六班女神终于露面了。"

陆嫣和唐洁笑眯眯地各自倒了一大杯啤酒，先敬文校长，再敬周老师，剩下是各位同学，整整一圈转下来，赔罪的态度极为诚恳。

文校长笑着感叹："想不到我和老周他们都一大把年纪了，还能跟你们年轻人疯一把。不过，时间过得真快啊，一转眼，你们都毕业八年了。我和老周他们来的路上商量了，今晚不能白吃白喝，还有些人生经验想跟2009届的同学们分享和交流。既然这个包间大都是六班的同学，咱们就先从六班说起，等说完了再去别的包间。对了，六班的同学都来齐了吗？"

有人笑说："六班的都来齐了，但别班的还有压轴的没来呢。"

"压轴的？"周老师转过脸。

刘勤拿起矿泉水喝了一口："说的是江成屹吧？当年他可是咱们七中的风云人物啊，听说他上个月从B市调回来了，也不知是不是真的。"

丁婧不动声色地瞄瞄陆嫣，极其自然地接过话头："他父亲年初发了一次心梗，手术以后身体大不如前，如今专心在家休养。他母亲怕他父亲再出什么意外，父子连最后一面都见不到，就逼着他调动了工作。"

唐洁趁人不注意，悄悄踢了踢陆嫣的脚，意思再明白不过：快看，快看，丁婧又给自己加戏了。要是这女人真能私底下把江成屹约出来，还用得着大费周章地搞什么同学聚会？

陆嫣保持微笑，在桌子底下回踢过去。

周老师点点头："要说江成屹这孩子，可真够有个性的，毕业的时候，谁都以为他要么出国，要么学金融专业，以后好继承他父亲的事业，谁想到这小子一转头就跑到B市去学刑侦，学了就学了吧，毕业以后居然还就留在了

B市。"

话音未落,忽然有人敲门,紧接着门口出现一个服务生:"先生,就是这里了。"

包间里的人一齐抬头望过去,就看见一个人走了进来。

短暂的沉默过后,众人爆发出一阵惊呼。

"天啊,还真是江成屹,你小子终于肯出现了。"几个男同学大笑着围过去,堵在门口,气势磅礴。放眼一看,全都是当年校篮球队的成员。

江成屹双手插着裤兜,上身穿着一件黑夹克,下身是黑西裤,一双大长腿,既干练,又潇洒。

丁婧这时候反倒含蓄了,婷婷地站起来,微笑地注视着门口。

寒暄了好一会儿,江成屹才走向文校长和周老师,笑容里有些歉意:"两位老师,对不起,刚才临时出了点状况。"

唐洁一边吃薯片,一边眯眼打量着江成屹。

其实,她也不清楚当年陆嫣和江成屹为什么分手,但陆嫣既然是她的好朋友,她又一向护短,于是本能地认为一定是江成屹的错。此时她淡淡地看着这人,目光里便有几分挑剔的意思。结果失算了,盯着对方看了几秒,她越看越恼火。大帅哥就是大帅哥,几年不见,还是人群中最耀眼的那颗星。

❋　❋　❋

江成屹一来,众人众星拱月的目标立刻转移了。

其实,这个包间里多数是六班的同学,江成屹却是三班的,照理说,他应该先去别的包间露个面,但一来文校长在这儿,二来六班这几个篮球队的哥们儿跟他关系铁,于是大家顺理成章地拉着他在沙发上坐下,又是罚酒又是递烟的,热络得不像话。

也难怪同学们会这样,实在是江成屹自从去了B市,基本没了音信,这几年的同学聚会,他从没出现过。除了久别重逢的惊喜,大家还对他这几年在B市的生活表示好奇。

唐洁很有几分骨气,看那边说得热闹,并不跟着往上凑。大家注意力纷纷转移,她坐在一旁,陷入了一种无言的旁观。无语之下,她很想把气撒到陆嫣身上,转头一看,嘿,这女人居然正窝在角落里吃水果呢,安静得跟只猫似的。

陆嫣不是没注意到身边唐洁那根铁不成钢的目光,但是并没有回应的打算。

盘子里的火龙果很甜，奇异果不酸，她从来没觉得水果这么好吃过，完全沉浸其中，吃得无比认真。

唐洁瞪了好几眼，见陆嫣纹丝不动，她没辙了，只好又把注意力转回江成屹身上。

文校长先是感叹一番生活的平淡、时光的易逝，接着又和蔼地看向江成屹："回来以后调到哪个部门了，还是干刑警？"

江成屹笑着喝了口啤酒，说："对，调到安山区分局了。"

安山区分局？唐洁耳朵一动，那不正好是陆嫣他们医院所在那个区吗？

丁婧抿嘴一笑："校长，江成屹工作上表现出色，在B市的时候还立过二等功呢，调来S市前已经是副队长了。"说完，她又求证似的斜睨江成屹一眼："是吧，江成屹？"

"江成屹"三个字，她说得软糯糯的，像是饱含无数情绪，那种暧昧难描难画。

大家会心地对了个眼色。丁婧跟江家沾点亲带点故，当年跟江成屹又同在三班，她对江成屹那份心思，大家都有所耳闻。

为了等江成屹回答，大家都有意地沉默，有几个看热闹不嫌事大的，甚至瞟向角落里的陆嫣。

陆嫣浑然不觉，也许是因为水果吃得太猛了，她忽然有点内急。

谁知周老师突然发话，他像压根儿没察觉到那种默契的氛围，只关切地问江成屹："安山区分局？小江，是不是最近安山区分局有职位空缺了？我听说公安系统平级调动不容易啊。"

江成屹看向周老师，笑了笑，说："S市其他分局都没有指标，但碰巧前段时间安山区分局有位前辈因为立功得到提拔，又暂时没人替补，所以就有了空缺，说起来我这也算捡漏。"

文校长谆谆教诲道："你虽然是S市本地人，但刚换了工作环境，估计会需要一段时间来适应，你要是不嫌我们几个老家伙啰唆，有什么工作上的烦恼，尽可以和我们说说。不过校长对你很有信心，当年你带领2009届的篮球队夺得了S市篮球高中联赛冠军，多少年过去了，校长还记得你的风采，现在你又从事这么伟大的职业，校长还等着你再次立功给母校增光添彩呢。"

唐洁听得只想打呵欠，文校长这是啥记性，都快把江成屹说成"学生典范"了。他老人家不记得，她可还记得，这人有一回在篮球场上把邻校一个学生打得鼻青脸肿的，事后差点被记大过。

其实，江成屹虽然眼高于顶，但并不怎么喜欢惹事，高中三年就打了这一回架，然而一打就惊天动地，一石激起千层浪。要不是同学们拉架拉得及时，后面江父又出面赔礼道歉，那事肯定不会轻易收场。

对了，当时他打架是为了什么来着？唐洁皱着眉头嚼薯片。哦，好像是因为当时那个邻校学生追求陆嫣无果，暗地里跟踪陆嫣。

陆嫣这人心特别细，没多久就发现有人跟踪她，却苦于找不到证据，只知道那人跟踪她的时候多数是晚上，有时是白天，让人如芒在背。

当时陆嫣毕竟年纪小，知道这事以后，吓得连晚自习都不敢上了。

后来，这消息不知道怎么传到江成屹耳朵里，没隔几天就发生了斗殴事件，他们这才知道原来跟踪陆嫣的那人是邻校的学生。

当时唐洁很气愤，可是这几年又有点费解。

那个邻校学生看上去挺阳光的，而且被抓以后咬死说只跟踪过陆嫣一回，甚至照他来说，那都不算跟踪，仅仅是买了礼物，想找机会送给陆嫣，谁知就那一回就被江成屹逮住了。

前段时间，唐洁在一家商场逛的时候，无意中碰到了那个邻校学生。如今，这人结了婚，也有了孩子，一家三口在高级女装部买衣服。跟老婆说话的时候，那人轻声细语，看向孩子的时候，目光慈祥，完全是好男人典范，实在看不出当年还跟踪过别人。

也就是斗殴那一回，唐洁才知道陆嫣跟江成屹好上了。她记得好像是打架第二天，说好了三个人放学一起走，谁知她和另一个好朋友在学校门口的小卖部等了快一个小时，却连陆嫣的影子都没见到。她们担心有什么事，就返回学校去找陆嫣。

因为周五晚上不上晚自习，学校里比平时冷清，除了足球场上踢球的那几个男同学，到处都不见人影。她们回到六班教室找，没人，又沿着走廊一间一间教室找。

走到三班教室前的时候，她们听到了一种细微的动静。

两人当中，唐洁走在较前面，于是先探头往里看。教室里很空，粗粗一眼看过去，只看见一排排的桌椅、雪白的墙壁，以及并不高的屋顶。她要收回目光的时候，身边的好朋友忽然拉了拉她的校服，示意她往教室后面一个不起眼的角落里看。

她循着指引往里一瞧，当时就愣住了，就看见后面窗边有两个人。她的心猛地一跳，因为她很快就认出坐在桌上的那个女生是陆嫣，站在陆嫣面前的则是江成屹。

她悄悄走近，再一细看，就看见江成屹脸上挂着彩，陆嫣手上拿着清理伤口用的消毒棉球。

当时是傍晚时分，绯红色的夕阳余晖穿透教室的大玻璃窗，流光溢彩地洒在两人身上。

唐洁傻傻地看着，明知道应该赶快离开，却不知怎的就有些看痴了，因为那种异样的绚丽是她这辈子见过的最美丽的景象。

第二天，她坏笑着问陆嫣是不是跟江成屹在一起了。她本以为以陆嫣令人捉摸不透的性格，一定会矢口否认，谁知道陆嫣却笑嘻嘻的，完全是承认的态度。到了下周一，陆嫣甚至把家里带过来的青团大大方方地送到三班去，那种旁若无人地宣告主权的举动，惹来三班一众女生嫉恨的白眼。

想起往事，唐洁再一次恨铁不成钢地瞪向窝在角落里的陆嫣，也不知道这两人之间到底发生了什么事，当初那个敢爱敢恨的少女跑哪儿去了。

Chapter 2

> 那个夏天，从天堂到地狱，好像只是一瞬间的事。

一提到当年 S 市篮球高中联赛，包间里立刻沸腾起来。

耀眼的灯光、热烈的呐喊、篮球场上挥汗如雨的少年——这段回忆是金灿灿的，无论什么时候提起，大家心里都洋溢着一种属于青春的快乐。

几个当年的篮球队成员说得兴起，开始口无遮拦地各种爆料，说当时有多少女孩偷偷给队员们送水、送零食，尤以送给江成屹的为多，每一场训练下来，他手边堆积如山的零食都够开一个小卖部了。

说起这事，刘勤他们怪羡慕的："江成屹，你小子当年桃花运可真旺，含蓄点的女孩偷偷把信塞你抽屉里，胆子大点的干脆堵你门儿，当面跟你告白。我记得当时组建啦啦队，几乎有一半队员都是冲着你来的。"

陆嫣默默放下果盘，不行，真有点憋不住了，再不去厕所，她的膀胱可就要完蛋了。趁众人说得热闹，她悄悄起身出了门。

唐洁马上注意到了，不由得咬牙：嘿，这死女人。她犹豫了一下，也追了出去。

这边有人继续说："其实当年要是没有啦啦队这帮女同学，咱们联赛也不能打得那么顺利，记得当时她们给咱们送水送吃的不说，有时候还负责给咱们联络训练场地。"

"可不是。"有人接话，"那时候咱哥们儿打球打累了，校服什么的，那可都是乱丢一地。我记得啦啦队有个女孩子每天都帮咱们把校服归拢起来，再整整齐齐地放在一边。那女孩不厌其烦，咱们后来都不好意思乱丢了。对了，那女孩是谁来着？我有点想不起来了，就记得她长得清清秀秀的，挺文静一个女生。"

"有这事？"刘勤打开一罐啤酒，"我怎么不记得？哎，丁婧，你当时不是啦啦队队长吗，你们队里有这么贤惠的女孩？"

丁婧还没说话，她旁边一个叫李佳的女孩露出害怕的表情："刘勤，你别说了，那女生不是你们六班的吗？就是高考发挥失常跳河自杀的那个。"

刘勤的表情一瞬间凝固，很快又黯然："哦，邓蔓——"

一种无言的情绪在房间里弥漫，连文校长和周老师都流露出沉痛的神情。

过了一会儿，那女生又怯怯地说："我记得当时她家里还举行了追悼会，咱们2009届的全体师生都去参加了。对了，那女生好像跟陆嫣、唐洁她们俩关系挺好的，平时总跟她们在一起。听说开完追悼会以后，陆嫣还为了这事病倒了。"

周志成把黑框眼镜拿下来，用纸巾擦了擦镜片，过了会儿，强笑着打破沉默道："同学们，说起来老师也感到心痛。难得聚在一起，就不提这事了，咱们多说点高兴的。哎，陆嫣和唐洁呢？刚刚还在这儿呢。"

丁婧瞟一眼江成屹，包间里暗幽幽的灯光下，他依旧是最英俊、夺目的那个，但是脸色似乎淡了一点，没刚才那么和悦。她移开目光，微微笑着看向周老师："她们俩应该是去洗手间了。"

周老师有些感慨："其实几年下来，你们这些孩子多少都有些变化。就拿陆嫣来说，自打高考后她性格就变了很多。读书的时候，她虽然不是那种话多的孩子，但是对学校各类活动都很热心，也很有个性。这几年不知道怎么回事，同学聚会有好几回她都没来，平时也不怎么爱跟同学们来往，像躲着什么似的，也不知是不是有什么心结。"

丁婧旁边另外一个女生觉得好笑："周老师，您这是多虑啦，陆嫣一方面是学了变态专业，所以学业比别的同学要忙，再一个，听说她这几年追求者就没断过，想必平时业余生活也挺丰富的，哪有时间想咱们这些同学？读大学的时候就不提了，今年她不是顺利留在附一院了吗，听说现在他们医院有好几个年轻医生在追她。前阵子我们几个逛街，还看到有人开跑车送她上班呢。是吧，丁婧？"

丁婧眨眨眼："我不记得耶，你看错了吧？"

那人夸张地摇摇头："哪有——"

她还要往下说，唐洁正好推门进来，将刚才的话一字不落地听在耳朵里，立马横丁婧一眼，冷笑道："我隔三岔五就去找陆嫣，怎么不知道这事？还跑车？刘雨洁，我看你也别搞会计了，干脆去编段子说相声吧，准能火。"

刘雨洁脸色白一阵红一阵，但也不敢跟唐洁硬碰硬。见陆嫣没跟在唐洁身后回来，她先是暗暗松了口气，接着又干巴巴地笑了笑，说："天底下长得像的人挺多的，也许那天是我看错了吧，但是这些年陆嫣追求者多，大家可是有目共睹的——"

她话还没说完，话筒突然发出一声怪声，无比刺耳，像被人用锐器狠狠地扎了一下。

大家伙捂着耳朵，哇哇叫着看向那个低头摆弄话筒的人："江成屹，你还能不能行了？"

江成屹淡定地把话筒搁回去："点歌吧。"

❄ ❄ ❄

散场的时候已是深夜。

同学们三三两两聚作一堆，意犹未尽地在门口说话。

话别后，刘勤安排了几辆车专门送文校长和几位班主任回去，又忙着给几个喝醉了的女同学找代驾。

江成屹被校篮球队的成员围住，鹤立鸡群地站在停车场边上。一帮人兴致挺高，正七嘴八舌地策划专属于队员们的一次聚会。

丁婧手上搭着大衣，踩着高跟鞋，风姿绰约地走过去。到了江成屹跟前，她露出盈盈的笑意："江成屹。"

她目光如水，语调又柔和、婉转，其他人顿时有所悟，坏笑着一哄而散。

江成屹掏出手机看了看，对丁婧点了点头，绕过她，迈开长腿就往车旁走。代驾已经等在一边，只要他上车就可以驱车离开。

丁婧急追几步，跟他并肩而行，轻声说："江成屹，前几天我碰到伯母了。"

"哦，是吗？"他眼睛盯着前方，停留了一瞬，很快又移开。

丁婧顺着他的目光看去，就看见陆嫣正架着唐洁往一辆车前走。唐洁似乎喝醉了，走得东倒西歪的，陆嫣勉力扶着，背影看上去有点吃力。

丁婧暗暗咬了咬唇，笑道："队长大人，我最近遇到一件怪事，想跟你说说。"

江成屹转眼就走到他那辆黑色路虎旁边，听了这话就说："如果是危及人身安全的事，为了安全起见，最好尽早报警，然后按照流程处理。"

丁婧往江成屹的车里扫了一眼："这事说起来挺怪的，就算报警，也未必会受理，正好我的车坏了，今天没开出来，不如路上我跟你好好说说，你刑侦经验多，帮我分析分析？"

代驾已经坐在驾驶室里了，传来引擎发动的声音。

江成屹拉开车门，心不在焉地抬抬下巴："刘班长他们还没走，我回局里还有点事，不方便捎人。"

这么晚了，局里能有什么事？何况刚才都没听到他接电话。丁婧余光瞥瞥陆嫣那边，不甘地抿抿嘴，还要说什么，江成屹的手机却响了。

江成屹接起电话，就听有人说："江队，有案子！"

❄　❄　❄

陆嫣扶着唐洁在后座坐下，对代驾说："麻烦你，去南湾御苑。"

唐洁却不由分说地摆摆手："去附一院。"

代驾似乎很有经验，听了这话，只淡定地盯着后视镜，等着她们自己做决定。

"你醉了，先送你回去。"陆嫣耐心地替唐洁系安全带。

"没醉，没醉，先去你家。"唐洁一把抢过安全带，自己扣好，"帅哥，听我的，去附一院。"

车开动了，唐洁解开外套，挠了挠头借以醒酒，然后转脸看向陆嫣。

陆嫣连忙低下头，神色如常地从包里拿出手机，开始翻阅微信里的工作群消息。她的目光很专注，像生怕错过科里的重要通知。

又来这套。唐洁一把抢过手机，扳过陆嫣的肩："咱们今天把话说明白，你跟江成屹当年是怎么回事？"

陆嫣拍开她的爪子，淡定地掸掸肩："什么怎么回事？"

唐洁斜着眼看她："今天晚上江成屹来了以后，你整个人就没正常过。当年的事，我虽然被蒙在鼓里，但看你这些年从不提起，就总认为是江成屹对不起你，可是今晚我算看明白了，要是他对不起你，该怂的是他，你怂什么啊？"

她得知陆嫣和江成屹分手的消息是在大学快开学的时候。

那年暑假发生了太多事，一幕幕如闪电一般，快得她连细节都来不及看清楚，就记得高考刚结束的时候，一切还风平浪静。

同学们凑钱搞聚会，隔几天就疯玩一场。陆嫣忙着和江成屹谈恋爱，时常看不见人影。邓蔓沉默很多，整天闷在家里看肥皂剧。她则兴奋地忙着办护照和签证，准备开启期待已久的毕业旅行。

6月的阳光明耀得刺目，微风里残余着蔷薇花的气息，生命从来没有那么饱满过，每天早上一睁眼都有种过节的错觉。

可就在她沉浸在对未来的畅想中时，命运的阴影悄悄逼近，没多久她就迎来了生命中的一记痛击。

高考分数出来了，陆嫣保持了一贯的水准，她则超常发挥，侥幸超过了S医科大的录取分数线。只有邓蔓发挥失常，连一本线都没到。

填志愿那天，她特意起了个大早，本以为一定是同学中第一个到的，谁知到教室一看，早有人坐在桌前安安静静地核对志愿表了。

"邓蔓。"她的心一下子收紧，走过去，默默挨着对方坐下。

安慰和鼓励的话，她和陆嫣这几天已经说尽。为了让邓蔓重新振作起来，陆嫣甚至接连好几天都待在她家里陪伴她。

今天，邓蔓的状态果然已经好了许多，眼神清亮，也不再意志消沉，就是这些天明显没怎么休息好，瘦得下巴都尖了。

"还是决定填S医科大？"邓蔓认真地问她，语气跟平常没有任何分别。

唐洁小心翼翼地点点头。在待人接物方面，她从来没有这么谨慎过，为了照顾邓蔓的情绪，唐洁这几天都快憋死啦。

她们三个从高一开始就成了好朋友，但性格完全不同。她是"明骚"，什么话都敢说，什么事都敢做。陆嫣是"闷骚"，通常是不鸣则已，一鸣惊人——以不显山不露水搞定七中男神为例。邓蔓却是她们三个当中最内向的。麻烦就在这里，如果这次发挥失常的是她或者陆嫣，事情都好办，以她和陆嫣的性格，都不至于一蹶不振。可偏偏发挥失常的是邓蔓。

唐洁记得，那天在她点头以后，邓蔓的目光突然掠过她的肩膀看向外面，紧接着，眼神里忽然闪过一种难言的情绪。

她忙顺着邓蔓的视线往身后看，这才发现门口来了好些人。她一眼就看到了人群中的陆嫣和江成屹，没办法不注意，因为那天两个人都出奇地漂亮。

江成屹穿着一件白T恤，双手插在牛仔裤兜里，高、劲、帅。陆嫣穿着不知从哪儿买来的一条唐洁从没见过的连衣裙，居然也是白色的，站在走廊上跟同学微笑着说话，明媚又开朗。晨光暖暖地洒在她身上，衬得她皮肤水灵灵的，肤色明亮。

唐洁拉着邓蔓走过去。可是到了跟前，她看着陆嫣，忽然觉得有什么地方不一样了，好像一夜之间陆嫣身上就发生了微妙的变化，而正是这种变化让陆嫣比平时更漂亮、更醒目。

其实，当时除了陆嫣和江成屹，旁边还围着好些人，可她的注意力全程都被这两个人吸引，也就是无意中转头才发现邓蔓的目光凉凉的，遥遥地看着一个人。

不知道是不是今晚重聚的缘故，她居然想起了不少从前漏掉的细节。邓蔓当时在看谁？除了陆嫣和江成屹，还有谁在场？

唐洁抱着头拼命地回想。酒精麻痹了她的思维，她想得头都要裂开了，总好像要抓住一点痕迹了，但最终还是没有。最后她放弃般摇了摇头，不愿再继续想下去，因为接下来的回忆几乎全都是灰色的。

在那之后没几天，邓蔓就跳河自杀了。而在去停尸间认尸之后，陆嫣一下子就病倒了。

那个夏天，从天堂到地狱，好像只是一瞬间的事。

附一院转眼就到了，唐洁的胃突然变得极不舒服。就在陆嫣要下车的时候，她一把抓住陆嫣，执意问道："我不管，反正我今晚就想知道，你和江成屹当时是谁甩的谁，这里面，还有没有别人的事？"

陆嫣已经推开车门了，冷不丁被拽住胳膊，只好无奈地说："没有，没有！我幼稚，我甩的他，行了吧？"

唐洁怔怔的，直到陆嫣的身影没入窄巷了，她才消化完这句话的意思。

夜已深，她不敢发出噪声扰民，只得抓着车窗，冲着陆嫣的背影低声喊道："为什么啊？"

回到家，陆嫣躺倒在沙发上。往事就像一位昏睡的老人，渐渐在她心底有了苏醒的迹象。

蜷缩着发了好一会儿呆，她像要摆脱什么似的摇了摇头，再拿出手机一看，就见上面有几个未接来电。路上她没有听到过铃声，应该是一打过来就被拦截的那种诈骗电话。她一一把上面的号码拉黑。

快凌晨了，她从身到心都感到疲倦，费了好大劲才从沙发上起来，到浴室洗澡。

沐浴完，穿好睡衣，她到厨房冰箱里拿牛奶，路过客厅的时候，外面楼道里忽然传来很轻很轻的脚步声。

她握住冰箱把手，微微侧过脸，仔细分辨。这么晚了，谁会在楼道里闲逛？楼里住的大多是附一院的职工或家属，难道是谁临时被叫到医院加班？

幸好那脚步声只在门口停留了一会儿，很快又消失了。陆嫣松了口气，到卧室睡觉。

第二天早上，陆嫣照例是被闹钟叫醒的。

她昨晚睡得不好，到科室的时候还在打呵欠。

于主任从外地开完会回来了，并且比谁到得都早。早交班时，等大家都来齐，他就严肃地站在一干医护人员面前。

同事们畏于虎威，一改前几天的懒散，不等于主任发话，就自发地用英文汇报病例。

陆嫣想起自己昨天出班休，没有需要访视的病人，站在那里，整个人都松懈不少。她正听同事说起一台风湿性心脏病换瓣膜手术，走廊里忽然有人说话，紧接着，于主任就被请出去了。

同事们看见外面那人是保卫科科长，都表示费解。陆嫣也有些纳闷。

可是没过一会儿，于主任再次出现在门口，对陆嫣说道："陆嫣，你出来一下。"

同事们的目光齐刷刷地射过来。

"啊？"陆嫣愣了一下，出去后奇怪地问，"什么事啊，老板？"私底下，她可一点也不怕她这位导师。

于主任表情有点古怪，闭紧了嘴，领着她往前走。到了主任办公室门口，他这才说："进去吧，有两位警官在里面，想问你一些话。"

见陆嫣惊讶地睁大眼睛，他忙又压低嗓音道："别怕，咱们都在外面。"

陆嫣推开门，怔住了。

里面果然有两个人，都很年轻，其中一位站在窗前，双手插在裤兜里，背影高挑，一眼望去再熟悉不过。

听到声音，江成屹回头。见陆嫣错愕地望着他，他淡淡地上下扫了她一眼，走近，以一副公事公办的口吻说："我们是安山区分局的刑警，昨晚在枫晚路公园的人工湖里发现一具女尸，经法医初步判断是他杀。"

陆嫣心猛地一抽，忽然有种极为不妙的预感，果然，听江成屹接着道："我们在被害人的手机里发现了一些信息，经证实，被害人生前最后一个联系人是你。

"死者的身份已经得到确认，是附一院手术室的护士，名叫汪倩倩。"

陆嫣脸唰地变白，只觉得太阳穴像被人抵住突突开了两枪，脑子轰的一声炸开。

"汪倩倩？"她满脸难以置信。

江成屹盯着她毫无血色的脸。多年以前，他曾在她脸上看到过类似的表情，不同的是，那一次她除了惊讶，还有着彻骨的悲恸。

他不紧不慢地开口："11月29日，也就是昨天，你给汪倩倩打了一个电话，时间是下午六点十七分，能说说当时具体是什么情况吗？"

陆嫣这时已经从巨大的震惊中回过神来，她咽了口唾沫，努力想要理清思绪，可是调整了又调整，心依然跳得很快，腿也发软。好不容易开口了，她的嗓音却如同蒙了一层蜡："昨天下午，我是给汪倩倩打了电话，但是她当时拒接了，过后给我回了一条微信，微信内容是：'小陆医生，我现在不方便接电话。'我以为她没事了，就没再给她打过去。"

江成屹身边那名三十多岁的警员秦跃开始做记录："陆医生，你当时为什么给汪倩倩打电话？"

陆嫣转头看看房间角落里的饮水机，她的嗓子实在是太干了，迫切地需要喝点什么，于是问："我可以……先喝口水吗？"

江成屹看着她，没说话。

那名警员却笑了笑："陆医生不用太紧张，我们只是过来了解一些情况，你先喝口水，不急，慢慢回想当时的情况。"

陆嫣点点头，给自己倒了一杯水："前天晚上我上副班，深夜一点的时候，临时被喊到手术室帮忙。当晚护理部上副班的就是汪倩倩，可是汪倩倩的电话整晚都没能打通，这种情况在我们这种工作单位是很罕见的。昨天下午我想起这件事，担心她发生什么意外，就给她拨了电话。"

那名警员又问："当晚，也就是11月29日凌晨，夜班期间，给汪倩倩打电话的是哪位同事？打电话的时候，你在不在一边？"

陆嫣停顿了几秒才说："是一位刚招来的助理护士，名叫许珍，我来的时候，她好像已经打过电话了。在那之后，据她说又打过一回，但是我当时在手术室，所以——"

那名警员："所以，你当晚其实并没有亲自给汪倩倩打电话？"

陆嫣一时哑然，然而这是事实："是。"

那名警员看了看江成屹，继续问："你平时私底下跟汪倩倩关系好吗？她平时是个什么样的人？还有，最近汪倩倩在工作或者是生活上有什么不对劲的地方吗？"

陆嫣思考了一会儿，说："我跟她只能算点头之交。有段时间她想发论文，私底下问过我几个问题。她性格比较内向，工作很认真负责。至于生活方面……我听说她快要结婚了，前几天，她在工作群发过电子版的结婚请帖。"

她拿出手机，开始翻备忘录，翻了很久，终于看到自己记下的一行字："12月22日（冬至），大江食府，中午十二点，汪倩倩结婚。"

她锁上屏幕："结婚日期正好定在下个月的冬至。"

这些情况，想必警方都已经第一时间进行了了解，所以在陆嫣说完以后，无论江成屹还是那名警员，脸上都没有任何变化。

那名警员看了看江成屹，问出最后一个问题："陆医生，能说说昨晚六点到午夜十二点半这段时间你在哪儿吗？"

陆嫣没有立即回答，只是有些惊讶地抬眼看向江成屹。他也正盯着她，目光幽深，毫无波澜。

过了会儿，她默默移开视线，平静地回道："在金海KTV参加同学聚会，聚会一直持续到夜里十二点半才散，事后我坐高中同学的车回了家。"

"好。"那名警员合上笔记本，起身说，"谢谢陆医生的配合，我们还有一些情况想进行了解，能不能请你把手术室的护士长叫过来？"

陆嫣静了片刻，点了点头："好的。"

说完，她双手插在白大褂兜里，往门口走。可是走了一半，她犹豫了一会儿，又回过头，问江成屹："江警官，能不能问一下，汪倩倩是昨晚遇害的吗？"

起初，江成屹并没有开口。

陆嫣被他盯着看了几秒，喉咙莫名有些发痒。这滋味并不好受，她戳在那儿，突然有点后悔问出这个问题。

就在她打算离开的时候，江成屹终于开口了："案件还在侦查阶段，相关细节无可奉告。"

汪倩倩遇害的消息很快就传开了。

跟汪倩倩关系好的那几个小护士得知消息后，当即红了眼圈，个个显得异常悲痛。

年轻人的非正常死亡总是撼动人心，花朵一般的年纪，就这么骤然凋零，同事们扼腕叹息的同时，渐渐开始有不同的猜疑。一整天，无论陆嫣走到哪儿，都能听到同事们对此事的讨论。她知道，这种事议论到最后，往往会演变出意想不到的版本。轮到汪倩倩，自然也不会例外。

到她下班的时候，已经出现"汪倩倩其实早已经身陷三角恋，午休的时候，好几次背着人接电话，神神秘秘的""汪倩倩最近遇到了一些怪事，她妈妈迷信得很，还带她去看过本市一位大师呢"等多种说法，无一不绘声绘色，有模有样。

陆嫣并没有加入相关讨论的兴趣。进了更衣室，她脱下无菌衣，默默换上自己的衣服。

她出来的时候，手机响了。她接起，就听那边唐洁说："嫣，我想起一些事，想跟你说。你下班没？咱们晚上一起吃饭。"

❄　❄　❄

回公安局看了尸检报告，秦跃跟着江成屹上了警车。一坐好，他就从兜里拿出笔记本，对线索进行梳理。

上午的三个小时时间，他和江队把汪倩倩在单位的情况粗粗地摸了一遍。在他看来，汪倩倩的案件不见得多复杂，像她这种二十出头拥有稳定工作的女性，社交关系相对简单，情杀的可能性比较大，所以他决定将侦查的重点放在她的未婚夫身上。

等他抬头，才发现江成屹居然又把车开回了附一院。

太阳快下山了，随着车缓缓驶过，街旁的路灯一盏一盏亮起来，雪光似的，映照着天空扯絮般的玫红晚霞，有种琉璃世界的美感。

正是晚上下班时分，医院门口车水马龙，秦跃探头往外看了看："光看门口这人流量，就知道附一院一天有多少病人了。"

说完，他回头，见江成屹手正握着方向盘转头看着窗外，不知道在想什么。秦跃想起早上的事，不由得笑了起来："江队，有件事我今天琢磨一整天了。早上咱们问那个漂亮的小陆医生的时候，我记得也没出示警官证啊，她是怎么知道你姓江的？"

干刑侦的，就是比别人心细。

江成屹看看腕表："一会儿还要回局里，老秦，你随便挑家馆子，晚上我们俩就在附近凑合吃一口吧。"

秦跃看着江成屹的侧脸。起初，在得知江成屹的家庭背景时，他是存着几分轻视的，就这样的富家公子哥儿，能在刑侦一线干几年？顶多是玩票而已。可是这些日子接触下来，秦跃才知道江成屹是个不折不扣的工作狂，每天早出晚归，比谁都踏实肯干，短短两个月时间，就凭着努力、认真，彻底刷新了全局上下对他的印象，也难怪这人能升得这么快，还真是块干大事的料。

他出了会儿神，见江成屹看着他，像在等他的答案。他想了想，说："这儿附近有家潮州菜馆还不错，不知道江队以前去过没？我说，江队，今天该轮到我请你了。"

"行，你请就你请。"江成屹不跟他客气，笑了笑，转动方向盘，正要将车并入右转车道，电话却进来了。

秦跃替他拿起手机，一看，见上面名字那一栏写的是"妈"，忙说："是阿姨吧，要不要接？"

江成屹点点头："帮我接一下。"

电话里传来一个中年女人的声音："成屹，今天局里忙不忙？丁叔叔和王阿姨带着婧婧来了，婧婧有点事想跟你说，你最好能回来一趟，晚上咱们两家一起吃个饭。"

江成屹眼睛盯着前面的路况："妈，你们吃吧，我手上还有案子，这段时间挺忙的，就不回去了。"

江母迟疑了一下，隔了几秒，似乎揣摩出了什么，立刻狡黠地换了一副语气："妈也知道你忙，就是问问你能不能回来。既然你忙，妈就不打扰你工作了。对了，你这些日子总回松山路住，今天我干脆就让刘嫂到松山路公寓那边去了，以后让她帮你打扫卫生，顺便打点你的一日三餐，要是你白天回不去，晚上就让她给你做点消夜。"

挂掉电话，秦跃怪羡慕的："江队，你说你这么好的条件，回去当个商界精英什么的多好，干吗苦兮兮地当刑警？"

"当刑警不好吗？"右转进入一条巷子，江成屹开始留意路边的菜馆，"我这人从小到大的志愿就是当警察。"

秦跃先是一愣，继而笑着摇摇头，这答案太理想化了，说什么他也不信。

那家潮州菜馆开了十年，味道正、价格公道，在本地小有名气，每到晚上，生意就异常火爆。

江成屹他们运气不错，进店时，门口刚好空出一桌。等他们坐下以后，客人明显多了起来，由于没有位子，就算来了，也只能在门口干等。

点好菜以后，秦跃看向江成屹，琢磨着说点什么。

江成屹年轻，有教养，为人处世方面情商也高，虽说很有上进心，但对局里一些涉及利益的纷争看得很淡，从不跟着掺和。说起来，这位上司挺好相处的，唯一的缺点恐怕就是不怎么喜欢说废话。

而秦跃这人，别的都不怕，就怕冷场。此时，两人相对而坐，他老毛病一犯，就开始急着找话。

周围人多且杂，不方便讨论案子，而关于私人方面的问题，江成屹又不喜欢多聊，于是他想来想去，干脆将目光投向门口，笑着说："怪了，这家店真邪乎，我每次来这儿吃饭都能碰上大美女。"

他说这话不是为了哗众取宠，而是门口真来了两个漂亮的年轻女郎。

其中一个穿一件米色抽绳式大衣，高挑靓丽，关键是还斯斯文文的，一出现在门口，就吸引了店里不少客人的目光。另一个穿着黑色短款外套，没旁边那个美女精致、白净，但身高足有一米七多，往人堆里一站，既洋气，又招摇。

两人在问门口的服务员有没有位子，在得到否定的回答后，那位米色大衣美女立刻说："咱们去别的地方吃吧。"

高个儿美女却大大咧咧地说："我今晚特别想吃潮州菜，要不这样，美女，你帮我们问问店里有没有客人肯拼桌。"

秦跃一边给自己倒茶，一边打量那位米色大衣美女，越看越觉得眼熟。他放下茶杯，终于脱口而出："哎，这不是今天早上医院的那个小陆医生吗？"早上见到她时，她还戴着口罩、帽子，所以刚才他没能一眼就认出来。

说这话的时候，门口的唐洁也注意到了店里的江成屹，连忙用胳膊撑了撑陆嫣。接着，她不管陆嫣愿不愿意，给门口的服务员丢下一句"那桌是我们熟人"，就拉着陆嫣进了店。

服务员跟在后面，到了桌边，例行公事地对江成屹和秦跃说："两位先生，这两位小姐说跟你们认识，想拼桌，不知道两位先生同不同意。"

江成屹还没说话，秦跃连忙接茬儿说："可以，可以。小陆医生，你好。"他忙起来调整位子。

陆嫣只好笑了笑："你好。"

于是唐洁顺理成章地拉着陆嫣坐下。

本来就是四人桌,位置宽敞,陆嫣被唐洁推到里面坐下,正好面对江成屹。唐洁则坐在秦跃对面,一坐下就开始做自我介绍:"幸会,幸会,我叫唐洁,是小陆医生的好朋友。这位江警官,我们认识,就不用管他了,就是不知道阁下怎么称呼?"

秦跃余光瞥瞥陆嫣,怪不得陆医生知道江成屹姓江,原来他们早就认识,便忙说:"小唐,你好,我姓秦,是江队长的同事。既然你们跟江队都认识,那咱们也别客气,我虚长你们几岁,就叫我'老秦'吧。"

"老秦,你好。"唐洁绽开满脸笑容,先看看江成屹,这家伙靠着椅背,正在看菜单,再看看陆嫣,此女刚脱下大衣,正要掏出手机看信息。

一对闷骚。唐洁决定不再理他们,转而开始跟秦跃套近乎:"秦警官,安山分局是不是案子特别多?我记得桃花公园几年前还出过一桩抛尸案,死的好像也是位年轻女性,那时候风传有变态出没,我同学当时正好在附一院学习,吓得我每天开车送我同学上学。对了,这案子破了没有?"

秦跃抱着双臂在脑海中搜索了许久,摇摇头,说:"应该是还没破,不过,这件案子由我另外一个同事负责,我没有跟进过,具体情况也不大清楚。小唐,你也知道,S市每年大大小小的案件不少,遇到侦查难度较大的,只能慢慢找线索。"

唐洁肃然起敬:"真佩服你们做刑警工作的,不但要维护一方治安,还要跟犯罪分子斗智斗勇。"

菜上来了,陆嫣不好意思再一味抱着手机看。她身上穿着的针织连衣裙没有口袋,只好转过身将手机放回大衣口袋。由于门口人来人往,大衣放在背后,又怕被人顺手摸走,于是她将椅子往桌边挪了挪。等到坐好,她的双腿出于本能在桌下往前一伸。谁知由于桌下的空间变窄了,她这一动,高跟鞋的前端不期然碰到一个硬硬的东西。

她愣了一下,等意识到那是江成屹的皮鞋,飞快地抬眼看向他。怪就怪这人腿太长了,她躲都没地方躲。

他像根本没有察觉到,并没有挪开的意思,仍旧靠着椅背,眼睛看着桌上的菜单。

陆嫣小心翼翼地将腿缩回椅子下方。

唐洁对身边两人的异动毫无所觉。她只知道,不管她跟秦跃说得多起劲,江成屹就是不接茬儿。

唐洁暗自咬牙，嘿。算你狠。

❄ ❄ ❄

唐洁全程忙着跟秦跃聊S市的各类奇闻八卦，一直聊到饭毕，还觉得意犹未尽。

服务员过来结账，唐洁跟秦跃抢着买单，然而姜还是老的辣，最终以唐洁落败收场。

出门的时候，唐洁顺手就跟秦跃要了电话，豪爽地说："这顿饭我们记下了，哪天秦警官有空，我和小陆医生再好好回请一顿，到时候秦警官务必赏脸。"

秦跃报了自己的电话号码，红光满面地看着唐洁："瞧这话说的。我这人没别的，就是喜欢交朋友。再说，过几天我老婆可能会带孩子去诊所看牙，到时候还得麻烦小唐医生。对了，刚才小唐你说的那什么窝沟——"

"乳牙窝沟封闭。"唐洁露齿一笑，拿出一张"洁瑞牙科医院"的名片，递给秦跃，"嫂子带侄子过来的时候，如果我不在诊所，直接报我的名字就是，享内部最低折扣。"

秦跃笑眯眯地收下名片。

他们说话的时候，江成屹已经上了警车，正坐在驾驶室里发动引擎。陆嫣则远远地站着，一副随时准备离开的架势。

唐洁扫那两人一眼，悄悄对秦跃使了个眼色。秦跃立刻了然，连忙把江成屹的电话号码发给了唐洁。

一切尽在不言中。

要赶着回局里，给完电话，秦跃不敢再耽误，跟唐洁和陆嫣道了别，就拉开车门上了车。

唐洁回头挽住陆嫣的胳膊："你明天休息，是吧？我今晚去你家住，我想跟你好好聊聊。"

陆嫣瞄瞄她："要聊什么？我晚上还得查文献呢。"

"哟，一个晚上能写出一篇SCI（科学引文索引）吗？少给我来这套。"

陆嫣的家就在隔壁的巷子，拐过前面的墙角就能看见。天气越来越冷了，寒浸浸的风迎面吹来，刮得鼻子凉凉的，两人的高跟鞋踩在冰冷、坚硬的地面上，敲出清脆有节律的声响。

走到巷口，陆嫣停步，犹疑地看向上回遇到那女孩的那个墙角。

唐洁奇怪地问："怎么了？"

陆嫣沉默了一会儿，说："你说，这世界上，一个人跟另一个人长得很像的可能性大不大？"

唐洁眨眨眼："那得看什么情况吧。双胞胎不就长得像吗？兄弟姐妹，舅舅外甥，姑姑侄女——只要有血缘关系，都有可能长得像。"

"我是说没有血缘关系那种。"

唐洁莫名其妙："世界之大，无奇不有，未必没有可能，但概率应该会很小。怎么了，怎么突然想起来问这个？"

陆嫣犹豫了一下，最后决定如实相告："前天晚上，我去医院上班的时候，在这儿遇到一个跟邓蔓长得很像的女孩子。"

有那么一瞬间，唐洁的大脑一片空白，等回过神来，她立刻转为错愕："怎么会，邓蔓都去世八年了，她又没有兄弟姐妹，你是不是眼花了？"

陆嫣双手放进大衣口袋，沉思着往前走。

那天晚上，事情发生得突然，巷子里光线又太暗，说实话，她并没有看清楚那女孩的脸。可是那女孩的姿态和动作跟邓蔓实在很像，以至她一见到对方，就有一种扑面而来的熟悉感，更别提还有那样一对相似的发卡。

走了一小段，陆嫣明显感觉到唐洁的情绪有些低落，于是换了一副轻松的口气："其实那晚我也没看清楚，就是觉得两个人的背影很像——"

"背影像的人太多了。"唐洁打断她，"你是不是最近晚班上得太累了，还是看到江成屹回来受了刺激？还是学医的呢，整天净胡思乱想。"

陆嫣成功被这几句话带偏，露出无奈的表情："谁受刺激了？"

这是陆嫣第一次肯接关于江成屹的话头。

唐洁愣了一下，心里的最后一点凄惶和恐惧都消散了，连忙挽紧陆嫣的胳膊，眯了眯眼，道："我说，你跟江成屹，我真是服了你们两个，今晚要不是饭桌上还有一个话多的老秦，我都能被你们憋死。"

陆嫣闭紧了嘴巴，不再接茬儿。

唐洁就料到会这样，陆嫣这副死猪不怕开水烫的态度，她早已经领教过多回，今晚反正有的是时间，她就不信摸不透陆嫣的真实想法。

到了公寓，陆嫣掏出门禁卡，打开单元楼的大门。老旧的小区，物业管理都很落后，楼下的巷子里又人来人往，住在里面毫无清静可言，唯一的可取之处恐怕就是上班方便。

到了陆嫣所住的三楼,唐洁抢先一步进了门,甩掉鞋子,躺到沙发上。她正准备舒服地伸个懒腰,却发现陆嫣迟迟没进来。

"干吗呢?"她纳闷地起身探头一看,就见陆嫣正弯腰盯着门边的那面墙,像在仔细研究什么,她凑过去,"怎么了?"

陆嫣打开手机的手电筒,伸手在墙面上揩了揩。

唐洁这才发现门锁旁边不知道被谁贴了一张卡通婴儿贴纸,正方形的,图案是一个白白胖胖的婴儿,婴儿笑容可掬,手里抓着一只蝴蝶。贴纸表面完整、光滑,颜色鲜艳,明显是刚被人贴上去的。

"这是什么?"

陆嫣摇摇头,把贴纸撕下来:"估计是谁家的小孩恶作剧。"

两人进屋,陆嫣换好拖鞋,进卧室找出睡衣和洗漱用品,递给唐洁。自从她买下这套公寓,唐洁隔三岔五就跑到她这儿来留宿,次数多了,唐洁索性从家拿了一套东西备在她这儿。

唐洁坐在沙发上神秘兮兮地摆弄手机,一见陆嫣过来,就向她摊开手:"把你手机给我,我用一下。"

陆嫣不明就里,把手机递给唐洁。她有点口渴,到厨房取水喝,顺便也给唐洁倒上一杯。

唐洁把江成屹的电话号码输进陆嫣的通讯录,这才接过陆嫣递来的水,神秘一笑:"我帮你要到江成屹的电话了。"

陆嫣一蒙,紧接着露出头痛的表情:"谁要他的电话了?"

唐洁拉她坐下:"一个电话号码而已,存着就存着呗,你要是觉得碍眼,就当它不存在好了。你猜,今天我去逛奥恒商场碰到谁了?"

陆嫣懒懒地抱着靠枕喝水,一点也不想说话。

唐洁只好自顾自说下去:"我碰到丁婧跟她那几个闺密买衣服。一见到我,丁婧就故意说起今天要跟父母去江成屹家吃饭。应该是约好了,她还当着我的面给江成屹打了个电话,也不知江成屹这家伙在忙还是没听到,最后没接。"

陆嫣:"……"

唐洁打定主意要撬开陆嫣的嘴,大发感慨:"丁婧真是多年来痴心不改啊,明明年初还谈着一个海归男朋友,江成屹一回来,她立马就踹掉那个海归,全力攻关江成屹。不过,江成屹要是真喜欢她这款的,高中的时候不就跟她在一起了吗?"

陆嫣:"……"

唐洁歪着头望着陆嫣:"我说,你们两个当年那么好,好到都快重色轻友的地步了,最后到底因为什么分手的?"

陆嫣脸色一变,跳了起来:"你到底洗不洗澡?你不洗,我先洗了。"

唐洁冲她嚷:"分就分了呗,至于见面连句话都不肯说吗?"

直到半夜,唐洁仍然没能从陆嫣嘴里得到分手细节。独角戏唱了大半晚,就算她精神头再好,也难免有点口干舌燥。可是三年前的一段偶遇让她无论如何都不肯就此放弃。

她身边的陆嫣早已经假寐多时,并且呼吸越来越平缓,很显然,就算没真睡着,也离睡着不远了。她盘腿坐在一旁,满脸的愤然。

其实,除了江成屹的事,她还想起来好几件事要跟陆嫣说呢,白白耽误了一晚上,依然是一头雾水。也罢,时间不早了,还是先睡吧。反正明天陆嫣不上班,大不了再在她这儿混一天。她穿好拖鞋下床,到厨房找水喝。

唐洁一出去,陆嫣就睁开眼睛,她摸了摸耳朵,想,聒噪的女人总算消停了。她再次闭上眼,跟刚才不同,这回她是真的在酝酿睡意。

谁知没过多久,她就听见唐洁有些急乱的脚步声。紧接着,唐洁推搡着她的肩膀低喊:"嫣,快醒醒,你家门口有人。"唐洁的声音紧绷得如一根线,还带着点颤音。

陆嫣忙睁开眼睛,盯住唐洁。

唐洁吞了口唾沫,不敢高声说话:"是真的。先是一阵脚步声,我还以为是楼里哪个过路的邻居,也没在意。没想到那个人到了门口就不走了,我就吼了一嗓子,可是那个人现在好像还在门口。天啊,我都吓死了,那人不会是要入室抢劫吧?"

陆嫣忽然想起昨晚的事,脸色顿时变得难看,连忙抓起床头柜上的手机,准备报警:"昨天晚上我家门口也出现过脚步声。"

"啊?"唐洁脸色一白,"不会是什么变态吧?"

报警电话已经拨通,陆嫣在电话里迅速说明了情况和地址。挂断以后,她和唐洁大眼瞪小眼,谁也不敢到客厅去。

最后,还是唐洁从床头柜里摸出陆嫣平时用来锻炼的两个哑铃,一人一个握在手里,用以防身。然后两人把卧室门关紧,坐在门边,内心凄凉地祈祷,只希望警察能尽快赶到。

时间一分一秒过得极慢。

过了会儿，唐洁猛然想起什么，从床上拿起陆嫣的手机，就要拨电话。

"干什么？"陆嫣紧张地盯着唐洁的举动，连大气也不敢出。

"给江成屹打电话。"

陆嫣吓了一跳："有毛病吧你？他不会接的。"

唐洁振振有词道："我估计，一会儿警察来的时候，那变态多半已经跑了。以后我不在这儿的时候，你怎么办？反正我们俩认识的警察就两个，要么给老秦打电话，要么给江成屹打，你选一个。"

"我选老秦。"

唐洁恨不得用枕头拍陆嫣的头："你这个死女人。"

说话间，她已经拨通了江成屹的电话，陆嫣阻止不及，只好随她去。

响了三声以后，电话接通了。

"喂。"年轻男人冷淡的声音响起。

Chapter 3

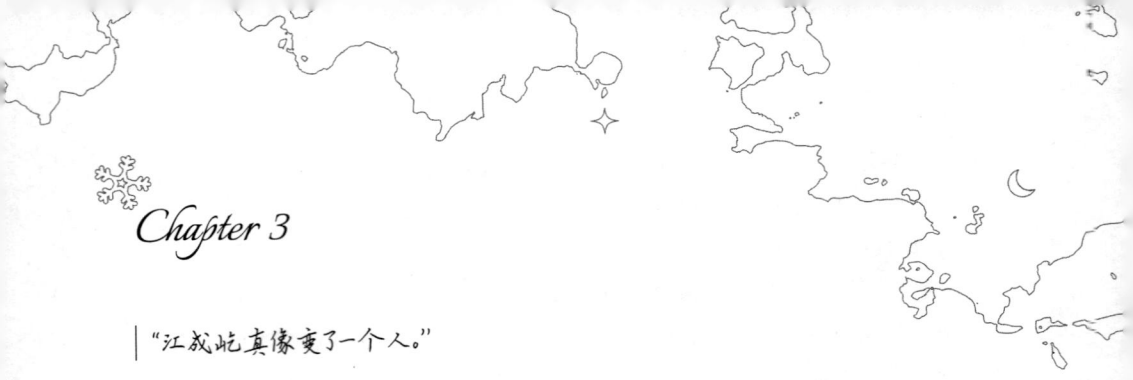

"江成屹真像变了一个人。"

唐洁没想到江成屹会这么快接电话，她顾不上发蒙，连忙按下免提，对着话筒，以一种特务接头的语气说："江成屹，我是唐洁。那什么，我在陆嫣家——"

电话那边没吭声，但也没挂断。

唐洁紧张得吞了口唾沫："现在陆嫣家门口有个变态，戳在门口很久了，问他是谁他也不说话。刚才我们报了警，不过那人现在应该还没走。陆嫣说，昨天晚上那个人也来过，也不知道他到底要干吗。据我看，不是强盗就是大变态。喂，江成屹，你不是安山区分局的吗，陆嫣他们单位的同事才出事，最近这样的变态是不是特别多——"她的语速要多快有多快，像落地珠子似的，唯恐江成屹突然挂电话。

那边依旧沉默。

唐洁挠挠头，有点说不下去了："哎，江成屹，你在听吗？我没开玩笑，我们也是第一次遇到这种情况，都快吓死了，想起同学当中就你是警察，所以才——"

"地址。"简短的两个字，不掺杂任何情绪。

"啊？"不止唐洁怔住了，连陆嫣抱着头的胳膊也僵了一下。

唐洁迅速冲陆嫣使了个眼色："附一院后面的南杉巷，就是今晚我们吃饭那家店隔壁的那条巷子，一单元301。"

挂断电话，唐洁还有些没回过神来，愣了一会儿，才转头看向陆嫣。后者正紧闭双眼，尴尬地咬着下嘴唇。

唐洁凑到陆嫣面前，讪讪的，正要说点什么，外头忽然有人敲门。与此同时，陆嫣的手机响了起来。

陆嫣一看，来电尾号是×××，心一定，急忙接起，就听对方说："你好，我们是南杉派出所的民警，现在已经到你家门口了，麻烦开一下门。"

果然是警察，来得还真快。两人松了口气，忙起身出了卧室。

门口有刻意压低的交谈声。

门打开，两名警察站在门口。

一见陆嫣，两人出示警察证："你好，请问刚才是你们报的警吗？"

陆嫣越过他们往楼道里瞄了瞄，除了两名警察，楼梯间只有昏黄的灯，空荡荡的，一个人影都没有。看来唐洁猜得没错，那人果然跑了。她紧张地点点头："是的，警察同志，刚才有人在我家门口徘徊，不止今晚，昨晚也出现过这种情况。对了，刚才那人还在门口，你们来了以后才不见的，应该刚走没多久。"

唐洁忙在后面接话："对对对，警察同志辛苦了，你们这会儿去追应该还来得及。这事太吓人了，要是逮不住，那变态明晚八成还会来骚扰我朋友。"

两名警察飞快地对了个眼神，其中一人对另一个人说："我下去看看，你给她们做笔录。"

他走后，留在原地的警察掏出警棍，戒备地往一边看。那是三楼和四楼相连的楼梯，巴掌大的地方，感应灯早已熄了，淡淡的月光透过气窗洒在地上，入眼处一片昏蒙。

"两位小姐先在屋里等着，把门关上。"看样子，这名警察打算上去扫一眼。

陆嫣心里一阵发毛，见唐洁跟着抻脖子好奇地往上看，忙把她拽回屋，关上了门。

两人并排在沙发上坐下，一齐对着黑屏电视机发蒙，惊吓使得唾液分泌量锐减，嗓子干得冒烟。那就喝水吧，反正眼下除了喝水，也想不出别的缓解焦虑的方式。

两个人各自咕嘟咕嘟喝完一杯水，不够，还要倒第二杯，就听门口传来一阵说话声。两人心一紧，竖耳听着。她们本就高度紧张，楼道里又比平时安静许多，再小的动静都能捕捉得到。

两人听其中一个声音特别熟，而在交谈几句后，方才那名警察讶异地说："啊，原来是分局的前辈。"

陆嫣屏住呼吸将杯子放到茶几上，唐洁做侧耳倾听状："难道是江成屹？"

陆嫣静了静，起身走到门边，透过猫眼往外看了两眼，然后打开门。

门口站着几个人，其中一个不是江成屹是谁？暗黄的灯光将他的脸照出清冷的光辉，五官比平时更显得英俊、深邃。

听到开门的声音，他没有转过脸，仍在全神贯注地听两名警察说话。

那名刚去楼下追踪的警察说："我没有见到报案人提到的人。楼道里没有安装监控，底下的单元门口倒是安了一个，但是监控室的钥匙在保安队长那儿，现在联系不上人，只能明天想办法调监控。这小区挺老的，以前也发生过几桩入室盗窃案。依我看，今晚这情况，很有可能是盗窃团伙提前过来踩点。"说完，他才感到奇怪，"对了，江队怎么也过来了，跟报案人认识？"

"高中同学。"江成屹语气很平静，"正好我在附近办案子，接了电话就顺便过来看看。没我什么事，你们按流程走吧，我这就走。"

这时候唐洁刚好走到门口，听见这话，见陆嫣不吭声，忙嘿嘿笑着打招呼说："江成屹，行啊，老同学挺够意思的，还真的过来了。别急着走啊，进屋坐吧。"

两名警察奇怪地看看江成屹，不是高中同学吗，怎么见面连句话都不说？

江成屹双手插在裤兜里，又在门边站了一会儿，架不住唐洁三请四催，终于不大情愿地进了屋。

陆嫣这房子是典型的两室一厅，很小，但被陆嫣布置得干净、舒适，一眼望去，没什么碍眼和累赘的装饰。

江成屹走到沙发边坐下。

陆嫣去厨房倒了三杯柠檬水出来，一杯放在江成屹跟前，剩下的两杯端给那两名警察，然后走到餐桌旁坐下。

唐洁也挨着陆嫣坐着，时不时转头瞄瞄江成屹。明明天气很冷，可这人也不知是不是把外套落在车上了，居然只穿着一件灰色衬衫。她常年光顾名品店，一眼就认出江成屹那件衬衫是某个意大利牌子，售价不菲。跟她爸爸来往的那些富商中，不管老的少的，都挺爱穿这牌子的，可惜没一个不显得恶俗，以致她对这牌子观感极差。眼下见这个牌子衬衫穿在江成屹身上，倒多多少少扭转了她对这牌子的恶劣印象。

江成屹坐在沙发上看手机，完全一副事不关己的样子。很久之后，他才淡淡地扫一眼茶几，端起陆嫣倒的那杯柠檬水喝。

唐洁摇摇头，转过脸看陆嫣，一看之下，有点发窘。刚才事出突然，两人实在吓得不轻，直到此时，陆嫣身上还穿着睡衣，淡蓝色长衣长裤，料子薄薄的，幸亏遮得还算严实，没有走光。

毕竟报案人是单身独居女性，两位警察对今晚发生的事表现出了高度的重视，在问了许多问题以后，其中一位警察说："明天我们调监控来看，要是有什么发现，到时候我们再通知陆小姐。如有必要，我们会采取相应的保护措施。对了，陆小姐，你既然是本地人，如果方便的话，我们建议你这段时间搬去父母或朋友家居住，等我们弄清情况以后再搬回来。"

陆嫣沉默了一会儿，微笑着说："我母亲和朋友都住得蛮远的，就算要搬家，恐怕也只能在这儿附近找房子。不过，两位警官的建议，我会认真考虑。"

唐洁却目露隐忧，说："过两天我得跟我爸去B市谈诊所的器材生意，明天我就帮你在附近看房子吧。南杉路不安全，我们去松山路那几个高档楼盘看看，那几个小区治安环境好，房租什么的，我先帮你垫付，怎么都比在这个老房子安全。"

时间不早了，做好笔录，两位警察叮嘱了几句就准备离开，走时不忘招呼江成屹："江队，一起啊。"

江成屹放下水杯，从沙发上站起。

陆嫣和唐洁送到门口，两人脑子里都有些嗡嗡的，今晚的事太毛骨悚然，以往从不曾遇到过，折腾到近深夜两点，已经筋疲力尽。

许是怕扰民，两名警察一出门就有意压低说话声，下楼梯时也尽量又缓又轻。

两名警察走了一会儿，一回头，才发现江成屹还站着未动。

"江队？"

江成屹拿出手机看了看，盯着前方说："那人也许还会回来，你们要是不想担惊受怕，今晚最好换个地方住。"

这话说得没头没尾，陆嫣和唐洁想了想，才明白过来江成屹这话是对她们说的。

愣了几秒，陆嫣转身就往屋里奔，用最快的速度收拾随身物品。

唐洁本来说着请江成屹等一等，可江成屹像没听到，很快就下楼走了。她戳在门口，盯着空荡荡的楼梯间。三人的身影一消失，她眼前立刻重归死寂，黑漆漆的角落里仿佛随时能跳出一个变态。她嗷的一声，连忙进屋帮陆嫣收拾东西。

两人关上门出来，慌里慌张地下了楼。

单元门口不见人影，巷子里寂静如坟地，月亮淡得像一抹弯弯的影子，路灯也比平时更昏暗。两人走在巷中，心怦怦跳个不停。

幸亏医院就在前面，急诊大厅灯火通明，两人刚走近就听到前方传来的说话及咳嗽声，两个人就像从幽冥一脚踏入了人间，彻底松了口气。

站在巷口，两人商量去哪儿，先后改变了几次主意，最后决定住酒店。

"在这儿附近找家快捷酒店吧。"陆嫣提议。

唐洁反对："住什么快捷酒店啊，你们医院附近不就有家万豪嘛，离这儿又不远，车都不用开，走过去就行。"

陆嫣对唐洁这种腐败作风早已习以为常："那就走吧。"

两人刚要离开，后面忽然传来引擎发动的声音。她们回头一看，一辆车正好从停车位驶出来。前照灯亮起的一刹那，驾驶室里男人的脸被照得分明。

"江成屹？"唐洁愕然，"他不是早走了吗，怎么还在这儿？"

黑灯瞎火的，江成屹的车灯又没开，她都没注意到停车位的车里有人。早知道江成屹还没走，刚才在巷子里的时候她们也不用吓成那样了。

陆嫣瞥瞥江成屹的车远去的方向，没接话。

唐洁挽住陆嫣的胳膊，意味深长地说："江成屹真像变了一个人。"

高中的时候，江成屹虽然不是话篓子，却也不像现在这么高冷。她记得那时候同学之间流行玩"真心话大冒险"，有一回六班一个篮球队队员过生日，恰逢期中考试结束，大家兴奋之余就起哄要给那位同学庆祝生日。明为生日聚会，其实不过是凑钱买些饮料、生日蛋糕，大家在室内篮球场围坐起来，疯闹一场。

那天她和陆嫣、邓蔓到得挺早，一到地方就帮着大家摆座位、分零食。

大家正忙着，江成屹和其他几个篮球队队员也来了，这下六班沸腾了。江成屹那时候在七中可是男神般的存在，他一来，不少女生都兴奋不已。

可惜聚会刚开始，丁婧那帮人就闻风而至。那时候陆嫣和江成屹还没在一起，丁婧身为校啦啦队的队长，追江成屹追得正猛，这事大家都心知肚明，见丁婧过来，都不觉得意外。

后面大家玩得嗨了，开始玩真心话大冒险。轮到江成屹时，篮球队一个哥们儿就贼兮兮地问出第一个问题："江成屹，你有喜欢的人了吗？"

大家迅速安静下来，不少女生眼睛亮晶晶的，都等着江成屹的答案。

江成屹手上玩着篮球："有。"懒洋洋的，却是非常笃定的语气。

现场一炸。

"那女生在现场吗？"

短暂的沉默过后，篮球被抛给另一个哥们儿，江成屹笑了笑，说："在。"

大家更疯了："快快快，快说是谁。"

唐洁一边往嘴里塞薯片，一边兴奋地戳戳身边的陆嫣："嘿，江成屹这家伙居然下凡了。"

见陆嫣不说话，她纳闷地转头一看，就见陆嫣正若无其事地整理书包，对她的话充耳不闻。她觉得无趣，把脸转到另一边去找邓蔓八卦，却发现邓蔓正冷冷地看着人群中的丁婧。

也是她太迟钝，直到很久以后她才意识到江成屹那天哪是在玩真心话大冒险，分明是在当众"撩妹"。然而对于邓蔓当时为什么要用那样的眼神盯着丁婧，哪怕时隔多年，她依然感到费解。

她正想着，身边的陆嫣开口了："邓蔓快要过生日了，过些日子，我想去郊区的公墓看看邓蔓。"

唐洁愣了几秒："好险，差点就忘了。"

邓蔓的生日在冬至前后，特别好记。

两人沉默了一会儿，唐洁想起一件事，忙说："忘了跟你说了，前两天邓蔓妈妈给我打了个电话，说他们家拆迁，要搬到东城的新房子去了。整理东西的时候，邓蔓妈妈无意中发现了一些收在杂物间的邓蔓的遗物，其中有一本纪念簿，里面全是我们三个人当初的合照。她妈妈触景生情，又不忍心丢掉，就犹犹豫豫地问我要不要过去取，也好留个纪念，又说知道你上班忙，就没给你打电话。我怕阿姨伤心，哪敢说不要？"

陆嫣停下脚步："他们什么时候搬家？"

"听说是月底。"唐洁想了想，"不如我们跟阿姨约好，等去公墓看邓蔓的时候，顺便把东西取回来。"

第二天两人退了酒店的房，到房产中介看房子，要求只有两个：一是要离陆嫣的医院近；二是要治安环境好。她们看来看去，只有松山路那几个高档楼盘符合要求。

中介带她们去现场看房，走到半路，南杉路派出所来电话了："陆小姐，我们查到了一些情况，麻烦你到小区保安室来一趟。"

041

两人接到电话,哪还顾得上看房,掉头就直奔南杉巷。

保安室里,监控录像早已被调出,办案的民警却换为另外两个人。见陆嫣她们过来,两名警察指指屏幕,说:"这个人,你们认识吗?"

近前的时候,两个人都莫名地紧张。

陆嫣心里尤其发慌,不知为何,自从昨晚出事,她脑子里总不时冒出荒诞不经的想法。直到看到监控中那个完全陌生的人时,她背上的汗意才有所收敛。

"昨晚你们报警时是十二点四十三分,昨晚十二点到凌晨一点之间,共有十一个人进入陆小姐所住的一单元。经过几位小区保安仔细核实,其中有十位都是单元楼里的业主,只有十二点三十八分出现在屏幕上的这位女性,他们以前从未见过。这位女性离开单元楼的时候正好是十二点四十六分,也就是说,在你们报警三分钟以后她就离开了,总共在楼里待了八分钟。而前天晚上,这个女人也曾来过,但只待了两分钟就离开了。"

陆嫣和唐洁盯着屏幕。

那是个中等个头的女人,打扮还挺时髦,穿着灰色直筒大衣、黑色短款踝靴,许是为了御寒,头上还裹着一块丝巾。唐洁很快就认出那丝巾出自贵妇品牌。她满脑子疑问:"我没见过这人。嫣,你见过吗?是不是你的同事?"

陆嫣缓缓摇头:"没见过。"虽然隔着屏幕,但从这人的走路姿势和打扮来看,陌生得不能再陌生。

唐洁百思不得其解:"这位贵妇是什么毛病啊,深更半夜不在家里待着,跑到别人家门口晃悠。"

"这件事我们后续还会调查。"两名警察说,"陆小姐回去以后最好再仔细想想,要是能想起什么,再跟我们联系。"

出来时,两人虽然仍然满腹疑问,但内心那种不安还是减轻了几分。

"我现在有个怀疑——"唐洁的语气很认真,"你们楼里住着一个小三。"

"小三?"

"对,昨晚那个女人本来是来找小三的麻烦,不小心认错了门,所以连续两晚都鬼鬼祟祟的,却没采取什么实际行动。"

陆嫣觉得唐洁异想天开:"会吗?"

唐洁两手一摊:"那你说还有什么可能?别说我们根本不认识那女人,就算认识,什么深仇大恨需要用这种方式吓唬人?我说,嫣,你也别担心了,不管这人是什么来路,都交给警方去查吧。这段时间,你先搬到松山路去,我帮你一起找房子，等把你安置好，我再跟我爸去 B 市谈器材生意。"

❄ ❄ ❄

安山区刑侦大队。

秦跃推开办公室的门，见江成屹正坐在桌前，手上拿着一杯茶，眼睛却盯着电脑屏幕，便走近道："江队，附一院那个汪倩倩未婚夫的不在场证明已经核实了，在汪倩倩死亡的那段时间，他正跟几个朋友在棋牌室打麻将，除了几位在场证人的口供，我们刚才还调到了监控录像。"

说完，他靠坐在江成屹的办公桌前，随意往电脑屏幕上扫了一眼，这才发现江成屹刚才看的竟然也是监控录像。

在一个小区的单元楼门前，一个女人打开门进入楼内，过了一会儿，又匆匆忙忙地离开。

江成屹反反复复调看的就是这个女人从进去到离开的这部分。

"江队，这是……"

江成屹仍盯着屏幕，面不改色地说："南杉路派出所一桩疑似入室盗窃案，我怀疑跟我们手上那几件案子有点关系，就请南杉路派出所的人帮我复制了一份。"

秦跃疑惑，入室盗窃怎么跟江队手上的凶杀案挂上钩了？八竿子也打不着啊。难道说他刚才又有了什么新的发现？见江成屹没有往下深谈的意思，他懒得追问，只换个话题说："现在汪倩倩未婚夫的嫌疑暂时被排除了，但是还有一个疑点我始终想不明白，汪倩倩的死亡时间是在 28 日晚上十一点到凌晨一点之间，也就是说，无论是她第二天早上主动发给护士长的那条道歉信息，还是下午发给陆医生的那条微信，都是出自凶手之手。怪就怪在凶手抛尸时并未对尸体做特殊处理，应该知道我们迟早会查出汪倩倩的准确死亡时间，那么凶手假装汪倩倩的口吻给熟人发微信，压根儿起不到多少迷惑的作用，完全是多此一举啊。"

江成屹接过秦跃递过来的资料，扫了一眼，说："从这个凶手抛尸的手法和现场来看，此人非常聪明，思路也极其严谨，不会做一些无意之举。我猜，他之所以在作案后的第二天假装汪倩倩给熟人发消息，无非有几种可能，其中一种就是，他还有些不得不做的事，需要花些时间来完成，而在此期间，他不想让别人知道汪倩倩已经遇害，所以才伪装出汪倩倩还在世的假象，以便拖延时间。"

秦跃猛吸了一口烟:"什么事需要拖延时间?逃跑?毁灭证据?"

江成屹久久盯着汪倩倩被害的照片,眸子沉静得仿佛一汪幽深的海。过了会儿,他不置可否地笑道:"谁知道呢?没准还有可能是一场仪式。"

"啊?"秦跃脸色变得复杂起来。

江成屹却合上资料,看看手机:"七点了,老秦,到我家去吃晚饭?"

"行啊。"秦跃两眼放光,"难得江队今天不要求加班,而且松山路的豪宅大名鼎鼎,我还从来没参观过呢。"

❄ ❄ ❄

假如以附一院为中心点,那么松山路和安山区分局则像一条长轴线的两端。从安山区分局去往松山路公寓的路上势必会路过附一院。

秦跃叼着烟系好安全带,将手伸出车窗弹掉烟灰,闲闲地往外看。他们依次路过市立图书馆、商场、酒店,再往前,就是全市最好的医院附一院。

此时他坐在车内,仰头便可以看到医院里那几座现代化的大楼,虽然已经过了下班时间,楼内却灯火通明。

窗外的鼎沸更衬得车内安静,他默默地吐出烟雾,嗓子一痒,就忍不住开始找话:"江队,是为了上班方便,才特意买在松山路?"

江成屹看了看后视镜,打了转向灯,并入直行车道:"不是。"

秦跃点头:"也是,干我们这一行的,风餐露宿的,也没个定数,哪有上班就近这一说?依我看,这儿附近最适合住在松山路的是附一院的大夫们。可是听说松山路的房子最差的都要几千万,在那儿买的无一不是富豪。唉,有句话叫什么来着——含着金汤匙出生。江队,这话说的可不就是你这样的?"

江成屹笑了笑,打开广播:"老秦啊,你要是嫌闷,就听广播吧。"

老秦嘿嘿一笑。怪他,好端端的就把天聊死了。江队不爱聊私事,刚才那话说出来,叫江队怎么接?为了化解尴尬,他开始调广播:"听音乐,听音乐。"

前后调了几个波段,全是摇滚乐,他听得直皱眉,暗想,没想到江队还好这一口。见江成屹在专心开车,他将频道调到自己平时最常听的《八卦七点半》。

这节目怪有意思的,每晚七点半开播,先是市民们打电话进电台,由主持人在线接听，内容千奇百怪，多数是老百姓身边发生的趣事，有时也夹杂一些怪谈奇闻。内容真实性不可考，但下班路上随便听听足以打发时间，因此这节目开播几年了一直长盛不衰。

电台里正在说话的是一名中年女性，她绘声绘色地描述了自己如何通过一些蛛丝马迹发现丈夫出轨的证据。

秦跃开始听的时候，故事其实已经讲了一半，但由于当事人声音动听，口齿也清晰，他仍听得津津有味。

可是说着说着，这女人便开始历数渣男的恶劣行径，还忍不住啜泣，越说情绪越激动。秦跃直皱眉，这节目就该增加一项过滤功能，要是把那些七大姑八大姨的琐碎全剔除，只剩那些趣味性强的八卦就好了。他看看江成屹，后者脸上没什么表情，显然对他听这种无聊节目的行为毫无意见。他由衷地感叹，江队这人就是随和。

主持人掌控全场的能力很强，在那女人抽泣得上气不接下气的时候，果断地选择挂电话。

下一个电话打进来了。这回是位男性，嗓音像被粗沙砾刮过一样低哑，明显是位老先生。

主持人径直称呼对方为阿伯："阿伯今天想跟大家聊点什么？"

可这位老伯不知是有意还是无意，在"喂"了一声以后一直沉默着。

主持人用开玩笑的口吻说："阿伯，还有很多线上的听众等着分享故事呢，您要是再不说话，我可要挂电话了。"

老伯这才清了一下嗓子，慢吞吞地说："快冬至了，年轻人和小孩晚上少到外面乱跑。"

"嗯？阿伯，这话怎么说？"

"闹鬼啊。"老伯哼了一声，"你们这些年轻人，早就把老祖宗的东西都给扔了，难道都不知道咱们中国自古就有清明、中元、冬至三大鬼节之说？而一年当中阴气最盛的日子就数冬至这一天。"

虽然隔着电话，秦跃却仿佛能看到这老头吹胡子瞪眼的模样。

这节目很懂得烘托氛围，很快，鬼里鬼气的背景音乐响起来了。

主持人："最近好像有不少听众愿意分享关于冬至的趣闻，阿伯，您特意选这个时候打电话过来，是因为在冬至的时候遇见过什么怪事吗？"

老伯停顿了几秒，神神秘秘地说："你们别不信，冬至真是邪门得很哩。就在去年快冬至的时候，我亲眼见过一个死人。"

"死人？"主持人来了精神，"阿伯，这话我有点没听明白，您说的死人是指……"

老伯："一个早该死了的女人。"

又是沉默。

秦跃"啊"了一声："这老伯能不能痛快地把话说完——"

突然，一阵急促的刹车声响起，他毫无防备，猛地往前一冲，又往后一仰。等他回过神来，连忙稳住身体，吃惊地转过脸，就见江成屹脸色极为难看，正紧紧地盯着窗外。

车一停稳，江成屹就从中控台拿起手机，二话不说便拨打电话。屏幕上的两个字清晰可见，正是陆嫣。

事情发生得太突然，秦跃一脸蒙："江队，出什么事了？"

江成屹满脸焦虑，视线始终没离开车后不远的十字路口，低声道："陆嫣，陆嫣，陆嫣，你给我接电话！"他气急败坏，却又暗暗包含着一种祈祷的意味。

秦跃愣了一会儿，见江成屹只顾盯着前方，他忙探身往外看。正好红灯变绿灯，十字路口行人川流不息，他一眼扫去，实在看不出什么。他又转头看向车前方，这条路只能右转和直行，不能掉头和靠边停车，要是不赶快开走，很快就会等来交警的罚单。而且车明明已经开过了交通岗，只要再行驶几百米，就能右转进入那座闹市中坐拥大片绿荫的著名豪宅"懿峰泊湾"。好端端的，不知江队为什么突然把车停在路边。

电话像是没接通，江成屹又接连拨了几次，脸色越来越难看，最后干脆一把扯开安全带，打开车门下车："老秦，你先帮我把车往前开，等我电话。"

毕竟干了多年刑警，秦跃意识到情况非同一般，忙说："好，一会儿碰头，江队，注意安全。"

等他启动车往回看时，江成屹的身影早已隐没在人群里。

陆嫣跟唐洁看了一下午房，越看心里越没底。

松山路上相邻的两个楼盘都是超级大户型，光一个月的租金就能赶上她小半年的工资了。其实父亲当初给她的购房款还剩下一些，足够用来支付三个月的租金，可是她毕竟刚上班没多久，仍在储蓄阶段，并不想无意义地乱花钱。

唐洁掏出钱包就要替她刷卡交租金："你可别又要去租老房子，那些小区要物业没物业，要治安没治安的，万一出了事，多少钱都换不回来。何况这也没多少钱，大不了我先替你垫上，你以后慢慢还我就是了。"

陆嫣制止她："不行，我想明白了，要不我回东城我妈那儿去住，我每天早起一个钟头坐地铁就是了。"

唐洁怪叫道："早起一个钟头？！别说你们科室早上七点半就要交班，遇到做体外循环手术的时候，你七点就要进手术室。而且出了地铁站还要走二十分钟才能到你们医院，这么冷的天，你可别告诉我你打算每天五点半就起床？还有，你们科室平时那么忙，碰上手术多的时候，等你下班，地铁站都快关门了。"

陆嫣却已经下定决心："最多坚持一个月呗，等警方把那个女人的来路摸明白了，我不就可以搬回去了？反正我不花这么多钱租房。"

唐洁快气死了："你们家陆家明呢？我听说他生意做得风生水起，很快就要三婚了，最近为了他那位娇妻一掷千金，又是置豪宅又是准备包海岛办婚礼的，现在他女儿有事，他好意思袖手不管？"

"那是他的钱，怎么花都是他的自由，他又没有义务满足已经成年的女儿的不合理要求。"

唐洁败下阵来。

陆嫣看一眼时间："快七点半了，这时候坐地铁，不到九点就能到家，今晚我就回我妈那儿住。"

唐洁跟在陆嫣后面出了房屋中介的门："那我们先去吃个饭吧，一会儿我开车送你回去。"

正说着，唐洁的手机响了。一看来电号码，她眼中顿时绽出一种特别的光彩。

陆嫣看在眼里，笑眯眯地说："你们家大钟从美国回来啦？"

唐洁直等手机响了好几声才懒洋洋地接起电话："喂。"

不知那边说了什么，唐洁黏黏糊糊地说："我跟陆嫣在一起呢，在附一院这边。"

她又说了几句才挂掉电话，讪讪地说："这家伙，回来也不提前打个电话。"

陆嫣见唐洁一脸藏不住的喜悦，走上前帮她把围巾拢好："好啦，你们两个都快一个月不见。大钟好不容易回来了，你可别在我这里歪缠了，赶紧走吧，我这就坐地铁回去。"

唐洁又别别扭扭了一会儿，才说："那你注意安全，一到家就给我打电话。"

"知道了，走吧，别让大钟等太久了。"

两人分手，陆嫣往附近的地铁站走。她没戴围巾，夜风太大，她的大衣领口动辄被吹开，颈部被吹得凉飕飕的。顶风走了一会儿，她有些扛不住了，便将手机收入包里，腾出手来紧紧攥住衣领。

周末，路上行人不少，她在一个十字路口等红灯时，周围聚拢着不少人。一眼看去，大多是赶着回家的上班族，脸上都有掩藏不住的疲态。

等了一会儿，她忽然感觉后背仿佛被谁用手掌贴住一样，身体变重了几分。她吃了一惊，忙要回头，可就在这时候，红灯转为绿灯，人群一拥，潮水般推着她往前走。她无法回头确认，只好被动地顺着人潮前行。她穿过人行横道，右转，又走了几百米就到了地铁站。

×号线人不算多，她站在站台边，想起刚才的事，不由得有点纳闷，可是往四周一望，离她最近的人都在几米开外。她松了口气，想起该提前给母亲打个电话，就从包里拿出手机，可还没滑开屏幕，就发现屏幕上显示有好几个未接来电。认出那熟悉的三个字，她呆了一瞬。

很快，手机再次响起。她盯着屏幕，尽量保持平静，点了接通键。

"陆嫣。"

明明该镇定自若，可是乍听到来自那个男人暌违八年的称呼，她的心房仍仿佛被人重重地握了一下，一股血流顺着脉络直冲耳膜。

"你先别说话。"江成屹的声音很低，语速很快，"别让任何人靠近你，我马上就过去，告诉我你在哪儿——"

就在这时，地铁进站，人潮簇拥着逼近。陆嫣刚放下手机，正要用最快的速度转身离开，身后忽然袭来一股莫名的力量。那股力量前端是一个质硬的钝物，出现得毫无预兆，如果不是陆嫣及时转身，势必会被那东西抵住后背。

地铁到站了，人们一拥而上，她被困在人堆里，非但无法确认刚才身后那人是谁，就连保持身体平衡都变得异常困难。

危险仍在身边，她心里出奇地恐慌，一方面想要尽快离开，一方面急于弄明白到底发生了什么事。好不容易杀出重围，她还没来得及回头张望，就被几个风风火火赶地铁的少年迎头撞倒。

这一下撞得非常猛，陆嫣摔倒的一瞬间，右手腕上传来一阵锐痛。下一刻，"关闭车门"的提醒在身后响起，她心知地铁很快就要驶离，顾不上察看伤口，急忙回头看向身后那节地铁车厢。

冷色调的灯光将车厢里每个人的脸都照出一种异样的苍白，一眼看去，个个显得陌生、疏离，为了打发时间，绝大部分人一上车就掏出手机，此时已集体陷入沉默。

那几位少年出于歉意，仍站在靠门的位置，冲她大声说："姐姐，对不起啊。"

陆嫣静了一下，目光依次从每个人脸上扫过。就在车门关闭的一瞬间，她终于留意到角落里的一个女人。

那女人穿着一件黑色连帽羽绒服，戴着白口罩，整张面孔都被掩藏得极好。在陆嫣打量她的时候，她始终低着头。

陆嫣盯着那女人看了几秒，想起江成屹电话里的提醒，虽然满腹疑云，却不敢再继续逗留，撑着地面就要站起。

就在这时，有人在她身后喊道："陆嫣。"

她心口一跳，回头时，脚步声已到了跟前，紧接着一双有力的臂膀一把将她拽了起来。

是江成屹。他额头上有汗，呼吸也很急促，看得出他来的路上走得很急。

在碰上他目光的那一刻，陆嫣突然有些恍惚。几年前的那一晚，在她决绝地说出那段话以后，他脸上的笑容霎时凝固。当时他的目光就跟此刻有几分相似。她的思绪一下子飘得很远，她静静地望着他，轻声道："江成屹。"

可是江成屹的视线只在她脸上停留了一小会儿就移开，继而在空荡荡的站台上搜寻起来。

"那个人呢？"他的声音比平时低哑几分，语气却很冷峻，"刚才跟踪你的那个人。"

陆嫣摇摇头，时间还不算晚，站台上不断有新的乘客拥入，她无意识地环顾四周，努力理清思路："应该是早已经坐地铁走了。但刚才人太多，我也不敢确定，只知道那个人用什么东西抵住我的背，如果不是你打来电话提醒我，我根本想不到躲避，可是那东西是什么，我到现在还没想明白。"

江成屹仍盯着站台上的人群："也许是电击枪之类的东西。"

"电击枪？"陆嫣怔住。

江成屹拿出手机，开始拨电话："这种东西的电流比市面上所售的普通电棒电枪要强，遭受攻击的人会瞬间丧失意识，一向属于管制类用品，不容易带进地铁站，但难保没有漏网之鱼。"

陆嫣背上生出一股凉意。

电话接通，江成屹回头扫了一眼陆嫣受伤的那只手，确定只是皮外伤，便若无其事地说:"先离开这里再说。"

从地铁站出来,两人一前一后朝路边那辆黑色路虎走。

车上有人,一见他们过来,那人就从主驾驶室下来:"江队。"他又跟陆嫣打招呼:"小陆医生。"

陆嫣认出那人是老秦,便对他点点头:"秦警官。"

上车坐好,秦跃问江成屹:"江队,刚才出什么事了?"

江成屹发动引擎:"路过十字路口的时候,我发现有人在跟踪她,毕竟是高中同学,就提醒她一下。"

陆嫣垂下眼皮,慢吞吞地扣安全带。

秦跃顾不上呷摸江成屹的话,诧异地回头看向陆嫣:"小陆医生,你自己察觉到有人跟踪你吗?"

陆嫣思索了一会儿,说:"在十字路口等绿灯的时候,我感觉后面有人想要贴近我,但是绿灯很快就亮了,然后我就进了地铁站。后来我见身边没什么形迹可疑的人,就没再多想。"

秦跃愣了一下,骂道:"那狗东西真是胆大包天。陆医生,你好好想想,你最近有没有得罪什么人?"

陆嫣皱眉:"想不起来得罪过谁,但我最近接连遇到好些怪事,也不知道跟今晚的事有没有联系。就在昨晚我还报过警,南杉巷的民警目前还在调查,说有消息会通知我。"

秦跃神色转为肃然:"陆医生,既然今晚碰巧遇上了,你不妨将最近都碰到哪些事说出来。在警惕意识方面,你比不上我们干刑侦的,与其干等派出所那边的消息,不如现在就让我和江队帮你分析分析。我没别的意思,像你这样的年轻女性,遇到下班晚的时候,回家路上一定要多注意安全,这年头好人虽多,但坏人也不少,要知道你们单位那个汪倩倩的案子可还在侦办中——"

车速忽然慢下来,秦跃的话头被迫中断,他转头一看,这才发现江成屹已经将车开回懿峰泊湾。随着车往小区深处开,沿途吸睛的绿化和匠心独具的照明设计如画卷般缓缓展开,他收了声,开始用欣赏的目光看向窗外。

陆嫣这时也发现居然到了松山路,她坐在后座上,不由得露出疑惑的神色。

江成屹脑后仿佛长了眼睛,眼睛直视前方,嘴里却说:"今晚那人不但跟踪你,还两次袭击你,光是搬离南杉巷小区或者去住酒店已经无法保证人身安全。而且我怀疑你遇到的事跟我手头的案子有点关联,在今晚那个人的身份核实前,你最好不要离开警方的保护范围。"

陆嫣一怔。

秦跃却猛地坐直身体:"江队,我就说今天你看的那段监控录像那么眼熟,原来是南杉巷那个小区的单元楼门口。记得前天我们去潮州菜馆吃饭,还路过南杉巷,想不到陆医生也住那儿。江队,你当时说怀疑南杉巷的入室盗窃案跟我们手上的案子有瓜葛,难道就是指陆医生这件事?"

监控?盗窃案?陆嫣抬眼看看江成屹的侧脸,没吭声。

江成屹面不改色道:"目前只是有些怀疑,但具体有没有联系,还要等今晚十字路口和地铁的录像调出来再说。明天早上我们组里的人碰个头,把汪倩倩的案子从头到尾梳理一遍。"

这时唐洁的电话打进来了,陆嫣按下通话键。

"陆嫣,你到没到啊?"唐洁的声音明显比平时荡漾,"怎么也不给我打个电话?"

陆嫣犹豫了一下,还是将今晚遇到的事告诉了唐洁。

唐洁明显吓得不轻:"啊?那你现在人在哪儿?别怕,我和大钟这就过去接你。这个王八蛋,一天到晚装神弄鬼,从现在开始,我和大钟寸步不离地跟着你,我就不信揪不出这个变态。"

这时江成屹已将车泊在车库里。陆嫣一边下车,一边低声说:"我现在在松山路这边,今晚那人跟踪我的时候,正好被江成屹碰见了——他现在怀疑跟踪我的那个人跟他手上的案子有些关系,所以决定收留我一晚。"

电话那边沉默了几秒,过了一会儿,突然爆发出奇怪的笑声:"哈哈哈哈哈……"

她的声音大得出奇,不止秦跃,连江成屹都回头看了一眼。

好不容易收住了笑,唐洁一本正经地说:"最好多住几天,你那个老房子,底下的门禁形同虚设,随便什么人都能进去。你到江成屹那儿先混着,就算他上班不在家,至少小区治安环境过关。再说,这个世界上还有比住在警察家里更安全的吗?嘿嘿,既然江成屹收留了你,我和大钟就不过去了。有事你再给我打电话。"说完,她像唯恐陆嫣提出异议,以迅雷不及掩耳之势挂了电话。

陆嫣:"……"

她见江成屹和秦跃已经往前走了,只好默默跟上。

三个人进了电梯,江成屹从裤兜里掏出一张卡,在侧边的屏幕上刷了一下,电梯开始缓缓运行。

等电梯门再次打开的时候,他们已经径直到了室内的玄关,一个五十多岁、白白胖胖、保姆模样的人闻声迎出来。

像第一次看到江成屹带这么多人回来,她有些诧异,不过很快就绽出满脸笑容:"欢迎欢迎,快请坐。"她引着秦跃和陆嫣往客厅走。

到了沙发边,江成屹却不坐下,只看着刘嫂说:"刘嫂,我和同事都还没吃饭,别的不忙,您先把饭弄上来。"

刘嫂刚倒好茶,正用慈祥的目光偷偷打量陆嫣,闻言怔了一下,连忙点头说:"哎,好,这就开饭。"

傍晚时,江成屹已经说过同事会来家里吃饭,菜都是现成的。

秦跃忙笑着说:"刘嫂别太客气。"

江成屹对秦跃说:"老秦,随便坐,我身上有汗,回房换件衣服。"

秦跃是个耐不住寂寞的人,环顾一圈后,见陆嫣只顾坐在边上安静地喝茶,就拉着她说话:"陆医生,你看清今晚跟踪你的那人的长相没?"

"没有。"陆嫣正在回想今晚的事,闻言摇摇头,"我连那人是男是女都没办法确定,事情发生得突然,周围的人又太多,说实话,我当时看谁都有嫌疑。"

秦跃放下茶杯:"江队应该心里有数。当时我们正要到他家吃饭,路过十字路口,江队见你有危险,才下车去找你。可惜没能当场抓住那人。不过,要是明天能调到监控录像,那就好办了。"

他们正聊着,饭好了。

秦跃到桌边一看,见到满桌的佳肴,苦笑着摇头说:"实在太客气了,下回都不敢过来蹭饭了。"

刘嫂笑着说:"应该的,应该的。"

这时江成屹换了件衬衣出来,刚要坐下吃饭,手机响了。见屏幕上显示"妈",他淡淡地看了一眼刘嫂。

刘嫂脖子一缩,干笑着在围裙上擦了擦手,转眼就躲得没影了。

"老秦,你先吃,我去接个电话。"说完,他打开一边的玻璃门,到露台上接电话:"妈,什么事?"

江母的声音有种掩饰不住的欣喜:"成屹,妈妈承认是刘嫂给我打电话了,妈妈主动向你承认错误,那么现在你可以告诉妈妈那个女孩子是谁了吗?"

江成屹:"……"

虽然儿子不吭声，江母却兴致不减："不用说，一定是普通朋友，对吧？要不然就是同事？听刘嫂说，那女孩子又漂亮又大方，难道是你们局里刚招的警花？"

江成屹透过玻璃看向屋内，陆嫣正坐在餐桌前跟老秦说笑，盈盈浅笑间，脸颊上的酒窝若隐若现。

"成屹，没关系，慢慢来，恋爱关系都是从普通朋友开始一步一步确立的。以后没事的时候，记得多带你这位'普通'朋友回来吃吃饭。"

她还要说下去，就听儿子在电话里淡淡地说："哦，妈，她会在这边住下。"

"啊？"江母有些没反应过来。

江成屹清了清嗓子："她是我女朋友。"

Chapter 4

"陆嫣,你听说过'冬至'吗?"

两分钟后,江成屹回了屋。

屋里秦跃和陆嫣谈兴正浓。像是说起了小朋友抵抗力差的问题,陆嫣正给秦跃介绍某医疗在线 App,说这款 App 是由几所附属医院一起开发的,除了周一到周五会有专家在线问诊,还有很多保健知识可供查阅。

秦跃刚把 App 下载好,江成屹就在桌边坐下,然后拿起筷子说:"饿了,老秦,先吃饭吧。"

刘嫂的手艺很出色,几样菜做得既精致又美味。一顿饭吃下来,秦跃几次称叹"色香味俱全",有他在一旁烘托气氛,陆嫣的胃口渐渐好了起来。

吃完饭,秦跃又在客厅坐了一会儿,见时间不早了,就告辞而去。

秦跃一走,刘嫂不知从哪儿悄悄地冒出来,走到茶几前,撤下茶杯。她的样子很奇怪,笑容里明明带着做错事的意味,依然忍不住含笑打量陆嫣。

江成屹送完秦跃回来,站在沙发旁望着陆嫣,不带丝毫情绪地说:"一会儿刘嫂会带你安置。"

陆嫣捧着茶,嗯了一声。

江成屹回屋之后,刘嫂就领着陆嫣去往客房。

那是一间宽敞的卧室,暖灯、白墙、木地板,有别于客厅的冷硬风格,房间里处处都泛着暖色。

刘嫂从衣柜里取出干净的拖鞋和毛巾,递给陆嫣:"全都是新的。这房子平时只有小江先生一个人住,没什么女孩子用的东西,要是小陆医生有什么需要,千万别跟我客气。"

陆嫣微笑着道了谢。

刘嫂又告诉陆嫣洗手间在哪儿、空调开关的位置，以及衣柜如何打开，这才离开。

刘嫂走后，陆嫣脱下大衣，在床边静静地坐了一会儿，便起身拉开窗帘。

街上的车水马龙缩小了无数倍，乍眼看去，如蝼蚁一般。车灯闪耀，星星点点汇聚成一条银色的车龙，在黑茫茫的夜里尤为触动人心，有种天上的银河掉落凡间的意味。

默默出了一会儿神，她拉上窗帘，到浴室洗澡。

昨晚事出突然，她的随身用品实在有限，除了洗漱用品和一套睡衣，什么都没带出来。洗澡时她暗想，就算危险暂时不能解除，至少也该回一趟南杉巷，取些换洗衣服才好。

从浴室出来后，她想了一下接下来的安排，就坐在床边给母亲打了个电话。

在电话里，她谎称这周末要加班，不能回东城。怕母亲担心，对于这几天的遭遇，她一个字都没提。

加班对陆嫣来说是常态，陆母一点也不觉得奇怪，只细细叮嘱陆嫣不许熬夜，又说下周末如果有假，务必回一趟家，这才挂掉电话。

时间不早了，陆嫣从包里找出创可贴和随身携带的消毒液，处理好右手上的伤口，便上床酝酿睡意。

微信响个不停，她打开微信。

在工作方面，她加了两个微信群，一个是正经、严肃的"麻醉科工作信息群"，另一个则是由科里的年轻人自发建的名为"小喽啰"的群。"小喽啰"群里全都是年轻的麻醉科大夫和护士，由于自动屏蔽了主任和护士长，很多大家在"麻醉科工作信息群"不敢说的话，都可以如倒豆子一般在"小喽啰"群里说个痛快。

周六晚上，"小喽啰"群不像平时那么安静，正聊得热火朝天。

陆嫣往前翻了翻，近千条信息全都是关于汪倩倩的。发言次数最多的是平时跟汪倩倩接触比较多的那几位医生、护士。

大家七嘴八舌，信息零零碎碎，陆嫣一条一条往上翻了好几分钟，才提取出几条关键的内容。

某医生："汪倩倩跟现任男朋友认识不到三个月，我觉得她之所以这么快定下结婚的日期，有点报复前男友的意思。"

某护士:"对啊,倩倩的现任是不怎么上进,喜欢打麻将什么的,但是人家卖相不错,家里也有钱。是啊,是啊,我是俗气怎么啦?但是看到倩倩狠狠地打那个渣男前任的脸,我好高兴哦。"

某护士:"她很爱她前男友的,去年被前男友甩了之后,有段时间都快疯了,做了很多不忍细数的傻事。"

某护士:"具体有没有骚扰过前男友和他女朋友不知道,但倩倩这个人吧,虽然看上去温和、无害,但其实有一点点偏执,遇事容易钻牛角尖。"

某护士:"怎么认识的不知道,反正她出去旅游了一趟,回来就有了新男朋友,就像从天上掉下来的。"

某护士:"倩倩前段时间是有点奇怪啊,别人是婚期越近越兴奋,她呢,情绪一天比一天低落,而且像在怕什么,总有点疑神疑鬼。记得护士长当时还找她谈过话,可是她只说筹备婚礼累到了,什么也不肯说。"

也许是太困了,八卦都无法勾起陆嫣的好奇心,她翻着翻着,眼皮不知不觉越来越重,终于,手机从她手上滑落到枕头上,她彻底睡着了。

陆嫣没定闹钟,第二天早上醒来时都八点多了。她洗漱完,将被褥按照原样整整齐齐地铺好,一路摸索着从走廊走出去。

刘嫂正在餐厅里摆早饭,看见陆嫣,笑着说:"小陆医生起来啦?快过来吃早餐。"

陆嫣也笑道:"刘嫂早。"

站在餐桌边,她环顾屋子,没看见江成屹,不知是不是如他昨天所说到公安局加班去梳理汪倩倩的案子了。

刘嫂见陆嫣迟迟不肯坐下,忙说:"小陆医生,你别客气,我和小江先生都吃过了,他应该是局里有事,七点多就走了。小江先生在工作上是很拼命的,就算是周六周日,也经常出去办案子。"

吃着早饭,陆嫣想起昨天临睡前看过的那些信息,虽然不知道有没有用,但还是翻出来截了图,打算一会儿碰到江成屹的时候,拿出来给他过目。

吃完饭没什么事,她又无法确定能不能出门,只好跟刘嫂打了声招呼,坐到沙发上,用手机登录了某网账号,开始查文献。

她在手机上做了一个多小时笔记,大门口传来响动,有人回来了。

刘嫂正要将榨好的果汁送到茶几上,听到声音,很是讶异:"今天小江先生回来得这么早?我还以为又要到下午或者傍晚才回来呢。"

陆嫣微微探身往一旁看，果然是江成屹。她迟疑了一下，起身打招呼："你回来了。那个，昨天的事情有眉目了吗？"

江成屹接过刘嫂递过去的水，喝了一口："今天周日，调监控很不方便，只能等周一再看。"

也就是说，这两天她还不能随便出门。

见他一副说完就要回屋的样子，陆嫣忙说："江成屹，我想回一趟南杉巷。"

江成屹停步，回头看向她。

她笑了笑："麻烦你，我的电脑落在那里了，这两天有重要的资料要查。"

上车系好安全带，陆嫣想起那些聊天记录，趁车还没启动，便将那些截图拿给江成屹看："科里同事关于汪倩倩的议论，不知道对你查案有没有帮助。"

江成屹接过，盯着屏幕。

每滑过一张截图，他的目光都会缓缓地上下移动。那是他专注时会出现的表情，每到此时，他的瞳色都显得更黑亮、更深邃。

隔了几秒，陆嫣转过头，慢吞吞地说："我跟汪倩倩不熟，对她印象比较深的一件事就是有一次大家上夜班，她抱怨说没有假期，想出去旅游。不过，这件事已经过去很久了，我也是听群里同事说她曾经出去散心，才想起来这件事。"

江成屹将手机还给她："你还记得她说想去哪儿旅游吗？"

陆嫣摇摇头，说："不记得了，但好像在那之后没多久她就有了新男朋友。"

江成屹转动方向盘，将车驶出车库："她近一年没有搭乘过飞机，只有几次高铁出行的记录，但高铁车厢的乘客太多，车厢之间流动性又大，无法着手进行侦查。"

"啊？"陆嫣还想往下问，江成屹却不说话了。

很快就到了南杉巷，泊好车，两人上了楼。

进屋后，陆嫣先给江成屹倒了杯水，然后进卧室收拾东西。想着在松山路顶多再住两天，她只简单收拾了一个行李箱，看着气势颇足，其实里面空空的，没装几件衣服。

她出来后，江成屹目光落在行李箱上，脸忽然红了一下。这么大的箱子，一看就是要长住的意思。不过他很快就站起来，一脸淡然地推开阳台门，到阳台上站着去了，一副要认真察看环境的模样。

陆妈留在屋里简单地打扫了一下,将茶几上那晚唐洁吃过的零食包装收起,正要将垃圾一同丢到沙发旁边的小垃圾桶里,一眼扫过,忽然发现桶里有个刺眼的东西。她一怔,弯腰捡起来一看,正是那晚她在门口发现的卡通婴儿贴纸。

　　江成屹这时候进了屋,见陆妈站在屋子里发呆,走近说:"收拾好了吗?"

　　陆妈用一个一次性保鲜袋把那张贴纸装好,递给江成屹:"这是前天晚上我在屋门口发现的东西,像临时被人贴上的,也不知道是不是那个女人贴的。"

　　江成屹皱眉接过,沉默地看了一会儿,见陆妈还在看着他,就将东西收到兜里,说:"先走吧。"

　　快到懿峰泊湾的时候,陆妈想起昨晚的事,问江成屹:"你昨天看清跟踪我的那个人了吗?长什么样?"

　　江成屹面无表情道:"一个男人,高高壮壮的,应该是社会闲散人士。"

　　陆妈脸色变了变:"男人?"她想起昨晚在地铁上看到的那个穿黑色羽绒服的女人,有些不安地说道,"你确定是个男人?"

　　江成屹转头看向她:"怎么了?"

　　车刚开进小区,陆妈还没来得及回答,江成屹的手机却响了。

　　江母活泼欢悦的声音响起:"成屹,看看后面。"

　　江成屹拿着手机往后看,后面是一辆白色的小轿跑,车窗降下,一位女士正冲他挥动胳膊,不是母亲是谁?

　　陆妈见江成屹有些头痛的模样,忙跟着回头,见是一位出奇时髦的贵妇,只觉得眼熟。她还没来得及确认,小区门口又开过来一辆大红色跑车,由于不是业主,被保安拦在门口。

　　车主马上从车上下来,却是丁婧,她一下来就对那位女士笑说:"呀,伯母,这么巧。"

　　江母一脸吃惊地望着丁婧,不过很快就笑起来:"婧婧,你怎么也到松山路来了?"

　　"来看朋友。"丁婧对保安说了几句话,紧跟在江母的车后开进了小区。

　　陆妈很快就认出那位贵妇是江成屹的妈妈。

　　她记得高中时江成屹打篮球联赛,江母几乎每回都会出现在观众席上,虽然多数时候都坐在不显眼的位置,但江母举手投足间那种怡然大方的气度给人留下了很深刻的印象。

　　有一回,她出于好奇,曾经向江成屹打听过他母亲。

好像是高考结束没多久，两个人约好在江成屹家旁边的市立公园见面，她比约定的时间到得要早，在公园门口等他。

6月，虽然已经有了暑气，但天气还没有彻底热起来，正是一年中最舒服的时节。她站在公园里，闻着空气里飘浮的玫瑰清香，觉得一切都好得不像话，心里充满了宁静的欢欣。

记忆这东西非常奇怪，很多新近发生的事转眼就忘，可是对一些久远的事，连不相干的细枝末节都记得清楚。

她记得当晚自己穿着一条白底蓝雏菊图案的裙子，非常漂亮且合身。是母亲买给她的十八岁生日礼物，蛮贵的，买来后，她一直收在衣柜里，一次也舍不得穿。为了这次约会，她特意找出这条裙子，然后猫在房间里，用母亲的熨斗把裙子熨得齐齐整整。出门的时候，她跟母亲说晚上要和唐洁、邓蔓去看电影。母亲正好也要出门，听到这话，意味深长地瞥她一眼，并且这一瞥明显比平时停留的时间要长些。她莫名地心虚，疑心母亲已经猜到她谈恋爱了。可是，她马上就要上大学了，就算她和江成屹的事被妈妈发现了，应该也没什么吧。

去往公园的路上，她一面揣摩着母亲的态度，一面有些好奇：不知江成屹有没有向他父母提起过她，要是提到了，他又是怎么说的呢？

约定时间已经到了，江成屹还没出现，她开始感到奇怪，不断朝他来的方向张望。

又过了五分钟，他依然没来，这在以前是从未有过的事。她拿出手机，想要打给他，可是犹豫了一下，她又骄傲地放下。她告诉自己，最多再等他五分钟，要是他再不来，她一定会走，接下来这个暑假，他可别想再约她出来。

她找到一条长凳坐下，打算玩一会儿手机里的游戏。就在这时，身后的小径上突然出现一阵急乱的脚步声。她回头，诧异道："丁婧？"

丁婧的脸色异常苍白，边跑边频频回头，仓皇的程度，活像身后有鬼在追赶。而在冷不丁看到她后，丁婧明显吓了一大跳。

陆嫣从来没见丁婧这么狼狈过，虽然不喜欢她，吃惊之下，仍然忍不住发问："你怎么了？"

丁婧却冷冷地瞪她一眼，一句话都没有说，就往公园门口走。

她的好奇心被勾起，站在长凳前，往那条小径深处张望。那条小径通向公园深处的人工湖，此时黑幽幽、静悄悄的，除了一丛一丛丝绒般艳丽饱满的玫瑰，连个散步的人都没有。

她还在琢磨的时候，身后传来江成屹的声音："陆嫣。"

她回过头,看见他穿着黑色T恤、牛仔裤,帅帅的,还有一丝痞气,高高的,站在那儿,比夜空中的启明星还要亮眼。

过路的行人里,已经有不少女孩子向这边张望。

她哼了一声,转过头道:"你迟到了。"

江成屹望着她笑了笑,说:"我去给你取礼物了,一来一回的,就耽误了时间。"

陆嫣这才发现他手里有一个红盒子。

他扶她在长凳上坐下,打开盒盖,蹲在她脚旁,开始脱她脚上的凉鞋。

她吃了一惊,难为情极了,连忙阻止他:"哎呀,我我……我自己来。"

可是江成屹已经不由分说地把她白皙的脚掌托在掌心,取出盒子里的鞋,给她换上。等到两只鞋都换好以后,他抬头看她,声音很低,很好听,问她:"喜欢吗?"

她低头看去,发现那是一双大红色漆皮平底鞋,两只鞋的前端各有一个蝴蝶结,穿在她脚上,衬得她的脚背雪似的白。后来她才知道那双鞋是意大利的品牌,鞋的款式叫 Varina。

她之前的凉鞋有些磨脚,可是因为刚买没多久,她没舍得换。她从来没在他面前透露过,也不知道他是怎么发现的。她心里充溢着一种无法言说的快乐,盯着那双鞋左看右看,嘴角高高地翘了起来。

为了表达自己对这双鞋的喜爱,她打算起身在他面前走一圈,可是脚刚动,才发现他的手仍握着她的脚腕,掌心很烫。她心一跳,悄悄看向他。

他刚才似乎一直在盯着她,目光跟平常有些不同,很专注,眸色很深,眸子里涌动着黑色的暗潮,旋涡一般将她牢牢吸引住。他的手虽然保持不动,可是掌心的热度仿佛能够游走似的,酥酥麻麻的,沿着她的脚腕、小腿一直往上,往上……她身上莫名一热,挣扎着站了起来。

她快步走了一段,回过头,发现他还站在原地望着她,目光里那种近似欲望的东西慢慢消退了,脸上挂上了一个似笑非笑的笑容。

她慢吞吞地回到他身边,突然,出其不意踮脚在他脸上亲了一口:"奖励你的。"他这才笑了起来。

后来,他们在公园旁的小巷子里走啊走啊。他给她买了很多吃的,她一边吃着零食,一边时不时垂下眼睛打量自己的新鞋子。真漂亮,跟她的白裙子配极了,她真恨不得身边的每一个人都注意到才好。

她问他是怎么找到这么合她心意的鞋子的。

他就说他妈妈喜欢买鞋子，家里专门有个房间用来放鞋。趁他妈不在家，他站在鞋柜前研究了很久，发现他妈妈买的最多的就是这个牌子的鞋。漂不漂亮他不懂，既然他妈妈同一款鞋子能买这么多颜色，穿起来应该舒服，所以他就去给她买回来了。

那是陆嫣第一次听到江成屹主动谈论他母亲的事。

❄ ❄ ❄

三辆车依次开进车库。

一下车，江母就将目光投向陆嫣，见陆嫣果然如刘嫂所说那么美丽大方，脸上的笑容越发收不住，关好车门就朝两人走过去。

走近后，江成屹指指陆嫣，对江母说："妈，这是陆嫣。"他又淡淡地对陆嫣说："这是我妈。"

陆嫣虽然心里有种奇怪的感觉，但仍对江母笑着说："阿姨好。"

江母热情地跟陆嫣握手："陆小姐，你好。"

她保养得宜，虽然已经年过五十，皮肤却依然白皙、紧致，只眼角有些淡淡的笑纹。

更难得的是，她的目光清澈，笑容毫无杂质，可见多年来一直生活得顺风顺水，未受过岁月的摧残。不像陆嫣的母亲，虽然年轻时也是出众的美人，如今却老了许多。

江母并没有认出陆嫣：一来，当时江成屹还没来得及将陆嫣介绍给父母，两个人就分了手；二来，就算当时在篮球场上偶然见过，有些印象，过了八年，也淡忘了。

江母笑眯眯地打量陆嫣，越看越满意："刚才跟成屹出门了？"

江成屹咳了一声，打断说："妈，你今天怎么过来了？"

江母斜睨儿子一眼："我就是路过这里，碰巧看到你的车，就跟过来看看，我又不会待很久。"

这时，丁婧踩着高跟鞋快步走了过来。

非业主的车只能停靠在临时车位，她虽然将车开进来了，却绕来绕去一直停不进去，直到刚才江母打了一通电话，她才把车停好。她一过来就挽着江母的胳膊，亲昵地抱怨说："伯母也不等等我。"

江母的注意力却仍在陆嫣身上，她温声问陆嫣："在附一院上班？平时工作累不累？"

陆嫣一五一十地回道："嗯，在附一院上班。还好，不算很累，已经习惯了。"她心里却越发觉得奇怪，转头一望，江成屹虽然站在三人前面，眼睛却看着一边，一副很冷淡的样子。她又怕自己想错了。

丁婧被晾在一边，好半天没找到机会开口，直至无意中往旁边一望，意外发现电梯的按钮没亮，奇怪道："咦，江成屹，是不是忘了按电梯按钮？"

江母这才想起丁婧，对她说："不忙，不忙，我等一下还要去看成屹他阿姨，说几句话就走了，不跟他们一起上去。对了，婧婧，你的朋友也住在这里？跟成屹住在一栋？"

丁婧僵硬地一笑："我朋友还没回来，我想等她回来以后再去找她。"

江母又问她："你不是前段时间遇到怪事，说一直想要找成屹谈谈吗？趁今天碰到了成屹，你好好跟他说说。"

丁婧看着江成屹，停顿了几秒，若无其事地一笑，摇摇头，说："已经没事了，可能前段时间我太累了，所以有点疑神疑鬼。"

"那好吧。"江母看看腕表，对江成屹说："时间不早了，来，成屹，妈妈有事情要跟你说。"

江成屹见母亲笑容里带着一丝狡黠的意味，迟疑了一会儿才跟着走过去。

原地只剩下陆嫣和丁婧。

两个人都不说话。若在以前，陆嫣也许会觉得不自在，可是她对丁婧一向敬而远之，从未有过虚伪、客套的打算。此刻静静地站在一旁，看着手机里的笔记，她很快就将丁婧抛到了脑后。

丁婧注视了陆嫣一会儿，见她对自己不理不睬，忽然走近两步，看着她："陆嫣，你听说过'冬至'吗？"说完，她紧盯着陆嫣，像唯恐错过陆嫣表情的每一个细微变化。

冬至？陆嫣莫名其妙，冬至不就是个节气吗？她没接话。

丁婧眼睛眯了眯，见陆嫣没有流露出哪怕一丝知情的表情，她脸色瞬间变得灰败，紧张地低声说："你别装了，你一定知道，对不对？"

陆嫣平静地回视丁婧："对不起，我根本不知道你在说什么。"

丁婧呆住了，片刻后缓缓地摇头，一字一顿道："不，你肯定知道，我早就猜到了，这一切都是你搞的鬼。"

陆嫣冷冷地看着丁婧，见她的表情越来越不对劲，心里腻烦："你到底要说什么？"

就在这时,江成屹和江母过来了。

"小陆,"江母近前亲热地握住陆嫣的手,拍拍她的手背,"下次阿姨再过来跟你们一起吃饭。"说完,她拉开车门,潇洒地冲丁婧挥了挥手:"婧婧,阿姨先走了。"

雪白的车灯亮起,引擎轰鸣声中,跑车扬长而去。

江成屹转过头,对陆嫣说:"走吧。"

两人进了电梯,丁婧却仍戳在原地。

电梯关门前,陆嫣往外扫了一眼,就见丁婧双眼空洞地盯着虚空的某一处,脸色异常难看,像在竭力思考什么。她一转头,发现江成屹也正看着丁婧,目光显得很复杂。

她愣了一下,忽然有种离奇的猜测,难道刚才丁婧的本意不是来找江成屹,而是奔着她来的?可是,丁婧怎么知道她在江成屹家呢?

两人进屋,刘嫂迎过去:"回来了。"她给两人各自端了一杯柠檬水。

陆嫣再三道谢。

刘嫂笑着说:"等一下就可以开饭了,中午做了糖醋小黄鱼。"

陆嫣一怔,悄悄看向江成屹。糖醋小黄鱼是她最爱的一道菜,江成屹却不喜欢。两个人以前交往吃饭时,她曾任性地点过好几次。有一回她非逼着他吃,事后他狂喝了好多汽水,还觉得鱼腥味久久不散。

想到这儿,她忽然在玄关待不住了,讪讪地说了句:"那个,我回房查一下资料。"说完就往屋里走。

她刚走到走廊,江成屹却在身后叫她:"我妈送给你的。"

他说话时走近,一只手插在裤兜里,另一只手递给她一个袋子。除了给她的这一个,他手上还留有一个。

陆嫣犹豫了一下,还是接了过来。那袋子异常精致,很轻,牌子是英文,有点眼熟,她恍惚间觉得曾在唐洁的衣帽间见过。她松了口气,应该不是什么贵重的礼物,便打开往里一看,脑中血流一轰。居然是一套白色蕾丝睡衣,无论上身还是下身,布料均少得可怜。

她飞速抬头看江成屹一眼,发现他正斜斜地看着她,目光跟表情一样淡定。可是不知为何,只这个目光交错的工夫,她的耳朵就不争气地烧了起来。他肯定事先看过了,或者就算没看过,光看袋子的包装也知道这里面装的是什么。她努力保持镇定,干巴巴地挤出笑容:"替我谢谢阿姨。"

他"嗯"了一声就往前走。

陆嫣望着他的背影，忽然万分好奇。江母送给她的袋子里装着情趣内衣，给他的那个里面又装着什么呢？

❉　❉　❉

六点半，闹钟响了，陆嫣不情不愿地掀被子起床。今天是周一，科室会举行全科大交班，按照规定，所有人都必须提前半小时到达科室。

她头昏脑涨地走进盥洗室，打开水龙头，镜子里的那张脸明显比平时苍白，黑眼圈若隐若现。昨晚她睡得一点也不好，整夜都在做梦，除了从前的零碎记忆，还夹杂着一些光怪陆离的片段。

梦里那副漂亮的身躯对她有着致命的吸引力，她沉醉其中，飘飘欲仙，搂紧了尽情享受，抵死也不松手。床边胡乱地堆叠着她的裙子和他的衣服，耳边有6月特有的蝉鸣声，房间里空气荡漾得如同海浪，她沉沉浮浮，颠簸于其间。他目光里的东西让她战栗又着迷，他的汗顺着好看的眉毛滚落下来，一滴又一滴，不断烫着她的锁骨和胸口。他的肩膀似乎比从前更宽了，腰背部的线条矫健、流畅得让她移不开眼睛，她啃啊啃啊，抱啊抱啊，还没过够瘾，闹钟就响了。

醒来的时候，她居然还有一丝遗憾。

一场梦。她望着镜子，在心里补充，嗯，一场春梦。

也不知昨晚受了什么刺激，她居然产生了这样的连带反应，她猜八成是收到那份莫名其妙的礼物的缘故。

她掬一捧水泼到脸上。在冷水的刺激下，她脸上的热度才有所减退。而等到梳洗好走出盥洗室时，她已经跟平常每一个去上班的早晨没有两样。

做梦就是有这点好处，不管在梦里跟某人闹得多荒唐，反正被梦到的那个人全不知情，即使与其相对而坐，她也能泰然处之。比如现在，她就可以很坦荡地在江成屹面前吃早餐。

他似乎也睡得不怎么好，脸色较往常稍差，但胃口居然还不错，很快就吃完了早餐，又取了车钥匙，精神抖擞地在玄关等她。她不得不加快速度，三口两口吃完后换了高跟鞋，跟着他进了电梯。

车上，两个人都很安静，谁也不说话。她莫名感到有些气闷，降下车窗。

正在下雨。阴冷潮湿的早晨，虽然不到七点，路上的交通却已经有了堵塞的迹象，交警穿着雨衣来来回回在十字路口指挥交通。行人也多，个个裹在冬装里，统一挂着周一早上特有的倦怠面容。

"晚上什么时候下班？"他直视前方，终于开口了。

她取出手机，看了看今天的排班表："今天手术蛮多的，不一定什么时候下班。对了，周一了，那个监控录像可以调出来了吗？"

他没接话。

直到将车开进附一院，他才对她不冷不热地说了句："晚上我过来接你。"他撂下这句话就走了。

陆嫣一整天都很忙。手术室系统就像一台复杂、精密的仪器，每个人都是仪器上的一枚螺丝钉，在这台庞大仪器运行的过程中，不容出现半点差错。

陆嫣今天负责妇科其中一个手术室，手术轮转很快，到她下班时，已经接连做完好几台腹腔镜手术。

认真访视完明天要麻醉的患者，她到更衣室换衣服，出来后看看时间，还好，白天的麻醉和手术都很顺利，忙到现在还不到七点半。

跟其他同事打了招呼，她走到电梯间按电梯按钮，想起早上江成屹的话，正犹豫要不要给他发条短信，电话就进来了。

是江成屹。

她接起。

"下班了吗？"

她系围巾，清清嗓子："嗯。"

"监控已经出来了。"他的声音听不出情绪，"我在楼下等你。"

陆嫣进了电梯，遇上几个其他科室的同事。

看到陆嫣，同事笑说："小陆遇到什么开心的事情了，气色这么好。"

陆嫣摸摸自己的脸，明明很疲惫，哪里气色好了？

电梯门一开，几个人出来。

同事见陆嫣径直朝江成屹的车走过去，立刻了然，哄笑道："原来我们的小陆医生谈恋爱了！这下好了，医院里有人心要碎一地了。"

陆嫣拉开车门，冲那边无奈地笑笑："明天见。"

上车的工夫，她目光朝江成屹一扫，才发现他脸阴沉着。

早上的时候，他虽然没说几句话，脸却不像现在这么臭。坐好以后，她看了他好几秒，主动开口："现在是去你们分局吗？"

"嗯。"他总算开了尊口。

安山区分局刑警大队离附一院很近，开车不过十分钟的路程。停好车后，江成屹领着她往内走，半路遇到了秦跃。

一见他们，秦跃就对江成屹说："正要给你打电话，我和王平交接完了，我们组一共分了十五份案宗。"

江成屹说："好，辛苦了，我们一会儿先大概整理一下，等明早组里的人开个会再一一分派下去。"

秦跃又跟江成屹说了几句话，见陆嫣有些不解，便解释说："局里一位老刑警退休了，将手头上没破的案子移交了一部分给江队，其中有几桩已经有些年头了。"

也就是所谓的陈年旧案。

陆嫣好奇地问他："都是些什么样的案子？"

秦跃苦笑："有的是案犯在逃，由于种种原因，暂时没能将案犯捉拿归案，也有凶杀案或者盗窃案，要么线索零零碎碎，要么现场破坏得太严重，所以侦办起来有难度。"

陆嫣点点头，继而看向周围。加班在这里似乎成了一种常态，虽然已经过了七点，楼道里却来来往往都是人，个个行走如风。

到了江成屹办公桌前，秦跃不顾陆嫣的阻拦，张罗着去泡茶。

陆嫣将包放在江成屹的办公桌上，默默扫了一遍，除了一台电脑，剩下的全是资料，几乎没什么私人物品。

忽然，身后有个东西碰到了她的腿窝。她低头一看，电脑椅不知何时被江成屹移到了她身后。她一偏头，他已打开了电脑，滑动鼠标，开始找文件。

秦跃这时正好端着茶过来，见陆嫣还站着，就说："小陆医生，坐吧。白天我办了不少手续才把这两段监控录过来，一会儿可能还需要你做个笔录。"

江成屹点开一段视频，对陆嫣说："看看视频里的这个人，认识吗？"

陆嫣心里一阵发紧。跟前两天看南杉巷的监控录像时一样，她出于一种莫名的恐惧，在最初的几秒甚至不敢看向屏幕。调整了好一会儿，她才开始认真观察画面。

第一段视频是在一条马路上，时间显示是周六晚上七点三十七分，镜头里光线不算明亮，路上行人很多，但陆嫣还是一眼认出画面中的地点是松山路，人群中的她正顶着寒风匆匆赶路。画面中的前几秒看不出什么异常，然而在她路过一条小巷子的时候，一个高壮的人忽然出现在画面中。从巷中出来后，这人并没有立即跟上陆嫣，而是先点了根烟，一边抽烟，一边假装随意地左右张望。过了一会儿，他才不紧不慢地跟在她后面，并且在跟踪了几十米以后开始有意缩短与她之间的距离。

江成屹将鼠标定格在那个男人身上，放大他的影像，就见那人穿着一件肥肥大大的黑大衣，戴着灰突突的帽子，一只手插在口袋里，另一只手似乎拿着一样东西。

第一眼看去，那东西很随意地被他握在手里，可是只要连续看下来，就可以发现这人一直有意在调整那东西的角度，让其始终正对着陆嫣的背影。

陆嫣努力辨认着："他手里拿的是——"

江成屹："DV（数码摄像机）。"

"DV？"

江成屹将画面定格在那个男人叼着烟的脸上："这个人有案底，上午刚调出监控，晚上我们就核实了这人的身份。他叫王强，十年前就曾因猥亵和盗窃罪蹲过监狱，三年前出狱后在狱友的建议下购入了一台DV，从那以后开始长期跟踪和偷拍女性，并将视频售卖给非法网站，用以获利，被抓住后，一直蹲到今年3月份才出狱。"他说完，问陆嫣，"以前见过这人吗？"

陆嫣摇摇头："没见过。"

江成屹点播放键。

这一回，视频里的陆嫣已经走到了十字路口，由于正好遇到红灯，不少行人都很有默契地等在路边，陆嫣则站在人群靠左前方的位置。

也许是因为人群聚拢到了一起，王强不再像刚才那么谨慎，而是仗着身高优势绕过一些人，慢吞吞地贴到陆嫣身后。他在原地吊儿郎当地站了一会儿，意想不到的画面出现了，他竟然恶作剧地抬起DV的前端，碰了碰陆嫣的后背。画面中的陆嫣明显有所察觉，似乎想要回头，可是此时正好红灯变绿灯，人群涌动，画面很快再一次往前推进。

江成屹正要点开下一段视频，陆嫣冷不丁道："等一下。"

在江成屹看过来的时候，她抬手指向画面上一个不起眼的角落里的某个人："能不能把这个人的画面放大一下？"

江成屹和秦跃这时才发现在人群末尾有个女人，穿着黑色长款羽绒服，中等个子，浑身上下黑不溜秋的，混在人堆里，一点也不起眼。

"能不能把画面倒过去？"陆嫣语气有些紧张。

江成屹将视频倒退到最初的七点三十七分，拉进度条的时候，可以看到这个女人始终跟在陆嫣左右，并且出现的时间比那个男人还要早。

秦跃觉得不对劲："怎么了？"

陆嫣缓缓摇头："这个女人在地铁里也出现过，如果不是临时出了变故，我差一点就跟她乘同一趟车了。真是奇怪，这人怎么一直在我附近？而且我觉得这个女人有点眼熟。"

江成屹打开地铁×号线的录像。

这一段视频里，那个叫王强的男人故技重施，起初只是懒散地站在角落里，等到地铁即将到站，他才借机靠近陆嫣。而在最后人群拥堵在车厢门口的时候，他更是有意站到陆嫣身后，可是由于视野被遮挡，无法看清他在陆嫣身后具体做了什么。

巧的是，那个穿黑色羽绒服的女人也始终在画面里。跟高大的王强不同，她既不打眼，也没有逾矩的举动，可以说毫无存在感，如果不是陆嫣他们有意观察她，甚至无法确定她是否真在跟踪陆嫣。

陆嫣站在从甲站开往乙站方向的站台上，她也静悄悄地站在那儿。陆嫣进车厢，她也跟着进车厢。直到陆嫣接了江成屹打来的电话，继而出人意料地挤出人群，那女人才因已经进了车厢，无法在众目睽睽之下回到站台。

看到这儿，江成屹似有所思，虽然不敢确定，但仍然点开了电脑里另一个文件夹。那里面有一段他前几天从南杉巷派出所拷过来的录像。

这段视频陆嫣也看过，画面一蹦出来，她就默默抬眼看了看江成屹。

江成屹没回头，只专注地看着屏幕。

视频里，那个女人打开陆嫣家楼下的单元门进入，几分钟后又匆匆离开。

来回看了好几遍，陆嫣终于知道为什么觉得地铁里那个女人眼熟了。两段视频里的女人，冷眼看去，大有不同：一个打扮得很时尚，另一个则穿着不打眼的黑色羽绒服，可是无论是两人的身材还是走路姿势，都高度相似。一样的中等个子，一样穿着高跟鞋，而且走路时步伐都迈得很快、很大，那种上半身前倾急急赶路的模样很有辨识度。

"这两段视频有两个疑点。"江成屹将画面定格，转脸看向秦跃和陆嫣，"第一，王强既然选择跟踪偷拍，为什么还要故意引起当事人的注意？他的本意到底是偷拍还是恫吓？光从画面上的表现来看，我们暂时没办法下结论。"

秦跃疑惑地想了想，隔了几秒，问江成屹："要不要查查王强的户头？"

"你怀疑有人雇他吓唬陆嫣？"

"王强这种人，我接触得多了，无利不起早，而且他上半年好不容易才从局子里出来，在外面还没混够呢，不会这么快又想着进去。他之所以这么反常，一定有原因。"

陆嫣在一旁专注地听着，暗暗感叹隔行如隔山，同样的一件事，到了真正办理要案的刑警面前，思路与她完全不同。

江成屹想了想，拿出手机打了个电话，很快就接通了。对方似乎还没下班。江成屹走到一边说了几句话就挂断了。

他看看秦跃："明天也许会有消息。王强几次入狱，在反侦查方面已经有了一定的经验，除了从他的经济方面入手，最好还要查查他这几个月都接触了什么人。"

陆嫣沉默了一会儿，提醒他："你刚才说视频有两个疑点，另一个疑点是什么？"

江成屹重新将目光投向电脑屏幕："这女人一次戴着丝巾，一次戴着口罩、帽子，两次都有意遮盖自己的面容。"

陆嫣心里一动："这很奇怪吗？"

江成屹盯着画面里的女人，一时没接话。

秦跃却插嘴说："说不上来，但这女人前后两次打扮完全不一样，让人觉得很怪。"

正在这时候，门外热热闹闹地走来几个人，其中一个手里拎着一大包东西，一到他们跟前就说："江队，这是刚从汪倩倩家里搜出来的。这已经是第二回搜查了，应该再没什么落下的了。她妈妈听说是为了帮助破案，恨不得连下水道里的东西都抠出来给我们。喏，这不，弄回来一大包。"说话时，他先是注意到陆嫣，后又发现了桌上的卷宗，"咦，江队，是不是又来新案子了？"

秦跃是聪明人，根本用不着江成屹提醒，就自觉地领着陆嫣到另一边去："既然录像看完了，小陆医生，咱们到这边来做笔录。"

陆嫣拿起包，跟在他身后走开。

她没走多远，就听到江成屹说："汪倩倩这包东西，你马上给送到法医那边去。别瞎看，也没什么新案子，就是老王手里那几桩老案子交接给我们了，等明天我再统一分派。"

有人压低声音说："哦。嘿，江队，我知道。前些天咱们局里不是给老王搞了一场送别会嘛，饭桌上他就提到过手里一桩案子，说起来跟汪倩倩的案子还

069

有点像，都是死后被抛尸到人工湖里。可是凶手太狡猾了，三年过去都没能破案。我听说死者还是位富商的太太。说起来，这种有挑战性的案子最能积累经验了，既然到了我们组里，咱们在江队的英明领导下好好盯一盯，没准年底前就能破案呢。"

"我说，你们小点声。"秦跃站起来，半真半假地吆喝了一声，"这里做笔录呢。"

也是秦跃资历老，人缘好，一嗓子吼下去，那几个人非但没有异议，还立马安静不少。

可是一等做完笔录，秦跃自己却忍不住叹气："时间越久，案子越不好破，作案的痕迹全被慢慢消磨掉了，可只要凶手一天没被绳之以法，就必须往下查。你想想，这样的事谁家摊上不难受啊，家属往往很多年都走不出阴影。"

陆嫣应道："是啊，这种事的确太不幸了。"

她还在回想刚才视频里的王强，如果真有人雇他对付她，那个人会是谁？她猜来猜去，隐约有了点头绪。

江成屹好像还没有要下班的意思，她决定暂时不想这事了，问秦跃："秦警官，请问，洗手间在哪里？"

陆嫣从洗手间回来，见有人正拿着个热气腾腾的茶杯跟秦跃闲聊天："老秦，你刚才说凶杀案家属走不出阴影，依我看，别说凶杀案，自杀案的家属也不肯接受事实啊。你应该知道那件奇事吧，好像是八年前，有个中学的女孩子跳湖自杀了，在那之后连续七年，每年都有人写匿名信到我们这儿，说那个女孩死因可疑，在信上列举了若干那女孩不会自杀的理由，强烈要求警方重新调查。领导对这件事挺重视的，还真立案调查过，可是查了又查，把女孩当晚自杀时的监控调出来看了又看，确定是自杀，怎么都找不到他杀的可能。"

陆嫣一呆，停在了原地。

那人又说："即便是这样，那位匿名写信人还是每年都寄信过来，还年复一年地附上他搜集到的'证据'，要求警方重查这个案子。我干刑侦这么多年，从来没见过这么执着的人。说起来也挺心酸的，当时我们还猜过那人是不是女孩的父母，可是先后对了好几次笔迹，都不是。我真想不明白了，这么多年过去了，谁还会对这件事这么耿耿于怀？"

陆嫣的心沉沉地直往下坠，她勉强笑着说："请问，你们说的那个自杀的女孩是七中的吗？"

那人呆了一下，连忙转移话题："就是随便瞎聊几句。"

这时候，江成屹走过来，话题也就中断了。

秦跃说："江队，该下班了吧？"

江成屹笑笑："下班，大家辛苦了。"

见陆嫣异常沉默，他走近，了然地望着她："走吧。"

陆嫣只觉得说不出来的情绪把心口堵得满满的，听到这话，装作若无其事地取过包，往外走去。

等上车时，陆嫣神色已经恢复如常了。系安全带的时候，她无意中一转头，才发现江成屹正在看她。

可是下一刻他就转过头，简短地问："饿不饿？"

陆嫣回答得很诚实："饿。"

江成屹开始左转，准备将车开入松山路主干道："我爸妈晚上招待客人，那边厨子忙不过来，刘嫂临时被叫走了。"

陆嫣眨眨眼，有点没反应过来。

"今晚没人做饭，要吃只能自己做。"

路过一家生鲜超市时，陆嫣下去买了几样新鲜蔬菜。其他的菜品，刘嫂走的时候估计都备在冰箱里了。

陆嫣只会几个简单的家常菜，手艺实在有限，但用来应付江成屹这种连厨房都没进过的人应该绰绰有余。

两人进了屋，刘嫂果然不在家。换鞋的时候，陆嫣眼角扫过江成屹的西装裤脚，莫名其妙地，脑子里居然闪过昨晚梦里的片段，她就做贼心虚起来。

Chapter 5

> 页首写着"Serial Murder Case"——连环杀人案。

　　陆嫣为了掩饰心虚，一换好鞋就闪身进了厨房。

　　刘嫂相当能干，偌大一个厨房被她打理得井井有条，从银亮的餐具到雪白的灶台，无一处不闪闪发光。

　　陆嫣把菜放到岛台上，走过去开冰箱。

　　开门的一瞬间，虽然她提前做好了心理准备，但还是险些被冰箱里满满当当的食材闪瞎眼。什么叫作"包罗万象，应有尽有"？指的可不就是刘嫂的冰箱。就为了应对一个江成屹，用不用搞得这么夸张？

　　回过神后，她开始研究冰箱里的众多食材，复杂的她根本应付不来，只能从简单的入手。挑来挑去，她最后选中了鸡蛋和冬笋。路上买好了肉和西红柿，加上从冰箱里取出的这两样食材，她打算做肉炒冬笋和西红柿鸡蛋。反正江成屹只是不爱吃鱼，对别的好像都不挑，何况这两个菜她最拿手，足以用来糊弄人。

　　她洗好菜以后，正要开始切菜，身后有人进来了。她奇怪地回头。江成屹？他进来做什么？

　　"很快就好。"她回过头，继续慢吞吞地切菜，"我手艺一般，两个菜，今晚凑合一下吧。"

　　"看出来了。"江成屹冷淡地扫一眼她切菜的姿势。

　　"……看出来什么了？"

　　"看出你手艺一般。"他挽好袖子，接过她手中的刀。

陆嫣还没反应过来发生了什么事,就莫名其妙地被晾在一边。

江成屹开始切菜,陆嫣举着胳膊戳在一边盯着他。她好奇啊,更多的是不服气,可是在旁边戳了一会儿,她不得不承认,他做饭的样子很帅。

眼看江成屹三下五除二就拾掇好了菜,动作娴熟程度远胜于她,她很快意识到自己和对方的差距,愣了几秒后,灰溜溜地出去了。

坐到餐桌边,她还是觉得费解。

这不科学啊。江成屹以前说过他从来不进厨房,不光他,连他妈妈也是十指不沾阳春水。家里用人好几个,从做菜到打理杂务,各司其职,根本轮不到主人亲自动手。

记得当初第一次听说这件事时,她还很骄傲地鄙视过他,说自己初中的时候就会做菜了,炒出来的菜特别好吃,连妈妈都忍不住夸呢。

那天好像是周日,江成屹在市体育馆打高中联赛,为了助威,不少七中同学都去了。比赛一结束,江成屹来不及和队友庆祝胜利,就跑过来找她。当时体育馆外面除了她,邓蔓和唐洁也在。

前些日子有邻校学生跟踪她,在被江成屹打了一顿后,那个学生收敛了不少。虽说这件事过去有段时间了,可大家还是心有余悸。怕那个学生又来缠她,邓蔓和唐洁说什么也不肯先走。直到江成屹过来,唐洁才因为拒绝当电灯泡,拉着邓蔓走了。她留在原地,见江成屹头上全是汗,就从书包里翻出早已准备好的干净毛巾和冰汽水,递给他。

江成屹接过汽水,却不肯接毛巾,只一边仰头喝汽水,一边看着她,目光里的暗示,仅看一眼就能懂。真是一个坏家伙,她走到他面前,踮脚亲手给他擦汗。

他一直盯着她看,在她擦到他耳边时,他目光一荡,低下头,猝不及防地亲了她一口。

离开体育馆后,见时间还很早,江成屹就提议去看她早就想看的一场电影。

路上,两人说着说着就说到了做饭。

听说她初中就会做饭,江成屹表示不信,故意逗她:"初中你才多大,够得着灶台吗?"

"谁够不着灶台了?"为了证明她真的会做菜,她开始一一列举做蛋炒饭的详细步骤,并且说,除了蛋炒饭,她还会做好几个家常菜呢。

她在这边如数家珍,他却沉默下来,问她:"你在家经常做饭吗?"

她点头:"妈妈经常要加班,有时候忙到很晚才回来,我饿了,只好自己学做饭。"

她有意避开爸爸妈妈离婚这个话题。其实家里这些事，她一向很少跟别人提，就连亲密如唐洁和邓蔓，也都不怎么清楚。她知道，妈妈自离婚以后过得很辛苦，为了少让妈妈操心，她一向很听话，除了用功读书，有空的时候还会帮妈妈做些力所能及的家务。

天色渐渐暗了下来，两个人说着话，不知不觉走到了电影院后面。

她还在说蛋炒饭的事呢，江成屹忽然停了下来。她纳闷，还以为遇到同学了，环顾四周以后抬头看他："怎么了？"

他望着她，目光很复杂。

她以为他有话要说："怎么了？"

他笑笑，若无其事地说："没事。"

她还要追问，他却握着她的手往前走。

第二天午间休息的时候，她和唐洁、邓蔓三人买了零食，坐在图书馆台阶上边吃边聊。

唐洁认为陆嫣最近越来越重色轻友，在对她进行一番"批斗"后说起年级里谁和谁谈恋爱了、谁追谁被拒了，无非是课余八卦。

见邓蔓始终不接话，唐洁和陆嫣对了个眼神，戳戳邓蔓的胳膊："邓蔓，你想什么呢？哎，我说，你有喜欢的人吗？"

邓蔓正盯着不远处的一栋建筑物，听到这话，脸色变了变，忙摇头："没有。"

"干吗吓成这样？"唐洁不满，"你这家伙最没意思了，什么事也不跟我和陆嫣说。"

邓蔓笑着用手里的零食塞住唐洁的嘴，说："我什么时候不跟你们说了？别冤枉我。"

陆嫣心细，觉得邓蔓目光很奇怪，还曾顺着她的目光眺望了一下，那个方向有好几栋建筑物相邻。她辨认了一会儿，一度认为邓蔓看的是学校的室内篮球场，直到很久以后，她才开始怀疑当时的判断。

陆嫣望着餐桌上热气腾腾的三菜一汤。

江成屹效率真高，不到半个小时，所有菜就上桌了，闻着香也就算了，卖相也很不错，至少比她做出来的菜卖相好多了。

拿起筷子一尝，她顿时羞愧了。几年过去，她的厨艺还在原地踏步，江成屹居然已经这么像样了。

吃饭的时候，她总有一种对面人的目光落到自己身上的错觉，可是等她抬眼，才知道自己误解了。她镇定自若地吃饭，虽说没开口夸赞，可是厨艺这种东西根本不用夸，她没能忍住，一下子连吃了两碗饭，这无疑就是对江成屹厨艺最有力的肯定。

江成屹比她吃得快，吃完以后并没有离开餐桌，只是坐在餐桌旁喝水。不知是不是陆嫣的错觉，江成屹面瘫一般的表情里居然隐隐透着一种满足感。

也许是空调温度调得太高了，她忽然感觉有点热，垂下眼睛收拾好碗筷，将餐具送到厨房。启动洗碗机后，她洗手，从厨房出来。

江成屹还没回房间，只不过不知从哪里取了一沓资料过来，一边喝水，一边慢慢翻看。

陆嫣目光掠过，发现资料上满是英文，页首写着"Serial Murder Case"——连环杀人案。

从餐厅出来，陆嫣往玄关走去。记得刚才进门时，她随手将包搁在玄关了，可是这时候一看，那里根本没有包的影子。她疑惑地找了一圈，最后远远地往客厅方向瞅了瞅，这才发现包好好地放在沙发上。多半是刚才江成屹顺手给她放过去的。

她看向他，他还在看资料，没有说话的意思。她只好收回目光，走到沙发前坐下，拿出手机。

有好几个唐洁的未接来电，她刚才一直忙着做菜、吃饭，没听见。她忙拨过去。

一接通，唐洁的声音懒洋洋的："哟，总算想起来看手机了，刚才干吗去了？"

她正要说话，这时传来一阵脚步声，江成屹不知什么时候走了过来，将那堆资料丢在茶几上，转而在另一边的沙发上坐下。

陆嫣微微侧身："哦，刚才做饭呢，没听到。"

"做饭？"唐洁笑得很暧昧，"你给江成屹做饭？行啊，还是江成屹有办法啊，这么多年过去，也没看见别人把你这朵玫瑰摘下，没想到他一出现——"

她的声音很大，江成屹坐得近，陆嫣不得不打断她："到底什么事啊？"

唐洁回归正题："都周一了，监控视频应该能调出来了吧，跟踪你的那家伙有消息了吗？"

陆嫣嗯了一声,不想让唐洁太担心,回答得有点含混:"差不多知道是谁了。"

唐洁对这个说法不满意:"最好明天就把这变态抓起来,省得咱们天天担惊受怕的。对了,你明天上什么班?大钟过生日,我们明晚打算搞个生日派对,你要是有空,最好能来。"

大钟小的时候,大钟爸妈被外派到美国一段时间,虽说后来举家回了国,但大钟的生活习惯已经全盘西化,每年过生日都会搞派对。去年陆嫣因为上晚班,没能参加,今年要是再不出现,有点说不过去。

"我知道说得有点晚了,但大钟不是才回来嘛,前两天我们又光顾着躲那变态了,就没顾上张罗这事。"

陆嫣说:"我一下班就过去。你们几点开始?去你家还是他家?"

唐洁果然高兴极了:"晚上,在他家。请了好多大钟的朋友,一帮搞电影的,到时候肯定很好玩。反正不管几点吧,你一下班就过来。对了,还有江成屹,你们两个一起,我这就给他发电子邀请卡。"

陆嫣一怔,看向江成屹,他又开始研究茶几上那堆资料。

这个要求蛮突兀的,江成屹未必肯答应。她犹豫了一下,道:"那我问问吧,一会儿给你回个电话。"

她刚挂断电话,江成屹的手机果然响了一下。

陆嫣喝了口水,透过水杯的上端观察了江成屹几秒,开口说:"那个……明天唐洁的男朋友过生日。"

江成屹正在看手机上的那条短信,没接话。

"她是不是还邀请了你?"

他嗯了一声,回答得还挺快,从语气里也听不出反感。

陆嫣手指轻轻摩挲杯沿,琢磨下一步该说什么。这种派对,两人一起出席意味着什么,江成屹作为成年人,不会不知道。可是视频里那两个人的目的依然成谜,她根本不敢单独出行,要是赴宴,势必要请江成屹一同前往。虽然她一点底气也没有,但还是犹犹豫豫地开口:"如果到时候你不忙,可不可以跟我一起……过去?"

江成屹将手机放下,几秒后开口了:"你目前还没脱离危险,如果你非要去,我可以陪你走一趟。青山区别墅不是很远,开车过去也就四十分钟。"

他一副勉为其难的样子,可又是默许的意思。

陆嫣放下水杯,语气明显比刚才松快很多:"谢谢。明天白天我会上一天班，到时候可能还得回来换一下衣服。"

"哦。"江成屹一本正经地研究资料。

陆嫣微笑着起身。他面前的柠檬水已经喝完了，她又到厨房倒了一杯，放到他面前。

她刚准备回房间，江成屹的手机突然响了。

江成屹看一眼来电号码，接起："老秦。"

那边秦跃说了一番话，虽然听不清楚，但语速非常快，非常急。陆嫣见江成屹眉头渐渐皱起，一种不祥的预感油然而生。

"保护好现场。"江成屹起身，拿起沙发上的夹克，"我这就过去。"

"出什么事了？"陆嫣有点忐忑，"有案子了吗？"

江成屹往玄关走，思绪完全集中在刚才电话里秦跃的那段话上："案发现场在郊区，我可能要几个小时才能回来。"他一边说，一边按下电梯按钮。过了几秒，他想起什么，神色略有所收敛，语气转为冷淡："小区治安不错，二十四小时有人巡逻，楼下大厅也有人值班，你要是还觉得害怕，我让刘嫂回来陪你。"

等陆嫣回过神来，室内电梯的门已经关上了。

❄ ❄ ❄

郊区燕平湖。

白瀑似的大雨倾盆而下，到处白茫茫一片。案发现场周围已经拉起了警戒线，几辆警车上的灯闪烁个不停。

湖边的照明设施似乎出了点故障，在警车到来前，路灯几乎全处于熄灭状态，经过一番抢修，现在也只亮起一小半，灯光昏暗，穿透雨雾，勉强照亮泥泞的路。

江成屹刚停好车，秦跃他们几个人就迎了过来："尸体是这里的值班人员在湖里发现的。打捞上来以后，他们就马上打电话报警。刚才法医那边初步检测死者是被人勒死的。"

江成屹擦了一把脸上的雨水，接过警员小周递来的雨衣穿上："雨下得太大了，现场估计被破坏得很严重。"

另外一个警员说："可不是，冬天哪见过这么大的雨，太给人添堵了。法医那几个兄弟已经在那边蹲了半个多小时，看样子，得天亮才能收工。"

江成屹往湖边走："尸体在哪儿？"

秦跃说："在前面。年轻女性，除了脖子上的那处疑似致命伤，暂时没发现其他外力袭击的痕迹。"

尸体已经被放进尸袋。江成屹走到近前，问身后一个二十多岁的年轻警员："第一目击者在哪儿？请他过来，我问几句。"

说完，他戴上手套，蹲下身，拉开尸袋的拉链。袋中的尸体慢慢暴露出来。

江成屹目光一掠，明显愣了一下。雨太大，路灯不够亮，他盯着尸体，对秦跃说："手电筒借我一下。"

"哎。"秦跃递过手电筒，雪白的灯柱笔直地照亮尸体的脸。

秦跃见江成屹望着尸体半天不吭声，开口说："江队，那位目击者带过来了。"

那人明显还有些惊魂不定，缩在秦跃身后，根本不敢往尸体的方向看。

良久，江成屹终于拉上了尸袋拉链，一边摘手套，一边看向目击者："您好，我是负责这个案子的警官，姓江。能说说当时发现尸体的情况吗？"

那人恐惧地猛咽了一口唾沫："我今天值班，负责维护晚上湖区和周围的安全设施。之前都还好好的，谁知道到晚上九点半的时候，湖区突然停电了。我到机房一看，发现不是跳闸，怕是线路出了问题，就赶紧给单位打电话。后来，我又觉得这电断得蹊跷，总有点不放心，就拿着手电筒到湖边巡逻。绕到一半的时候，手电筒往湖面上一扫，才发现湖心有个东西，光一照过去，那东西显得白花花的……"

想起当时的情形，他依然觉得后怕。夜空黑黢黢的，交织的暴雨犹如一口巨大的锅，密不透风地笼罩在人工湖上，而那个漂浮在湖心的东西显得又轻又白。

"正好检修电路的同事过来了，我们就上了船。开到湖心，才发现那东西用防水塑料袋装着，光一照过去，那袋子显得还挺亮。我们当时已经联想到里面可能是尸体，挺害怕的，可还是打捞上来，又赶紧给110打电话。在那之后没多久，你们就来了。江警官，情况大概就是这样。"

江成屹点点头："发现尸体的时候大概是几点？"

目击者想了想："九点五十五分左右。"

"也就是从停电到发现尸体，中间隔了二十五分钟。"

目击者说："差不多，因为我发现尸体没多久，我同事就过来了，我记得那时候不到十点。"

"好，谢谢配合，一会儿麻烦做个笔录。"

搜捡完现场，秦跃回到江成屹身边，说："江队，被害人的信息已经初步核实了，叫丁婧，今年二十六岁，家里有点钱，是本市小商人丁一茂的长女，丁婧本人则在一家外贸公司上班。"

说完，见江成屹望着黑黝黝的湖面不出声，秦跃继续说："听说她父亲丁一茂以前生意做得挺大，跟本市不少富豪是朋友，可惜在公司操作上市的时候资金链出了点岔子，从此公司境况一落千丈，丁家现在已经大不如前。"

江成屹沉默了一会儿，看看腕表："快两点了，湖区周围已经扫了一圈，估计再扫下去也没什么意义。老秦，跟大伙说一句，先撤吧。"

陆嫣起床，拉开窗帘一看，倾注了一夜的雨终于停了，曙光初现，曚昽的橙色光芒穿透淡薄的雾气，笼罩着大地，看样子今天多半会是个大晴天。

昨晚江成屹走后没多久，刘嫂就回来了。她跟刘嫂说了一会儿话就回到房间查文献，直到凌晨一点才上床睡觉。她记得那时候江成屹还没回来。

洗漱时，她默默地想，也不知江成屹有没有时间睡觉。出了房间，到了餐厅，她才发现江成屹正在餐桌边吃早餐，刘嫂正给他的杯子里倒牛奶。

看见她，刘嫂笑说："小陆医生，快来吃早餐。"

陆嫣道声谢坐下，用勺子舀粥吃。看出江成屹面有疲色，虽然知道他未必肯回答，她还是问道："昨晚忙到几点，是什么案子？"

江成屹却明显不愿意讨论这个话题："先吃饭吧，时间不早了，别迟到了。"

吃完早餐，两人上了车。发动引擎的时候，江成屹沉默了一会儿，开口："丁婧死了。"

陆嫣正在整理外套，听到这话，耳边仿佛落下一声惊雷，嗡嗡作响。等回过神来，她转头盯着江成屹，满脸难以置信："丁婧？死了？"

江成屹侧头看了一眼陆嫣，见她脸色发白，没接话。

这消息太震撼，许久之后，陆嫣的声音依然发直："丁婧她……是怎么死的？"她忽然想起昨晚的事，"昨晚老秦打电话来，难道说的就是丁婧的案子？"

江成屹见她追问不休，总算嗯了一声。

陆嫣一怔，迅速翻开微信里的校友群。群里无人说话，显然这消息还没有扩散。她放下手机，还有些愣怔，虽然她不喜欢丁婧，但毕竟相识多年，骤然得知这消息，莫名地震惊。

过了一会儿，想起前两天丁婧怪异的表现，她心里掠过一丝不安，便对江成屹说："周日那天丁婧跟我说了一些奇怪的话。"

江成屹看一眼陆嫣："说了什么？"

陆嫣努力回想当时的情景："她先是问我：'陆嫣，你听说过冬至吗？'"

"冬至？"

"嗯。"陆嫣点点头，"见我没理她，她又说：'你别装了，你一定知道，对不对？'听到我说不知道，她好像很害怕的样子，说：'不，你肯定知道，我早就猜到了，这一切都是你搞的鬼。'我听不懂她的话，就问她到底要说什么，她却不肯往下说，而这时候你和阿姨过来了。"

江成屹盯着眼前的路况，眉宇间透着凝重。

车开到附一院以后，江成屹见陆嫣脸色越发不好看，降下车窗，接过保安递过来的计时卡，说："先上班，别胡思乱想。"

陆嫣这才心事重重地下了车。

晚上下班后，陆嫣在科室等了一会儿，直到快八点时才接到江成屹的电话。

上车后，她见江成屹接电话接个不停，显然工作上的事刚处理完。想起一会儿要去参加大钟的生日派对，她忍着没问丁婧的事。

回松山路的路上，她接到了唐洁的电话："陆嫣，下班了吗？"

看样子唐洁忙于操办大钟的生日派对，暂时还不知道丁婧遇害的事。陆嫣犹豫了很久，最后决定暂时隐瞒这个消息，于是勉强换上一副轻松的语气："嗯，下班了，这就过去。"

电话那端有欢快的音乐，唐洁的声音很兴奋："快来，快来，今晚特别热闹。对了，记得打扮得漂亮一点啊。"

陆嫣"哦"了一声，故意气她："我什么时候不漂亮了？"

唐洁哈哈大笑："不行，不行，今晚美女如云，我已经被比下去了，现在就指望你给我长脸了，快过来。"

挂断电话，在陆嫣的请求下，江成屹开回了南杉巷。

上楼后，陆嫣打开衣柜。

由于不喜欢艳丽的颜色，她衣柜里全是黑、白、灰、米色。左挑右选，她最后选了一条一字领黑色针织包臀裙，这款式游离于性感与保守之间，衣领拉下时，可以露出美丽的锁骨和雪白的双肩。她又翻出一双裸色漆皮的名牌鞋，这还是今年她毕业时唐洁送她的礼物。在得知价格以后，她咋舌不已，至今只穿过两次。

她穿好以后，涂上大红色口红，又在外面套上一件米色开司米大衣，这才踩着高跟鞋下楼。

上了车，她正系安全带，无意中抬头，见江成屹正似笑非笑地看着她，见她看过来，又将目光移向窗外。

❄ ❄ ❄

路上，陆嫣因为连日来发生的事显得异常沉默，不知何故，江成屹更是惜字如金。

车内太安静，陆嫣默默地想了一会儿丁婧的事，莫名觉得有点冷。她正要披上大衣，侧身的工夫才发现江成屹非但不开口，脸色还越来越臭。想起上车时他莫名其妙的那一笑，她愣住，不由得微微低头看向身上的打扮。

针织裙是一字领的，整个肩膀都露出来了，裙子短到必须时时端坐着，不然随时会有走光的危险。这样的衣服，她一年到头也穿不了几回，无非是因为今晚要去参加大钟的生日派对，她作为唐洁的闺密，有义务把自己收拾得光鲜一点。

在江成屹家住的这几天，她一是没带几件衣服出来，二是心事重重，无心打扮，整天无非都是黑毛衣、黑裤子、黑高跟鞋，外面再套一件白色或灰色大衣。与今晚这身考究的装扮比起来，前几天她的确太随意了，倒显得她格外期待今晚这派对似的。她眨了眨眼睛，将一侧头发别到耳后，随后若无其事地将胳膊撑在车窗上，看向窗外。

开了一段，江成屹似乎觉得车里闷，突然打开车窗，让夜风灌进来。

陆嫣穿得单薄，受寒意所激，喉咙里一痒，没忍住咳了两声。

于是窗户很快又被关上。一冷一热的，更显得车里沉寂，两个人却像竞赛似的，都沉住气不吭声。

也不知过了多久，江成屹的手机突然响了起来。陆嫣虽然没转头，但听在耳里，居然觉得那铃声空前悦耳。

可是接连响了好几声，江成屹都像没听见，并没有接。

陆嫣一怔，意识到他可能没带蓝牙耳机出来，便转过脸，目光在车里四处找寻。没看到手机，她就问他："手机在哪儿，要我帮你接吗？"

隔了几秒,江成屹才开口:"在我裤兜里。"

陆嫣瞥瞥他,一动不动。

江成屹直视前方,脸上依然维持着面瘫的表情:"应该是老秦的电话。"

这么晚了,老秦不会无缘无故地打电话,江成屹手上又有不少案子,万一漏接电话,谁知道会有什么后果。于是陆嫣只好倾身过去,探手到他裤兜里摸手机。

他今天照例穿着件黑色短款夹克,款式与上次略有不同,也是靠得近了才能发现细微的区别。黑色西裤,衬衣是略浅一点的灰黑色,许是考虑到今晚的场合,他脖子上还系着条领带,领带是幽暗的蓝色,配上编织型的低调logo(标志),显得尤为别致。

陆嫣知道江成屹是没空逛街的,这些衣服八成是出自江母之手,一套一套早早搭配好了,收在衣柜里。每天早上江成屹出门前,随便拎出来一套穿上走人,根本不用费心思。

铃声还在响,她的手顺着他右边口袋边缘探进去,没找到,不由得呆了一下。她这才想起江成屹是左撇子,按照他的习惯,手机多半收在左边。她只好吃力地将身体再倾过去一点,探到他左边口袋去找。

她靠得太近了,他身上好闻的男性气息直往她鼻子里钻,她假装看不见他的胸膛和喉结,目不斜视地将手伸进他的裤袋。

隔着裤料,掌下热度直逼而来,她手心仿佛被蚂蚁爬过,痒痒的。她努力肃清脑子里的杂念,用最快速度摸到手机。

取出来后,她不动声色地舒了口气,按下免提键。

果然是老秦:"江队。"

江成屹没立刻接话,而是先将车窗打开,吹了几秒冷风,这才神色如常地清清嗓子,说道:"老秦,什么事?"

陆嫣垂下长长的睫毛,回到原位坐好。

"王强有消息了。"

陆嫣要想一想才能明白这个"王强"指的是谁。等反应过来,她惊讶于江成屹他们的办事效率,连忙竖耳倾听。

说正事的时候,秦跃一向是单刀直入:"一会儿我就带小周他们去逮王强。他躲在福云路那块呢。据线人说,王强最近手头很阔绰,像刚接了一个大单子,前几天还破天荒地去夜总会请几个哥们儿泡妞。兄弟们眼热,就问王强最近做了什么生意。王强开始还不肯说,喝大了之后才说最近有人花高价请他对付一个妞，也就是小陆医生。王强说对方开的价钱足够他花上好几年，就算被抓住，无非再蹲个一年半载的，出来以后照花不误。

"王强还说雇他的那人也是个妞，虽说那妞每次都委托中间人给他传话，但中间人有一回无意中说漏了嘴，说那妞之所以要对付小陆医生，不光因为小陆医生跟那妞抢男人，最近还总装神弄鬼吓唬她，那妞又恨又怕，就让王强以其人之道还治其人之身，先狠狠吓唬吓唬小陆医生，然后逮着机会把小陆医生——"

毕竟是认识的人，秦跃有点说不出口，顿了一下才继续道："要他找个没人的地方把小陆医生给迷晕了，拍裸照，发到网上并寄到他们单位去，让小陆医生身败名裂。真是坏透了。"

陆嫣血冲脑门，气塞胸膛，噎得好半天都没说话。

江成屹脸色阴沉得能滴出水："有没有打听到他和中间人平时怎么接头？"

"问了，线人不知道。但昨天王强在大排档吃消夜的时候，线人听王强醉醺醺地叨咕过一句，说女人办事就是不靠谱，说好了这两天再打一部分款，那妞却人间蒸发了——哎，那个，江队，我快到了，先不说了啊。"

嘟嘟嘟。他挂了电话。

过了好一会儿，陆嫣才平复内心翻搅的怒气，刚要开口，就听江成屹说："在上周日那件事之前，你察觉到丁婧派人跟踪你没有？"

陆嫣早已经怀疑到丁婧身上，听了这话一点也不惊讶："没有。除了晚上两次听到门口有脚步声，还有最近总莫名其妙地接到骚扰电话，没发现过异常。"

她渐渐冷静下来，努力回想视频中那个女人。她跟丁婧认识多年，那个女人绝不会是丁婧。

"那个深更半夜到我家门口吓唬我的女人，是王强找来的同伙吗？"

江成屹脸上依然阴云密布，过了一会儿才说："究竟是不是，等抓住王强一问就知道了。"

陆嫣又猜测道："是因为丁婧已经遇害了，所以约好要打的款没及时打，也不跟王强联系？"

多半是这样。

江成屹没说"是"，也没说"不是"。青山别墅已经近在眼前，他看一眼窗外，打了转向灯，左转进入行车道。

青山别墅区一向门禁森严，无业主许可，外来车辆不得入内。陆嫣顾不上再延续刚才的话题，连忙取出手机给唐洁打电话："唐洁，我们到了。"

唐洁在电话里忙说:"好好,我这就给门口的保安室打电话。"

大钟家别墅位于整座别墅区靠里的位置,10栋。他们还没驶近,远远已经看到建筑物里明亮如昼,路边的临时停车位停了一长溜车,可见今晚来宾不在少数。江成屹缓缓开了一段路,才在最里面找到一个车位。

停车的工夫,门口迎出来两个人。陆嫣转头一望,绽出笑容:"大钟,唐洁。"

大钟戴个眼镜,高大,斯文,笑容可掬。

唐洁则穿着大红色深V领大长裙,耳朵上是一对流星样式大耳环,13厘米高的高跟鞋踩在脚下,她如履平地,健步如飞地走过来。

一见到陆嫣和江成屹,唐洁就哈哈大笑:"你们两个总算来了,快进屋,里面好多人,可热闹了。"她不由分说,挽着陆嫣就往里走。

大钟跟江家沾点亲带点故,虽算不上多熟,却也认识江成屹,一到跟前,就引着江成屹往里面走,边走边笑:"这几个月我一直在美国忙纪录片的事,没想到一回来就听Tina说你回S市了。怎么样,回S市这几个月还习惯吗?"

Tina是唐洁的英文名。

江成屹双手插在裤兜里,笑了笑,说:"从小在这儿长大,不习惯也习惯了。对了,伯母身体怎么样,恢复得差不多了吧?"

大钟母亲年初得了胆结石,做过一次手术。

"好多了。谢谢今晚你们来参加party(派对),我真是非常开心。"

四个人往别墅内走。

满屋觥筹交错,衣香鬓影。听到门口的动静,屋内不少人停止交谈,齐刷刷地往门口看过去。

陆嫣举目一望,这才明白唐洁那句"被比下去了"是什么意思。大钟本身是导演,朋友大多也是影视圈的,诚如唐洁所说,来参加派对的个个长相出众,一眼望去,整座屋子都仿佛散发着朦胧的珠光宝气。

偌大的客厅里,沙发上围坐着一群衣着光鲜的年轻人,最中间那个二十五六岁,艳光四射,让人无法不注目。

陆嫣虽然不怎么关注影视,但依然一眼认出那人是花旦,名叫郑小雯,最近在圈子里风头正劲,前几天还被提名为某电影节最佳女主角候选人。

郑小雯是黑色大波浪卷发,穿着一件颜色鲜艳、风格火辣的橙色连身窄裙,刁钻至极的颜色，多亏她五官明艳，压得住。

郑小雯身边坐着两个男人。其中一个四十多岁，叫章大山，是著名导演，自出道后，先后导演过好几部有口碑的电影，郑小雯就是因为出演他影片里的女主角一炮而红的。坊间传闻两人关系暧昧，当事人均矢口否认。另一个男人不到三十岁，陆嫣觉得眼熟，却怎么也想不起在哪儿见过。

几个人似乎正在玩游戏，有个女孩子对着摊在茶几上的一堆塔罗牌似的东西做出许愿的姿态："啊，神啊，神啊，让我早日接到好剧本吧。"

郑小雯斜眼看着她："要是接到好剧本，你愿意付出什么代价？"

那女孩笑得很微妙："当然是珍惜机会好好拍戏呀。"

郑小雯娇媚地努了努嘴："这世界上哪有白来的东西。要我说，人的欲望是无止境的，要实现一个心愿，总要拿另一件心爱的东西来换才行。"

章大山本来正跟旁边的男人低声交谈，听到这话，笑着接话说："哟，小雯这论调挺新鲜的，从哪儿听来的？"

郑小雯却不再说话，懒洋洋地看向门口，目光扫过正跟大钟说话的江成屹时定了一下，几秒以后，在他身上打了个转，这才慢吞吞地移开视线，转而睨向江成屹身边的陆嫣。见那女孩白肤明眸，清丽出众，衣裙并没多打眼，奈何有美腿翘臀加持，倒也着实让人惊艳。她举着香槟杯，略带轻视地上下扫了陆嫣几眼，片刻后慢悠悠地抿了一口酒，又将目光溜回江成屹身上。

这时，大钟请江成屹和陆嫣入内，笑说："这两位是我和唐洁的好朋友。来，我来做介绍。"

请江成屹和陆嫣落座后，大钟介绍道："这位是江成屹，我的好朋友，我们两家算世交，成屹这人非常 nice（好）。"

以大钟的好家世，此时非但称呼对方为世交好友，还如此郑重其事，大家心里立刻有数了，纷纷拿出最热情的态度："江先生，幸会，幸会。"

大钟又笑着指了指陆嫣："这位是陆嫣陆医生，附一院麻醉专家于博主任的爱徒，也是我爱人唐洁的闺密。"

"哇哦。"有个人本来一直在用欣赏的目光打量陆嫣，闻言眼睛一亮，"钟导，你的朋友都很带劲哦。"

陆嫣看向那人，他二十七八岁，英俊高大，是一位演员，最近似乎还蛮红的。可惜她不怎么关注娱乐圈，对方的名字明明已经到了嘴边，她却无论如何也叫不上来。

那人并没有"人人都该认识我"的自觉，反而非常有风度地对着陆嫣举了举杯，并自我介绍："陆小姐，你好，我叫禹柏枫。"

哦，对，禹柏枫，《迷夜记》的男主角。

陆嫣莞尔："很高兴认识你。"

正在这时，江成屹的手机响了，他看一眼禹柏枫，对大钟说声"抱歉"，起身到一边接电话。

禹柏枫旁边坐着一个非常白净的男孩子。说是"男孩子"，其实不大准确，因为从这人的脸部轮廓来看，年纪不会在二十五岁以下。可是他一副阴柔相，眼神还有点孩子似的天真，粗略看去，很容易产生一种错误的印象。

他起初一直用热辣的目光打量江成屹，后来见江成屹无动于衷，只好幽怨地看回禹柏枫。谁知禹柏枫正主动跟陆嫣搭话，他自觉受了冷遇，不免有些吃味："柏枫，你看，人家陆小姐根本不认识你。"

大钟笑着指了指那人，对陆嫣说："这是 David，圈内著名的化妆师，小雯每次出席重大场合都是 David 负责化妆。去年我拍片的时候，剧组有幸请到 David 化妆，化出来的效果近乎完美。"

原来是大牌化妆师。陆嫣做钦佩状："幸会。"

David 明显对陆嫣兴致缺缺，挤出一丝笑容："陆小姐好。"

这时，江成屹接完电话回来，大钟便继续做介绍："这位是章大山导演，这位是郑小雯。不用多说，他们两位的大名，想必你们早就听过。"

陆嫣并非"大叔控"，但此时见了章大山，不得不承认此人气度沉稳，十分耐看。也许是成功带来的自信，他举手投足间自有一种中年男人独有的魅力。她微笑着颔首："如雷贯耳。"

江成屹对这两人毫无印象，但出于礼貌，违心地表示："久仰大名。"

这时唐洁端着两个碟子过来，先挨着陆嫣坐在沙发扶手上，后又冲章大山旁边那个男人抬了抬下巴，对陆嫣说："觉得他眼熟吗？"

陆嫣早就想打听那人是谁，便点头说："眼熟。"

唐洁将碟子放在茶几上，笑嘻嘻地说："他是我们学校文校长的儿子，叫文鹏，比我们高两届，高中毕业就出国了，难怪你不认识。他前两年才回 S 市。"

陆嫣微微惊讶地盯着那人细看，才发现文鹏不仅长得像文校长，连神态、动作都有些相似，怪不得觉得眼熟。

文鹏穿着一件米色风衣，说话很幽默："想不到我的学妹里面还有这样的大美女，早知道我就晚两年毕业了。"说着，他欠身过来，主动跟陆嫣握手，"学妹好。"

陆嫣含笑说："文学长好，听说你是那一届的学霸，毕业时收到了好多名校的 offer（录取通知书），可是我们都想不到最后你会选择电影专业。"

文鹏感慨说："电影算我从小就有的梦想，当时我也是跟我父亲沟通了很久，他才同意我学这个专业。"

寒暄几句后，他又顺理成章地看向江成屹："江成屹，我早就认识。我毕业前也是校篮球队的，不过我打的不是前锋，而是后卫。遗憾的是，我们接连打了三年都没能进入高中联赛决赛。没想到篮球队一到了你手里，不但进入了决赛，还夺了 S 市的冠军，我父亲高兴坏了，没事时总跟我提起这事，次数多了，想不记住你都难。对了，江成屹，听说你是在 B 市读的大学，怎么样，如今在哪儿高就？"

由于开车不能饮酒，江成屹早被唐洁塞了一杯冰红茶，听了这话，他便放下茶杯："刚调回来没多久，现在在安山区公安分局。"

大钟颇钦佩地补充道："江成屹年轻有为，是刑警队的副队长，专门负责查大案要案。"

不知是不是错觉，这句话出来以后，空气一瞬间凝固。陆嫣正喝果汁，感觉到周围的异样，从杯沿上方扫过众人。

也就是一眨眼的工夫，大家重新骚动起来，David 更是兴奋到双手抚胸："天啊，好帅！怎么办？我要死了，要死了。"

其他人显然对 David 这种夸张的表现已经习以为常，谁也没多看他一眼。

倒是一直没说过话的郑小雯开口了："正好我最近接了一部刑侦题材的戏，江警官，哪天有机会找你聊聊呀。"

她说话时，有一种很独特的姿态，又懒又媚，与她平时在屏幕上那种泼辣、干练的形象完全不同。

陆嫣耷拉下眼皮，开始吃碟子里的点心。

章大山脸色微沉，偏过头跟旁边的女演员说话。

David 气得花枝乱颤："小雯，不就是想要人家电话嘛，要不要做得这么明显？"他醋意横飞，像小孩生怕糖果被伙伴抢走。

大钟虽说跟江成屹不算多熟，但大概了解他的性格，知道他不吃这一套，怕郑小雯下不来台，便看向茶几上的那堆塔罗牌，故意说："你们刚才在玩什么游戏，玩得那么开心？"

"许愿。"刚才那个说想要好剧本的女孩子歪到沙发上，"小雯会用塔罗牌卜卦，她要我们每一个人都许下一个愿望，看到时候会不会实现。"

"哦，你们都许了什么愿望？"大钟拉着唐洁坐到一边的沙发上。

"我嘛，当然想要好剧本咯；David说明年要赚更多的钱；小雯不肯说，但她刚获得××电影节提名，我们都猜她的愿望是拿到最佳女主角。"

郑小雯脸上看不出半点情绪，没接话。

陆嫣目光投过去，就见郑小雯嘴上虽然噙着笑，眸底却是淡淡的。而离她不远的地方，章大山跟那个娇小的女演员聊得正欢。那个女演员媚眼如丝，不知不觉间，大半个身子都偎在章大山的胳膊旁。

看样子派对会一直进行到后半夜，陆嫣明天还要上晚班，到近十二点时，她看看腕表，打算离开。打唐洁电话没人接，她便在人群中搜索唐洁，想要当面告辞。

别墅颇大，不少客人有了醉意，闹得正欢。

陆嫣从客厅找到后花园，来回找了个遍，既没能找到唐洁，也没能找到大钟。

她刚要回客厅去找江成屹，禹柏枫突然从她背后冒出来："陆小姐。"

陆嫣吃了一惊："禹先生。"

离得近，她才发现禹柏枫拥有一双褶皱很深的双眼皮，笑时眼睛里仿佛有微微的涟漪，这种眼睛俗称桃花眼。如果她还在少女时期，被这样一双眼睛深情地注视着，心底难免会起些微澜。可是托赖高中时那段经历，她早已经对美男免疫，有某人珠玉在前，禹柏枫的脸实在无法让她有所触动。

"陆小姐，"禹柏枫一副有点受伤的样子，"你是第一个没有跟我要签名的女孩子。"

"是吗？"陆嫣扬扬眉，抱歉地笑，"真是非常抱歉。"

她还是不打算开口要签名。

禹柏枫败下阵来："今晚我怕是要睡不着了，陆小姐，你是医生，告诉我有什么办法可以医治失眠，或者，要是一个人总失眠，该挂你们医院哪个科？"他声音很低，磁性十足，因而显得非常撩人。

忽然，唐洁快步走过来："陆嫣，原来你在这儿。"

陆嫣忙说："正找你呢，明天还要上晚班，我们要回去了。"

说话时，她目光投向唐洁身后，才发现江成屹和那个玩塔罗牌的女演员就在不远处，大钟也在。那女演员正风情万种地跟两人说话，目光不时瞟向江成屹。江成屹却看着这边,脸上半点笑容也没有。

禹柏枫分外惋惜:"这就要走了?陆小姐,今晚我跟你都没能说上十句话,来,让我送你到门口。"

明知他不过是无聊之举,陆嫣婉拒:"不必啦,谢谢禹先生。"

唐洁替陆嫣将大衣和手包取来,帮她披上大衣:"你回去早点睡,路上开车小心一点。"

走得近了,陆嫣才发现那个女演员还在说许愿的事:"江先生,我是个浪漫的人,不记得看过哪个童话,就记得钟声响起的时候许下心愿,幸运很有可能会降临到许愿人的头上,许愿,是人遇到困境时的一种本能。"

路上,陆嫣想起在大钟家时江成屹似乎接了不少电话,便问:"王强是不是被抓住了?"

江成屹没说话,过了很久才看了一眼陆嫣。

许是太疲惫,她整个人歪靠在座位上,双腿虽然依旧紧紧地并拢着,裙边却无意间卷上去了一点,晚上没补妆,大红色唇膏蹭到了唇角,并不显得突兀,反倒有种稚气的慵懒。

他松松领带,嗯了一声,看向前方:"已经抓到了,明天审。"

陆嫣便在心里默默盘算,如果王强供出那女人是他的同伙,那么之前围绕在她身边的谜团很快就可以解开。

路过附一院时,她忽然说:"可不可以送我回南杉巷?"

空气突然沉闷了几分。

陆嫣眼睛看着窗外:"我想把晚上脱下的那套黑毛衣和裤子换回来。"

"太晚了。"江成屹拒绝,"你带了那么大一个行李箱,里面那么多衣服,可以随便换一件。"

陆嫣蒙了。几秒后,她眨眨眼,心想,谁带了"很多"衣服出来?她的行李箱是很大,可是里面根本没装几样东西啊。听出他的确很疲惫,她咽下要说的话,将胳膊支在车窗上,忍住没转头。

第二天陆嫣上晚班,白天在家休息。

早上起来,她想起丁婧的事,打开微信群。校友群果然已经炸开了锅,几千条信息全是讨论丁婧死讯的。

早饭时,丁婧的好朋友刘雨洁在群里沉痛地宣布:丁婧确实遇害了,但因为是凶杀案，为了避免雪上加霜，建议大家不要打电话去询问丁婧的家人；近期丁家可能会举行丁婧的追悼会，但时间未定。

在房间里整理完一部分资料，陆嫣对着电脑，忽然想起丁婧的话，忍不住打开引擎，输入"冬至"。她一条条看下来，没有半点有参考价值的信息。她又先后换为搜索"东至""dongzhi"等好几个关键词，还是一无所获。

正在冥思苦想的时候，听到客厅里有动静，她打开房门一看，江成屹回来了。

中午十二点，难道他回来吃午饭？她迎过去："那个，王强是怎么说的，那个女人是他的同伙吗？"

江成屹将车钥匙放在玄关，径直往屋内走，经过陆嫣时否认道："不是。"

陆嫣心一沉："不是？"

Chapter 6

她喉咙里滚来滚去的那三个字,清清楚楚,就是"江成屹"。

说完那句话,江成屹就回了房间,出来的时候,手上拿着一沓资料,在接电话。

陆嫣看出他并没有做饭的打算,想起两个人午饭还没着落,便到厨房着手准备。

早上刘嫂走的时候留了一个炖盅似的东西,放在冰箱里。陆嫣早就看见了,出于好奇,曾经揭开看过,只认出里面盛着鲍鱼和酱汁,但不知具体做何用。

她正准备随便做点家常菜对付两口,餐桌上的手机响了。她出来一看,见是陌生号码,犹豫了一下,还是接起。

"陆小姐,猜猜我是谁?"

是个男人,还是个声音非常悦耳的男人。陆嫣昨晚才听到过,因此非常熟悉,惊讶地说:"禹柏枫?"

那边江成屹本来正在接电话,手里拿着一个U盘似的物件,听到陆嫣的声音,朝这边看过来。

禹柏枫像刚起床,嗓音还有点沙哑,更显得性感、迷人:"好开心,陆小姐还记得我。"

他怎么会有自己的电话?陆嫣满脸迷惑。大钟和唐洁不会自作主张,她自己更没有把电话随便给人的习惯,想来想去,只有文鹏学长最可疑。她礼貌地回道:"禹先生,中午好。"

禹柏枫低声笑着:"周末有空吗?不不,别忙着拒绝我,陆小姐,你才见过我一面，对我还不够了解，其实我这人……远比你想象的要好。"

陆嫣呵呵干笑："禹先生，我还没吃——"

"周末请你看电影，我主演的《星光灿烂》的首映礼。陆小姐，我知道你很忙，但生活需要调剂，我敢打赌，这部片子你一定会喜欢的。而且到时候会有很多朋友一起过去——David、大山、小雯，都是爱玩的人，肯定非常热闹。"

江成屹将U盘和那沓资料扔回茶几上，冷冷地走到餐厅，越过陆嫣时，意味深长地看了她一眼。

陆嫣侧身，对着电话说："禹先生，我周末要上班，而且我不大喜欢看电影，不过还是谢谢你的好意。"

挂掉电话，她才发现江成屹不知何时已经取出冰箱里的那个炖盅。他刚才还没有做饭的意思，这会儿倒像要亲自操刀。

陆嫣没让自己的目光在他的腰身和面无表情的侧脸上停留太久，便回到自己房间，取出电脑，坐到餐桌边。

饭很快就好了。很显然，江成屹不但知道怎么处理那个炖盅，还处理得相当漂亮。他做了两盘鲍汁捞饭。鲍汁稠度适当，颜色地道，连米饭和西兰花都配得像模像样。

陆嫣拿起勺子舀了一勺放到嘴里，只觉得汁香味浓，回甘无穷，真舍不得一下子咽到喉咙里去。

吃完以后，她一时没忍住，满口夸赞："真好吃。"

江成屹没理她，过了一会儿才说："你晚上几点上班？"

"五点半。"她主动收拾碗筷，走向厨房。

江成屹淡淡地扫一眼她的背影。家里暖气开得很足，她只穿着一套贴身的家居服，长腿细腰，臀部挺翘。他脑海里忽然掠过几年前她穿着啦啦队队服的模样——白色T恤、白色百褶短裙。当时，她正屈着修长雪白的腿坐在看台上津津有味地看书。

篮球场上有很多人，他一路走过，周围射来无数道让人烦扰的火辣辣的目光，可偏偏没有一道是属于她的。他假装没注意到她，一边抛着篮球，一边跟队友闲闲地说着话，经过她时，她依然在埋头看书，连抬头的意思都没有。他越过她的肩膀瞟一眼她手中的书，漫画书？她不是六班的学霸吗，居然爱看漫画书？

这时候队友将篮球往后一抛，也不知道是不是脑子抽了，他故意没接住，任由篮球掉到地上，然后骨碌碌地碰到她的鞋面。

她的鞋子也是白色的，洗刷得很干净，被脏兮兮的篮球一碰，鞋面立刻变脏了。她终于放下书，抬头朝他看过去。

他若无其事地俯身捞球，目光掠过她的膝盖，一怔，原来女孩子的皮肤可以细腻、白皙到这个地步。

她还在看着他，不知是不是他的错觉，他总觉得她的目光太过澄澈，一眼就能看破他的心思。

他装作不经意地回看过去，她的态度依然很淡然，可是在他的注视下，她长长的睫毛忽然不易察觉地颤动了一下。

他慢吞吞地直起身，故作无所谓地淡淡地说："哦，同学，对不起。"

❄　❄　❄

安山区分局。

秦跃等人凑在办公桌前研究卷宗，见江成屹进来，忙说："江队，丁婧的尸检报告出来了——跟汪倩倩一样，先被勒毙，然后被凶手用防水充气材料包裹，投入湖中。"

江成屹拉出电脑椅坐下，接过两份卷宗，翻到现场照片处，再一次仔细对比。

秦跃望着江成屹："江队，怎么样，咱们上午递上去的报告批了吗？"

江成屹点点头："两个案子的犯案手法有高度重叠性，系列作案的可能性较大，下午局里会开会讨论。"

小周刚参加工作没多久，听了这话，挠挠头："一个是郊区燕平湖，一个是市内公园人工湖，这凶手看样子还挺喜欢水。可是不对啊，就算是连环杀人案，凶手为了消灭证据，都希望尸体迟点被发现，可这个凶手非要弄个充气材料让尸体浮在湖里，好像生怕别人看不见似的——"

江成屹将两个案子相似的现场照片贴到展示板上，不说话。

秦跃盯着照片，思索着走近："江队，我记得，在丁婧的案子发生前，你就说过汪倩倩的抛尸现场有种仪式感，如果这种猜测成立，凶手这么做的目的是什么？"

江成屹回想那晚发现丁婧尸体的目击者的话：黑漆漆的湖面，漂浮在其中的白色尸袋。

"凶手想要做什么，目前还不得而知。"江成屹开口，"但你们应该还记得，在 28 日杀害汪倩倩后，凶手还曾在 29 日以汪倩倩的口吻给她同事发短信。"

"对。"秦跃点头，"像是为了争取时间。"

停了几秒，他试着分析："如果凶手不这么做，汪倩倩的同事或家属很快会怀疑汪倩倩出了意外，继而报警或是四处寻人，这么一来，凶手很可能无法按照自己的想法去布置理想的抛尸现场。假设真有仪式感可言，凶手宁肯冒着露出马脚的风险，也要用这种方式来拖延时间，可见对凶手来说，仪式感至关重要。纵观整个作案过程，理想的抛尸现场甚至可以说是不可或缺的一环。"

"嚯，"另一名警员喝了口热水，"这人真够变态的。"

"而且你们注意到没有，"江成屹用记号笔在白板上写下两个案子的时间点，将笔丢回办公桌，"从丁婧早上出门、遇害、尸首被发现，总共只用了二十二个小时，整个作案过程一气呵成。再看汪倩倩一案，汪倩倩 28 号遇害，29 号才被抛尸，为了伪造汪倩倩还在世的假象，凶手还不得不模仿她的口吻发短信，虽然最终没有留下什么破绽，但从整个案子的时间维度来看，凶手的作案过程欠缺流畅感。"

"江队，你是说——"小周若有所悟。

"从汪倩倩到丁婧，凶手的作案手法越来越娴熟。"

办公室里静了一瞬，秦跃啐了一口："理解不了这些变态的想法。对了，江队，你早上让我联系喻博士，我打过电话了，但是喻博士前几天去 B 市讲课了，要过两天才能回来。"

"喻博士？"小周两眼直放光，"喻正？那个著名的犯罪心理专家？他会跟我们一起办案？"

秦跃瞅他一眼："看把你兴奋得！江队说这几件案子有很多疑点，需要犯罪心理专家介入帮助破案，所以我早上才一起打报告上去。"

这时又有几名警察走进来，其中一个将一个文件夹递给江成屹："江队，那包从汪倩倩家垃圾桶里翻出来的东西，前几天你让我们送法医那边检查，法医那边还原了一部分已经损毁的物品，整理分析以后打了一份报告。"

江成屹一页页翻过。

大多是些日常物品，杂而琐碎，超市购物小票有十几张，用完丢弃的护肤品有好几罐，还有零食包装、破了的丝袜……

看到其中一张照片时，他的目光定住。

秦跃他们几个凑过来，见照片上是一张已经看不出原来颜色的贴纸，有点像小朋友常玩的那种，贴纸表面一部分已经被污水损毁，但看得出上面是个婴儿图案。

见江成屹的脸色越来越难看，秦跃纳闷："江队，是不是有什么发现？"

江成屹眼睛仍紧盯着那张照片，同时从怀中取出一个用一次性保鲜袋装着的东西，搁到那张资料页上进行对比。

秦跃和小周定睛一看，不由得愣住。

两样东西放在一起，虽然一个鲜艳、完整，另一个暗淡、破烂，但仍可以看出是同一款贴纸。

江成屹看向秦跃："你这就带着小周他们去丁婧家搜查，除了她家，还有她上班的外贸公司，卧室、办公桌，都好好找找，尤其注意搜检类似的贴纸。"

说完，他给陆嫣打电话，可是接连响了好多声，都无人应答。他穿上外衣："我出去一趟，一会儿在局里碰头。"

❋ ❋ ❋

陆嫣今天上晚班，为了夜里有精力应对各种急诊，她需要提前养足精神，于是一吃过午饭就到卧室睡午觉。

上床后，她发现手机不在身边，想了一下，应该是落在了餐厅。可是她一来怕会突然打进来电话，二来也怕刷手机分心，也就懒得再出去拿，自顾自酝酿睡意，很快就睡了过去。

她一睡着就开始做梦。最近不知道是怎么回事，她总能梦到从前的事。可惜梦境并不完整，全是支离破碎的片段。

她仿佛回到了七中图书馆门前一个阳光和暖的日子，十八岁的她坐在邓蔓旁边。

邓蔓在吃零食，她和唐洁则在一旁说话，忽然不知道说起了什么，邓蔓有所触动，抬起头往前方看了一眼。

这个场景她早已梦到过无数回，一到这时候，她便会立刻转头看向邓蔓。

也就是一秒的工夫，邓蔓又低下了头。可是因为她一直在留意邓蔓，便敏锐地捕捉到了对方目光里复杂难辨的情绪。不知哪儿来的力气，她突然站起身朝前看去，目光所及之处，还是跟记忆中一样，好几栋建筑物挨在一起。

邓蔓到底在看什么？

不是篮球馆，虽然她曾经以为是，那么剩下的就是音乐馆和第三教学楼。

她眼前的画面像蒙着一层黄沙，模模糊糊，无法辨清。虽然身处梦中，她心里却越发空旷，总感觉好不容易碰到的一点真相又要从眼前溜走。又惊又急之下，她回过头去摇晃邓蔓。可是邓蔓似乎在出神，任她摇晃了很久都毫无反应。

焦急的情绪堵在她胸口，仿佛受到某种启示，她脑中闪过一道光，愣了几秒，她缓缓闭上了眼。对，闭上眼，除了眼睛，她还有耳朵，看不见的东西，用听力来捕捉。

她闭目听着，任凭风轻轻拂过脸庞，慢慢地，耳边那些原本难以辨别的声音变得清晰起来。

那几栋看不透的建筑物里有音乐在响。不对，不是乐器的声响，是合唱团在唱歌。

她想起来了，有段时间，每天中午校合唱团都在音乐馆排练。领唱的那个人声音特别高亢、圆润，她一下子就辨认出来了——是丁婧。

刚才邓蔓的那一眼包含着好几种情绪，有期盼、爱慕，更多的是惶惑和恨意。而由于恨意太深太浓，目光变得实质化，如一支锐利的箭，笔直地从邓蔓的眼中射出去。

陆嫣大喘一口气，猛地睁开眼，目瞪口呆地看着邓蔓。这两种截然相反的情绪为什么会出现在同一个人的目光中？

当时的合唱团除了丁婧，还有谁？她茫然地站在那里，想了很久很久。前年，她曾去学校查过合唱团的名单，可是那一次不知什么缘故，那一届的名单她没能找到。

她耳边的歌声渐渐变得微弱，最后彻底沉寂。一切又回归原点。

她再回头去找邓蔓，身边却空空如也，而且这一回连唐洁也不见了。四处张望了一会儿，她心里突然出现一个巨大的空洞，直逼而来的虚空感让她不知所措，她怔怔地站了一会儿，像个孩子一样大哭起来。

即使她在梦中，大脑依然能感应到主人的哀恸，为了避免负面情绪在体内无休止地蔓延，自我防御机制开始启动，几秒以后，她脑海里灰暗的画面逐渐退散，代之以金色的记忆。

啜泣了片刻，她慢慢停止哭泣，哀戚的面容也变得恬静。

周围很空荡。好像在教室，她眼前站着一个人，长得很好看，汗水亮晶晶地缀在他额上，脸上有伤，鼻梁和嘴角破了，殷红的颜色直触人心。大玻璃窗外面，一轮绯红似火的夕阳似乎静立在群楼之上，光线透过窗户，清清楚楚地照亮她眼前的画面。

那是他们第一次离得那么近，她有一点点难为情。可是她不想让他看出她的紧张，便慢吞吞地从书包里翻出棉球和创可贴，然后转过头，踮起脚帮他处理伤口。

毕竟破了皮，酒精碰到伤口其实是很痛的，他却垂眸看着她，任由她摆弄。

心跳得很快，她先帮他处理好太阳穴上的伤，然后是鼻梁。她要帮他擦拭嘴角时，猝不及防，唇上拂过一道热热的气息，他吻住了她的唇。她的心跳先是停顿了一秒，紧接着便开始剧烈跳动。他的气息很好闻，有股青柠檬汽水的味道，他的呼吸很灼热，动作并不比她熟练多少，可是他每含她的唇一下，她的身体便会变得软一分。到后面，她整个人都如同陷进棉花堆里，变得软绵绵的。

她的身体蓦地一轻，他将她抱坐到身后的课桌上，越吻越深。

她脊背一麻，脑子变得晕晕乎乎的，心里却像喝了一大杯蜜水，又甜又满足。她应该是早就喜欢上他了，非但一点也不排斥这种亲热，还很快就沉溺其中，原来两情相悦的滋味这样美好，让人情不自禁地沉沦。而且她天生好像不知道什么叫退缩，吻着吻着，便开始用双手环住他的脖子，像他吻她那样回应他。

也不知过了多久，她的身体渐渐发烫，不再满足于仅是接吻，想要的越来越多，她搂紧他的脖颈，用力贴近他的身体，恨不得跟他严丝合缝贴在一起。

"江成屹……"她低喃出声，吻他的嘴角，吻他的脸，醺醺然将手探到他的领口，解他的衣服。

她解着解着，突然觉得有点不对，梦里他穿的是T恤，手底下的衣服却有扣子，他的腰和肩膀也与从前不同。即便是这样，她也不想停下来，缠着他一个劲地又吮又咬，像只野猫。

可是不知不觉间，现实感越来越强烈，光线明亮，鼻端还可以清楚地闻到他身上青草味的沐浴露味道，还有耳边越来越清晰的床受到重压的声音，这些都太具体，又太现实，让她无法继续沉溺其中。

终于，她睁开了眼睛，光线射入眼中的一刹那，刺痛了她的眼。她努力眨眨眼睛，辨认眼前的人。

果然是江成屹，只不过他脸上完好无损，没有打架时留下的轻伤，身上穿的也不是那件白T恤，而是一件衬衫。还有，他们根本不在七中三班的教室里，而是一直在她的床上。她的胳膊还攀着他的肩膀，他领口的扣子却早已解开，脖子上落着一些疑似吻痕的红点，分外刺目，还有他的眸色，迷离得像茫茫黑夜中的海面。

陆嫣感到头皮一炸，连忙推开他，连滚带爬地坐了起来，脑子里乱糟糟的，一时无法平静下来。这是什么情况？她不是在午睡吗，江成屹怎么会出现在她房间里？

江成屹慢吞吞地站起身，声音很沙哑，语气却很快恢复平静："案子有了些新变化，我担心凶手其中一个目标是你，就给你打电话。你没接，我怕你出事，所以才到你房间找你。"

陆嫣的大脑完全僵住，暂时无法思考："凶手？目标？"

不不不，她现在只关心她怎么突然抱着他啃了起来。

该死的是，她清楚地记得，刚才她缠着江成屹的时候，他虽然不主动，但好像也没有拒绝啊。

上车的时候，陆嫣已经勉强平静下来，脸上不再随时涌现可疑的潮红，也可以若无其事地系安全带了。可是一瞥见他脖子上的吻痕，她还是羞愧得恨不得啃手指甲。

刚才那几分钟的工夫，江成屹洗了澡，还换了衣服，一副神清气爽的模样。送她到附一院门口，他说了句："我就在附近，晚上要是有什么事，随时给我打电话。"

她应了一声，假装镇定地下了车。

❄ ❄ ❄

晚班非常忙碌，陆嫣接班以后，除了白天未做完的择期手术，又陆续来了几台急诊手术。等她将最后一台手术病人送回病房，已经近十一点。

从病房回来,她疲惫地舒了口气,到休息室喝水。

凭良心讲,刚才那种应接不暇的状态很让她满意,因为只有这样,她脑海中才不会总浮现下午那尴尬的一幕。她想,她一定是太饥渴了,明明早就察觉到不对劲,但就是不肯醒来。

让她费解的是,虽说从当时的情形来看,她缠着江成屹的可能性比较大,可就算她再主动,毕竟躺在床上,究竟是怎么强吻到江成屹的,到现在她还觉得不可思议。

想到可疑处,她不时咬住下嘴唇,杯子握在手里等同于虚设,她半天都忘了喝水。

两名同事也进来喝水,见陆嫣神情怪怪的,便问她:"怎么了,陆嫣,身体不舒服吗?"

陆嫣笑了笑,说:"没事,就是有点累。"说完,她神色自若地喝水。

同事们知道陆嫣一向处变不惊,对她的淡定已经习惯了,也就不再追问。其中一个坐下后对另一个说:"看到护士长重新排的班了吗,晚班和白班的位置都变动了,你记得再看看,别记错了班。"

说话的护士叫李云娟,另一个叫林莉莉。

林莉莉用水杯接好水,也坐下:"嗯,早就看了。倩倩这一出事,我们少了一个人上晚班,本来九天轮一个晚班的,现在变成八天一个了。"

李云娟叹道:"我本来周末是没白班的,约好了去我男朋友父母家,连机票都订好了,护士长这么一挪,我变成周日的白班了,只能临时再改机票时间。不过,这些都是微不足道的事,就是不知道倩倩的案子什么时候能破。"

陆嫣抬眼看向李云娟,记起她平时和汪倩倩走得很近,关系非常好。

林莉莉默然一会儿,愤然说:"我真的想不明白,害倩倩的凶手到底是谁?倩倩平时与世无争的,除了上班,就是宅在家里,连大声说话的时候都少有,如果凶手是变态,究竟是怎么盯上倩倩的呢?"

"我还是觉得她的前男友很可疑。"李云娟托着下巴思忖着,"从我认识倩倩起,就一直觉得她很好相处。也就是她前男友劈腿的那段时间,她的情绪才变得不那么稳定,整天不说话,还总掉眼泪。为此护士长还专门给她放了两天假让她回家调整情绪,免得影响工作。"

林莉莉感慨道:"不过,这也不怪她,要知道倩倩跟她前男友在一起五年了,都到谈婚论嫁的地步了,突然来这么一出,以倩倩那种性格,肯定受不了。"

李云娟脑洞大开道："但是倩倩不是很快就找了一个条件更好的男朋友吗？我这几天总有一个猜想，会不会是倩倩的渣男前男友觉得被打脸了，气不过，所以回过头来找倩倩，结果就跟倩倩起了争执，错手杀了倩倩？"

"你小说看多了吧？"林莉莉斜睨她，"我们能想到的，警察肯定早就想到了，而且说不定他们第一个怀疑的就是倩倩的前男友。可是事情过去好些天了，也没听说倩倩的前男友那边有什么动静啊。"

李云娟声音闷闷的："反正我觉得倩倩有点不对劲，虽然她很快就找到了新男朋友，而且这个男朋友对她还很好，但我总觉得她的心思还在前男友身上。对了，你还记得今年她过生日许的是什么愿望吗？"

"什么愿望？"林莉莉疲惫地将头靠在墙上，"过去这么久了，我都没印象了。"

"怎么会没印象？当时蛋糕还是我们两个一起去买的呢，因为倩倩爱吃冰激凌，我们特意订的冰激凌蛋糕。"

林莉莉露出恍然的神情："哦，好像是，当晚我们还去KTV唱歌了。"

"对啊。"李云娟回忆着，"就是因为那段时间倩倩情绪低落，我们才决定陪她一起过生日。后来吹蜡烛的时候，我们让她许愿。她就开玩笑说没别的愿望，就希望第一能狠狠地打某人的脸，第二自己能尽快找到幸福。如果光听后一句，我觉得很正常，可是加上前面那句话，就不那么对劲了。一个人幸福不幸福跟前男友有什么关系？所以我当时就猜她短时间内根本走不出来，还会怄一阵子。"

林莉莉稍微坐直一点："生日许愿不是很正常嘛，倩倩也许就是随口那么一说。"

"可是那段时间她还真的蛮迷信的。"李云娟晦涩地叹口气，"什么塔罗牌、日本笔仙、这个那个卦都弄过，还去郊区的空音寺求过签。我还说过，她有空弄这些，还不如多到外面散散心。最后也不知道她听进去没有，反正后来没过多久，她去外地旅游，就碰到了现在的男朋友。"

陆嫣本来在闭目养神，听到这话，想起昨晚聚会所见，好奇地问："塔罗牌最近很流行吗？具体是怎么个玩法，倩倩说过吗？"

李云娟摇了摇头，说："倩倩好像也是听她B市的一个同学说的，那个同学一直在B市工作。有一次碰到倩倩，那个同学跟她说，先登录一个什么女性网站，然后输入个人资料，职业啊电话什么的要填得真实、详尽，电脑会随机抽出一副属于你的牌，如果抽到一个最难抽到的牌，就可以许下心愿。听倩倩说，那张牌被抽到的概率特别特别小，只有运气非常好的人才能抽到。倩倩还说，这个网站很灵，她似乎非常相信。"

"她真是疯了。"林莉莉觉得不可思议，"这种鬼话她居然也信？如果光玩塔罗牌就能达成心愿，那大家都不用工作，全守在电脑前抽塔罗牌好了。"

两个人正说着，一个助理护士探头进来："林老师，李老师，急诊科打电话了，说一会儿会有两台手术。"

"知道了。"林莉莉和李云娟起身往外走。

陆嫣将水杯放回原位，唤住李云娟："娟娟，你知道那个塔罗牌网站的地址吗？"

李云娟摇头："我跟莉莉一样，对那种网站上的鬼话根本不相信，所以当时倩倩跟我说了以后，我根本没往心里去。"

陆嫣笑笑，戴上口罩，进手术间做术前准备。

江成屹到局里的时候，秦跃他们几个正好从外面回来。

"江队，丁婧家里和公司都搜了，"小周走到桌边，猛灌了一大口水，"没找到类似的贴纸，但我们搜出了其他一些东西，一会儿就送到法医那边去。"

江成屹正站在桌前翻看一份卷宗，听到这话，惊讶地抬眼看向小周。

"真没找到。"秦跃补充道，"丁婧的家属跟汪倩倩家属一样，为了破案，都非常配合。可是我们到处搜过了，一无所获。如果这贴纸真是凶手选择被害人的一个标志，丁婧本人不可能会知道，也许早就把这东西当垃圾丢了。"

小周表示赞同，刚要说话，目光不经意落到江成屹的脖子上，不由得一愣。

秦跃早就注意到了，可他毕竟比小周反应快得多，忙大咳一声，道："噫，江队，这是B市公安局传过来的传真吗？"

江成屹翻看着那份资料，抬头对大伙说："这是三个月前发生在B市的案子，我觉得跟汪倩倩和丁婧的案子有点相似，就给上面打了报告，让B市那边的同学传了一份资料过来。你们看看，这几起案子有什么相似点。"

小周等人围拢来："年轻女性，先被勒毙，再丢入郊区水库，噫，居然也是护士，跟汪倩倩是一个职业。"

秦跃翻了几页，若有所思道："江队，早上我给喻博士打电话的时候，他跟你的想法一样。他认为，如果真是系列作案，从汪倩倩的案子来看，凶手的作案手法已经相当成熟，也就是说，汪倩倩未必是第一个被害人，凶手真正的首次作案时间说不定还可以往前推几年。他让我留意一下 S 市以前的女性溺亡案或者是抛尸案，就算跟这件案子有不同的地方，也可以找出来比对一下。"

江成屹想了想，对小周说："上周老王退休，分了一些未破的陈年旧案给我们，我记得我分了一份给你，拿过来看看。"

小周一拍手："我正要说呢，就是那位姓李的富商太太的案子。死者叫李荔薇，遇害的时候三十三岁，也是被勒毙后抛尸。但是李荔薇的尸首是在她遇害后半个月才浮上来，发现的时候都已经高度腐烂。不像汪倩倩和丁婧，因为尸体被凶手有意用充气材料浮在湖里，所以很快就被人发现了。我看这些关键细节不一样，也就没往这上面想。"

秦跃接过他递过来的资料，翻看着："现在江队他们还只是假设，究竟是不是如此，还得往下查了再说。如果是系列作案，老王给我们的这案子毕竟过去了三年，你怎么知道凶手三年前不想让李荔薇的尸首浮起来？可毕竟想归想，做起来又是另一回事。首先，他得选好材料；其次，还得想办法把尸体运到湖中心。这些事看起来不难，但其实一点都不容易办到。依我看，假如李荔薇的案子也归进来，凶手这几年估计没少琢磨布置现场的事。"

这时有人开口："江队，我瞎猜一下啊，如果这几个案子真有关联，从时间顺序来看，第一个案子是三年前的李荔薇，第二是 B 市那个护士，第三是汪倩倩，第四是丁婧？"

江成屹思索着说："首先，这四个案子不一定真是连环作案；其次，如果真是连环作案，李荔薇未必是第一个被害人。老秦，你再确认一下喻博士回来的时间。小周，你把这些年 S 市的女性溺亡案和抛尸案归总一下。"

第二天早上八点，陆嫣下班。她到了地下车库，刚出电梯就看见江成屹的车停在对面车位。

走到近前，她才发现江成屹正靠在座位上睡觉，脸上明显带着倦容。车窗开着，停车场的灯光穿透挡风玻璃，在他高挺的鼻梁上投下一层阴影。她停在车前，盯着他脖子上的吻痕看了又看，想起昨天的事，还是有些懊恼。

她本以为他睡熟了，可是一打开车门，他就睁开了眼，目光清澈、锐利，丝毫没有睡意。

她慢悠悠地上车坐好。不知是不是暖气开得太足，车上有点热，她故作不经意地看了他一眼，发现他嘴唇有些干。

最后，还是他先打破沉默："回去休息吗？"

她耷拉着眼皮："嗯。"

"哦。"他发动引擎，"我也是。"

陆嫣莫名觉得这句话有双关的意味，因为她每次下晚班回家，都是洗完澡径直上床睡觉。

"那个……"她拒绝自己的思维继续发散，不动声色地挪了挪身体，看向窗外，"你昨天说凶手的一个目标可能是我，究竟指的是那个跟踪我的女人，还是说贴在我门口的卡通婴儿贴纸？"

她没等来江成屹的回答，他的手机却响了。

江成屹看向手机。这回手机就放在中控台上，他伸手便可拿到，实在没有理由让陆嫣帮着接，只得自己接起。

母亲的声音有些哽咽："成屹，晚上你和陆小姐有空吗？婧婧太不幸了，我和你爸爸打算晚上去看望你丁叔叔和刘阿姨。哦，听说婧婧还有好多同学要一起过去，你们要是能按时下班，就早点过去。"

他这边还没挂断，陆嫣的手机也响了。

他看一眼她的屏幕——唐洁，就听陆嫣听了几秒后，压低声音说："嗯，我知道丁婧家在哪儿，晚上会过去。"

那边唐洁又说了几句，陆嫣纠正道："她家搬到兰竺花苑了，不在原来的南珠别墅，你可千万别走错了。"

放下电话，陆嫣发现江成屹正在看她。

"你怎么知道丁婧家搬家了？"他问。

陆嫣睫毛一颤，将手机放回包里，平静地说："哦，我前几天在校友群里看到的。"

江成屹看向前方，脸上没什么表情："是吗？"

陆嫣将头发别到耳后："嗯。"

江成屹打开车窗，把计费卡递给保安，隔了几秒才说："丁婧家境况越来越不好，为了公司运转，丁家上个月才将一部分产业转手，之后举家搬到了兰竺花苑。不过，以丁婧的性格，这件事不见得愿意主动跟别人提起。"

陆嫣嗓子突然有些痒，她强忍住了才没有咳出来："好像是那次同学会听刘雨洁说的，毕竟都在一个城市，同学中总会有人知道。"

刷卡计费的感应屏似乎出了点故障，保安刷了几次都没能显示费用。在等待的间隙，江成屹打开手机，找到那个几乎不关注的校友群，刚点开，就蹦出来几条信息。

说话的是丁婧最好的朋友刘雨洁。

"同学们，我刚跟丁婧父母确认了，丁婧家搬家了，不在南珠别墅，而是搬到了兰竺花苑 D4 栋 3601，大家千万别找错了。"

陆嫣刚好也在看微信，看到这条消息，盯着屏幕，没吭声。

江成屹意味深长地看她一眼，不再追问，将手机丢回中控台，接过保安递来的计费卡，驶离停车场。

他们回到家时，刘嫂依然不见人影，晴天更显得家里窗明几净。

陆嫣说了句："没什么事的话，我回屋休息去了。"

江成屹双手插在裤兜里，目送陆嫣的身影消失在走廊尽头，才不紧不慢地回了自己卧室。

他的卧室跟陆嫣的卧室正对着，关上门以后，他理应听不到任何动静，可是就在昨天，隐隐约约能听到她的啜泣声。

当时打她电话她不接，他心急如焚，一路找到她卧室门口，一推开门就看到她蜷缩在床上，哭得像个孩子，泪湿枕巾。

他站在门口看着她，大约能猜到她在哭什么，可是想到八年前她对他的所作所为，心里郁气上来，他转身就想离开。

就在这时候，她又开始咕咕哝哝地说梦话，声音娇软，有种呢喃的意味。

他不知不觉就走到了床边，俯身看她。

她的睫毛湿湿的，一簇一簇的，覆盖在她眼睛下方。她的嘴微张着，嘴唇饱满鲜艳得如同丝绒玫瑰花。她喉咙里滚来滚去的那三个字，清清楚楚，就是"江成屹"。

后面究竟是怎么吻起来的，他已经不愿意去回忆，反正他拒绝承认是自己主动。他只知道，直到此时此刻，他的唇上还停留着她轻轻啃咬时留下的清甜味道，掌下更是时刻可记起她玲珑娇躯的温热触感。

想了一会儿，身体莫名热起来了，他皱眉将手机丢到床边，解开衬衫领口，到浴室洗澡。

陆嫣睡到日暮时分才醒。她一天没吃饭，起来时，腿有些软。

晚上要去丁家吊唁，她简单梳洗一番，出了卧室，走到餐厅时，正好看见江成屹从外面回来。

他气色比早上好了很多，换了一身黑色西装，里面暗色衬衣配黑色领带，脚上是黑皮鞋，虽说是一副吊唁的正式装扮，但比平时更显得肩宽腿长。他在接电话，听话里的意思，应该是刚从局里回来。

看出他很忙，她走到厨房张罗晚饭。打开冰箱找出食材，她下了两碗阳春面。汤用的是刘嫂留下的鸡汤，煨出来以后鸡汤金灿灿的。她放了两个荷包蛋、一小把碧油油的青菜，还在油光晶莹的汤面上撒了一些葱花，调出丝丝萦绕的香味。

她有意往他的碗里多放了一些面，荷包蛋也是大一点的那个。做好后，她将两碗面端到餐厅，满意地左看右看，认为这是自己有生以来厨艺发挥得最好的一次。

"吃饭吧。"她瞥瞥他，放好筷子，坐在餐桌边。

江成屹过了一会儿才过来，看见那碗面，虽然没说话，但是也没露出嫌弃的表情。

吃的时候，陆嫣尽量目不斜视，可是余光看见江成屹将她做的那碗面吃得干干净净，还是流露出骄傲的表情。

江成屹吃完以后没离开餐桌，一直在喝水，直到她吃完才站起身。

陆嫣盯着他脖颈上的吻痕，位置较高，靠近他的下颌边缘，就算他系了领带，也不足以遮挡那些痕迹。想到一会儿在丁家可能会碰到不少高中同学，她犹豫了。

江成屹像根本没察觉到她的迟疑，走到玄关，回头见她还站着不动，看着她说："不早了。"

她只好回房间取了包，跟他一起出门。

❄ ❄ ❄

兰竺花苑不在市中心，但也不算太远，他们从松山路出来，不到四十分钟就到了兰竺花苑门口。这小区是十年前建起来的，当年也算本市的豪宅，可是放到现在来看，多少有些旧。

江成屹一路开进地下停车场，还没泊好车，陆嫣就看见唐洁跟好些七中的同学站在电梯门口。

唐洁似乎一直在留意这边，一看见江成屹的车就忙扬手："陆嫣，江成屹。"

两人下车后才发现，不止丁婧的三班同学，还有不少其他班级的同学。

唐洁一身黑衣黑裙，脸上的诧异远远多过悲伤，站在原地，看着江成屹和陆嫣走近。见两人还是跟当年一样般配，她心里那种因丁婧的死所带来的阴霾顿时消散不少。

进了电梯，她正要拉着陆嫣说话，目光无意中掠过江成屹的脖子，不由得一愣，过了一会儿，意味深长地斜睨陆嫣。这个死女人，表面上正经得跟什么似的，背地里搞得这么激烈。虽然陆嫣这些年从不提起，但根据她的判断，陆嫣和江成屹当年一定异常亲密。眼看都旷了八年，如今好不容易有了一点和好的苗头，陆嫣这几天说不定怎么缠着江成屹呢。啧，可别一下子榨得太猛了。

她瞅完江成屹，又瞅陆嫣，没在她脖子上发现类似的痕迹，咂巴着嘴摇了摇头。她就说嘛，论闷骚，谁能比得上陆嫣？可江成屹毕竟是个男人，难道还没陆嫣饥渴？按理说不应该啊。

其他人也都注意到了江成屹脖子上的痕迹。他们没法不注意，因为江成屹在男人中算比较白的，那吻痕又太红了，实在很打眼。

陆嫣和江成屹只当没看见周围投过来的目光，一个低头看手机，另一个直视前方，一到36楼就一前一后出了电梯。

这公寓一梯两户，每一户都有两百平方米，丁家把相邻的两套平层公寓打通，客厅因而显得很大。

听说丁父以前经营过影视公司，虽说后来公司垮了，但也捧红过几个新人，除了七中的同学，还有不少丁父商界的朋友前来，其中不乏演艺圈的一些大小明星，宾客数量远比陆嫣想的要多。

刘雨洁作为丁婧最好的朋友，正红着眼圈站在门口帮忙招呼客人。见江成屹来了，她忙迎过去。

江成屹的目光在偌大的客厅里扫了一圈，没看见父亲母亲，他就掏出手机给母亲打电话。

刘雨洁没能跟江成屹说上话，目光在他脸上转了一圈，触到他的脖子，呆了几秒，这才转头看向陆嫣。

"陆嫣。"她的声音跟笑容一样淡。

陆嫣静静地注视着她："刘雨洁。"

"快请进来。"刘雨洁转而招呼后面的同学。

"成屹,陆小姐。"忽然有人走过来。

陆嬷一看,是江成屹的母亲。

江母穿着黑色窄包裙、黑色尖头高跟鞋,头上戴着一顶黑色圆帽,额前垂下一片黑色网纱,难得没佩戴任何首饰,面容哀戚。她一走到近前就在众人的注视下握住陆嬷的手:"你们来啦?成屹,你父亲和丁叔叔在里面说话。"

Chapter 7

正如很久以前每一次见面，她笑着扑到他怀里的模样。

江母说完，就把目光投向儿子，一眼就发现了儿子身上的不对劲。她激动地盯着儿子，又惊又喜。

好几秒后，她总算想起了所在的场合，连忙用手绢捂住嘴，仿佛在呜咽，可仔细分辨之下，分明是热泪盈眶。她开心地低声道："嗷，我就知道，我儿子绝不会是gay（男同性恋者）。"

陆嫣一蒙，飞速看一眼江成屹，不敢接话。

江成屹眉头皱起："妈。"

江母不理江成屹，径自握紧了陆嫣的手，高兴地说："好孩子，阿姨下次再送你们一点好东西。"

陆嫣尴尬地张开嘴，想要解释，却又无从说起。

江母却已经将目光投向儿子："以后我还是让刘嫂每天过去做早餐和午餐，该补的时候还是得补一补。"

说完这番话，江母虽然维持着与周围气氛很匹配的哀容，气色却明显比刚才好了很多，领着陆嫣就往里走。

许是为了平时谈生意方便，丁家除了客厅，里面还有一个不大不小的会客室。会客室里坐了不少客人，大多上了年纪，且都衣饰矜贵。丁母和丁父坐在其中。丁父连连叹气，面色显得格外蜡黄，丁母频频用手绢拭泪，憔悴得像生了一场大病。

所幸丁婧还有一个不到七岁的弟弟，虽然还不大懂事，此时还懵懵懂懂地在会客室里跑来跑去，但托赖这个小儿子的存在，丁父丁母多少有个念想，不至于一蹶不振。

丁婧的父亲旁边坐着一个五十多岁、头发花白的中年人，也穿着一身黑西服，举手投足间便有一种翩翩的气度。在他的椅子后站着一位秘书模样的年轻人。

一看见那个中年人，陆嫣便隐约有种感觉，会客室里其他客人虽在宽慰丁父丁母，但注意力其实都放在那人身上。

仔细端详那人几眼，陆嫣发现对方跟江成屹有些挂相，心里多少有数了，果然就听江母说："老江，小陆医生来了。"

江父立刻朝陆嫣看过去，他的目光中有一种由智慧和阅历沉淀而成的洞察人心的力量，极为锐利、明敏。只一眼的工夫，江父就露出了笑容，明显对陆嫣很满意。

慰问完丁父丁母，江成屹才领着陆嫣走到江父跟前："爸，这是陆嫣。"他又不冷不热地对陆嫣说："这是我父亲。"

江父从容地站了起来，主动向陆嫣伸出手："陆小姐，你好。"

陆嫣微微一笑："江叔叔好。"

毕竟身处悲伤的场合，江父虽然还有话要说，但顾及丁父丁母的感受，最后只对陆嫣说："改天跟成屹一起到家里来玩，陪叔叔阿姨吃顿饭。"

陆嫣迟疑了一下，又笑着点了点头。

看在座的长辈似乎还有话说，陆嫣站了一会儿就从会客室出来。江成屹却还留在里面，像还有事情想向丁父丁母打听。

陆嫣一边走，一边看向四周，一眼看去，发现了不少熟悉的身影。除了七中的同学，还有那晚在大钟家参加派对的演员，比如郑小雯、禹柏枫、章大山、David，还有好几个眼熟的小明星，看样子，他们都曾属于同一家影视公司。

除此之外，她还在人群中看见了周老师和文鹏。周老师此时正被一群学生环绕着，由于学生大多高大，越发衬得他瘦小，可他脸上的悲戚是实实在在的，显然非常惋惜发生在学生身上的不幸。

陆嫣走近："周老师。"

他扶住黑框眼镜回头："陆嫣。"

文鹏也打招呼说："学妹。"

周老师望着陆嫣，深深地叹气："没想到啊，前不久丁婧还组织了同学聚会，这才几天工夫，丁婧就遭遇了意外。"

六班班长刘勤悲痛地摇头："从高中毕业到现在才几年，已经有两名同学离世了。"

大家一时沉默，不用说也知道另一个指的是邓蔓。

为了避免哀戚的氛围继续蔓延，刘雨洁提议："周老师，您年初才做了手术，身体不比我们，站久了，您恐怕有点累，不如到那边去休息一下。"

其实周老师还不到四十五岁，但大家总觉得他这几年老了许多。

周老师听了刘雨洁的话，没有反对。

陆嫣目送他和刘雨洁的背影离开，忽然对刘雨洁说："刘雨洁，我有话要对你说。"

刘雨洁停下脚步，很冷淡地回头看向陆嫣，见陆嫣语气和表情都很平静，犹豫了几秒，对周老师说了句"抱歉"，便跟着陆嫣往一旁走去。

两人说话的地方是一个小房间，位于厨房旁边，很小，有点像保姆的卧室，但比起其他地方，这里较安静。

陆嫣将门掩上，静静地看着刘雨洁。

刘雨洁也回视陆嫣。过了一会儿，她扯扯嘴角说："还没恭喜你跟江成屹复合呢。不过，说句实话，我有点想不到欸，你陆嫣不是女神吗，追你的人比比皆是，居然也俗气到要吃回头草？"

陆嫣对她的话无动于衷，只莞尔，试探着说："知道'冬至'吧？"

刘雨洁脸色一变。

陆嫣心里越发有了底："丁婧已经因为'冬至'遇害了，如果你不想成为凶手的下一个目标，最好把你知道的都说出来。"

刘雨洁脸色变得极差，气急败坏地说："我根本不知道你在说什么。"她越过陆嫣就要往外走。

在她开门的一瞬间，陆嫣慢悠悠地说："你有我的电话，等你回去以后想明白了，有什么想说的，不妨打给我。"

刘雨洁理也不理，扬长而去。

陆嫣看着刘雨洁的背影，想起几年前上高中时。有一回她因为帮老师收卷子，不小心错过了啦啦队的训练时间，等到她背着书包气喘吁吁赶到体育馆的时候，已经迟到十分钟。

室内音乐很响，篮球队队员还没来，场地里啦啦队成员以丁婧为首，正举着花球排练队形。她奔到一边,将书包放下,喝了口水,就要回到自己平时训练的位置。

她刚跑到队伍后面,就见刘雨洁对丁婧使了个眼色,然后就听丁婧喝道:"站住。"

陆嫣左右看一眼,才意识到丁婧说的是她,她眨眨眼:"怎么了?"

丁婧走到她面前,以公事公办的口吻说道:"加上周六那一次,你已经迟到两次了。根据我们啦啦队的规定,迟到两次的同学被视为无心参加训练。我作为队长,有权取消你啦啦队成员的资格。"

陆嫣心平气和地解释:"这一次迟到是我不对,但周六之所以迟到,是因为我去参加奥数的训练了,而且我提前跟副队长刘雨洁请了假。"

这时,陆嫣身后传来喧哗声,除了男孩子们的说笑声,还伴随着篮球落地及球鞋和地板摩擦特有的声音,大家不必回头,也知道是篮球队队员来了。

刘雨洁不经意地往那帮队员那边瞄了一眼,盯住陆嫣,一脸无辜地说:"你哪里跟我请假了?"

丁婧冷笑:"看来陆嫣你不但喜欢迟到,还是个撒谎精。"

邓蔓也是啦啦队的队员,旁观到现在,忍不住走出队伍,正色对丁婧说:"那天的事我知道,陆嫣说她会跟你们请假,还特意到三班找过你们。可能是没碰到队长,所以才跟副队长请的假。"

"哪有?"刘雨洁震惊,"根本没有这回事好吗?"

陆嫣冷冷地望着刘雨洁。

周六的时候她去三班找丁婧,丁婧不在。出来的时候,她在走廊上碰到刘雨洁,就对刘雨洁说会晚点参加训练,正式跟刘雨洁请了假。她记得当时刘雨洁满口答应了,没想到这时候却矢口否认。其实,对她来说,能不能继续留在啦啦队不重要,但是她明明没有违反规定,凭什么要以这样一种方式被撵走?就算要离开,也该是她不想再待下去了,自己主动选择离开。

她身后慢慢静了下来,显然,篮球队队员们注意到了这边的情况。

陆嫣调整一番情绪,对刘雨洁说:"我跟你请假的时候,走廊上应该还有别的同学,我这就去三班找当时站在走廊的同学打听。我相信,一定能找到当时听到我们说话的同学。"

刘雨洁眼神慌乱了一瞬,很快又嘴硬道:"不错,这是个好办法,那么你去找吧,免得说我冤枉你。"

已经放学了,陆嫣就算要找,也只能等到明天。

陆嫣点点头:"好,给我一天的时间,明天我会带同学过来一起解释。"她走到一边,捡起书包就要离开。

邓蔓赶忙也出了队伍,背起书包,跟在陆嫣后面。

"等一会儿。"有人开口了。

这人虽然不怎么爱说话,但大家都很熟悉他的声音,不禁一愣,看向这人。

江成屹走到刘雨洁面前,居高临下地看着她,过了一会儿才说:"真不巧,陆嫣请假的时候,刚好我就看见了。"

刘雨洁脸一红,声音变得软绵绵的,却依然在强辩:"当时你明明在教室里,怎么知道陆嫣跟我说了什么?"

江成屹笑着说:"我还真就留意到她都说了什么。"

丁婧走近,干巴巴地笑着说:"江成屹,你别开玩笑了,每天下课走廊上那么多人,你在教室里难道还能听到走廊上的人说了什么?"

江成屹身后几个哥们儿围过来,不怀好意地笑起来:"这有什么不明白的,当然是因为人家漂亮,所以江成屹才格外留意呗。"

大家哄然大笑。

刘雨洁脸色青一阵红一阵,她咬住了唇,没再说话。

丁婧瞪了陆嫣一眼,迟疑了一会儿,到底没再继续刚才的话题。

陆嫣默默抬眼看向江成屹。说完那几句话,他就开始训练了,很快纵身投了一个漂亮的三分球。之后,不经意地朝她看过来。她微红着脸放下书包,不紧不慢地跟其他啦啦队队员坐到看台上。

在小房间里待了十来分钟后,陆嫣打开门,走回客厅,在人群中扫了一圈。她要去找唐洁,就听唐洁在后面喊她:"陆嫣,你刚才去哪儿了,我到处找你。"

陆嫣回过头,还没说话,就见江成屹跟班长刘勤站在一起说话。在她抬眼看过去的时候,江成屹正好转脸看过来。

唐洁拉着她,悄声说:"我忽然想起以前的一些事,正好要跟你说。"

"什么事?"陆嫣看向她。

就在这时候,丁婧那个弟弟忽然从走廊一侧跑过来,边跑边尖叫:"妈妈,妈妈,有个阿姨躺在地上,好像是死了。"

陆嫣一愣,江成屹却已经拨开人群,快步朝那孩子跑过来的方向走去。

等陆嫣跑到那儿,就见一个年轻女人躺在地上,江成屹蹲在那人面前。她走近一看,正是刘雨洁。

江成屹神色严峻，对一脸无措的唐洁等人说："可能是中毒，从现在起关好大门，不要让任何人出入。"

陆嫣心怦怦直跳，伸手到刘雨洁的颈动脉处探了探。还好，还有脉搏。她又翻开刘雨洁的眼皮看了看，瞳孔已经缩小成针尖大小。她心里的猜测有了依据，她又凑到刘雨洁鼻端辨别了一下刘雨洁越来越缓的呼吸，彻底有了数，抬头对江成屹说："是吗啡过量中毒，必须马上送医院。"

江成屹已经打了电话，听到陆嫣这话，轻轻拨动刘雨洁的脖颈，果然在一侧的皮肤上发现一个极小的刚刚注射过的痕迹。他脸色微沉，起身拿出证件，对吓坏的众人说："警察：我现在怀疑凶手就在现场，希望各位配合调查，从现在开始，没有我的准许，任何人不能离开。"

说完这番话，江成屹在最短时间内封锁了出口及露台，然后连同丁父丁母在内，将所有人都集中在客厅。

"抱歉。"他一边打电话，一边目光在众人身上快速掠过，"为了尽快找出凶手，也为了保障大家的安全，从现在开始，任何人不能离开我的视线范围。"

此话一出，人群一阵骚动。

江成屹的话，大家都听得明白，只要是今天来丁家吊唁的客人，全都有作案的嫌疑，而且凶手极有可能就在他们身边。

巨大的惊骇之下，丁母抓住丁父的胳膊，既畏惧又不解："到底是怎么回事？我们婧婧才出了事，怎么又——"

丁父见妻子的身体摇摇欲坠，怕她熬不住，连忙扶着她坐在沙发上。

人群中一个女人发出一声短促的尖叫。众人回头，见是那位当红的花旦郑小雯。她脸上惊怒异常，仍强自镇定："江警官，我敢打包票，我不会是凶手，我给你三分钟时间，不管你用什么办法，请你尽快排除我的嫌疑，我不想跟凶手待在一个房间。"

江成屹对她的话置若罔闻，自顾自走到一边接电话。

而在他打电话的工夫，陆嫣始终守在刘雨洁身边。

刘雨洁的呼吸越来越缓，她手上没有纳洛酮之类的急救药品。几秒过后，刘雨洁连口唇黏膜都有了发绀的迹象，她看在眼里，不由得暗暗心急。人命关天，再多的顾虑也只能暂时抛到脑后，她急忙托住刘雨洁的下颌，以嘴对嘴呼吸的方式帮助对方通气。

江成屹的电话起了作用，没过多久，120急救车辆就到了，二十来分钟后，秦跃一行人也赶了过来。

附一院急诊科医生经常出外勤，因此医生一进门，陆嫣立刻认出对方是急诊科的同事。在同事们搬动刘雨洁的时候，她对他们说出自己的判断："可能是吗啡过量中毒，除了尽快上生命支持，最好早点用纳洛酮之类的药品进行拮抗。"

同事们知道陆嫣身为麻醉医生，对阿片类药物中毒的症状把握得极精准，如此一来倒省了现场判断的时间，于是一边给刘雨洁建立静脉通道，一边点头说："好。"说完，他们争分夺秒地将刘雨洁运走。

秦跃等人则兵分三路。一路以小周为首，一进屋就戴上手套到露台、厨房、卫生间等地方进行详细的搜索。第二路则由秦跃领队，将来宾一一领到书房里做简单的笔录，进行搜查。剩下的警员则留在客厅，除了防止凶手有异动，还负责保护现场安全。

陆嫣是第三个被叫进书房做笔录的。

也许是为了避嫌，江成屹不在房间里，负责问话的是秦跃和另一名中年警察。

陆嫣努力回想刚才的细节，将自己跟刘雨洁的对话翔实而准确地复述了一遍。为了补充说明，她还将前几天跟江成屹说过的丁婧那段奇怪的话也都交代清楚。

做完笔录出来，路过走廊时，她刚好碰见那名叫小周的警员跟江成屹说话："房子里搜遍了，没见到类似注射器或针头的东西。"

江成屹说："到露台正对着的楼下草丛及垃圾场找一找，顺便请小区保安将半个小时前的监控录像调出来，查查那段时间都有哪些宾客离开了丁家。"

陆嫣没来得及细听，就被警员领进了会客室。

包括唐洁在内，会客室里坐着好几个已经做完笔录的宾客。但由于警员规定宾客之间不得交谈，即便唐洁一见陆嫣就有话要说，也只能坐在对面冲着陆嫣干瞪眼。

晚上十一点，唐洁等人被获准离开，陆嫣及最后见过刘雨洁的那几名宾客却被要求到书房补充笔录。

唐洁见陆嫣一时半会儿走不了，只好对她做了个打电话的手势，又暗示自己会在停车场等她，这才离开。

郑小雯本来已经走到了门口,想起刚才的一幕,又踩着高跟鞋噔噔噔地回到江成屹面前,仰头看着他,怒不可遏地说:"江警官,你知不知道我明天一场戏需要早上五点起床?你凭什么怀疑我是凶手?又以什么名义非要将我们所有人都扣下?我听说你当年在 B 大读刑侦专业时以第一名的优异成绩毕业,从今晚你的表现来看,我不但开始怀疑你的能力,还要打电话到安山区分局投诉你滥用职权!"

江成屹冷眼看着她,没接话,但强势和冷硬的态度已经一目了然。

"小雯。"那名叫章大山的中年导演低喝一声。

"算了吧,小雯。"郑小雯的专用化妆师 David 显然吓坏了。

郑小雯神色一滞,多少冷静了几分,又被禹柏枫和 David 他们几个人好言好语劝了几句,这才就坡下驴,被一众大小明星簇拥着走了。

陆嫣又等了半小时,在秦跃再三确认刘雨洁最后一次出现在众人视野里的时间后,终于被告知可以离开丁家。

陆嫣出来没多久,秦跃等人像打算回公安局,也跟着到了客厅。

丁家的客人已经走得差不多了,门口只有丁父丁母及几个办案的警员。

江成屹见陆嫣出来,示意秦跃等人先走,又对丁父丁母说了几句话,这才带着陆嫣离开。

两人到了停车场,陆嫣刚打开车门,想起刚才唐洁的话,便站在车旁,四处找寻唐洁的身影。没多久,她就见对面停车位那辆黑色 SUV 的车灯闪了闪。

是唐洁。

见陆嫣注意到了自己,唐洁解开安全带,下车朝那边走去。

"江成屹,"她脸上犹有余悸,"怎么样,凶手找到了吗?"

江成屹往她身后看了看,见她孤身一人,语气里有告诫的意味:"这么晚了,一个人待在停车场并不安全,要是没什么事,就早点回家吧。"

唐洁想起刚才的一幕,不由得打了个寒噤,嘴硬说:"我想起来一些事要跟陆嫣说,怕明天忙起来又忘了,所以才等在这里。"

陆嫣忧心忡忡地催促她:"你说完赶快回家,最近出了这么多事,你最好少在外面乱晃,就算有事要出来,一定要大钟陪着你。"

"知道啦。"唐洁摸了摸有些发凉的后颈,决定长话短说,"晚上刚到丁家的时候,接待我们的不是刘雨洁嘛,后来江成屹的妈妈领着你往里面走。我跟在刘雨洁旁边,无意中发现她死盯着你的背影,恨不得咬你一口似的,然后我突然就想起高中时候的一件事。"

陆嫣和江成屹没作声。刘雨洁从高中起就暗恋江成屹，由于她本人三缄其口，这事同学中少有人知道，就连刘雨洁最好的朋友丁婧也被瞒得死死的。

当年陆嫣也是无意中得知的。有一回，她趁放学，教室没人，到三班帮江成屹清理课桌的垃圾，在一堆落灰的书信里，发现了刘雨洁写给他的情书。好几张纸，近一万字，每一个字都极尽羞涩、缠绵，小女儿心态展露无遗，纵观一众情书，就数刘雨洁写得最情深意切。陆嫣看过就默默将书信放回原位，后来见了江成屹，在他面前不大不小地吃了一回醋，被他哄好，此后从未跟别人提起。

唐洁显然对这段过往一无所知，接着说："我刚才看见刘雨洁的样子，就觉得这种恨人的目光很熟悉，想了好久才想起当年邓蔓也这样看过别人，而且她看的还是刘雨洁和丁婧，那种恶狠狠的样子，跟她们有深仇大恨似的。陆嫣，你也知道，邓蔓这人性格多好啊，什么时候跟人红过脸？我当时就觉得特别奇怪，可是无论我怎么追问她，她都不肯说。"

陆嫣沉默着，她虽然捕捉到过一些蛛丝马迹，但因为她当时大部分心思都放在高考和江成屹身上，很长一段时间都没关注身边的好朋友，事后就算再想细究，也没有机会了。

"自从你开始跟江成屹谈恋爱，邓蔓就一天比一天不对劲，"唐洁面露思索状，"成绩一落千丈不说，还整天心神不宁。像她那么心细的人，有一次居然把日记落在教室里。我当时见那个本子普普通通的，哪想到是她用来写日记的啊，翻开一看，就见第一页写着：'我的爱情只能就此埋葬，他注定不可能属于我。'底下一段又写着：'不，我不能背叛友谊，我不该那么自私。'当时我正看得云里雾里，邓蔓就回来了，脸色都变了，一把抢过日记本。咦，陆嫣，这事我当时是不是跟你说过？"

江成屹听了这话，脸色一沉，沉默几秒之后，像突然想起极不愉快的事，一把扯开领带，用力扔出车窗外。

陆嫣余光看见，面上淡淡的，指甲却差点掐进手心。

唐洁吓了一跳，紧走几步，将那条领带拾起："拜托，江成屹，你这是什么少爷脾气，好歹是大品牌领带，要不要这么任性啊！"

江成屹眉间笼着一层怒意，并不接话。

唐洁一头雾水，看看陆嫣，又看看江成屹，突然像明白了什么，垂下眼睛想了一会儿，这才不紧不慢地将江成屹的领带递给陆嫣，然后神色严肃地说：

"反正就几句话，我马上就说完。当时除了那事，还有一件事很奇怪，就是当时邓蔓明明不是合唱团的成员，却总到音乐馆附近晃悠。我记得当时合唱团的领唱是丁婧，还觉得奇怪，邓蔓应该是非常讨厌丁婧的，那她为什么还常常去合唱团呢？但是这几年我再想起这事，总觉得邓蔓应该是喜欢上合唱团的某个人了。"

陆嫣收好江成屹的领带："你还记得当时合唱团都有哪些成员吗？我前年到学校里查过2009届的合唱团名单，但没能找到。"

"你怎么想起来去找合唱团的名单？"唐洁纳闷地看着陆嫣，"不过，说起来，当时咱们学校都把精力放在校篮球队和其他的文艺项目上，合唱团还是同学们自发组织的，学校也没花心思专门去管理，就算找不到当时的名单也不稀奇。"

她想了想，又接着说："我觉得丁婧的死太意外了，这两天就把以前觉得无关紧要的事都拿出来细琢磨了一遍。本来早就想跟你聊聊，没想到今晚又出了刘雨洁的事，现在好了，说出来就觉得心里没那么憋了。不早了，我先走了。"

说完，她贼贼地看一眼江成屹，凑近，用只有两人才能听见的声音对陆嫣说："你们俩就继续闹别扭吧。不过，我告诉你啊，江成屹喜不喜欢你，你自己心里比谁都清楚，回去以后，一句废话别说，直接开睡，就算有天大的气，多睡几次，他的气也就消了。"

她冲陆嫣挤了挤眼，以一副"大恩不言谢"的姿态，转身飘然而去。

❄ ❄ ❄

唐洁的车离开停车场以后，江成屹发动引擎，将车驶离停车位。

路上，陆嫣整理了一下思绪，主动开口："今晚我之所以找刘雨洁说话，是因为知道她是丁婧最好的朋友，想试探一下她是不是也听说过'冬至'。从她当时的反应来看，她多半是知道的，而且跟丁婧一样对此感到恐惧。但不知道是出于什么原因，她明明已经感知到了危险，却执意要把这件事瞒下来。"

江成屹还是不说话，车内气压一度低得像要打雷下雨。

陆嫣自顾自往下说："关于今晚的凶手，我有几个猜想。第一，案发的时候，刘雨洁倒在小阳台前面的过道上，不远处就是丁婧的卧室，由于房间里供着丁婧的黑白照片，今晚除了丁婧的弟弟，没人愿意到那儿附近去。也就是说，那地方非常僻静，但刘雨洁不知什么原因，不但避开人群到了那儿，还在那儿被害。

"第二，从刘雨洁当时的症状来看，她中毒倒地后，应该隔了几分钟才被丁家小弟发现，凶手完全可以利用这段时间从容地离开，再混进人堆里。"

她还要往下说，江成屹的手机却响了，她看向屏幕，是老秦。

江成屹用蓝牙耳机自动接听，静静地听秦跃说了一会儿，接着说："不是，思路错了，凶手不是一时兴起，是有备而来。"

陆嫣面露讶异，秦跃似乎也很吃惊。

秦跃又说了几句，江成屹说："注射器是在楼下的草丛里找到的，应该是凶手谋害刘雨洁以后从露台扔下的。从今晚的作案手法看，凶手非常聪明，并非冲动型人格，之所以选在人多的地方下手，一是早就做了周密的准备，二是有意为之。换言之，他在挑衅。"

挑衅？陆嫣脑海中的弦仿佛被人拨动了一下，发出嗡嗡的声响。今晚的来宾几乎全知道江成屹的刑警身份，明知如此，凶手还特意选在这种场合下手，他要挑衅的人是谁，不言而喻。

江成屹继续说："刘雨洁已经被送到附一院ICU（重症监护室）了，她应该知道一些关键信息。我刚刚已经让小周守在那儿了，只要刘雨洁情况好转，小周就会第一时间给我打电话。"

挂了电话，江成屹没再说话。

陆嫣看着他，还是开口道："有一件事，我不知道到底跟案子有没有关系，但因为牵扯到我同事汪倩倩，我觉得有必要告诉你。昨晚上晚班的时候，我听另两名同事说，汪倩倩生前登录过一个网站——塔罗牌之类的卜卦网站，用户只要在网站上输入自己的详细资料，就可以抽牌。据说，有一副牌被抽到的概率极小，但一旦抽到就可以许愿。听上去非常荒诞，但不知道什么原因，汪倩倩似乎很相信这个说法。"

江成屹依然不吭声，但陆嫣知道他在听，便继续说："这个网站好像是汪倩倩B市的一个同学告诉她的，她同学应该也是医护人员。我总觉得，汪倩倩之所以相信关于那个网站的那套鬼话，跟她B市的这个同学有很大关系。"

江成屹目光微动，想了一会儿，便拿起手机，打电话给小周。接通后，他说道："小周，你查一下B市那个被勒毙后抛尸的案子。对，跟汪倩倩和丁婧的案子细节很像，遇害者职业也是护士，你看看这人是哪个学校毕业的、跟汪倩倩是不是同学。"

陆妈暗吃一惊。

一分钟后,小周打了过来。江成屹听完对方的话,说:"知道了。明天到局里以后,我们再查一下汪倩倩的电脑里近一年的搜索痕迹。"

陆妈的心猛地提了起来,她屏住呼吸问:"那个 B 市遇害的人是……汪倩倩的同学吗?"

江成屹没点头,但也没否认。

陆妈脑中仿佛炸开一般,一片空白。过了许久,她仍有些发蒙:怎么会?汪倩倩的同学也遇害了?是巧合,还是跟那个塔罗牌网站有关系?

她想起群里的聊天消息。同事里面,不止一个提到汪倩倩大婚之前情绪不对劲,结合刚才得到的消息来看,她突然有了一个猜测:汪倩倩是因为得知了B 市同学遇害的消息,害怕波及自己,所以才开始疑神疑鬼?可是,一个许愿网站为什么会让汪倩倩产生这种诡异的联想?难道填愿望的时候还有什么具体的细节可以让汪倩倩在事后嗅出危险的信号?

到了家,江成屹板着脸到厨房倒水喝。

陆妈站在玄关看着他。虽然头几天他也懒得说话,但今晚情绪明显比以往任何时候都要差。那种风雨欲来的氛围,沉沉地当头罩下。

看出此时不是沟通的好时机,她悄悄地跟在他身后,径自往自己房间走去。

眼看就要推门而入了,她想起刚才的事,犹豫了一下,还是从包里取出那条领带,唤住他:"江成屹——"

这三个字就如触动了一个开关,刚出口,江成屹不知受了什么刺激,突然回头,一把将她推到墙上:"陆妈!"

陆妈猝不及防,愣住了。他的力道一点也不重,可他目光里的怒意是实实在在的,像压抑了许久的冰雹,夹带着无数细小尖锐的冰渣子,打到她脸上,密密匝匝地疼。

她费尽九牛二虎之力才控制住情绪:"江成屹。"

"你闭嘴。"江成屹盯着她,一字一句地说道,"今天晚上我不想听你说话。"说完,他猛地松开她,砰的一声关上门。

陆妈留在走廊里,望着眼前紧闭的房门,好一会儿才回到自己的房间。放下包,她抑制住想痛哭一场的冲动,和衣躺到床上。

唐洁刚才说的邓蔓日记里的那两句话,她非但一直记得,甚至早已烂熟于心。即便如此,八年过去,她仍然没有摸到真相的边缘。

她不知在哪本书上看到过,"快乐把时光缩短,苦难把岁月拉长"。对她而言,邓蔓出事前后的那段记忆特别漫长、苦涩。

为了找寻真相,这些年她如同挑拣河床上的小石子一样,一遍又一遍地在记忆里翻搅。然而,无论她怎么回忆,最让她印象深刻的还是那次撞到邓蔓在篮球馆外找江成屹的情景。

那天好像是高考前几天,她本来跟江成屹约好在篮球馆后面见面,谁知要走的时候临时被周老师叫到办公室谈话。

周老师问了一下她填志愿的意向,又交代了一些在考场上缓解情绪的方法,和颜悦色地说了好些话才放她出来。这么一来,她比约定的时间足足晚了十分钟才到。

到篮球馆后面时,她远远就看见邓蔓站在江成屹面前,江成屹一副有些纳闷的样子,手插着裤兜,低头看着邓蔓。邓蔓却只顾摩挲书包的背带,脸红扑扑的。

一见她过来,邓蔓脸上闪过一丝慌乱的神色,转身朝另一个方向跑了。

她喊了两声,邓蔓却越跑越快。她不知其意,走近江成屹,不解地问:"邓蔓干吗呢,怎么我一来她就跑了?她刚才跟你说了什么?"

江成屹看着邓蔓的背影,若有所思地说:"只说有话要对我说。我以为你托她给我带话,就跟她出来了。可是她什么也没说,就光站着。"

想到这儿,陆嫣的头突然剧烈地疼了起来。八年前的她和江成屹仿佛置身于迷雾中,被一根看不见的绳子牵引着,一步一步走到错误的犄角中。

"不,我不能背叛友谊,我不该那么自私。"她闭上眼,反复咀嚼着日记里的这句话,片刻后讥讽地叹了口气,起身到浴室洗澡。

虽说吼了陆嫣一通,江成屹依然无法遏制自己的怒意,进门就脱下西装,一把掼到床上。

本该径直去洗澡睡觉,可是他站在门内,听到走廊里一片寂静,又按下走开的冲动。等了半分钟,不,最多十秒钟,他就听见对面房门关闭的声音。他怔住。

很好,既没有敲门声,也没有半句解释。虽然他早就知道事情不是那么简单,但是八年了,这女人始终欠他一个说法!

他解开衬衣,强压着怒意到浴室洗澡。

洗完澡倒到床上,他强迫自己不再去想关于陆嫣的任何事,用力闭上眼。

他白天太累了，虽然窝了一肚子的火，但还是很快就睡着了。

不知怎的他就到了一个宽敞、整洁的房间，外面绿意盎然，阳光明亮刺目，一副夏天的模样。他身下有一张汗涔涔的脸。

虽然视线有些朦胧，但他仍可看见她乌黑的发丝贴在光洁白皙的额头上，双颊如同迎风绽放的花苞，染满桃色。随着他的撞击，她的目光越发迷离，像春天里盛满水的池塘，荡漾开圈圈涟漪。

他捕捉她的每一个细微表情，越看越心动，低下头，想要吻住她的唇。可是他眼前一花，忽然又到了外面的走廊上，他正怒目瞪着她，明明摆出非常冷淡的样子，她却一点也没有退缩，非但伸出双臂环住他的脖子，还踮脚想要吻他，正如很久以前每一次见面，她笑着扑到他怀里的模样。他异常嫌弃，却任由她凑近。眼看她温软的气息拂到了脸边，忽然想起之前她帮刘雨洁做人工呼吸的样子，他连忙一把推开她。他可不想他的唇上带着别的女人的气息。

她露出受伤的模样，还想要说什么，突然，手机响了。出于职业习惯，他的意识立刻抽离。

应该是早上，他睁开眼睛一看，阳光透过窗帘洒进来，他忽略某个部位的异样，摸到手机接起，声音非常粗哑："喂。"

然后，他就听见小周在那边说："江队，刘雨洁醒了。"

❄　❄　❄

陆嫣昨天失眠半晚，早上起来时还晕晕乎乎的。

不见刘嫂的人影，冰箱里却放满了新添置的新鲜食材，时间还早，她取出鸡蛋和面条，煮了两碗面。

她刚把碗端到餐桌上，江成屹就到了餐厅，还像在生气的模样，但脸色总算不像昨晚那么差了。她坦然地看向他。

早上起来时，她本来想向ICU的同事打听刘雨洁的情况，但想到自己昨天也在现场，怕惹来嫌疑，最终没问。

憋了一路，进电梯时，她终于没能忍住，问江成屹："刘雨洁怎么样了？"

像刘雨洁这种吗啡中毒的情况，只要及时用上拮抗药，再加上辅助手段，很快就能苏醒，何况昨天她一直守在刘雨洁身边，及时避免了由于呼吸抑制而产生的并发症。

"醒了。"他盯着电梯门。

她松了口气,但又有些疑惑,以凶手对付丁婧的残忍手段来看,想要刘雨洁闭嘴,有太多直截了当的办法,为什么偏偏选择最迂回的一种?想了一会儿,她开始怀疑刘雨洁是否真知道关键线索,并且越发相信江成屹昨晚"凶手有意挑衅"这个说法。

到了附一院,江成屹破天荒地没扔下陆嫣就走,反而将车泊好,跟她一起进了电梯。

"是要去 ICU 吗?"她想了想,开口问。

他没好气道:"陪你去科里。凶手作案越来越频繁,在你上班期间,警察无法保证你的安全,你要是不想下一个出事,最好跟单位请一段时间假。"

陆嫣一愣。

像提前做了沟通,一到科里,陆嫣就看见于主任站在办公室门前。

见两人出现,于主任对陆嫣说:"你先去里面交班,我跟江警官说几句话。"

陆嫣默默点头,转身进了大办公室。

她交班出来时,江成屹不见了,换为年轻警员小周。

于主任把陆嫣叫到跟前:"去医务科打报告,我给你批半个月假。"

听见这话,周围同事顿时投来艳羡的目光。陆嫣不知该高兴还是郁闷,苦笑着跟于主任走到僻静处,这才说:"知道啦,谢谢老板。"

于主任绷着脸:"这半个月不许在家闲着,早点把我让你写的东西写完。还有,下个月的全国青年麻醉医师病例演讲大赛,我把你的名字报上去了,你好好在家准备,到时候争取拿个好名次。"

他见陆嫣乖巧地点头,又再三告诫她:"不许到处乱跑,虽然老师至今不明白凶手为什么盯上你们这几个孩子,但汪倩倩的事大家都很痛心,老师不希望再出现类似的悲剧。"

请假的手续很麻烦,陆嫣跑上跑下,来回跑了三趟,才把手续办好。其间,小周一直陪在她左右。

一切手续办妥后,她走进电梯,按下 ICU 楼层的按键。

她刚到那儿,就见江成屹和两名警员从里面出来。

秦跃叹道:"吓成这样都没说出什么有用的信息,连凶手长什么样都没看见,看来这姑娘知道得太有限,也难怪凶手放了她一马,我看这王八蛋早就做好了准备,就等着玩我们呢。"

江成屹却似乎有了头绪，只让小周回去休息，另换一个警员继续留守医院。

到了停车场，他对秦跃说："喻博士今天回来，老秦，你先去局里，我去找另外一个目击证人。"

秦跃和陆嫣同时一怔："目击证人？"凶手这么狡猾，怎么可能会有目击证人？

江成屹拉开车门："不确定，不过我打算试一把。"

车驶出了大街，还不到中午，灰白色的厚厚云层静止在天空中，一副阴天欲雨的模样。

陆嫣看了一会儿窗外，明知江成屹未必肯说，她还是问道："刘雨洁有没有说'冬至'指的是什么？"

江成屹过了一会儿才说："高中的时候，你们女生中间流行过玩塔罗牌吗？"

陆嫣微微蹙眉，心想，又是塔罗牌。

"据我所知，玩的人有，但不多。"她思索了一会儿，有了一个猜想，试探着问，"'冬至'……难道跟塔罗牌有关系？"

"是个网站。"江成屹像想继续从陆嫣口里得到一些当年的信息，"丁婧高中的时候，用家里给的钱建了一个塔罗牌卜卦网站，因为建的那天正好是冬至，注册的名字就写的是'冬至'。"

陆嫣目瞪口呆。亏她瞎猜了这么久，却怎么也想不到"冬至"指的是一个网站，而且创办人是丁婧。骇异了一会儿，她道："你别告诉我这个网站可以用来许愿。"

"的确是。"江成屹仍旧面无表情，"据刘雨洁说，建好网站后，丁婧在学校论坛匿名丢了网址上去。过段时间，果然有女生登录这个网站许愿。可是丁婧玩着玩着兴趣就转移了，那个网站很快就荒废了，此后她再也没打理过。然而直到八年后，这个网站还有人在运营，用的还是丁婧的名字。"

陆嫣颇觉得不可思议："可就算是这样，为什么丁婧一提到冬至就那么害怕呢？"

江成屹默然一会儿，说："刘雨洁总觉得当年邓蔓的死跟这个网站有关。在网站建立之初，丁婧曾经搜集在网站上许愿的女生的心愿，并以此取乐。"

陆嫣心里一紧："邓蔓当时在网站上许过愿？"

"你跟邓蔓关系那么好，难道她从来没跟你提过这个网站？"

"她有很多秘密瞒着我。"陆嫣神色一黯。例如当年邓蔓种种无法解释的古怪行为，直到八年后，她都无法确定当年邓蔓喜欢的人到底是谁。

江成屹轻轻地哼了一声，道："在丁婧浏览许愿女生的名单时，刘雨洁发现了邓蔓的名字。但邓蔓许的是什么愿，她不知道，只知道邓蔓自杀后，丁婧害怕了很长一段时间，直到出国以后才好转。可是就在一个月前，丁婧突然变得疑神疑鬼，总说自己遇到怪事，还坚持说看到过邓蔓。有一次两人逛街，丁婧还逼问刘雨洁相不相信世界上有鬼。刘雨洁见丁婧那么害怕，就怀疑丁婧跟邓蔓当年的死有关。"

陆嫣先听到前半段话，心中冷笑，从刘雨洁的表现来看，当年的事，她绝对没她自己说的那么干净。可是听完最后一句话，她彻底呆住："你说什么？丁婧前段时间看到过邓蔓？"

江成屹捕捉到她语气里的异样，睇了她一眼："怎么了？"

陆嫣坐直身子，一度震惊得几乎无法思考："前几天，我也看到过跟邓蔓长得很像的人，就在我同事汪倩倩出事当晚，因为我临时被喊到医院上班，在巷子里遇上了那个人。撞上以后，我当时以为自己眼花了，也就没多想。"

江成屹猛地一踩刹车，将车停到路边，面色严峻："汪倩倩出事当晚？你确定你看到过邓蔓？"

"我确定。"陆嫣努力回想当晚的情形，"那个人不但走路姿势跟邓蔓很像，还穿着邓蔓当年很喜欢的一件红黑格外套，就连我送给邓蔓的发卡，她都戴在头上。"

停顿了一会儿，她思路越发清晰："是了！就是从那天撞到那个人开始，我就总遇到怪事！可是我万万没想到，原来丁婧也遇到过这个人。"

江成屹紧锁眉头："你跟那个人只是打了个照面？当时她有没有别的举动，有没有跟着你去医院？"

"没有。"陆嫣否定道，"那个人很快就走了，但是她还在旁边的时候，我接了一个电话。"

"电话里说了什么？"

当晚的情形太诡异了，直到现在，陆嫣仍记忆犹新："是我同事打来的，告诉我有一台手术取消了，让我暂时别急着去科里了。"

"在电话里，"江成屹步步紧逼，"同事是不是直呼了你的名字？"

陆嫣慢慢跟上了江成屹的思路："接的时候，我不小心按了免提。因为是深夜，我本来就有点害怕，电话声音又特别大，所以我印象很深，我记得打电话的是师兄，他一向称呼我为'小陆'。"

说完，她见江成屹久久不说话，忍不住问："到底是怎么回事？这个像邓蔓的人……是不是跟当年的事有关？还有，如果这个女人跟后面盯上我的人是同一个人，那她跟踪我的目的是什么？"

越不可思议的猜测，往往越接近真相，她左思右想，最后看向江成屹："你别告诉我这个人跟汪倩倩被害的事有关，而我因为当晚不小心撞到了她，所以才成为她的下一个目标？"

虽然当时周围环境昏暗，那人也许看不太清她的模样，可是由于那通电话泄露的信息，对方根本无须费心打听，当场就能猜到她的名字和工作单位。怪不得事情发生的第二天她身边就出了怪事。

"不对，这个女人跟邓蔓长得么像，假设她是邓蔓的某位亲属，因为一直对当年的事耿耿于怀，继而杀了丁婧，可汪倩倩跟邓蔓八竿子打不着，为什么也会成为这个女人的复仇对象？"

"什么复仇？"江成屹拿起手机就开始打电话，"这个人的所作所为跟复仇半毛钱关系也没有，他是个不折不扣的杀人狂。"

陆嫣脸色一变。

江成屹拨通电话，转脸问她："昨天你说没能找到2009届的合唱团名单，你回想一下，你是哪一年去的学校？"

陆嫣回忆说："我是前年去的学校，但据学校里的人说，合唱团名单早就丢失了。"

江成屹一边听，一边打电话。

电话那头似乎在忙，等了一会儿，对方一直没接，江成屹只好将手机丢回中控台，问她："当时合唱团都有哪些人，你还有没有印象？"

陆嫣看着江成屹，没接茬儿。

能有什么印象？自从跟他在一起，她的世界就缩小到只剩两个部分：一是学习；二是江成屹。如今回想起来，除了高一就加入的啦啦队和奥数、奥物训练班，对于后面那些成立的学校团体，她根本就没有多加关注。

唐洁几次说她重色轻友，其实一点也没说错。

她只记得合唱团的领唱是丁婧，因为丁婧的声音太有辨识度了。然而，合唱团里剩下的都是哪些人，她全无印象。

"你呢？"她问江成屹，"你还记得合唱团都有哪些成员吗？"

江成屹一噎，显然跟陆嫣一样，当年他也没怎么关注别的事。

两个人彼此彼此，谁也不用说谁。

陆嫣目光移回窗外。

高三功课本就繁忙，江成屹上课之余还要打篮球，可他总能抽出时间去找陆嫣。

那时候陆嫣的母亲管她管得非常严，如果不是赶上学校有活动，她最多能跟他在一起待半个小时，就得匆匆往家赶。正因如此，每一次的约会也就显得格外珍贵和甜蜜。每次见面，江成屹都给她买零食买礼物，从不小气。

她知道他家条件好。听说，他爷爷还在世的时候就拨了一部分股份到江成屹名下，还留下遗嘱让江成屹的父亲代为管理。也就是说，还未成年，江成屹名下就有了进账。即使是这样，在两人交往之初，她出于少女特有的骄傲和自尊，依然不肯接受江成屹的礼物。可是她架不住他振振有词："我看我爸就是这么哄我妈的，我怎么就不能给你买礼物了？"

江成屹虽然很少提到自己的家庭状况，但偶尔一语带过，她总能听出他父母非常恩爱，隐隐有些羡慕。

关键是江成屹还挺有眼光，每次选的礼物都合她心意。随着两个人感情日益升温，她也就慢慢放下了矜持。

没想到的是，日子一久，江成屹的另一面终于暴露出来了。

高三下学期，有一次，江成屹因为比赛以后喝冰汽水喝得太猛，感冒了。但由于临近决赛，他作为队长，还是每天都被教练抓到篮球馆参加训练。陆嫣知道了这件事，就在书包里放了感冒药和四季抗病毒口服液，去找江成屹。

到了那儿，陆嫣悄悄往场中一看，就见江成屹正坐在篮球场边上的排凳上看其他队员训练。他的头靠在身后的墙壁上，有点懒洋洋的，脸色不大好看，但还是强打精神，有一搭没一搭地跟旁边的教练说话。

她这边刚坐下，他就看见了她。

中午训练结束后，他把队服搭到肩膀上，跟其他人说了几句话，借故留下。等其他队员都走了，他和她像往常一样，一前一后地走到空无一人的休息室。

"你怎么来了？"进去后，他一边关门，一边问她，说话时跟她保持一米左右的距离。

陆嫣放下书包，拉开拉链。他好几天没找过她了，虽说她隐约能猜到缘故，但此时看见他，还是有点不高兴，将药取出来递给他："给你的。"

江成屹一愣。

等他接过以后，陆嫣补充说："每次我感冒我妈都给我吃这个，好得特别快。"

江成屹笑起来，依然不肯走近，说："行，我这就吃药。"

喝完药，他终于看出她不高兴了："怎么了？"

陆嫣瞅着他。好几天没见面了，他还有意跟她保持陌生人一般的距离。她非常生气。行，既然他不肯走过来，那么她过去吧。

她走近他，问他："这几天为什么不来找我？"

他一边后退，一边笑着解释说："太忙了，而且我不是感冒了吗，等我好了再去找你。"

这是什么借口？眼看他已经退到更衣柜前，她不得不停下脚步，气鼓鼓地仰头看他："感冒了就不能来找我了？"

他头后仰贴在柜门上，尽量跟她拉开距离，垂眸看她，笑着说："不行，快期中考试了，我怕传染给你。"

"说个话就能传染了？"

他看出她的确有些生气，便开始耍无赖，低声逗她："我害怕嘛。"

他说话时带着感冒特有的鼻音，听起来跟平常很不一样。

仿佛有人在耳朵后面吹了口热气，陆嫣的脸毫无预兆地红了。

他还在笑，声音低缓而具有磁性，带着钩子似的："就问你怕不怕。"

她假装生气地瞪着他，在他说话的时候望进他的眼睛里。"你说我怕不怕？"她有意学他的口吻。

不知为何，说完这句话，她突然有点害臊，就想跑。可是她刚转身就被他一把拽住。

她推开他，道："不和你说话了！"

江成屹哄着她说："你别生气。"

第二天，陆嫣果然感冒了。

江成屹早就料到会如此，在昨天分开的时候，给她买了一堆板蓝根、抗病毒口服液，就怕她的病来得跟他一样急。

喝完药擤完鼻涕，陆嫣想起昨天的事，忍不住歪着头，她又好气又觉得好笑。

一道铃声打断了陆嫣的回忆。

是江成屹的手机响了。

她转头看向他,他像一直在等这个电话,铃声一响,他立刻接了起来。

说了几句话,江成屹就说:"知道了。"

他将车驶离原位,往前开去。

"我们这是去哪儿?"她面露不解,"是去学校找合唱团的名单,还是去找你刚才说的那位目击证人?"

江成屹惜字如金:"目击证人。"

陆嫣大感意外:"真有目击证人?"

江成屹一副很不愿意接话的样子:"你不就算一个吗?那晚你在巷子里撞到的那个人,很有可能就是凶手。"

陆嫣费解:"除了我和丁婧,难道还有人撞见过凶手?"

"不确定。"目的地像是个很偏僻的地方,江成屹打开导航,"应该是个老头儿。我刚才让同事给电台打电话核实了那人的电话号码,现在打算到这人的户籍地址去找找看。如果能找到这个人,希望他能提供一点有价值的信息。"

"老头儿?"

江成屹看她一眼:"这老头儿跟你一样,号称自己见到过一个早就去世的人,为了这件事,还特意打过电话到电台去。这个人比较愚昧、迷信,坚信自己见到的是鬼。我猜,他可能无意中见到过凶手,所以打算去碰碰运气。"

陆嫣消化完这句话,心知因为凶手太狡猾,江成屹宛如一只被捆住翅膀的鹰,自案发以来整日奔波,为了能尽早破案,连如此虚无缥缈的线索都不肯放过。

沉默了好一会儿,她后知后觉地抬头看向前方。近中午了,江成屹似乎并没有把她送回家的打算。她想问,却忍住了,只瞟了瞟他的侧脸,她在家休息这半个月,他不会真带着她到处查案吧?

正想着,她的手机响了。

是唐洁。

"你在哪儿呢?"唐洁问,"上班?"

"没上班,请了假。"

唐洁像松了口气:"请假好,请假好,在家待着比在单位安全。怎么,现在跟江成屹在一起呢？"

陆嫣含糊其词："嗯，在外面。"

"有件事跟你说，邓蔓她妈妈前几天不是要我们过去取东西嘛，她和邓叔叔赶着搬新家，问我们明天能不能过去取，要是不能，她打算等冬至去给邓蔓过生日的时候顺便捎给我们。"

陆嫣看看江成屹，迟疑了一会儿，说："好，我明天过去取。"

唐洁说："那行，那明天我们在松山路碰头。"

Chapter 8

> 谁知第一次直面死亡竟是以这样一种残忍的方式。

陆嫣看向江成屹："邓蔓家要拆迁了，她妈妈整理出来一些相册和纪念本之类的遗物，里面有不少当年我们三个人的合影，她妈妈问我们要不要留作纪念，让我们过去取。"

一听邓蔓的名字，江成屹脸色就比刚才难看了几分："明天我没空。"

陆嫣盯着已经黑屏的手机，很平静："可是我和唐洁已经约好了。"

江成屹沉着脸，似乎憋着火，先是不肯接话。过了好一会儿，他总算没再拒绝，面无表情地说："再说吧。"

陆嫣微松了口气，想起刚才江成屹的话，揣摩一番，说出自己的疑惑："你刚才说那个老头儿打电话到电台，我怎么觉得他也许只是开个玩笑呢？就算他真见过一个本该去世的人，可毕竟这世上相像的人那么多，也许他只是一时眼花看错了，怎么就能根据这个怀疑他是目击证人呢？"

无论她怎么推测，都觉得两者之间没有必然联系。江成屹应该不会无聊到相信一个电台听众的无稽之谈，之所以花费时间和精力去找寻这个老头儿，一定还有别的理由。

江成屹却没再理她。

从松山路出来，又往前开了许久，接近郊区时，江成屹还没有停车的意思。

他们越走，周围越荒凉。街旁小区人烟稀少，商铺也大多处于关门的状态。

直到绕过一条街，到了一片老旧的住宅区，他们眼前才再次热闹起来。

这地方规划得不好，一眼看去乱糟糟的，连个停车的地方都没有。江成屹绕来绕去，好不容易在一个 20 世纪 90 年代初兴建的少年文化宫门口找到停车位，让陆嫣先下车。

停好车，江成屹掏出钱包，给门口看门的大爷付了停车费，笑了笑，问："大爷知道红旗小区在哪儿吗？"

大爷收好钱，一脚蹬在门口圆溜溜的石球上，手里端着个大搪瓷缸子，正准备喝水。听了这话，他慢悠悠地吹了一口漂浮着的茶叶，这才冲文化宫旁边那条小巷子抬了抬下巴："往里走到底，再右转就能看到了。"

江成屹道了谢，回头找寻陆嫣的身影。

她就站在不远处，穿着一件驼色短外套，底下是一条简单的黑长裤，整洁、大方的装扮，一眼望去无比熨帖。她偶尔走动两步，很快又停下，似乎正打量周围环境。她脚上踩着黑色高跟鞋，鞋跟有七八厘米，更显得小腿笔直、匀称。来来往往那么多人，就数她最高挑、秀丽。

跟几年前一样，他盯着她的背影，不知不觉就走到她身后。

似乎听到了脚步声，她回头看向他，转头的一瞬间，阳光落在她垂顺黑亮的头发上，绽出蜜金色的光泽。

他移开视线："走吧。"

陆嫣眨眨眼，"哦"了一声，跟在他身后，往巷子里走去。

乌云散去，阳光普照，空气重新变得干燥、寒冷。

巷子里的卫生做得很马虎，高跟脚踩在地面上，不时扬起一阵轻烟似的灰尘。除此之外，巷子两边墙角还有不少干涸的泥点子，像前几天那场大雨遗留下的痕迹。

他们刚走到一半，就听到前面热闹的喧哗声，顺着巷子一直走到尽头，再穿过一条窄马路，就到了红旗小区。这小区应该是这一带最有历史感的住宅区，虽说已列入拆迁计划，居民的生活却暂时未受影响，依然很热闹。

江成屹跟小区门口正说话的几个大妈打听了几句，又往内走。

小区比想象中大，他们七弯八拐走了很久，才找到户籍显示的 3 栋 2 单元 101。两人停下一看，这根本不是住宅，而是改装成的理发店。

"是这儿吗？"陆嫣有些疑惑，往里看了看。店里的确有个老头儿，正在给人理发。

江成屹已经推开玻璃门往里走，她只好跟上。

这老头儿六十多岁，像是这店里唯一的理发师，正一边拿剪刀给人理发，一边跟顾客说话。

陆嫣环视一圈，就见店里还有好些等候的顾客，或嗑瓜子，或看报纸，无一不是上了年纪，不时热热闹闹地说上几句。他们彼此之间很熟的样子，不大像专门为了理发而来，更像聚在一起闲聊天，显然，他们都是附近的居民。陆嫣得出结论：这老头儿做的多半是熟客生意。

见江成屹和陆嫣进来，老头儿有点困惑，这两人这么时髦，实在不大像会光顾他这种店的人。

"您二位这是……"

江成屹看了看旁边的客人，出示证件："您好，想找您打听点事。"

到了里屋，老头儿关上门，还有些摸不着头脑："警察同志，您要打听什么事啊？"

江成屹从怀里取出一张照片："您认识照片上的人吗？"

陆嫣站在一边，目光自然而然地投向那张照片。看清照片上的人时，她不由得怔住。那是个二三十岁的女人，面孔虽然很陌生，但因为此人的打扮有种用力过度的富丽，她莫名有种熟悉感。

这老头儿戴上老花镜，接过照片一看，顿时脸色大变，颤声说："怎么不认识？就是她，她是个鬼。"

江成屹似乎对这种情况相当有经验，连忙安抚老头儿："您别怕，把您知道的说一说。"

这老头哆哆嗦嗦地给自己点了一根烟，请江成屹和陆嫣坐下，酝酿了又酝酿，这才说："前几年我身体不大好，老住院，理发店维持不下去了，不得不暂时关门。我老伴为了贴补家用，就去给一个有钱人家当保姆。当时那户人家的女主人就是照片上这女的，好像姓李，叫李什么来着？"

"李荔薇？"江成屹看着老头儿。

"对对对。"老头儿猛吸一口烟，抖了抖烟灰，"就是这个名。李荔薇老公应该是半道做生意发的家，算暴发户。李荔薇长得很漂亮，但素质不高，脾气挺大，在家时，总挑我老伴的毛病。我老伴因为在她那儿受了不少气，回来没事就跟我抱怨几句，我就对这女的印象挺深。有一次我到那家小区门口找我老伴，正好撞上李荔薇出来遛狗。因为好奇，我特意多看了她几眼。后来去找老伴时，我又碰到过李荔薇几次。这女的每次都一副瞧不起人的模样，叫人想不记得都难。

"没多久,我老伴突然说不想干了,说那个富商在外面找了小三,整天不回家。李荔薇跟疯了一样,每天在家里大哭大吵,砸东西不说,还总冲我老伴撒气。我老伴自尊心受不了,说给多少钱也不干了。回来以后,我老伴在家待了半天,气消了,说还是舍不得这份钱,就又回去了。再后来,也就一个多月吧,我老伴跟我说,李荔薇她老公突然回心转意了。

"我问她是怎么回事。我老伴就说,李荔薇老公的小三养小白脸被发现了,她老公气得不行,想来想去,还是觉得原配好,就再也没去找过那个小三。夫妻关系一好转,李荔薇顺心不少,还给我老伴涨了工资。"

说到这儿,这老头儿脸上掠过一抹惧色,停了一会儿才继续说:"我老伴特别高兴,非但不再生李荔薇的气,还指望长期在李荔薇家干下去。可没过两个月,李荔薇就出了意外。我老伴吓得魂不附体,回来告诉我,李荔薇是被人杀了以后丢到一个废弃公园的湖里。而且在那之后没多久,警察还找到这儿来问过我老伴。后来我老伴琢磨这事,总觉得警察的重点怀疑对象是李荔薇她老公,所以没事的时候就总留意新闻,可是过了很久,这案子也没破。"

陆嫣越听越觉得这案子熟悉。

老头儿叹了口气,道:"我老伴这几年太操劳,也没注意身体,前年因为急性心梗,反而走在我前面。去年,大概也是这时候吧,我一个人在家挺寂寞的,就到亲戚家吃晚饭。吃完饭,亲戚又拉着我打了几圈麻将,出来的时候,都快深夜一点了。回家路上,对,就在咱们小区对面的小巷子,我前面走着一个女的。我在后面瞅着,越看越觉得那女的眼熟。走到光亮的地方时,我盯着她留神一看,差点吓得魂都没了。那女的跟那时候李荔薇的打扮一模一样,头上也是裹着个丝巾,身上是长风衣,还有那鞋,忒眼熟了。光这个,我还不至于吓成那样,但那女的连走路姿势都跟李荔薇很像。回家后,我越想越觉得这事邪门儿,也知道没人相信,就没跟人说起过。前几天我听电台节目,听大伙说冬至的鬼故事,五花八门,说得热闹,就把这事也当个故事说出来了。不管别人信不信,反正这是我的亲身经历,说出来总比憋在心里强。对了,警察同志,你今天来找我打听这事,是也听了《八卦七点半》这个节目,还是李荔薇的案子终于有进展了?"

从理发店出来,陆嫣一度震惊到无法思考。她看过那晚她家楼下的监控录像，录像里的女人跟李荔薇一样，也是这副让人印象深刻的打扮，难怪她刚才一看到李荔薇的照片就觉得眼熟。

她问江成屹："前几天我去你们局里录口供，听老秦说，有位退休老刑警转了一些陈年旧案到你们组，李荔薇的案子是不是也跟着转到了你手里？"

那晚她家楼下的监控录像，江成屹曾反复观看，莫非后来在翻李荔薇的陈年案宗时无意中发现李荔薇跟那晚吓唬她的女人很像？

江成屹打开车门，思忖着说："这个人如果是凶手的话，她似乎以模仿被害人的穿着打扮为乐，先有邓蔓，后有李荔薇——这么多年过去，应该还有别的目击证人。"

他说完这话，扫过陆嫣的脸。在听到邓蔓的名字时，她并没露出半点惊讶的神色。他盯着她看了一会儿，又看看腕表，说："不早了，先去吃饭吧。"

陆嫣这才如梦初醒，嗯了一声。

下午江成屹把陆嫣送回家，自己回了局里。喻博士要过来做罪犯心理分析，她跟在一边不大合适，专门派人二十四小时守着她又不现实，想来想去，他只好把父亲那边的司机和刘嫂叫了过来，让他们到公寓里陪着她。

陆嫣查资料查到很晚，其间，江成屹一直没回来。夜里十二点时，司机告辞而去，刘嫂却留下了。

第二天醒来，陆嫣穿着睡衣到厨房取水喝，刘嫂不在，家里被打扫得明亮、整洁。她看看时间，还不到七点。以唐洁的作息习惯，至少再过两个小时才会给她打电话，她打算回房间筹备幻灯片，为下个月的比赛做准备。

走到走廊尽头，她看着江成屹紧闭的房门，停了下来。不知道他在不在家，或许他又在外面熬通宵办案。

她念头刚起，门开了，江成屹从里面出来，身上穿着衬衫、长裤，显然正准备出门。

看到陆嫣，他目光在她身上扫了一下，很快就移开，往外走去。

陆嫣顺着他的目光落在自己胸口，才意识到自己还穿着睡衣睡裤，睡衣还是以前唐洁送的，领口很低。她记得当时唐洁嘲笑她："追求你的人那么多，你就没一个看得上眼的？身材再好有什么用，这么漂亮的睡衣，你就天天穿给自己看啊？"

她默默望着他的背影。

他没回头："我今天没空，让小周送你去邓蔓家。"

"哦。"她慢吞吞地应道。

江成屹本来已经走到玄关，不知为何又停下，丢下车钥匙，到厨房里给自己倒了一大杯冰水，一口气喝了大半杯才出来，背对着她说："一会儿小周会过来，你把衣服换了。"

江成屹说完就走了。

陆嫣先到盥洗室洗漱，再换上外出的衣服，一切都收拾好后就坐到书桌前查资料。

没多久，听到有人按门铃，她刚起身，桌上的手机响了。她拿起一看，正是昨天江成屹让她存好的小周的号码。

她刚接起，小周就说："陆医生，我是江队组里的小周，我现在已经到楼下了。"

她说道："好的，请稍等。"

她快步走到玄关，看了看显示屏，果然是小周。

小周上来后，她正要给他倒水，谁知这时候唐洁的电话来了。她看一下时间，才八点半，倒比她想的提前一个小时。

"陆嫣，你们家江成屹的豪宅太豪了，规矩一堆，不让我进去。我懒得跟保安啰唆，车就停在大门口，你赶紧下来。"

陆嫣忙说："马上就去。"

她回房间取好包，跟小周一起进了电梯。

小周没开车，到了大门口，两人上了唐洁的车。

坐好后，陆嫣给他们俩做介绍："这位是周警官，这是我朋友唐洁。"

唐洁为人热情，回头对小周露齿一笑："周警官好。呀，我说，江成屹他们局里招人是不是还得看颜值啊，怎么他这些同事一个比一个帅？"

一句话就把小周逗笑了。

路上，陆嫣问唐洁："你前几天不是说要跟叔叔去 B 市谈器材生意吗，打算什么时候去？"

唐洁像在 B 市有固定的生意伙伴，过去几年里曾好几次到 B 市谈生意。

"还去什么啊。"唐洁直叹气，"丁婧和刘雨洁才出事，我可不敢乱跑。唉，我说，陆嫣，出事的可都是我们同学，我这几天想来想去，总觉得这变态可能是咱们学校的。"

陆嫣露出思索的表情。

❄ ❄ ❄

邓蔓家在市中心的另一个区，路上又堵，他们开了一个多小时才到。

把车停在楼下，陆嫣和唐洁在小卖部里买好零食，然后便由小周陪着一起上楼。

邓家的房子虽说有些年头了，但收拾得非常整洁，空间也宽阔，若是忽略小区旁乱糟糟的环境，倒是个非常舒服的三居室。可惜由于主人的心境不好，屋子里常年笼罩着一种灰蒙蒙的氛围。

八年前邓蔓出事后，她的父母痛不欲生，家里一度笼罩着愁云惨雾，尤其是邓妈妈，差点都没办法继续工作，直到三年后邓妈妈再次孕育生命，情况才有所好转。

邓小妹如今已经四岁了，特别聪明、可爱，一开口就引人发笑。听到敲门声，她第一个奔到门前。

门一开，陆嫣目光碰到邓小妹乌溜溜的大眼睛，心顿时软成一摊水，蹲下来亲了小家伙一大口，又拿零食给她吃。

唐洁在边上眼馋得不行，等陆嫣稀罕够了，她一把抢过邓小妹，抱起来就往屋里走。

邓蔓的爸爸妈妈都不大爱说话，邓妈妈尤其严肃，邓蔓还在的时候，就对邓蔓管得极严，如今更显得话少。只有目光碰到小女儿时，邓妈妈的表情才会变得异常柔和、温暖。

陆嫣和唐洁轮流逗邓小妹，邓妈妈到厨房给三人倒了水，坐在一边微笑地看着。过了会儿，她走到里屋，取出来一样东西，摩挲了好几遍才交给陆嫣："这东西一直收在杂物间。蔓蔓好像有意把本子藏在角落里，既舍不得丢，又不想让别人发现似的，要不是打算搬家，我和她爸爸估计这辈子也发现不了这个本子。按理说这是蔓蔓的遗物，我和她爸爸绝不该送人，但我看里面全是你们三个人的合照，想想你们三个那时候好得形影不离，就……唉，希望你们别觉得阿姨唐突。"

"怎么会呢？"陆嫣郑重其事地接过，"阿姨千万别这么说。"

听到这话，唐洁也失去了逗邓小妹的兴致，在一旁沉默着。

邓蔓妈妈悠悠地出了一会儿神，叹了口气，说："说来说去，还是我这个做母亲的失职，当年只顾着抓蔓蔓的学习成绩，对孩子的情绪根本没留意，现在想起来，人生这么长，高考失利是件多么微不足道的事。如果我当时多给她一些安慰和鼓励，蔓蔓也许根本不会做傻事。"

三个人都不说话，凄凉的气氛静悄悄地在屋子里蔓延。唐洁憋得受不了了，走到窗边，唰的一下拉开窗帘，让阳光充沛地洒进来。

陆嫣问邓妈妈："阿姨，您还是没能想起当年邓蔓都跟谁出去过吗？"

邓妈妈摇头："这问题去年有位警官也来打听过，可是蔓蔓这孩子太内向了，什么事都瞒得死死的，除了你们两个，我还真不知道她还跟什么人有过来往。说她早恋吧，看不出半点蛛丝马迹。也就是高三那年，这孩子出去玩过几回，但她都说是跟你们在一起，次数也不算多，而且每一次都准时回来了，我也就没有多想。"

"去年有警官来打听过邓蔓的事？"陆嫣自动忽略了后面的话，颇感意外地看着邓妈妈，"是安山区分局的警官吗？"

邓蔓妈妈轻轻揉着太阳穴："好像是姓江，挺年轻的，我总觉得以前在蔓蔓学校里见过，就问那警官是不是蔓蔓同学。他也没否认。"

"姓江的警官？"唐洁吃了一惊，"别告诉我是江成屹。噫，去年他不是还没调回 S 市吗？"

从邓蔓家出来，陆嫣心绪复杂，静了好一会儿才开始翻看那本相册。

唐洁眉头拧得紧紧的，百思不得其解："怎么你们一个个的都这么关注邓蔓的事？难道她当年真不是自杀？还有，"她越说越不安，"当年你跟阿姨认尸，我听说，阿姨后来还去看了监控录像，有问题的话，应该早就看出来了吧？"

听到"认尸"两个字，陆嫣脸色有些发白，她打开车窗，让新鲜空气透进来。

"还有邓蔓那本日记，就那么语焉不详的几句话，谁能看明白？我都不知道她是真谈恋爱了，还是从哪本书上摘抄的什么笔记。也是怪了，那日记不知她怎么就那么看重，连投湖的时候都特意带在身上，等到捞起来的时候，日记本的纸都被泡烂了，不然咱们往后翻翻，没准还能找到点线索。"

陆嫣苍白着脸，并没有接话。

高考结束没多久,她和同学们迎来了人生中最灿烂的一个暑假。每一次出门玩,她都不用再像以前那样绞尽脑汁地在母亲面前想借口。

有一天,江成屹跟队友约好打篮球,她想起最近邓蔓情绪不大对劲,就约唐洁和邓蔓去学校图书馆借书,打算从学校出来后一起去看电影。

到了学校,她路过篮球馆,想着江成屹在里面,还是忍不住进去了。让她意外的是,邓蔓早就在里面了。

江成屹他们在场中打篮球,邓蔓就在一边替他们整理乱丢一气的衣服,捡起其中一件时,她默默地盯着那衣服发怔。

陆嫣认出那衣服是江成屹一件用来换的T恤,是她用攒下来的零花钱给他买的,白色,普普通通的样式,没什么特别,但因为上面的一排字母里有她的英文名字,她逛街时看见,见价格不算贵,就买下来,当作礼物送给了江成屹。他一眼就看穿了她的心思,经常穿在身上。

邓蔓手里拿着的,就是那件T恤。

陆嫣盯着邓蔓的背影,藏好自己越来越深的疑惑,走近:"邓蔓。"

邓蔓听到她的声音,似乎非常慌乱,脸色一刹那又恢复正常。

她联想起早前邓蔓种种古怪的行为,疑惑一点一点在心头累积。

两人在看台上坐下后,她悄悄观察邓蔓,注意到邓蔓的目光一直追随着江成屹,便转过脸,垂下眼睛默默想着。她知道邓蔓是个很懂得掩藏情绪的人,最近却总是在她面前失态,是故意为之,还是失去了理智?

她静了静,尽量让自己的声音听上去平静:"邓蔓,我们是好朋友。你知道的,我非常珍视我们的友谊。"

隔了一会儿,邓蔓才转头看过来,脸色仿佛被泼了一层灰粉,瞬间变得暗淡无光。

她密切注意着邓蔓的表情:"我和江成屹已经约好了填同一所大学,我喜欢他,非常非常喜欢。"

她每一个字都咬得紧紧的,目光小心翼翼地在邓蔓脸上摸索。以邓蔓的敏锐程度,完全能听懂她的暗示,她心里有个声音在不住地低喊:"快否认,快告诉我根本不是我想的那样。"

可邓蔓只是凄惨地笑了笑,还是什么也没说,转身就出了篮球馆。

陆嫣望着她消瘦的背影,心中疾速掠过一阵不祥的预感,连忙起身追了出去。

她跑到图书馆,邓蔓不在那儿。她又跑回教学楼,一层一层往上找。她找到六班教室，往里一看，邓蔓果然站在窗前，正用力将手上一团纸扔到窗外。

她在门口静静地看着邓蔓的背影，不知过了多久才走进去，轻轻拉着邓蔓的衣角说："邓蔓——"

邓蔓猛地回头，眼睛里盛满了泪水，大颗大颗地滚落。

她从来没有在一个人脸上看到过那么痛苦的表情，彻底惊住了，张了张嘴，却根本不知该如何开口。过了会儿，她手忙脚乱地从口袋里取出纸巾，想要帮邓蔓擦眼泪。

"我没事。"邓蔓推开她，尽量想显得若无其事，声音却哽咽着，"我先回家了，你跟唐洁去图书馆吧。"

邓蔓走后，陆嫣脑中乱糟糟的。

前几天，她刚满十八岁，高中毕业，大学在向她招手，她的人生很快会翻开崭新的篇章。可是她远没有蜕变到拥有足够的阅历，她还不够成熟，无法让遇到的所有问题都迎刃而解。面对这样棘手的局面，她感到空前地沮丧和迷惘。

她茫然地站在窗前，发了很久的呆，直到唐洁给她打电话，她才木然地从教室出去。

图书馆在教学楼后面，路过楼下时，她想到刚才邓蔓扔纸团的举动，迟疑了片刻，走到楼下的月季丛里仔细找寻。

她找了一会儿，终于在一个草堆里发现了一个纸团。

她的心怦怦直跳，蹲下身子打开纸团，就看见上面写着一句话："我恨她！我恨她！我做鬼也不会放过她！"每一个字都写得极重，仿佛力透纸背。

她像被人捅了一万刀，心一下子凉透了。

后来，唐洁发现她神色不对，坚持要送她回家。

在家待了好一阵，想起先前的事，她还是觉得身体阵阵发冷。努力让自己冷静下来，她决定给邓蔓打电话，不管邓蔓是怎么想的，至少两人约出来好好谈一谈。可是她拨过去以后，邓蔓不肯接，直接挂断了她的电话。她为此在家里闷了整整两天。

江成屹不在市区，被他妈妈拉到郊区别墅给他外公庆生去了。察觉到她不对劲，他给她打了无数次电话，承诺自己第二天就回去，然后带她去散心。她本来有些提不起精神，但因为太想见他，还是答应跟他见面。打完这通电话后，她心情多少有些好转。

收拾好第二天出门要带的东西，她犹豫是再给邓蔓打个电话还是径直去邓蔓家找邓蔓。想了一会儿，她决定选择后一种做法。

可就在这时，她接到唐洁打来的电话，被告知，邓蔓自杀了。

挂掉电话，她整个人如同掉入了冰窟窿，接下来的几个小时，她的记忆里一片空白。

事情来得太突然了，邓蔓的爸爸在外地开会，得知消息后，正在往回赶的飞机上。邓蔓的妈妈根本接受不了女儿自杀的事实，昏倒了几次，又被抢救过来，身体和情绪都已经接近崩溃。

陆嫣第一个赶到停尸处，一到那儿就被失魂落魄的邓蔓妈妈拉着去认尸。在办手续的时候，她想起那张字条上的话，悲痛之中竟还掺杂着丝丝恐惧。

尸体被从冰柜中拉出来了，她一眼就看见邓蔓那张浮肿的还带着强烈恨意的脸，只觉得脊背被人狠狠地重击了一下，痛得接近麻木，耳边仿佛有一面巨大的玻璃墙轰然倒地，碎片落地的瞬间，发出震耳欲聋的声响。她头晕目眩，摇摇晃晃，用尽全身力气才没有倒下。

过去的十八年，她过得坦荡而快乐，谁知第一次直面死亡竟是以这样一种残忍的方式。

短短几分钟内，她如同被一把看不见的刀从里到外狠狠地翻搅了一遍，连灵魂都碎成了渣子。回到家，她站在空荡荡的客厅，发现自己仍在冒冷汗，湿透的衣服如同保鲜膜一般紧紧包裹着她的身躯，让她连呼吸都变得异常困难。她一下子病倒，每一次闭上眼都能看到邓蔓充满恨意的眼睛，而字条上那来自好朋友近乎诅咒的话语，如同附骨之疽一般不断地在她耳边回响，一口一口蚕食着她的意志力。

她泪流满面，昏昏沉沉，烧到39℃，整个人仿佛被丢到了火盆里，意识几近模糊。妈妈忧心如焚，连夜把她送到了医院。入院后，她被诊断出得了急性肾小球肾炎，一住就是半个月。

唐洁的声音明明在陆嫣耳边，却像隔着一层厚厚的膜，遥远，缥缈。

陆嫣沉浸在自己的世界，自顾自地出神，直到身体被人用力摇晃了好几下才猛地抬起头。

"想什么呢？"见陆嫣终于有了反应，唐洁忧心忡忡地望着她，"到家啦。"

陆嫣若无其事地说："哦。"开口的瞬间，她发现自己有着浓重的鼻音。怕唐洁看出来，她忙低下头解安全带。

"大钟过来接我了。"唐洁看着陆嫣和小周下车，许是想起了邓蔓，她脸色也有些凄然,"我就不上去了。"

陆嫣恢复了平静,嘱咐唐洁:"路上注意安全,到家给我打电话。"

回到家,陆嫣请小周在沙发上坐下,她自己调整一番心绪,便开始翻阅相册。

诚如邓蔓的妈妈所言,相册里都是她们三个人的合影,几乎每一张照片里,她们三个人都在笑,笑容明媚得如同5月的晴天,半点阴霾也无。

她一张一张地翻找,细细留意着照片上的每一处细节,努力揣摩照片中邓蔓的表情,连她眉毛上一个小黑点都不放过。

翻到其中一页时,她停下了。这页纸的边角有些磨损,显然曾经经常被主人摩挲。她目光缓缓上移,看向照片里的人,心毫无预兆地猛跳起来。

还是她们三个——笑嘻嘻地凑在学校的花丛前照相,一眼看去,没什么特别。可是在照片的右上角,也就是她们三个人身后一个较远的地方,站着两个人,那两个人在阳光下交谈,都没有看向这边,显然是无意中被照进来的。

在这张照片里,邓蔓的笑容显得格外明媚。

陆嫣脑中嗡嗡的,盯着那两个人的脸看了又看,许久过后,目光渐渐变得冷淡。

❊　❊　❊

喻博士下午的确回了S市,但赶来安山区分局的途中又临时被叫到S大学去办一个非办不可的手续。为此,他特意打电话给江成屹,再三致歉。

江成屹在电话里跟喻博士另约了时间,把几个案子归拢在一块儿,跟底下人讨论案情。

几人刚说到丁婧的案子,一名同事从外面进来,将手上好几页电话号码递给江成屹:"丁婧头些天接到了一些骚扰电话,虽说都是骚扰电话,但奇怪的是,这些电话来源不同。我查了一下,第一页和第二页这些都是同一个区域,后面的这些零零碎碎的,我也就没再管。"

江成屹一页页翻过,目光在每一串来源地址上掠过。到第三页时,他盯着其中一组地址,闪过一丝诧异之色。不过,很快,他就把资料还给同事:"就查前两页吧,第三页估计是散户,没什么查的必要。"

同事比了一个"OK"的手势,转身走了。

江成屹在桌边站了一会儿，忽然抬头对秦跃旁边那个中年警员说："老郑，你上次不是说，几年前有个女孩跳河自杀，有人为此连续七年给公安局写匿名信，要求警方重新调查这案子——"

"啊，对。"那警员纳闷地点头，"怎么了，江队？"

"档案在哪儿，能不能帮我找出来？"

直到傍晚六点钟，江成屹才回家。

小周坐在沙发上看电视，不时拿出手机看看时间。

陆嫣在厨房做饭，怕小周无聊，偶尔出来跟小周聊几句。

江成屹一回来，小周就站起来，兴奋地问："江队，喻博士怎么说？"

江成屹先看向厨房，见陆嫣在里面忙碌，便收回目光，走到沙发边坐下："喻博士明天才会过来。咱们先吃饭，一会儿我送你。"

小周显然是个不挑剔的人，虽然陆嫣的厨艺一般，但他还是吃得津津有味。

江成屹送完小周回来，站在玄关，看向还在厨房忙碌的陆嫣。

陆嫣收拾完出来，正好对上江成屹复杂的目光。像有种预感，她望着他，开诚布公地说："今天去邓蔓家的时候，她妈妈告诉我你去年去查过邓蔓的事。"

江成屹并没有回应这个问题，而是拿起先前放在玄关的那沓书信似的东西，径直走过去，然后拉开椅子，在陆嫣对面坐下，将那沓东西丢在桌上："我们查了丁婧这几个月的通话记录，发现她接到过很多骚扰电话。也就是说，在我调回S市之前，已经有人在调查她。"

陆嫣目光在那沓纸上一掠，若无其事地将头发别到耳朵后面："哦，是吗？"

"能不能解释一下，这些号码里为什么会有你们南杉巷的地址？"

她脸略红了一下，看向一边："我没听懂你的话。"

"她虽然频频接到你打过去的骚扰、恐吓电话，却没能如你所愿因为心虚、害怕而露出马脚。谁知这时候她被凶手盯上，身边开始出现怪事，她怀疑这一切是你搞的鬼，于是也开始对你进行电话骚扰，还雇用王强跟踪、吓唬你。"

屋子里一片死寂。

江成屹的情绪依旧辨不出喜怒，眼神却能看破人心："你能不能解释一下，为什么我们调出上个月丁婧家附近的监控录像，你会出现在画面里？"

陆嫣咬了咬唇，抬眼盯着他。

"你在跟踪她。"他下结论,"你早就怀疑她了,对不对?"

"我有点累。"她倏地起身,"我先回房间休息了。"

她刚走几步,就被江成屹一把拽住,紧接着,手腕被冰凉又沉重的东西扣上。她低头一看,江成屹已经用手铐将她和自己铐在一起。

"你干什么?"她大惊失色,据理力争,"我没做任何犯法的事!"

他一把将她推到墙上,抵着她,举起手中的信,低声逼问她:"那你能不能告诉我,你为什么要年复一年地写这些匿名信?"

她听出他声音里涌动着的暗流,预料到他要做什么,心先是狂跳了一阵,又慢慢平静下来。由于靠得太近,两人热烫的呼吸已经缠在一起,根本分不清彼此。

见她不说话,他捏住她的下巴,低声"诱哄"她:"你当年因为什么跟我分手,你心知肚明!早在七年前,你就发现自己做错了事,于是年复一年地搜集证据,写下这些匿名信。现在我只想听一句实话,你之所以急于知道真相,除了查找邓蔓的真正死因,还有没有别的想法?"

这话如同一把利剑,刺过来的一刹那,就将她坚硬的外壳重重击碎,她的眼泪不知不觉地淌下来:"你明知道答案——"

他盯着她,微涩地说:"我想听你自己说出来。"

陆嫣被江成屹一步步逼到了墙角,骄傲和自尊再也无法维持,眼泪如断线珠子一般,止也止不住。

直到上个月,她才确定她和江成屹八年前陷进了一个巨大的圈套。此刻面对他的质问,她清楚地知道,他想要的是明明白白的一句话,而不是任何模棱两可的答案。

他紧紧盯着她,不说话,仍在等她的答复。

透过泪幕,她看见他眼里燃着的两小簇火焰,既明亮又猛烈,直燃到她心底。她根本想不出任何犹豫的理由,抽噎了一下,抬手抚上他的脸颊:"江成屹,我忘不了你——"

她话音未落,他的吻就重重地落了下来,像等了许久,饱含着暴风雨一般的力量,迫不及待地将她的话语尽数吞入腹中。

她呜咽了一声,眼泪越发汹涌。回忆一幕幕在她眼前掠过,哪怕时隔数年,依然让她觉得异常苦涩。

她住院了。他得到消息,连夜从郊区赶到医院看她。

清晨七点，距离她被送到医院还不到四个小时。母亲和唐洁守在床边，该用的药已经用上了，热度却依然未退。她的眼皮肿得很厉害，想要睁开眼，却只能勉强打开一道缝。

医生们查房，言谈之间显得很慎重。她听到他们在商议接下来还要给她完善哪些检查，还说要尽快确定治疗方案。从他们的对话中，她知道自己的肾功能出现了很大的问题，因为各项指标很不好，甚至被下了病危通知书。

她由此知道，外界的打击不但可以摧毁一个人的意志力，也可以迅猛地击溃十八岁的健康身体。

眼泪干后，脸上有一种麻木感。短短一天内，她仿佛被放进油锅从里到外地煎了一遍，此时躺在床上的只是一个躯壳，大脑一度接近停转。

邓蔓死了，前几天还鲜活的生命如今变成一具冰冷的带着恨意的尸体，心底的恐惧和愧悔比身体上的煎熬更让她难过一万倍。最痛苦的是，这种折磨还无处言说，得知自己病得很重后，她居然感到一种淡淡的解脱。

医生们还在说话，她努力将身体蜷缩成一团，想让自己的意识沉溺在黑暗中，看不见光，听不到任何声音，不接触任何外界的东西，好像这样就能让自己离冰冷又坚硬的现实远一点。

然后，她听到他来了，他声音很焦灼，却保持着礼貌，在跟母亲说话。起初，母亲像是有些惊愕，在交谈几句后，母亲语气里的疏离和审视发生了微妙的变化。

以前她曾设想过一千遍一万遍，从没想过她和江成屹的恋情会以这种意想不到的方式在母亲面前摊开。她听得出母亲对江成屹并不反感，这要是在以前，她该是何等骄傲和快乐，眼下却只觉得加倍煎熬。

此后，他每天都来，从早到晚寸步不离地陪着她，可是她始终闭着眼睛，不想也不敢去面对他。

得了肾炎的缘故，她的样子很难看。唐洁为了逗她开心，帮她擦脸时曾说她的脸肿成了一个白胖小包子。即使是这样，只要病房没有别人，他总是轻轻将她的额发撩开，丝毫不嫌弃地低下头吻她。每到此时，她都鼻根发酸，必须紧紧用手指抓住床单，才能让自己的眼泪不滚落下来。

清醒时还好，只要一入睡，她就能看见邓蔓浑身湿淋淋地站在床边，有的时候，甚至硬邦邦地站在江成屹身后，眼神诡异得如同浮在漆黑夜里的烛光，让她神魂俱散。

她无数次被吓醒，又无数次寻找母亲的怀抱，眼泪流了又干，干了又流，痛苦到了极点,唯有在心底凄凉地呐喊,她愿意付出任何代价,只要邓蔓能完好无损地回来,只要一切能回到从前。

在医院里住了半个月,她终于得以脱离危险。回家的那天,她依旧麻木、漠然得如同一个木偶。

每个人都以为她是因为好友的意外和认尸恐惧的双重打击才会如此,只有她自己心里清楚,在邓蔓出事前两天,她们之间究竟发生过什么。

回到家,怕母亲一个人照顾不好她,父亲出钱请了保姆。她整天躺在床上,有意与外界切断一切联系。

慢慢地,她能动了。有时候趁家里没人,她会坐在床边,久久地望着外面出神。夏天的白昼总是很长,蝉声阵阵,热浪翻滚,可是她看着绿意盈盈的窗外,只觉得冷——彻骨地冷。

暑假要过去了,包括她在内,每一个人都将步入人生中的下一个阶段,只有邓蔓,像一根被人为折断的鲜嫩碧绿的树枝,已经枯萎。往后的日子里,他们将继续前行,邓蔓却永远沉在黑暗的河底,再没有光明与未来。

想着想着,她的眼泪就会无声地滑落到腮边。

她不敢听有关邓蔓葬礼的一切细节,不敢面对痛不欲生的邓蔓的爸爸妈妈,甚至不敢再接触从前有关母校的一切,其中,当然也包括江成屹。在她眼里,每个人都可以坦荡地痛哭,尽情地惋惜,唯独她没有资格。

接下来的很多天里,江成屹来找她,她不见;江成屹给她打电话,她不接。她的心早乱成了一团麻,根本不知道如何面对他。她只知道,自从邓蔓死后,她的头顶便无时无刻不笼罩着巨大又冰凉的阴影,当初听到他名字时的甜蜜和期盼早已经荡然无存,只剩下无措和恐惧。

一天傍晚,母亲去医院给她取药还没回来,知道江成屹在下面等她,她觉得不能再这么被动和消极地对待他,于是穿好外套,由保姆扶着下了楼。

他在树荫下等她,瘦了很多。见她总算肯出来见他了,他眼里绽放出一种异样的光彩。

她的心不知为何就软了,尤其是看到他睽违已久的笑容,她早已坚定的决心顷刻间瓦解成碎片。她喉咙哽咽,试着朝他走过去。可是事情远没有她想的那么简单,仅仅走了两步,她的脚就仿佛被镣铐禁锢了,怎么也迈不动步。更荒唐的是,她甚至根本不敢往他身后看,唯恐在暗影重重的角落瞥见让她心碎、胆战的魅影。

她急于逃离邓蔓带来的一切阴影，走投无路之下，终于听到自己慌乱又绝望地对他说："我不喜欢你了，我们分手吧。"

他的笑容瞬间凝固，盯着她说："你说什么？"

她声音很轻，吐字很清晰，每说出一个字，心上的肉都如同被刀剜了一下，一阵椎心刺骨的疼："我说，我跟你在一起很不开心，我们分手吧。"

江成屹的吻像带着火星，点燃了一切，陆嫣意乱情迷地攀着他的肩，一路吻到他卧室的门前。

他的呼吸越来越粗重，一只手腾出空拧开身后的房门，进屋后，两个人滚到床上。

陆嫣心里早已烧起一把烈烈的火，亲吻对她来说远远不够，她想要他，想摸他，于是抬起手来，试着去解他的衬衣。可是她的一只手被手铐和他的手铐在一起，另一只手虽然自由，却不时遇到他的阻挠，无法随心所欲去她想去的地方。

她想要打开手铐，可是他显然并没有这个意识。她觉得不公平，趁他松开她的唇，转而沿着她的脖颈往下探索时，便喘着气抗议："江成屹，你打开手铐，我想——"

"你想什么？"他声音异常粗哑，将她压到床上，用铐着手铐的那只手将她两只胳膊一并按到她头顶，另一只手则迫不及待地解她的衣服。

还没等她如一条扭动的鱼那样挣扎出来，他已经低头，一口含住了早就想含的地方。

Chapter 9

"我想，你那么出色，很快就会找新女朋友。"

　　房间里一片狼藉，从沙发到床上，从卧室到浴缸，手铐打开了又锁上，锁上了又打开——几番下来，陆嫣充分体验到什么叫"欲仙欲死"。江成屹整个过程中一言不发，像要把过去积攒的欲望一并发泄出来，一味发狠地折腾她。

　　两个钟头过去，她从最开始不顾矜持的"还要还要"到后面的求饶不断，哼哼唧唧，几次差点灵魂出窍，舒畅得要化作一摊水。

　　第一次的时候，两个人满脑子只有对方，根本无暇考虑其他。直到几十分钟后江成屹停住，陆嫣才反应过来刚才没做防护措施。

　　"呀，怎么办？"她推开他，挣扎着摸向床头柜，然而里面空空如也，一应用品都无。

　　"什么怎么办？"他翻了个身，从后面锢住她雪白匀称的腰。

　　察觉到他再一次蓄势待发，她扭动着，拒绝的意味很明显："我们没做安全措施。"

　　那又怎样？做都做了。不顾她发怔，他一把将她拉回来。

　　一整个晚上，他将她如同话梅糖一般里里外外尝了个遍，直到后来她累得脱力了，他才意犹未尽地罢手。

　　陆嫣在江成屹怀里酣睡。经历刚才那一遭，她两颊绯红，皮肤透亮。

　　他帮她将湿漉漉的头发拨到一边，微皱着眉头看着她。

　　跟八年前比起来，她的五官长开了些，婴儿肥不见了，面部轮廓因而更显秀丽、妩媚，身上的每一寸线条都标准得像用尺子勾勒出来的，依然让他着迷。唯一让他感到意外的是，她的饱满之处像早已发育完毕，几年下来，并没有如他想象的那样变得更丰润。

他端详了她一会儿，虽然仍有些不甘心，还是遵从心底的渴望，低头在她额头上印了一吻。

三年前，还在 B 市时，他到一家酒店查案，意外在那儿遇到了跟父亲一起到 B 市谈口腔器材生意的唐洁。

两人在酒店大落地窗前的茶桌边坐了十几分钟。

聊了几句，唐洁突然将话题拐到陆嫣身上。她说，陆嫣自从上大学，身边的追求者就多得如过江之鲫，可是陆嫣全部心思都扑在学业上，整天过着苦行僧一般的生活。用功的缘故，陆嫣不但年年都能拿 S 医科大的奖学金，还顺利争取到了附一院麻醉专家于博的博士生名额，前途可谓一片光明。然而对于课业以外的娱乐活动，陆嫣一概有意回避，虽说她自己似乎很陶醉于这种未来女医学家的生活，但唐洁总觉得她过得太无趣了。

"哦。"他回答得很冷淡。陆嫣过得如何，关他什么事？

"不就是遇到老同学了嘛，随便聊聊。"唐洁看出他的疏离，似乎很为陆嫣抱不平，并不怎么高兴，很快就转移了话题。

虽说他表现得毫无兴趣，但是从那天知道她依然没有男朋友，他的心思就不争气地发生了微妙的变化。

当时他刚参加工作一年，仍在积累经验阶段，由于公安系统的特殊性，连调动工作的资格都没有。而且他只要想到十八岁她提分手时的种种，气就不打一处来，她当时对他那样绝情，现在依然未必肯回心转意，凭什么他要放弃这边的工作调回 S 市？

第二年，他开始单独办案，因为心思缜密，又肯吃苦，在连续盯梢一个犯罪团伙小半年后，终于破获了一起积压了很久的大案。再后来，在跟组里同事侦破一起特大团伙作案中，他崭露头角，立了二等功。虽说因此挂了彩，但恰逢局里要重点培养青年人才，没多久他就被提拔为副队。从那时起，他开始频频回 S 市，顺带留意这边的职务空缺。知道她正在附一院实习，每回开车路过附一院的时候，他都会情不自禁地在门口人群中搜寻她的身影。

也许是等的时间足够长，他遇见过她好几回，诚如唐洁所言，她身边一个男伴都没有。虽然连周末她也泡在医院里,可只要有空,她就会往图书馆和七中跑。她非常谨慎,像在查找什么。

有一次他没能忍住,在她从图书馆出来后,利用职务之便向图书馆的管理人员打听,结果被告知,她每回借的都是刑侦犯罪一类的图书。他很惊讶,可是由于时间有限,他没能顺着往下查。

直到一年前,他无意中撞见她独自前往邓蔓家。联想到十八岁那个暑假发生的种种,他不禁开始怀疑她是在调查邓蔓的事。不知她到底是从哪年开始查的,毕竟隔行如隔山,虽说她似乎一直没放弃,却始终没能触碰到事件的核心。

几个月前,父亲心梗发作,他得知消息,连夜赶回S市。父亲康复出院后,他再一次提出调动的请求。考虑到他是家中独子,上级终于松了口,不再一味地以强硬的作风挽留他,终于在他调动一事上点头签字。

没多久,安山区分局有了职务空缺,他顺利调回了S市。

前不久在金海KTV的同学会上,周老师知道他回了S市,还曾惊讶于他能够轻松地在这样两个大城市中进行平级调动。虽说他当时回答得轻描淡写,可只有他自己知道,从起意到调回她身边,他花费了多少心血。

当初两人分手时,他无数次去找她,又无数次被拒绝,在最后一次被她冷待后,他的骄傲和自尊已不容许他再向她乞怜。过去的十八年中,他早就习惯了样样东西唾手可得,从来没有尝过这种求而不得的痛苦。

他负气之下,伤人的话脱口而出:"陆嫣,我跟你在一起不过是玩玩而已,你别以为我离开你就活不下去,我早就腻了。我要是再来找你,我就不叫江成屹!"

这番话犹如一把锋利的刀,在刺向陆嫣的同时,也狠狠地扎向他自己。

他永远记得他说出这番话时她眼里一闪而过的惊讶和痛苦,可是话已出口,根本无从收回,怪就怪他当时太急于摆脱被抛弃的挫败感,才会那样口不择言。

她记性那么好,不可能忘了这番话,因此在两人重逢之初,她表现得既冷淡又消极。可是他太没有原则了,虽说一点也不想让她看出自己的真实想法,却没能管住自己,一次次往她跟前凑。

她多聪明啊,几次下来,他的心思根本无从藏匿。就像他当初追求她时那样,在接下来的相处中,她既不主动,也不闪躲,手里却有一根风筝线似的,一点一点将他往她身边拉。

事到如今，遥想当初他说的再也不会找她的话，他的脸真疼。

其实他仍没有彻底释怀，还有好些话要问她，可是经过刚才那一遭，她显然累坏了，已然熟睡。

他盯着她看了一会儿，在她耳边低声说了三个字，然后关灯，将她搂在怀里，也跟着睡去。

陆嫣从来没有睡得这么沉过，醒来的时候，已经天光大亮。

江成屹不在身边，丽日晴天，阳光透过窗户，碎金子一般洒落在白色被褥上。屋子里有种男人特有的简练、洁净，空气里浮动着角落里摆放的文竹幽雅而飘逸的气息。想起昨晚半梦半醒间他在她耳畔说的那句话，她身上每一处都往外冒着快乐的泡泡，懒洋洋地躺在床上不肯起来。

手机响个不停，应该是微信群里堆积了不少信息。她点开一看，好几个群都炸了，全是关于昨晚著名导演章大山老婆出轨被拍到的新闻。

"哟，章大山头上的帽子都绿得冒油了。"

"郑小雯要乐疯了吧，她跟了章大山好几年，章大山老婆突然闹这么一出，她总算可以名正言顺地转正了。"

"你们说郑小雯图什么啊，虽说章大山长得是挺有魅力的，但郑小雯也不差啊，这两年又拍电影又接广告的，也算名利双收了，怎么就想不开非要做小三呢？"

"章大山长得帅是第一，别忘了郑小雯可是被章大山一手捧红的，几年下来，两人多少也有感情了吧。"

"章大山家里好像是开矿的，有钱的程度超乎你们想象。"

…………

陆嫣本来不喜欢关注娱乐圈的八卦，但今早她心情好，而且她前不久见过章大山和郑小雯，尤其想到在刘雨洁被凶手注射过量吗啡那晚，郑小雯还曾气势汹汹地质问过江成屹，她难免多留意了一眼。

翻了一会儿，她托腮回想那晚在大钟的派对上的细节。

她记得当时江成屹坐下没多久，郑小雯就故意跟他要电话。而章大山不知是不是吃醋，这边郑小雯话一出口，他马上就开始跟旁边的女明星说话，两个人互不理睬，摆明了是在较劲。她由此知道，外界关于两个人的传闻绝非空穴来风。

她刷了一会儿微信里的聊天记录，想到今天还有很多事待做，她准备起床，可是刚掀开被子，门就开了。

她身上还一丝不挂，吓了一跳，连忙躲回被子里："你怎么还在家？"

"今天是周六。"江成屹径直走到屋内。

昨天在电话里跟喻博士约的是下午，虽说他早上还是习惯性地去了局里，但因为担心她一个人在家不安全，只过去露了个面就回来了。

"周六？"陆嫣惊讶地看着他。

江成屹的声音透着淡淡的讥讽："在家休息几天，连周几都没概念了？"

他打定主意要跟她好好谈谈，并不多看她露在被子外面光溜溜的皮肤，走到床边，捡起地上的衣服，递给她："别感冒了，快穿上。"

陆嫣看出他不高兴，不接，抬眼看着他："我得先洗澡。"她需要浴巾。

这是在支使他？江成屹的脸上绷不住了："陆嫣。"他的气还没消呢。

她跟他对视，乌发明眸，安安静静地坐在床上，跟八年前一样，美到他心坎里。

对峙了一会儿，想起她当时的娇憨模样，他败下阵来，还是去浴室取了浴巾，递给她："洗完出来，我有话跟你说。"

她这才裹上浴巾，掀开被子，到浴室洗澡。

他坐到沙发上，耐着性子等她。

浴室的水声停了。吹风机响起。过了一会儿，门打开，她出来了。她用的是他的沐浴露，走近时，有种淡淡的马鞭草的味道，清爽，沁人心脾。

他看着她在屋子里走来走去，只觉得原本平静的气息被她搅动得荡漾不已，身上不由得阵阵发热，心知要是自己再待下去，谈话的计划势必泡汤。于是，他假装看不见她浴巾下面匀称白皙的小腿，突然起身："穿好衣服，出来吃早饭。"

陆嫣回自己房间换好干净的衣服，想了想，从自己行李箱里取出一个文件袋，走到餐厅。

餐桌上放着一碗粥，热气腾腾。坐下后，她抿了一口，香糯爽口的粥顺着食道滑下去，胃顿时被一团暖融融的热气包裹。

江成屹拉开椅子，在她旁边坐下，看着她吃，身上那种冰山感没了，但脸上还隐约透着"不爽"二字。见她吃得香，他没忍住，开口了："好吃吗？"

"好吃。"她的心跟胃一样暖。

吃完早饭，知道他在等她，她打开手边的那个文件袋，取出一样东西，推到他面前："这个，认识吗？"

江成屹接过，见是一张复印件。原件看起来油墨斑驳，有些年头了，但纸张平整，可见这些年一直被主人小心妥当地保存。原件应该是被人从笔记本上撕下来的，页面的左边有着锯齿状的撕痕，上面是很大的字，写着："我恨她！我恨她！我做鬼也不会放过她！"

他当然认识，陆嫣寄给安山分局的那沓匿名信里，第一年附上的资料里就包括这张纸的原件。他看过同事的侦办记录，上面写着："符合当事人邓蔓的笔迹。"他知道那同事接到匿名信举报后非常重视这件事，曾调出邓蔓出事时的监控录像反复观看。可是从录像资料来看，邓蔓当晚的确是自己跑到河边并坠入河中的，尸检报告也未检出当事人生前被注射毒药及精神致幻类药品的残留痕迹。虽说这张字条上的内容有些古怪，但小女孩在情绪不稳定的情况下说出什么话都不奇怪，最后那同事得出结论：排除他杀可能。

"这是邓蔓出事前两天写下的。"时隔八年，在叙述的时候，她已经可以做到平铺直叙。

他等着她往下说。

"高考前，邓蔓的情绪已经有些不对劲。虽说我早就察觉，但一直没敢肯定自己的猜想。有一次，唐洁看到邓蔓的日记，上面写着'他注定不可能属于我''我不能背叛友谊'，觉得奇怪，就跟我说了。我怀疑邓蔓谈恋爱了，但是我想不明白，什么样的恋情要藏着掖着，不能跟好朋友分享？后来我发现她频频去找你，给你收拾队服，还总在看台上看你打篮球，我就猜，她喜欢的人可能是你，因为不想破坏和我的友谊，所以她才三缄其口。"

江成屹忍着不打断她。

"高考失利后，她整个人变得更加消沉。为了帮她打开心结，那天我们约好去图书馆借书。到学校的时候，我意外发现她已经在篮球馆了。我见她又帮你叠衣服又看你打球的，一时没忍住，告诉她，我珍惜与她的友谊，但我也喜欢你。我暗示她，不管她是怎么想的，你都是我的男朋友，我不可能放手。我希望她冷静地想一想。"

想起当时的情景，陆嫣的声音明显不如刚才稳定："她很快就听懂了我的暗示，脸色一下子就变了，像受了很大的打击，当即离开了篮球馆。在教室里找到她的时候，我看见她将这张字条扔出窗口。她走后，我看到字条上的内容，知道自己狠狠地伤到了她，便想跟她沟通。可是在接下来的两天里，她拒绝接我的电话。再然后……"

当时的情形犹如兜头一盆冷水,哪怕时隔多年,仍让她感到刺骨地冷。她狠狠地停下,隔了好一会儿,才再次开口:"再然后,我就得到了她自杀的消息。"

他听出她喉咙里的涩意,变得异常沉默。

"当时你去郊区给你外公过生日,没在市区。我得了消息,第一时间赶到医院。因为事情来得太突然,邓蔓的父亲还在外地,邓蔓的妈妈情绪失控,拉着我跟她一起到停尸间去认尸。我当时看到邓蔓的样子……"

她的面孔依旧平静,眼泪却失去控制,无声无息地滚落下来,挂在腮边,晶莹剔透,刺痛了他的眼。

她木然说:"邓蔓是个很懂得体谅别人的人。我想,她一定不是故意要喜欢你的,而且她生前写下的日记也证明她那段日子过得有多煎熬。可是我明知道她刚经历了高考的打击,还对她说那样的话,无疑等于当场给了她一个耳光。她心思那么纤细,怕就此失去我和唐洁的友谊,一时想不通走上绝路,一点也不奇怪。"

他胸口直发闷。难怪她当时会突然病得那么急、那么重,好不容易出院,整个人都瘦脱了形。

"我看邓蔓的妈妈那么痛不欲生,除了自责,还感到害怕。包括你和唐洁在内,我没敢将那天的事告诉任何人。我只知道,邓蔓的父母就她这一个女儿,她才十八岁,就这么没了。我日夜受着折磨,每天都在想,如果那天我换一种沟通方式,或者等她情绪好转以后再暗示她,她是不是就不会走上绝路?现在想想,对十八岁的女孩子来说,高考失利也许不是最可怕的,失去友谊才是最让人绝望的。"

她潸然泪下:"我每晚做梦都能梦见邓蔓。后来你来找我,我拼命想要说服自己,这件事跟我们的感情没有任何关系,我和你交往在先,就算我的话间接导致了邓蔓的死亡,也该是我一个人受谴责,不该波及我们之间的感情。可是后来我下楼去见你,我发现事情远没有我想的那么简单,只要一看见你,我就想起那天邓蔓看你的眼神,就想起邓蔓死后那张浮肿的脸,我的腿直发软,连靠近你的勇气都没有,我由此知道,我根本没办法再若无其事地跟你交往下去。"

他脸色发沉,眼睛直勾勾地看着她。虽然他曾经怀疑她当时分手跟邓蔓的死有关,却没想到其中还有这么一段。而且事情已过去这么久,一提到此事,她的情绪还是出现这么大的起伏,可见好朋友的死亡给她留下了多么大的阴影,这么多年，一直横亘在她心头。

眼见她的眼泪越滚越多，他的心不知不觉地揪起来，谈话的初衷早被抛到脑后，积攒多年的怨气几乎一分钟内就消散一大半。他将她搂到怀里，冷着脸替她拭泪。

她泪眼婆娑地看着他："分手以后，我听说你去 B 市读大学了。我想，你那么出色，很快就会找新女朋友。而我也开始试着融入大学生活。"

他没吭声。

当年被甩以后，哥们儿看出他失恋，为了强迫他认识新女朋友，隔三岔五就拉他出去玩。可是当时他眼睛一定出了问题，那么多女生，居然没一个入他眼的。

他去上大学，每天接受高强度的训练。为了不让反对他学刑侦的父亲看笑话，他咬牙坚持专注于学业。渐渐地，他发现这种状态非常适合他，至少比谈恋爱时那种撕心裂肺的痛轻松多了。后来，他以第一名的成绩毕业，与他那几年专注于学业不无关系。

其实，从某种程度上来说，他跟陆嫣是一类人。

"就这么过去了半年，我总算克服了内心的恐惧，到邓蔓家看望她爸爸妈妈。她妈妈精神状态有所好转，不再整天以泪洗面，还销假，回单位上班。我帮她打扫邓蔓的房间，无意中在抽屉里发现一个玻璃纸包装的礼物。透过包装，我看到里面是一支派克钢笔。那支钢笔，我看中很久了，邓蔓也知道。那支钢笔旁边还有一张空白卡片，一个字也没写。我翻遍房间都没能找到关于那支钢笔的收据，问了邓蔓妈妈，邓蔓妈妈也没办法确定邓蔓究竟是哪一天买下的。

"可是自从看见那支笔，我就像溺水的人抓住了一根救命稻草。在征得邓蔓妈妈的同意后，我把那支笔带回了家，并试着分析：这支笔是邓蔓买给别人的；还是邓蔓买给我的，但因为跟我的关系发生了微妙的变化，所以邓蔓一直没送给我；这支笔是买给我的，而且是在那天我戳破她心事以后买的，目的是重修我们的友谊，可是她还没送出去，就遇到了意外。也就是说，她的死可能不是单纯的自杀，还有别的可能。为了摆脱强烈的负罪感，也为了查清真相，我固执地相信第三点。"

"所以你就把那支笔连同邓蔓那张字条一起寄到安山分局，并附上你的分析？"江成屹想起那些信上娟秀的字迹，虽说口吻冷静、老成，字里行间却仍可看出缺乏训练的人思维上的不足。

陆嫣点头：“信寄出以后，我每天都留意邓蔓家的消息。过了些日子，果然有警察上门，我心里燃起了希望，心想警察没准真能查出什么疑点。可是没多久，这件事就没下文了。我侧面向邓蔓的妈妈打听，才知道从那晚的监控来看，邓蔓的确是自杀，他杀的可能性几乎没有。

"希望破灭了，我却已经走上了不归路。毕业几年，同学们各自奔前程，时间越久，线索的搜集就会越困难。我每天都强迫自己回想邓蔓出事前的细节，想啊想啊，总算想起了一些事。在邓蔓情绪波动大的那段时间，她好像去过几次音乐馆。可是当时音乐馆的活动那么多，我最初没能查到合唱团头上，然而我仍然把我搜集到的一些模棱两可的证据寄到公安局去，希望借助警方的力量重查旧案。可是这一回，由于太缺乏说服力，都没有警员上门询问。"

江成屹冷哼一声："浪费警力，浪费时间。"

陆嫣看江成屹的情绪有所好转，默默地望着他："还有一件事我觉得奇怪，那时候我们三个人经常坐在图书馆的台阶上吃零食，邓蔓有时候会抬头看看，眼神很复杂。因为我当时怀疑她喜欢你，一度认为她看的是体育馆。可是我有一次看犯罪心理方面的书，忽然想，为什么不换一种思路，万一她当时喜欢的人不是你呢？但是这样也太矛盾了，她为什么要频频引起我的误会，并且在我当面暗示她时不否认呢？"

江成屹对此显然有自己的判断，目光略冷，见陆嫣面色凄然，抬手帮她抹了抹泪痕，等着她继续往下说。

"不管怎么说，怀疑的种子就这么种下了。我回到学校，坐在邓蔓当时坐的台阶上，往那个方向看，才发现音乐馆和体育馆是相邻的。联想起那时候合唱团每次排练都在中午，我就去找当时的合唱团名单。记得接待我的人是周老师，他帮我找了一下午，最后告诉我没找到。"

周老师。

"也就是说，在查名单的时候，你唯一接触的人就是周老师？"

陆嫣冷淡地嗯了一声。

他皱眉："那你后来怎么又查到了丁婧头上？"

陆嫣面色转为复杂："去年周老师发现自己得了甲状腺癌，到医院做手术。在术后苏醒的时候，他出现了谵妄症状，复苏时，我听到他呓语：'邓蔓，去找丁婧，去找丁婧。'可是他说得太含混了，我不敢肯定自己听到的内容是否准确。"

江成屹思索了几秒，说："那时候刘雨洁还未遭袭，你不可能知道当年丁婧匿名创办冬至网站收集女同学心愿的事，听到这话，怎么就下定决心去查丁婧了呢？"

"毕业以后，我基本没见过丁婧，只知道她回国后很活跃，总在群里说话。去年有一次，我跟唐洁逛街，在一家咖啡馆里遇到了丁婧的好朋友刘雨洁。她当时正跟另一个三班的同学说话，因为光线很暗，她们没看到我和唐洁。后来我听她们聊天。那女孩子说起当年丁婧出国，连暑假都不肯回来，太奇怪了，丁婧为什么要这样，又不是家里出不起机票钱。刘雨洁似乎对这件事讳莫如深，没接话。可是那个女孩子又说，丁婧这人看着霸道，但其实胆子特别小，记得那时候六班的邓蔓死了，丁婧比谁都害怕，晚上连门都不敢出。

"我第一次听到这种说法，想想邓蔓出事后，我在医院住院，唐洁也在医院守着我，我们两个人都对当时学校里的事一概不知。我记得当时邓蔓的字条上写着恨的那个人是'她'，如果不是指我，会不会指的是其他人？再结合周老师去年的那句话，我怀疑当年邓蔓的死跟丁婧有关，而周老师很有可能就是知情者。"

说完这话，她转脸看他，发现他脸上毫无讶色："你是不是也怀疑周老师？"

他没好气地说："你刚才不是说周老师那话很奇怪吗？我不知道邓蔓当年到底在搞什么鬼，但是她一个中学生，明明谈恋爱了，却连好朋友都不敢告知，喜欢的人又不是我，那么有一种可能可以试着去推想，那就是师生恋。当然，这只是猜测。可是据刘雨洁透露，当时在网站上许愿的人里面有邓蔓。我怀疑丁婧通过邓蔓的许愿，抓到了邓蔓不伦之恋的把柄，以此来威胁她，让她故意做出喜欢我的样子，让你产生心结，好破坏我们之间的感情。"

就算邓蔓的死另有原因，可是由于她，导致陆嫣背负了这么多年的沉重包袱，他实在没法对这个人有任何好感。

陆嫣见江成屹的推论跟她不谋而合，便对他说："等一下。"

她回到自己房间，取出那本相册。

"这是我昨天从邓蔓家里拿过来的。"她把它推到江成屹面前，"你看看。这里面几乎全是我们三个人高中时的合影。邓蔓生前似乎不想让人发现这本相册，有意将它收在家中的储藏室。如果不是要搬家，清理房间，邓蔓的妈妈也不会在角落里发现它。"

江成屹知道她不会无缘无故地提到这本相册，看了她一眼，接到手里翻了起来。

有塑料封面保护的缘故，相册里的每一张照片都光洁如新。翻到其中一页时，他注意到那一页的页脚明显有些卷曲，表面的透明薄膜也有些脏污。他顿了一下，又快速往后翻去。然而后面的照片跟其他照片一样，都十分干净、鲜艳，唯独刚才那一张有明显被人摩挲过的痕迹。

陆嫣见江成屹很快就发现了问题，也跟着看向那张照片。跟其他照片不同，这张照片里有五个人，除了她们三个，还有周老师和另外一个男生。

那时候周老师远比现在年轻，斯文，白净，戴着一副黑框眼镜，虽然个头不高，但身上那种儒雅、温和的气质让他整个人都十分打眼。

而那个男生踩着一个足球，身上穿着运动衫，背对着镜头，正跟周老师说话。跟周老师一样，那男生个子不高。

"没记错的话，这是高二暑假照的。"陆嫣说，"我记得当时学校里举办了很多暑期活动，其中一个演讲比赛是由周老师发起的。邓蔓在家里准备了很长时间，最后拿了全年级的亚军。在我印象中，那是邓蔓第一次主动参加这类活动。"

从这一页的磨损程度来看，邓蔓应该经常回味这张意外得来的合影。

想起当年邓蔓筹备比赛时的用功程度，她心里不禁有些发涩，其实仔细回想，邓蔓对周老师的爱慕曾留下过一些蛛丝马迹，可因为她从来没往师生恋这件事上想过，通通忽略了。直到去年听到周老师术后的呓语以及丁婧对邓蔓之死的畏惧，她才彻底转移思路，怀疑到周老师身上。

"这人是谁？"江成屹盯着照片上另一个人。

"不知道。"陆嫣昨天也曾研究过这人，觉得有点眼熟，想了半天，但最终没能认出来。

江成屹将这本相册从头翻到尾，每一个细节都不放过，又拿起餐桌果盘上的水果刀检查了一遍夹层，确定里面没有再藏其他东西。然后他思索了一下，说："从刘雨洁的口供来看，邓蔓当年的确上网站许过愿，但单凭这一点，丁婧不可能成功胁迫邓蔓，因为既然是玩笑性质的许愿，邓蔓完全可以矢口否认。所以我猜，丁婧当时在看到邓蔓的心愿后还曾跟踪过邓蔓，并拍下了一些实质性的证据，例如照片或录像。"

陆嫣早就对这一点存疑，点点头，听江成屹继续往下说。

"同样，光凭这一点，无法肯定邓蔓当时一定是师生恋，因为还有其他很多复杂的因素可以达到胁迫的目的。但从当时邓蔓的日记来看——'我的爱情只能就此埋葬''他注定不可能属于我''我不能背叛友谊'，以及高中生的单纯环境来看，我还是倾向于相信她谈恋爱了，并且出于某种原因，这份恋情连好朋友都不能分享。"

他盯着这张照片："在看到这本相册前，我对她恋爱的对象到底是不是周老师一直存疑，可是有了这张照片，这种可能性加大了。因为除了你们三个，剩下的两人中一个同样是学生，另一个就是周老师。如果她的关注对象是照片里的那个男生，同样都是高中生，为什么要隐瞒恋情？当然，光从她摩挲照片的行为来看，也不能断定她对照片中人抱有的一定是爱慕之心，因为还有可能是仇恨或是其他情感。"

陆嫣摇了摇头，说："邓蔓生前曾做过很多引起周老师关注的举动，我基本可以肯定她对周老师非常有好感。可惜在今年怀疑到周老师身上以前，我没有意识到那种关注是暗恋。而从周老师在术后呓语时还提到邓蔓和丁婧这一点，我想到了一个可能——他不但知道邓蔓对他的好感，还有所回应。当然，这都是我自己瞎猜的。"

她沉吟了一下，忽然说："我后来想起一件事。你还记得有一次我和你约好在篮球馆见面，但因为周老师临时找我谈话，我迟到了？当时那场谈话内容非常空泛，我还奇怪了一阵。等我到篮球馆的时候，邓蔓正好找你出来，那也是我第一次看见邓蔓单独去见你。后来，类似的情况出现过好几次。也就是说，在邓蔓有意在我们中间制造误会时，周老师很有可能不只是知情者，还是参与者。我想，如果邓蔓真有把柄落到丁婧手里，周老师身为老师，为了保全名声，恐怕只会比邓蔓更急于遮掩这件事。"

江成屹第一次听到这种说法，思考了几秒，说："这个猜测未必正确，姑且假设它是事实，当年除了丁婧，周志成也在逼迫邓蔓。可以想见，邓蔓在这种双重压力下会陷入怎样的境地，那么她后来变得那么压抑和痛苦也就可以理解了。"

陆嫣沉默了片刻，胸口有如堵着一团火："邓蔓不能恨自己的爱人，只能将矛头对准丁婧。那天被我出言暗示后，她的负罪感和羞愧感达到了顶点，于是在纸条上写下'恨她'和'做鬼也不会放过她'的话。邓蔓死后，丁婧因为怕自己威胁邓蔓的事曝光，一度害怕到不敢出门。根据刘雨洁那天的话来看，八年后，丁婧撞上了一个跟邓蔓极为相似的人，因为心里有鬼，她怀疑到了我身上，便跑来问我知不知道'冬至'，还质问这一切是不是我搞的鬼。"

两个人都陷入了思索。

过了一会儿，江成屹看向陆嫣。她仍盯着那本相册，睫毛还有些湿湿的，但脸上的泪痕已经干了，脸颊因而比刚才更显得明净。

想起她刚才流泪的模样，他既心酸又心疼，瞅她一会儿，见她眉宇间依旧萦绕着郁色，便将那本相册丢回桌面，结束刚才的话题："邓蔓的事疑点太多，一切都只是猜测，这件事跟当年的冬至网站有关，可能还牵涉后面的其他案子。案情太复杂了，我会继续往下查，你就别插手了。"

她抬眼看他，看出他还是有些不高兴，心不由得软成一团棉花，咬了咬唇，倾身搂着他的肩，望进他的眼睛里："江成屹。"

他头往后仰，试图跟她保持距离，板着脸说："干什么？"

"一会儿你是不是要去局里？"她一只手胡乱地摸向他的腰，意外地在他腰后摸到一个硬硬的东西，愣了一下，等反应过来是枪匣，忙好奇地往后看。

他扯开她的手："别乱摸，说正事。"

她不得不罢手："我好久没回妈妈家了，明天是周日嘛，我想回一趟东城。"跟踪她的那人暂时还没落网，她无法单独出行。

他看着她，不说话。

当初两人还没交往的时候，他就知道她跟她妈妈一起生活。

有一次篮球队训练，她上课去了，没来，他不免有些失落，连队友跟他说话，他都有些懒懒的。

然后不知怎的，丁婧突然跟其他啦啦队队员说起了陆嫣，说她家一个认识陆嫣妈妈的阿姨说，陆嫣的爸爸是个出名的浪荡公子哥儿，在陆嫣六岁的时候，她爸爸就跟她妈妈离婚了。这些年陆嫣一直跟她妈妈生活，她爸爸不怎么去看陆嫣，除了给钱，别的一律不管，所以陆嫣特别没安全感，还曾对自己的好朋友说过，以后就算找男朋友，也绝对不会找她爸爸那样家世、背景都好的公子哥儿。

不找公子哥儿？

后来他们俩在一起了，他想起这事，就笑着问她说没说过这话。她予以否认，可是想了一会儿，又似笑非笑地看着他说："我妈妈因为被我爸爸伤害得太深，倒是不止一次说过这话。我想，她以后要是知道我找了你这样的男朋友，可能需要一段时间才能接受你。"

听完这话，他心里高兴，嘴上却说："你才多大，这就想到以后你男朋友见父母的事了？"

她骄傲地道："看你以后的表现吧。"

其实，除了邓蔓自杀那段日子，当年跟她在一起时，他几乎每天都如沐春风，哪怕时隔多年，他仍贪恋那份美好。

虽说八年前他父母没来得及见到陆嫣，但是在陆嫣病重期间，她妈妈早就见过他了，并且他看出她妈妈对他很满意。

陆嫣还在等江成屹的回答。

他不想答应得太快，有意沉默着。在欲拒还迎和就坡下驴之间挣扎了一会儿，他选择了后者，隔了几秒，才不情不愿地嗯了一声。

"中午顺便在我妈妈那儿吃饭。"她嘴角翘起来，"我一会儿给我妈妈打电话，让她别做糖醋小黄鱼。"

他皱眉补充道："我还不喜欢吃腰花和肚片。"

真是少爷脾气。

"知道啦。"她笑眯眯地应了，又问他，"中午想吃什么？我给你做。"

"中午不用你做。"

"……"

"我妈一会儿会过来。"

她不由得愣住，他的卧室还乱着，床上更是一片狼藉："你怎么不早说？"

他手机响了，他将她从自己身上扯开，起身接电话，听对方说了几句后，说："好，我这就去。"

她已经往他房间去了。

挂掉电话，他进去找她。他妈和刘嫂应该已经快到小区了。房子太大，只有刘嫂知道洗衣机和烘干机在哪儿，就算把床单换下来，估计还没等她找到洗衣机和烘干机，她们就到了。

他任由她折腾，淡淡地对她说："喻博士来了，我中午可能会在局里吃盒饭。我妈她们一会儿就来，刘嫂到时候会准备午餐，司机也会跟着上来。"

她"哦"了一声，还没回头，他就转身走了。

❄ ❄ ❄

喻博士来得挺准时，江成屹刚到办公室，就看见一个四十多岁略胖的中年男人坐在桌前，两手交叉放在肚子上，目光锐利，笑容可掬。

见他进来，喻博士马上拉开椅子起身，向他伸出手："江成屹江副队长？我是喻正。"虽说身体臃肿，动作却异常敏捷。

"您好。"江成屹握手，请喻正坐下，不动声色地打量对方一圈。在国外学习多年，喻正的说话腔调和办事风格已经全盘西化，这一点非常合他心意，因为这样一来办案时可以单刀直入，彼此都不浪费时间。

他让小周打开幻灯片。

诚如他所料，喻正效率很高，来时路上已经把老秦他们传给他的资料大概过了一遍。室内灯光暗下去的一瞬间，喻正便请小周将三年前的李荔薇、今年B市的王微、S市的汪倩倩及丁婧的抛尸现场照片慢慢回放。

"这几桩案子有些共同点，"江成屹解释，"但又有细微的不同，考虑到破案的难度，局里暂时将这几桩案子并作系列犯案。"

在放大其中一幅图像时，喻正盯着看了几秒，兴奋地点点头："非常有意思，这是个快速成长型罪犯，并且有一定的经济实力。如果不尽快将这人找出来，他应该还会搞出更多的花样。来，江队，各位同僚，我们先从这个罪犯的犯罪动机入手。"

"从江队传给我的资料来看，今年7月8日在B市遇害的王微和11月28日遇害的汪倩倩生前都曾登录过冬至网站。而12月3日遇害的丁婧是八年前该网站的创办人。"喻正说着，起身走到通告板前，打开小小的LED灯，用黑色记号笔在白板正中间写上"冬至"两个字。

"对。"秦跃接话，"该网站创办后一直没进行网站维护和技术升级，存在很大的安全漏洞，有黑客花重金买×国那边的黑客技术，每几年就给该网站续费，而在9月份最后一次黑入该网站的资料库后就再也没有入侵的痕迹。我们既无法追踪该网站的账户，也无法追踪凶手的网上痕迹。凶手这么狡猾，无疑给我们的侦查增加了难度。"

"很好。"喻正兴奋地搓了搓手，"四名已知的被害人中，只有于2014年11月22日遇害的李荔薇，因为办案警员当时未第一时间查找其上网痕迹，无法证实被害人生前是否登录过该网站。"

他将丁婧、王微、汪倩倩、李荔薇的名字写到白板上，用四条笔直的线连上正中间的"冬至",然后又在李荔薇的名字后面打上一个问号。

江成屹让小周将一份新打印出来的资料递给喻正,说:"昨晚已经在该网站的用户资料库里找到了李荔薇的信息,早上没来得及传给喻博士。"

"也就是说,李荔薇也登录过该网站。"喻正接过资料,见那份名单里除了李荔薇,还临时加上了一个叫"邓蔓"的人的名字。

他收回目光,抬手将李荔薇名字后面的问号抹去,继续说:"江队给我的笔录里,有一份叫李云娟的汪倩倩的同事提供的线索非常关键。"

江成屹点头,将资料放回桌上。

那天陆嫣上晚班的时候无意中听到两名同事闲聊汪倩倩的事。因为事关汪倩倩,陆嫣想帮助破案,下班后就跟他说了这件事。他让小周跑了一趟,到附一院去找李云娟做了笔录。

喻正展现出他惊人的记忆力:"我记得这位叫李云娟的护士说,汪倩倩之所以知道这个网站,是因为遇到了B市的同学王微,应该是王微跟汪倩倩说了什么,汪倩倩才特别相信这个许愿网站。后来,在汪倩倩的通话名单里,也的确找到了三次打给B市王微的记录。巧的是,没多久王微就遇害了。四个月后,又轮到了汪倩倩。"

他搁下笔,回身看向江成屹:"当然,这仅是这四件案子的一个共同点,光从这一点来说,无法证明这几位死者被害与其登录网站有直接联系。江队,线索的搜集和整理是你们的强项,我更感兴趣的是罪犯的心理研究和侧写。接下来,我们看看四位被害人的抛尸现场。"

他请秦跃重新将幻灯片打开,点开手中的笔,画上:

李荔薇抛尸地点——桃花公园人工湖

B市的王微抛尸地点——B市郊区的跑马湖

汪倩倩——南石公园的人工湖(由于列入了政府的重修计划,该公园已经关闭一年多了)

丁婧——郊区燕平湖

最后,他在左上角写上一个大大的"水"字,并在旁边写上"共同点"。

小周露出惊讶的表情,没想到喻正直接忽略其他方面,将"水"列为第一个共同点。

"四人都是被勒毙后抛尸,而且其中三人的尸首均被凶手用白色的防水材料包裹好，由于材料内充满了气，尸体得以悬浮于水面。从后面几次的抛尸现场来看，凶手已经逐渐可以按照内心的想法布置出完美的犯罪现场。假使李荔薇的案子是同一人所为，李荔薇显然是凶手犯罪生涯中一次失败的尝试。"

有人不解："是因为只有李荔薇的尸体沉入了湖底吗？"

"虽然凶手也用充气防水材料包裹了李荔薇的尸首，但因为那材料比较劣质，出现了漏气现象，尸首很快就沉入湖底，没能如凶手所预想的那样浮在水面，让目击者第一时间欣赏到他的杰作。"

说到这儿，喻正微笑，胖乎乎的腮帮子上绽出一小圈油光："我想，当时凶手在作案后曾经非常关注李荔薇尸首被人发现的动向。可是过去了好几天，因为尸首沉了，没人发现他的犯罪成果，可以想象凶手当时非常气恼。当然，对凶手而言，李荔薇是早期作品，难免有不成熟的地方，但是在再一次作案时，凶手已经避免了同样的错误，说明凶手这几年在力求进步。

"再看江队昨天补充的资料。李荔薇于三年前遇害，但是在去年冬至前夕，曾有目击者见过跟李荔薇做同样打扮的人，两个人不止衣服一样，连走路姿势都高度相似。目击者误以为是见了鬼，还打电话到一个叫《八卦七点半》的电台，把它当作鬼故事去分享。

"再看B市王微的案子。王微在遇害前，也曾跟同事抱怨宿舍失窃，而且丢失的是她常穿的一条裙子、一双高跟鞋和一个发卡。因为不是什么值钱的东西，最后王微没有报警。

"我刚才已经在资料库名单上发现了一个叫邓蔓的人。江队，已经确认了？"

"对。"

"好，因为目击者还未来警局做口供，关于这个叫邓蔓的当事人的事件，江队昨天只是打电话跟我进行了口头沟通。八年前，有一位在郊区三明河跳河自杀的十八岁女性，就叫邓蔓。而在前不久汪倩倩遇害当晚，邓蔓生前的一位好朋友在附一院附近遇到了跟邓蔓高度相似的人，因为目击者跟邓蔓生前熟络，对邓蔓的走路姿势和穿着打扮非常熟悉，见当晚那人不止衣服、走路姿势模仿邓蔓，还使用了邓蔓生前常用的发卡，觉得非常惊讶。但因为邓蔓他杀的可能性较小，所以江队未将其一起并到其他案件中。巧的是，邓蔓也是当年冬至网站的用户之一，自杀的方式是投河身亡。"

他在白板上又加上邓蔓的名字，打了一个大大的问号，并在"水"字下面画上横线。

"先将这件事放到一边,我们回到已知的被害人身上。从目前掌握的信息来看,四名被害人里,王微生前丢过衣物,李荔薇的打扮被人模仿(存疑),而另外两名被害人——汪倩倩和丁婧,暂未出现类似的现象。"

他写下"第二个共同点",并在旁边写下"女性"。

Chapter 10

"我已经做好了准备，可以比八年前更好地爱你。"

"我们再看四名已知被害人的身高和样貌。"喻正点开下一张幻灯片。

"李荔薇，三十三岁，身高166cm，体重51kg。

"王微，二十四岁，身高165.5cm，体重49.5kg。

"汪倩倩，二十四岁，身高167.5cm，体重53kg。

"丁婧，二十六岁，身高167cm，体重52kg。"

他再次露出微笑："四名被害人都是年轻女性，相貌都很标致，但最关键的一点就是，她们四个人的身材非常接近。"

他写下第三个共同点——"体格"。

"我怎么没想到这一点？！"小周惊讶地转头看向江成屹，怪不得江队特意让他将被害人的身高和体重都重点标出来，原来江队早就注意到了这一点。

"我们再看下一张。"

画面上出现了并排的两张卡通贴纸，同样都是卡通婴儿图案，左边那张破旧、暗淡，右边那张光亮如新。

喻正盯着图案上婴儿手里捉住的那只蝴蝶看了几秒，回头，对江成屹投去欣赏的目光："这是已知的线索中最让我感兴趣的，也是接下来对罪犯进行侧写的一个重要切入点。这种物证因为很不起眼，在办案过程中，极容易被忽视。幸亏江队没犯这种错误，不但到汪倩倩家进行了第二次搜查，还将其作为物证保留下来。"

小周与有荣焉："江队是我学长，当年可是咱们学校的学霸级人物。"

165

喻正嘿嘿一笑，接着往下说："根据江队搜集到的线索，这种卡通婴儿贴纸是由艾娃儿童玩具公司制造的，十年前就开始发行，市面上到处都可以买到，并不能据此认为是凶手投放到被害人家中的。但考虑到抛尸现场的那种仪式感，我先假定它是凶手派发的。

"左边这张贴纸，是从汪倩倩家中搜出来的。第二张贴纸，则被贴在那位撞见假邓蔓的陆姓目击者的家门口。

"巧的是，从监控录像来看，当晚在陆姓目击者家门口徘徊的女性跟李荔薇的打扮非常相近——头戴橙色H牌丝巾，穿着大衣、短靴，如果我没记错，资料上显示李荔薇被害时也穿着这身衣服。当然，如果不是江队正好接手了李荔薇的案子，继而翻看了李荔薇的案宗，估计不会注意到这一点。可惜因为凶手非常懂得避开监控盲点，我们没能成功进行追踪。

"然而，根据这一点，我们不难联想，那名打电话到电台的目击者所说的话并非捏造，确实曾有人扮作李荔薇在晚上出没。有别于目击者的主观讲述，监控视频是最直接又客观的证据。"

秦跃恍然大悟："照喻博士这么说，当晚陆医生撞到的假邓蔓很有可能就是凶手。据陆医生说，遇上那人的时间是凌晨一点多，而汪倩倩的遇害时间是晚上十一点到凌晨一点。凶手作案出来，被陆医生无意中撞见，凶手怕就此暴露，于是从次日便开始跟踪陆医生，贴卡通婴儿贴纸，并将她列为下一个目标？"

小周感到疑惑："不对啊，凶手模仿李荔薇，偷王微的衣服，这都说得过去，可那个邓蔓不是自杀的吗，凶手为什么要在八年后模仿邓蔓，目的是什么？"

"所以我说邓蔓的死因肯定有疑点。"秦跃对喻正说，"喻博士，请继续。"

喻正扭头看着屏幕："可惜李荔薇的案子已经过去三年，很多物证都湮没了，丁婧家中也没能搜出婴儿贴纸，但这并不妨碍我相信这是凶手留下的一个信号，因为假如缺少这一环，浮在水里的尸首的意义就会变得语焉不详。接下来，容我问一个关键性的问题——江队，你见过那名陆姓目击者，能不能告诉我她大概多高、多重？"

"167cm，50kg左右。"江成屹回答得很快。

"相貌呢？"

"漂亮。"

喻正恨不得鼓掌："非常好。凶手是完美主义者，这些年一直在严格执行他挑选被害人的一系列要求，如果只是想杀害目击证人，凶手不会给陆姓目击者派发婴儿贴纸，一旦派发，就说明他已经在考虑要不要将陆姓目击者列为下一个仪式的对象。"

江成屹坐不住了。陆嫣此刻正待在家里，虽说母亲、刘嫂、司机都在，而且司机还受过训练，但想来想去，他还是放心不下。沉吟了几秒，他喊小周到近前，低声嘱咐了几句。

见小周有些舍不得走，他向小周保证："你先去，回来我让老秦给你听录音资料。"

小周走后，喻博士继续说："蝴蝶，在希腊语里称为'psyche'，有'爱'和'灵魂'的双关义，而贴纸上的'婴儿'也象征着蜕变和重生。"

他走到白板前，画下一个羊水里胎儿的图案，然后对秦跃说："麻烦回放幻灯片。"

当图像定格在几名被害人的白色防水袋上时，他请秦跃停下。

"据几位目击者说，遇害人的尸首都漂浮在湖心，由于被包裹在白色防水材料里，即便在夜里也显得白而刺眼。资料中显示，那名发现丁婧尸首的目击者还曾经用'浮在羊水里的胎儿'来形容目击现场。我想，如果凶手听到这番描述，应该会很得意，因为他已经基本呈现他想要的犯罪美感。其实，从照片来看，被害人的形态除了像胎儿，也有些像蝶蛹，但不管凶手究竟想要呈现哪种意象，都有着'新生''重生''改造'的暗示。水，则有'孵化''洗刷''洁净'的含义。"

江成屹捕捉到其中一个词："改造？"

"对。凶手选定一类人群作为目标，跟踪并杀害对方，然后锲而不舍地微调抛尸现场。从研究浮力、购买包装材料到提前调查抛尸现场，凶手几乎每一步都经过精密的计算，一次又一次，一次又一次，直到达到他想要的效果为止。我们都知道，犯罪动机的习得性机制，分为强化机制、自我强化机制以及惩罚机制。从这系列案子来看，这几年下来，凶手已经完成了从强化机制到自我强化机制的进化，犯罪冲动逐渐升级，因而犯罪频率也变得越来越高。"

"怪不得，"秦跃挠挠头，"李荔薇跟B市王微的案子隔了三年，四个月后，又出了汪倩倩的案子，而汪倩倩案和丁婧案仅仅隔了几天。照这么看，下一个遇害者很快就会出现？江队，咱们得赶紧抓住这变态才行。"

喻博士继续说道："接着往下说，从挑选被害人、布置现场、模仿被害人的循环中，凶手达到了对自我行为的高度肯定，并从这一系列行为中获得日益积聚的犯罪快感。我猜，在每一次成功实施犯罪后，他都会以某种方式对自己进行奖励。"

说着，他拉开椅子坐下，笑得犹如蒙娜丽莎："各位应该听说过Arthur Shawcross（亚瑟·肖克罗斯）的案子，在这名杀人魔横空出世后，先后有十一名女性遭遇这位恶魔的毒手，而当时正是由于心理学家的侧写，才最终成功抓到凶手。然而本案跟那一类性变态型连环杀人案有本质的不同。

"第一，四名被害人均没有被性侵的迹象。第二，除了颈部的勒痕，尸首未遭到其他破坏，保存得相当完整。第三，被害人死亡后，凶手似乎有意模仿对方的穿着。假定最后一点是凶手自我陶醉和自我奖励的一种方式，我有理由相信，他的动机中还牵涉另一个意向——替代。"

有人表示不懂："喻博士，这太绕了，能不能用大白话给咱们解释一下？"

喻博士平易近人，立刻换了一种稍微通俗的表达方式："OK。我们回到四名被害人本身。这四名女性除了体格相近，还应该有步态等其他共同点，这些因素加在一起，才让凶手产生了犯罪联想。但仅凭这一点，还不足以启动凶手的'犯罪刺激情境'。"

秦跃没忍住，在一旁插话："从刚才咱们查到的资料来看，在冬至网站创立之初，也许是为了好玩，丁婧是第一个在网站许愿的，也就是说，包括丁婧在内，四名被害人都曾在冬至网站上许过愿。喻博士，就算如您所说，被害人的许愿行为与她们被害未必有直接关系，但也不等于一定不相关啊，关于冬至网站这件事，您能不能给咱们分析一下？"

喻博士便在白板上写下"许愿"两个字。

"很好，我正准备试着加入一个假定因素——冬至网站。在座各位想必都知道，无论是西方还是东方文化中，只有一种人能满足人类的愿望，在西方，我们称他为上帝，在东方，我们则称之为神。"

现场鸦雀无声。

喻正眼中隐隐绽出一种狩猎者惯有的光彩："我不知道凶手究竟是从哪一年开始犯罪的，但从他执意挑选同一类体格的女性作为目标来看，被害人的体态会使他想起某位熟悉并憎恨的女性——妻子、母亲、上级、老师、女性亲戚等，这也是他挑选目标时必须满足的第一个条件。"

江成屹思忖着说："在过去八年中，冬至网站累计共有一百多名用户抽到了那副最难抽中的牌，可是迄今为止只出现了四名被害人。我本来觉得有些费解，但结合这一点来看,也就能解释通了。"

"所以我才说这名罪犯是个完美主义者,对他来说,犯罪是一个完整而连续的过程,相关的几样要素缺一不可。我推测,凶手想要从被害人那里得到主宰者的快感,于是通过满足对方愿望的方式来实现。虽说冬至八年前就创办了,但直到三年前,才出现第一个满足所有要素的被害人——李荔薇。也就是说,直到三年前,凶手才拥有足够的经济实力去满足被害人的愿望,进而实施系列犯罪。对于这一点,各位有没有异议?"

江成屹:"喻博士,请接着往下说。"

"好,我们再来说第二条。在实施犯罪后,凶手将被害人的尸首包裹成胎儿或蝶蛹状投入水中,这个行为从心理学来看,暗示着'毁灭''改造''重生'及'洗刷对方罪恶',而模仿对方穿着意味着'恋慕'或是'替代',从凶手作案时的冷静程度来看,我倾向于后者——替代。"

"除此之外,基于某种不得而知的诱因,凶手坚信他选定的目标没有在世界上'存在的必要',必须'回炉重造'。在满足对方的愿望后,他认为自己跟对方的关系已经发生了改变,他成了对方的主宰者,可以肆意主宰乃至毁灭对方的生命。在完成胎儿或蝶蛹仪式后,他认为对方的罪恶已经洗刷干净,他成为新生者,所以他才会在事后以模仿对方的穿着打扮为乐,并不断重复这一过程。"

江成屹放下笔,将手中的纸呈给喻正,请他指正:"您看看还有什么需要补充的。"

喻正眯了眯眼,纸上写着:"1. 男性(可以徒手勒毙中等个子的年轻健康女性)。2. 具有不错的经济基础。3. 身材瘦小。4. 文化素养较高。5. 排除团伙作案。"

经过刚才的分析,已无须再用长篇大论赘述,上面所列条条都中。

"Excellent(完美)。"喻正连连点头,非常诚恳地对江成屹说,"江队,这是我近年来接触过的犯罪动机最复杂的案子,我对罪犯的人格已经产生了浓厚的兴趣,如果抓住罪犯,我希望能跟罪犯进行一次深入的谈话。"

江成屹跟他握手:"感谢喻博士对我们提供的帮助,有您的侧写,接下来我们打算缩小找寻凶手的范围,到时候如果遇到其他问题,可能还会麻烦喻博士。"

"别客气。"喻正眼睛发亮,"这案子太罕见了,就算江队不招呼,我也会主动跟进。"

❄ ❄ ❄

陆嫣跟江成屹母亲坐在沙发上说话，虽然始终保持着得体的笑容，但她自己知道脸有多烫。

不知道江成屹是不是故意的，走时也不告诉她洗衣机在哪儿，在她抱着床单在房子里转来转去的时候，江成屹的母亲和刘嫂就来了。最尴尬的是，在刘嫂接过床单时，江成屹母亲"不小心"瞥见那一大摊痕迹，顿时惊讶得嘴张成了圆形。陆嫣戳在一旁，窘得恨不得钻进地缝。昨天晚上，她和江成屹折腾了好久，又没做保护措施，床单上几乎可以用"泛洪"来形容，简直惨不忍睹。

江成屹的妈妈却显得异常兴奋，先是马上吩咐刘嫂"一会儿就把我们带来的东西放进冰箱"，继而拉着她在沙发上坐下，笑眯眯地端详她："好孩子，中午想吃什么？天上飞的、地上走的，凡是你想吃的，刘嫂都能给你做。伯母这人别的不挑，就挑厨艺，刘嫂在我身边这么多年，早就被我磨炼出来了。"

陆嫣虽然脸还是很热，却尽量让自己笑得大方、自然："阿姨，我什么都不挑，吃什么都香。"

"这样多好。"不管陆嫣说什么做什么，江成屹母亲都感到无比满意，"哪像江成屹，嫣嫣，你是不知道，现在他大了倒是好多了，小时候可挑嘴了，只要稍微有点腥气的东西，他就不肯吃。"她自然而然地改了称呼，称陆嫣为"嫣嫣"，不知不觉又亲近几分。

见陆嫣莞尔，江成屹母亲又说："早上江成屹给他爸爸的秘书打电话，让秘书帮忙订你们俩的机票和酒店，算这小子有眼光，选来选去，最后挑中了奥地利的萨尔茨堡。可是后来他好像临时有事忙去了，也没定具体时间。怎么，你们两个最近打算出去旅行？"

萨尔茨堡？

陆嫣一怔。上高中的时候，她有一次读小说，见书里把那地方描写得非常美，不由得心生向往，可是她完全不记得自己有没有跟江成屹提过这件事。

"也许是想给你一个惊喜。"江成屹母亲像是有些后悔失言，马上笑着眨眨眼，"你悄悄装作不知道就可以了。"说着，拉她起来，微笑道，"来，我们到里面说说话，阿姨有好东西给你。"

两人进卧室没多久，小周来了，陆嫣如蒙大赦，忙从卧室里出来，给小周开门。

江成屹一直忙到傍晚才回来，他一回来，刘嫂就开始张罗做饭。

等饭的工夫，江成屹的母亲跟江成屹说话，陆嫣坐在一旁微笑着喝茶，满脑子想的都是江成屹母亲送给她的那些东西。已经过了一个多小时，她的脸不再动不动就发烫，脑子也总算可以比较平静地思考问题了。江成屹那么犟，肯让她绑在床上为所欲为吗？她光想想就觉得不可能。

江成屹虽说一直在跟母亲说话，余光却始终留意着陆嫣，见陆嫣异常安静，喝茶时还不时流露出迷惑的表情，不免有几分纳闷。

饭毕，八点多了。

江成屹送完母亲和小周回来，见客厅和餐厅空空如也，不知陆嫣到哪儿去了。他走到自己房间，她不在，出来后敲她房间的门，就听她在里面闷闷地说："我在洗澡。"

他在门口戳了一会儿，不得不回房间。想了想，他干脆也到浴室洗澡。

可是他洗完了，在房间里又等了很久，陆嫣还没动静。他虽说很想再等一会儿，可是想到陆嫣刚才说她在洗澡，他还是没能绷住，打开门出去。

陆嫣早就洗好澡了，然而面对一床的"好东西"，她除了犯选择困难症，还觉得有些羞耻。她逐一挑过去，好不容易选了最保守的那套白色蕾丝睡衣穿上，又在外面套上普通睡衣，这才把那堆东西收拾好，走到门口。

她刚打开门，就见江成屹站在门外，正要敲门。

"干吗呢？"他看着她，声音有些喑哑，身上穿着衬衣、长裤，比她保守多了。走廊上的水晶灯明晃晃的，照亮他异常英俊的脸。

"没干吗。"她故作平静，出去的时候自然而然地关上了身后的门。

门关了，江成屹还站着不动，陆嫣无路可退，被迫贴在他身前。他的呼吸就在她头顶，轻轻的、热热的，痒得她颈后的汗毛都悄悄竖了起来。

"干吗呢，江成屹？"这回轮到她问他了。她的声音很低，幽幽柔柔的气息仿佛能透过衣服吹到他皮肤上。

江成屹盯着她。洗澡的缘故，她双颊透着嫣红，眼睛里映着头顶雪光似的水晶灯，盈盈如水。他努力不让自己的目光顺着她的脖子往下滑："你妈还住在枫露花苑？"

"嗯。"

"挺远的，开车过去得一个小时。"

"是。"

"明天还得过去吃午饭。"

"对。"怎么了？

"早点睡吧。"

哦，很有道理。陆嫣配合地点点头，还没来得及说话，就被他握着手拽到他房间里了。

偌大一个房间，仅有一张床和两张沙发，下午换了白床单，在暖黄床头灯的照耀下，更显得舒适、温馨。

听到身后关门的声音，她忽然觉得空气异常闷热："江成屹。"

"嗯。"

"我口渴。"

"那边有水。"

她扭头一看，果然，床头柜上放着一杯柠檬水。她走到床边坐下，端起来喝了一口，嗓子依然很干，于是忍不住咕嘟咕嘟地喝了半杯。

她还想喝，忽然手中一空。他接过杯子，喝完剩下的半杯水。

"我还渴。"她抗议。

他抓住她的手腕，将她拉到沙发上坐下："等会儿再倒就是了。"

她的头就这样贴到他的胸膛上，心弦却莫名地一绷。如果她没看错，刚才他的目光里除了欲望，还有清晰可辨的克制，明明是截然不同的两种东西，偏偏奇异地交织在一起。她的预感一向很准，果然，下一秒就听到他说："我有话跟你说。"

江成屹的声音很低，说话时，胸壁传来清晰的震颤。出于多年的临床习惯，她闭眼就知道他的心尖部位在哪儿，于是让自己的耳朵准确地贴到那里，一下一下细数他生命的脉动。几秒后，她柔声说："好。"

"我妈下午跟你说了什么？"

她眼睫轻轻一颤，手轻轻摩挲着他胸前的一粒纽扣说："没说什么，就送了一些东西给我。"

他嗯了一声，不用问也知道都是什么宝贝，先不急，等他跟她把话说完了，该怎么用就怎么用。

她等了一会儿，没等来他开口，她目光微动，抬眼瞅他："那个，阿姨还跟我说了你订机票和酒店的事。"

他表情淡淡的，但也没否认。

她不由得微笑，心里像饮了蜜一样甜。

他看着她的笑靥，心知这女人不管此刻看上去多么安静、柔顺，骨子里却倔强如初，从初中就自己在家做饭，到后面执意学医，她早就习惯了事事都靠自己，事事都自己拿主意。

他记得高考前，运动会结束，两人坐在空无一人的看台上喝汽水。他问她打算报什么志愿，她说她想学医。

毫无新意的答案。他笑着说："学什么不好，干吗非逼自己学那么苦的专业？"

汽水早就喝完了，她把罐子放到一边，摇摇头，很认真地对他说："我做过很多功课，还整理了一份职业分析。学医的话，工作会相对稳定、待遇优渥，我妈这些年过得太苦了，我希望自己以后有能力照顾我妈。"

那是她第一次主动谈到自己的家庭。以前两人聊天的时候，虽然也谈到过这话题，但她总是有意淡化或是规避。

他有些沮丧，怎么她的人生计划里没有他的存在呢？可是他也知道，他们还太年轻，生命中有无数变数，很多话一说出来就显得浮躁、空泛，远不如去做。他心里酸溜溜的，问："陆同学，你把我放哪儿呢？"

她笑着不说话，收好刚才替他擦汗的毛巾，拉着他起来："不早了，我们走吧。"

江成屹想起这一切，望着她说："陆嫣，当时我们分手，我冲动之下改填了志愿，为了这事，我跟我父亲大吵了一架。"

陆嫣微微怔住，从分手到重逢，中间有八年的空白，然而自从两个人和好，这还是江成屹第一次主动提到当时的事。

"头几年，我从没有想过自己会回S市，因为我一心想跟过去的生活断然切割，根本不想再接触从前的一切，就算有一天回到S市，也只会是为了我的父母。

"但是在B市的那段时间，我免不了会想起你。我记得我高一时整天沉迷于篮球，从没注意过身边的女孩，直到有一次你身为学校代表得了中学生科技大奖。领奖的时候，你穿着校服，扎着马尾，普普通通的打扮，可就是能让人一眼看到你，我这才发现我们学校还有这么漂亮的女孩。

"后来，我一天比一天了解你。我知道你读书很用功，你重感情，你对朋友很好，你每次考试都是全年级前三名，你严格要求自己，你按部就班地把每一件事都做到最好。在没有你的那段时间，我只要想到你，想到你那么认真，不知不觉也将所有精力都倾注到工作和学习上。你倔，我比你还倔。我想，我迟早有一天会遇到一个比你更好的人，然后彻底忘记你。可是就在三年前，我在B市遇到了唐洁，从她口中，我听说了一些关于你的近况，然后我很不争气，当晚就动了调回S市的念头。"

陆嫣在他怀里保持一动不动的姿势，鼻根却忽然酸涩了一下。

"我父亲非常古怪、强势，当初他强烈反对我学刑侦，如果知道我想调回来，非但不会支持我，还会暗中使绊子。所以我调动工作的事只能瞒着我父母。三年后，我终于调到了安山区分局。还没有确定你的态度时，我冲动地做了决定，在当时一切都还不明晰的阶段，我对自己说，我不是为了你，我是为了我自己。"

她的笑容越发酸涩。

江成屹脸上有些挂不住，出于自尊心，这件事他本来打算一辈子烂在肚子里，可是既然决定跟她开诚布公地好好谈一谈，也就没有隐瞒的必要。

"不管怎么说，兜兜转转这几年，我们俩还是在一起了。当年我们分手，有太多因素掺杂其中，你和我都远不够冷静、睿智，你有错，我也有错。但是也多亏这八年的时间，才能让人从里到外都被打磨一遍。经过这几年的成长，我各方面都比以前更成熟，现在我只想问你——"他顿了顿。

她屏息听着。

他的声音低了下来："我已经做好了准备，可以比八年前更好地爱你。我希望……你也能比八年前更好地爱我。"最后一句话，他是一个字一个字说出来的。

她望着他，眼泪一颗一颗地滚落。她拼命地点头，然后抬手轻轻贴上他的脸颊，泣不成声地说："我——会。"声音含混，却掷地有声。

有了这两个字，似乎就足够了。他喉咙有些发哽，倾身去吻她的眼泪，炙热的呼吸跟她温软的气息交缠在一起。吻着吻着，欲望如烈火一样腾地燃烧起来，唇上的力气加重，他摸索着去解她的睡衣。

等将她的上衣褪到她腰间，他看到了一幅令人目眩神迷的美景，怔了一下，手臂猛地收紧，一把将她打横抱起。两个人滚到床上。

他在她胸前流连往返，喘着粗气："这是我妈送你的？"真要命。还有吗？

她揽着他的脖子，尽情地吻他，一粒一粒解他的扣子，含混地嗯了一声，趁他发怔，一把推开他，翻身压住他。

早上六点半，陆嫣醒了。躺在床上，她有种奇怪的感觉，昨晚没觉得这张床有这么大，此刻躺在被窝里，居然有种陷在雪地里的感觉。

江成屹的胳膊压在她胸前，皮肤滚烫。他睡得很熟，半张脸埋在雪白的枕头里，气息轻而稳。

从她的角度瞄过去，只能看见他干净的皮肤和黑色的头发。她弯唇看了他好一会儿，凑近，在他脸颊上轻轻吻了一下，然后掀开被子，悄悄下床。

洗漱完，她到餐厅准备早饭。厨房里榨汁机和水果都是现成的，米和红豆也有。她洗好水果，淘好了米和红豆，打算再切一些南瓜和紫薯，煮粥。

正忙着，她听到脚步声，回头一看，江成屹过来了。

他睡眼惺忪，头发散在额前，只穿着一条长睡裤，宽阔的肩和结实的腹肌展露无遗。

"起这么早干吗？"他径直走进厨房。

她把米和红豆放进炖盅："给你做早饭。"

"你做的太难吃了。"他嫌弃地皱眉，"回去再睡一会儿，我来给你做早饭。"

她放下碗，催他出去："这次我肯定不会做得比你差。"

推他推不动，她似笑非笑地看他："你到底要干吗？"

他引导她的手，让她握住自己的要害，一本正经地提要求："陪我回房间再睡一会儿。"

她暗暗使劲："哦，它怎么跟你一样坏？"学他那样一本正经地抽回手，踢掉鞋，然后故意把两只脚踩在他的脚背上，环着他的腰。

他笑着看她，不厌其烦地搂着她一步一步回到走廊尽头，摸索着打开身后的房门，揽着她进去。

等两人收拾完出来，都九点半了。

因为要见长辈，江成屹穿得比较正式，领带是陆嫣替他选的，与合身的名牌暗蓝色西装配在一起，显得他无比精神、帅气。

一上车，他就忙着接电话。

陆嫣也没闲着，看了一会儿手机里存的文献，想起上个月参加年会的时候有位教授讲课的内容跟她的课题有点像，她记得当时拍过照片，于是打开相册，拉出10月份的照片。

陆嫣没想到的是，她手机里10月份的照片还蛮多的，缩略图密密麻麻，有四五百张。翻着翻着，她陡然明白过来，当时她正跟踪丁婧呢，相机里存有不少丁婧的照片。

她偷瞄一眼江成屹，他还在打电话，压根儿没注意到这边，她不由得微松口气。虽说这事早被他知道了，可细想之下毕竟不那么体面，说出来还是有些心虚。想到丁婧前阵子遇害，她决定将这些照片整理好，等到母亲家连上 Wi-Fi，再一起打包发给江成屹。她加快翻阅照片的速度，希望能跳过那一连串丁婧的照片，尽快找到年会时那位教授的那几张幻灯片。

翻到第一百多张时，她慢了下来。

照片里地点是郡荣小区门口，丁婧穿着一身灰色连身裙，正往小区内走。拍照的时候，由于陆嫣站在马路对面，丁婧的身影显得稍小，好在镜头像素比较高，清晰度很说得过去。

她翻到下一张，就见丁婧从小区里出来。

两张照片拍摄时间相隔二十多分钟。丁婧出来后，并没有立刻离去，而是左右张望了一下，这才往街对面走过来。

陆嫣再往后翻，就是她和唐洁在外面吃饭时的合影了。她回想了一下当时的情形，应该是怕被丁婧发现，在丁婧走过来时，她就离开了。

她平时要上班，只有周末或者出夜班的时候才有机会去盯梢。印象中，9月份的时候丁婧也曾去过那个小区，但因为前后时间相隔比较久，当时丁婧也没有什么特别的举动，她也就没多想。她曾以为丁婧是去访友，可事后回想又觉得不对，真要是去朋友家，丁婧不至于每次只在小区里逗留二十多分钟。尤其古怪的是照片上丁婧那副审慎的神情。按照刘雨洁的说法，那时候丁婧已经撞见过假邓蔓，正深陷恐惧之中。因为这事，丁婧先是对江成屹和阿姨说自己遇到了怪事，后来又怀疑到了她头上……

她陷入沉思，下意识地来回翻看那些照片。

当时是中午，照片上很热闹。镜头里除了来来往往的人，还有路过的各类机动车。她不断地放大又复原，仔细查看照片，试图在人潮中搜索蛛丝马迹。

接连翻完几张照片，她失望了，照片上那么多人，没有一个疑似假邓蔓的"女人"。正要退出，她目光无意识地掠过左上角，忽然注意到了一个头戴鸭舌帽的小个头男人。

前几张照片里都没有此人的身影，可是在丁婧从小区出来后，那人突兀地出现在她视线里。那人身上穿着一件牛仔外套，底下是牛仔裤，很年轻的打扮。由于头垂得很低，鸭舌帽遮盖了他一部分面容。他站在小区左边的银行 ATM 机前，似是在排队等着取钱，可是他的视线分明朝着不远处的丁婧。

放大以后，陆嫣盯着那人的侧脸看了又看，愕然发现那人其实已经上了年纪，而且她越看越眼熟。

红灯亮起。江成屹踩刹车，转头见陆嫣盯着手机发怔，伸过手捏捏她的耳朵："发什么呆呢？"

陆嫣忙把屏幕送到他眼前："你快看这张照片。"

江成屹头微微往后仰，皱眉盯着屏幕："这是什么照片？"

"我跟踪丁婧的时候拍的。"由于太过震惊，陆嫣一时忘了心虚，回答得很实在。

江成屹瞅她一眼，绷住笑，接过手机，把那人脸部放大。等看清细节，他的神情渐渐变得肃然。

"你觉得这人像谁？"陆嫣紧紧盯着江成屹，心怦怦直跳。

"周老师？"

陆嫣做思索状："你觉不觉得太巧了——"

"这照片是什么时候拍的？在哪儿拍的？"

"10月20号拍的，在郡荣小区门口。"

"哪个区哪条路？"

"金峰区的怡园路。在我跟踪她那段时间，丁婧曾去过这小区两回，可是她每次都只逗留二十多分钟就离开。"

江成屹思索了一下，开始打电话。接通以后，他对电话那端的人说："老秦，你查一下怡园路的郡荣小区，看看丁建国或者余美媛名下有没有该小区的房产。"

听那边说了几句，江成屹又说："对，就是丁婧的父母。前面我们只搜查了丁婧常住的那几个住处，但没有详细盘查丁家的所有房产。丁婧遇害前好像曾去过郡荣小区，如果确定怡园路的郡荣小区有丁家的寓所，我会跟上面打报告申请搜查令。还有，今晚我们临时开个会，我要抽调人手专门盯一个人。"

等他说完，陆嫣想了想，问："要调查周老师吗？"

江成屹说："你还记得那晚在你家门口徘徊的那女人吗？"

"怎么了？"

"根据我们的调查，这人很有可能就是凶手。晚上我要到局里开会，你干脆跟我一起过去做个笔录。"

"那人真是凶手？"陆嫣一阵后怕，汗毛根根竖起，想起前几天那个声称自己见到鬼的老头儿，声音不由得发紧，"凶手之所以盯上我，是不是跟我无意中

177

撞到她假扮邓蔓有关？还有，这人跟那个假扮李荔薇的是同一个人吗？"

见江成屹没吭声，她脸色微微发白："如果真是这样，那邓蔓的死果然有问题。"

江成屹并不想让陆嫣接触太多案件细节，一来为了保密，二来也怕她害怕，可他没想到她一猜就猜得这么准，可见这些日子她没少琢磨这件事。

他说："这案子是近年少见的特大连环杀人案，凶手挑选目标人群的方式很特别，而且凶手极有可能会在短时间内再次作案，我们必须抓紧时间找出下一个被害人。无论邓蔓还是丁婧，都跟这件事有关，刚才你的照片提供了重要线索，如果周志成真跟踪过丁婧，我打算把这件事当作一个突破口。"

陆嫣敏锐地捕捉到他话里的信息："丁婧和我们单位汪倩倩的案子是不是同一个凶手做的？我记得上次跟你说过，汪倩倩也登录过类似塔罗牌许愿的网站，据说有一副牌特别难抽到，不知道说的是不是就是冬至网站。如果是，那么凶手挑选目标人群跟这个网站有关系吗？"

江成屹沉沉地嗯了一声，道："目前得知的消息是，几名被害人都曾在网站上许愿，但凶手自从9月份起就再也没入侵过网站，所以我们已经把9月份以前抽到牌并许愿的用户列为重点关注对象，但也不能排除凶手出于安全考虑，另换一种挑选目标的方式。"

陆嫣心提了起来。茫茫人海，警力有限，江成屹为了找出凶手，这些日子一直在连轴转，周六周日连续加班不够，晚上还要到局里开会。换言之，他们在争分夺秒地跟凶手竞赛。

江成屹见陆嫣神情严肃，忙换为轻松的语气："这事你别想了，我们已经掌握了不少线索，该破案的时候自然会破案。快到枫露花苑了，你再好好想想你妈平时都喜欢什么，我们还要不要再买些东西？"

中午吃完这顿饭，他们马上就得赶回松山路，因而这顿饭给陆嫣妈妈留下的印象至关重要。

陆嫣想起后备厢那一堆见面礼，什么燕窝、空气净化器、贵得离谱的成套护肤品，江成屹为了这次见面，在最短时间内做了最周全的准备。她抿嘴笑道："我妈看的是你这个人，又不是看那些礼物。"

江成屹听了这话，照了照后视镜："那我这样的差不多能打九十九分吧？"

陆嫣笑着凑过去在他脸上亲了一口："一百零一分！"

到了小区，把车停好，两人站在楼下往上看，多少都有些紧张。陆嫣帮江成屹重新正了正领带，这才拉着他进电梯。

陆嫣的母亲这些年没有再婚，头些年是因为陆嫣太小了，怕再婚会对孩子有影响，这几年却是因为陆嫣就业了，她心态有所不同了。可陆嫣许是怕她寂寞，近年来从没断过帮她挑选伴侣。

她先后交往了几个，都因相处得不够融洽，没能继续走下去。不过她对这件事看得很淡，并不因此沮丧，更不主动张罗。她工作清闲，女儿又能自立，工作之余，她养养狗种种花，偶尔跟朋友们出门旅游玩乐，倒也过得自由自在。

知道陆嫣今天会带男朋友回来，她一大早就开始做准备，小狗豆豆像是知道"姐姐"会回来，比平时兴奋很多。

她正在厨房忙着，听到了开门声，女儿的声音响起："妈。"

她擦了擦手，出去一看，就看到女儿旁边站着个身材高挑的年轻男人，气质干净，眉目俊朗，一眼看过去，跟女儿非常相配，心里先满意了七八分。她再定睛一看，才发现对方有些眼熟。

豆豆胖得像个蓬松球，自打江成屹和陆嫣进来，就一个劲儿地在他俩脚下打转。陆嫣半天迈不动步，不得不弯腰将它抱起放到沙发上，这才为母亲正式做介绍："妈，这是江成屹。"态度大方，语气却多少有些腼腆。

江成屹看着陆母走近，自然明白陆母眼里的疑惑意味着什么，先是镇定地清清嗓子，接着便微微一笑："阿姨好。"

陆母压下心头的疑惑，绽出一丝温煦至极的笑容，快步走过去："小江，欢迎欢迎，来，快请坐。"

她给江成屹端来一杯水，却自动忽略了陆嫣。

陆嫣不满地娇嗔："妈。"她穿着拖鞋啪嗒啪嗒地去厨房里给自己倒水。

江成屹还是头一次见陆嫣跟她妈妈相处的情态，哪有半点平时的沉稳、大方，活像个小孩，不由得觉得有些好笑。想起以前了解到的一些关于陆母的情况，他丝毫不敢懈怠，打起全部精神应对陆母。

陆嫣倒了水出来，见母亲根本没空理会她，只顾和江成屹说话，不免有些难为情。她抱起豆豆就溜回了自己的卧室。

房间被妈妈打扫得整洁、清新，床单是新换的，空气里浮动着阳光特有的温暖味道。她躺到床上，百无聊赖地拿出手机。

微信上推送的第一条新闻是关于郑小雯的。

"虽说与××电影节影后失之交臂，但郑小姐最近可谓人逢喜事精神爽，昨日当众收获章大山导演赠送的百万钻戒，今日新戏又在××开张。该戏可谓大牌云集，文鹏导演是近年来影视圈一匹黑马，去年执导的×××摘得××电影节最佳影片的桂冠……"

往下拉，陆嫣注意到与郑小雯演对手戏的是那个曾给她打电话的当红小生禹柏枫。

她百无聊赖地放下手机。娱乐圈的"红"，她全无概念，不过这个郑小雯天天上头条，应该算很红吧。

想到江成屹就在外面，她磨磨蹭蹭地又抱着豆豆出去了，这才发现母亲跟江成屹聊得非常合拍，也不见江成屹说什么特别的话，母亲却频频微笑着点头。

过了一会儿，母亲惦记着厨房里的活计，起身离开了。

陆嫣这才到江成屹身边坐下，悄悄问："你刚才跟我妈说什么呢？"

江成屹喝了口茶，看她："晚上回去再告诉你。"

卖关子。陆嫣轻轻哼了一声，去厨房给母亲帮忙。

她走到半道，江成屹的手机响了，她停下脚步，回头看去，就听江成屹说："周末估计申请不到搜查令，我试着跟局里联系吧。我跟丁婧家认识，我这就给丁婧爸爸打电话，看能不能征得他的同意。我们一会儿直接到丁婧那座寓所进行搜查。"

看来丁婧的确在郡荣小区有房子。她思忖着进了厨房。

Chapter 11

> 对方似乎要揭开她心头那个结痂已久的
> 伤口，好割去其中的腐肉。

厨房里出了点状况，燃气灶死活打不着，炖到一半的板栗烧鸡眼看就要凉下来。汤一凉味道就变，陆母是个精益求精的人，不想让女儿的男朋友对她的厨艺留下坏印象，情急之下，四处找打火机。

陆嫣也忙着帮母亲找，找了半天无果，倒把江成屹引进来了。

他脱了西装，挽起衬衣袖子，不知从哪儿摸出来一个打火机，一走近就把燃气灶点着了。

淡蓝色的火苗幽幽地托着银色的锅，顿时让陆母精神一振。她微笑着对江成屹说："小江，你到外面等一会儿，我让嫣嫣帮我切两个菜，下锅一炒就行了，很快就能开饭。"

江成屹本来已经走到厨房门口，听到切菜的声音又停下，回头朝陆嫣看过去。绿的是黄瓜和青椒，白的是她的手指头，锋利的刀刃离她白细的手指头那么近，随时都能豁出一个口子。

他越看越觉得悬，忍不住走回去，低声对陆嫣说："让开。"

他三下五除二把黄瓜和青椒都切得整整齐齐，低调地给陆母放在一边，这才瞥一眼陆嫣，出去了。

半个小时后，陆嫣出来摆碗筷，陆母将做好的热气腾腾的四菜两汤端出来。

客厅里，江成屹早已经把带来的东西都分门别类放好了。

小狗豆豆摇着尾巴，正绕着那台正在运行的空气净化器跑来跑去。家里贸然多了一个方头方脑的大家伙，它非但不害怕，还兴奋得直摇尾巴，围着转两

181

下就停下来用湿乎乎的黑鼻子往进风口凑。

江成屹拽着它的尾巴就要把它往回拖，听见陆母出来的动静，马上又改为"慈祥"地抚摸。

陆妈假装没看见，嘴角却忍不住上扬。装。

她摆碗筷的时候，想起江成屹高中时那前呼后拥的架势，哪有半点"温良恭俭让"的样子。还有那回有个邻校学生跟踪她，两校比赛完，他把手里的篮球扔到一边，拎住对方的衣领，一拳砸下去，激起轩然大波。

陆母显然对这些过往全不知情，吃饭时，她特意盛了满满一碗黄澄澄的鸡汤放到江成屹面前，劝菜的时候，脸上的笑意比江成屹刚进门时又加深几分。

一顿饭吃得其乐融融。两人走时，陆母再三强调："下周如果有时间过来，提前打个电话，阿姨再做些拿手菜给你们吃。"

回到家，江成屹一进门就扯开领带，脱下西装，扔到一边，瘫坐到沙发上："陆妈，我渴了，要喝水。"丈母娘真是世界上最难讨好的一类人，比办案累多了。

这人……刚回家就本性毕露，体谅他刚才"装"得辛苦，陆妈放下包，主动端了两杯水过去，递了其中一杯给他，眼波闪闪："看在你今天的表现上，我原谅你欺负豆豆的行为了。"

江成屹一口饮尽，否认道："我什么时候欺负豆豆了？我这人最爱护小动物了。"

见陆妈撇嘴，他将她揽到怀里，问她："你妈那儿，我这算过关了吧？"他的眼睛比平时更黑更亮，声音沉沉的，透着自信。

陆妈抬手轻轻抚摸着他的眉毛："你说呢？我可什么都不知道。"

他明明心里可有数了，偏要问她，还不就是想哄她表扬他？她笑着推开他，站起来。

等她从房间取来笔记本，江成屹已经在沙发上躺下了，一只胳膊挡在眼前，做入睡状。听到她过来，他就问："你睡不睡？我下午还要去局里，先眯一会儿，等会儿你叫我。"

自从入了这一行，作息昼夜颠倒是常有的事，他早已习惯了随时随地补眠。

陆妈帮他把西装盖在身上，见他半张脸被他自己的胳膊挡住了，只露出嘴唇，便倾身在他唇上轻轻咬了一口，贴着他的嘴唇说："我不睡。"

江成屹反咬她一口，拿开胳膊："你读书的时候不是挺爱睡午觉的吗？"

那时候中午在学校，他撞见过好几回她午睡。她趴在桌上，脸红扑扑的，口水亮晶晶地挂在腮边，睡得极香。

第一回撞见时，他只觉得女神形象在他心里坍塌了。第二回，他在教室外头摸着下巴琢磨了一会儿，又觉得陆嫣怎么这么可爱。如今回过头去想，少年的心思可真难猜。

"那是小时候。"她哼了一声，打开电脑，"上班的时候我整天待在手术室，时时刻刻得集中注意力，哪有机会睡午觉？"

江成屹不吭声了，估计酝酿睡意呢。于是她也不再说话，免得影响他入睡。

没多久江成屹手机响了，她看看时间，心疼地想，干这一行真是太辛苦了，随时都会面对各类突发状况，他总共才睡了不到十分钟，也不知道睡着了没有。

江成屹闭着眼睛摸向茶几，按了免提。

"江队，我们已经搜查完毕了。丁婧这座寓所不大，没什么可疑的线索，但是卧室里有个上锁的抽屉。打开后，我们发现了一些影像光盘。另外大门口的锁有被撬过的痕迹，不排除有人曾经试图入室行窃，不过不知出于什么原因，那人最后没能成功撬开锁。我估计这人应该是个生手。江队，我这边活儿忙得差不多了，这就回局里。"

江成屹揉了揉眉心，起身："我这就过去。"

他拉着陆嫣起来："走，跟我一起去局里，顺便录个口供。我怕凶手下一个目标是你，在抓到这人前，我不放心你一个人待在家里。"

陆嫣点点头，收拾笔记本。

江成屹问："你是手头有什么东西要交吗，天天都在赶功课。"

"下个月要参加病例竞赛。"

"今天是周末，上面领导都不在，我们局里有 Wi-Fi，一会儿我给你找个空房间，我们在这边讨论案子，你写你的东西。"

"好。"陆嫣眼睛亮亮的，她迫切想查清邓蔓的案子，虽说心里有些害怕，更多的却是对破案进度的关心。

两人到了局里，办公室里果然有很多人。当中有一个胖胖的中年人，被人围在中间，一边吃着手里的零食，一边笑呵呵地跟众人说话。

一见陆嫣进来，那人就将目光投向陆嫣。

这人无论是外貌还是神态都非常有辨识性，陆嫣莫名觉得对方眼熟，想来想去，好像在 S 医科大某次生理学术会议论坛上见过对方。

江成屹唤那人"喻博士"，让小周将陆嫣领到隔壁房间做笔录。

进去前，陆嫣注意到江成屹在电脑桌前拉开椅子坐下，接过老秦递来的几张光盘。光盘用黑色记号笔写了日期——2009 年 4 月。

秦跃不解："丁家这座公寓挺老旧的，好几年没人住过了，丁家人里也就丁婧偶尔过去瞧瞧。这里面不知录的是什么，丁婧还挺看重的，特意锁在卧室里面。"

江成屹看了看光盘上标记的日期，取出第一张放进电脑，然后点开播放键。播放器跳出的一瞬间，众人立刻围拢过来。

虽说年代有些久了，但因为播放次数不多，这张光盘保存得很好。录像的人显然不够专业，镜头很不稳定，拍摄时间应该是傍晚，画面里的景物有些萧条，似乎在一个偏僻的公园。

前面一段时间，画面都处于静止状态，到第三十秒时，镜头明显发生了晃动，像是拍摄者发现了什么，悄悄往后退了一步。

然后，画面里出现了两个人。

左边那个是个十七八岁的女中学生，穿着校服，个子在高中女生中算高的，约有 1.67 米，长头发分开扎了两条辫子，长得眉清目秀的。

秦跃这几天没少翻看邓蔓的档案，马上认出那人是邓蔓。

右边那人个子跟邓蔓差不多，戴一副黑框眼镜，穿着白衬衣，模样很斯文，白净，三十六七岁。

"周老师。"江成屹眉头微蹙。

画面中，两人一边走路，一边说话，邓蔓不时转脸看向周老师，笑得很文静，也很甜蜜。然后，两人在柳树下的石凳上坐下，一直保持着聊天的姿势。

半个小时后，拍摄者似乎有些不耐烦，镜头微微晃动了一下。可就在这时候，邓蔓忽然抬眼看向周老师，默默依偎到他肩头。周老师腰板像是僵了一下，犹犹豫豫地看了看周围，见无人，这才揽住邓蔓的腰，低下头去，试探着吻住她的嘴唇。

"师生恋！"有人拍桌，"这老师，什么玩意儿。"

这时小周已经给陆嫣做好笔录了，开门的瞬间，陆嫣听了一耳朵，忙要再听，小周却很警惕地把门关上了。陆嫣只好作罢。

看完第一段视频，还有两张光盘。众人一路看下来，才发现第一段是三段视频里最含蓄的，在后面的两段视频里，两人展现出了热恋期男女才有的亲密举止。

综合各方面线索来看，拍摄者极有可能就是丁婧。

放完光盘，江成屹打开幻灯片。

屏幕先是一黑，紧接着又一亮，下一秒，周志成的正面特写出现在屏幕上。

"周志成，1971年5月31日出生，本市人。S市师范大学毕业，1993年7月毕业，后一直在S市七中任教，因为工作能力非常突出，年年都被学校评为优秀老师。周志成于1997年结婚，配偶是电力局一名职工，名叫林春美。"

幻灯片上马上跳出一个年轻女性的照片，瓜子脸，相貌清秀，就是眼神有些凶相，看上去不大好接近。

"资料上显示，两人婚后第三年，林春美意外流产，此后未孕。周志成和林春美曾辗转几家大医院就医，未果。2007年林春美回家途中骑电动车发生意外，因伤势过重，入院当晚即陷入深度昏迷，在治疗一年后，周志成因无力支付高昂的医疗费用，签字放弃住院治疗，带林春美回家。林春美在家以植物人的状态躺了两年，于2010年9月去世。"

喻正请江成屹将画面定格在林春美的特写上，问："江队，有林春美娘家的详细资料吗？"

江成屹将手上一沓纸递给喻正："林春美也是本地人，父母也是电力局的职工，父亲从事技术工种，母亲经营食堂，目前均已退休。当年林春美出意外后，林春美的父母曾多次上女儿家中吵闹，理由是周志成这几年给妻子施加了太多压力，女儿因为不堪重负，所以才会心神恍惚，出了交通意外。林家人将女儿的不幸全归咎到周志成身上，认为女儿丧失了劳动能力，周志成作为女婿，必须给老两口一个交代。邻居看不过去，出面调解了好几回。"

"林春美去世后，周志成有没有再婚？"

秦跃啧啧摇头："摊上这么一大家子人，周志成敢再婚吗？就算真有了恋爱对象，也会想办法瞒得死死的吧。"

喻正的兴趣始终放在林春美身上，他对江成屹说："江队，我想要一份林春美的详细履历。"

陆嫣在屋里安安静静地坐了近两个小时，开始还有意听外面的对话，然而由于房间隔音太好，根本听不清楚，后来她干脆收了心思，专心准备下个月要参加的病例竞赛。

近五点时，她手机响了。见是江成屹的妈妈打过来的，她连忙接起。

"妈妈，在家闷不闷？江成屹不接电话，又去加班了吧？"

"嗯，对，阿姨。"

"裕恒广场的人给我打电话，说这一季的衣服到了，阿姨本来想让她们送到家里来，但是想想，你应该也会喜欢这个牌子的衣服，所以想带你一起去看看。还有上次阿姨还见过你的那个姓唐的朋友，她也是那家店的客户，我们聊得还蛮投机的，要不晚上把你朋友一起叫出来逛逛？"

陆嫣知道她说的是唐洁，为难地笑了笑："阿姨，现在我情况比较特殊，可能不大方便出门。"

这时门打开，江成屹出现在门口："走吧。"

江母立刻捕捉到了儿子的声音："嫣嫣，你把手机给江成屹，我跟他说说。"

陆嫣只好起身，把手机递给江成屹："你妈妈。"

江成屹接过听了几秒，看看陆嫣："哦，知道了。"

陆嫣对逛名品店丝毫没有兴趣，也懒得细究江成屹是答应还是没答应，自顾自收好笔记本，出来，就见江成屹旁边还站着那位喻博士。

一见陆嫣，喻正就笑着伸过手来："陆小姐，你不记得我，但我还记得你。去年你的导师在生理学术会议上讲课，你在旁边做秘书，那堂课的课件做得一流，令我记忆深刻。说起来，麻醉和犯罪心理的基础学科都与生理学相关，你和我也算半个同行。"

怪不得这么眼熟。她忙跟喻正握手："喻博士，您好。"

也是怪了，她的记忆应该侧重某些方面，想不起喻博士的名字，却偏偏能想起上次导师讲课的内容。她记得那次导师讲的题目是《大脑皮质的唤醒机制》，很基础的一堂课，当时好像就是这位喻博士在课后过来跟导师讨论了很久，话题始终围绕精神病态者的自主神经系统反应。她没记错的话，这人在犯罪心理领域是个奇才，不仅在自己的研究领域造诣极高，于相关学科也很精专。

江成屹说："喻博士，既然晚上有时间，我们不如到对面酒店的中餐厅一起吃个饭。"

喻正附和道："正有此意。"

出了分局，三人到对面那家酒店的著名中餐厅就座。服务员悄步走近，呈上菜单。

江成屹接过菜单，靠着椅背，开始点菜。

陆嫣脱下外套，想起刚才的那个电话，想问问江成屹是如何回应的。顾及喻正就在旁边，她最终没问。

餐厅里很安静，轻灵的音乐缓缓流入耳中，无端让人生出一种心灵被摸索的奇妙感觉。

音乐声中，喻正看着陆嫣，陆嫣也看着喻正。过了一会儿，见喻正没有开口的打算，她抱歉地笑了笑，取出早先做的笔记浏览起来。

喻正双手抱着胳膊，目光在陆嫣笔记本的笔迹上停留了一瞬，眼睛蓦然一亮，含笑看向陆嫣："陆小姐，我翻看了邓蔓的档案，注意到有人曾经连续七年寄匿名信到安山区分局。而前段时间，在遇到假扮邓蔓的人时，目击证人正好也姓陆，我记得那位目击者跟邓蔓高中时是关系极好的朋友，容我冒昧地问一句，写匿名信的人是不是陆小姐？"

江成屹仍在看菜单，听了这话，抬眼看向喻正。

陆嫣一怔。喻正的目光如同透过幽暗丛林的一抹阳光，笔直地射进她的内心。跟对方对视了一会儿，她绷紧的背慢慢松弛下来，垂下睫毛，笑了笑，坦荡地承认："是。"

她说话时有种错觉，对方似是要揭开她心头那个结痂已久的伤口，好割去其中的腐肉，让新肉长出来。

江成屹见陆嫣应对自如，暗暗松了口气。

喻正投去欣赏的目光："陆小姐，当年在你寄出匿名信后，警方曾两次介入调查邓蔓的案件，可惜两次调查下来均排除了邓蔓的他杀可能。即便到了八年后，警方在掌握这么多线索的前提下依然没能理清当年的真相，可见这案子有多复杂。然而陆小姐身为邓蔓的朋友，始终没放弃追查这件事，这份毅力令我深感佩服。相信你也知道，如今我们找寻凶手已经到了白热化的阶段，而陆小姐一定比谁都希望能早日查清邓蔓一事的真相。"

"是。"陆嫣恻然垂下眼帘。

"那么，容我唐突地提一个要求——"

陆嫣看一眼江成屹，立刻就看出他眼里的默认态度，可见对于喻正的专业能力和素养，他是十分认可的。于是她放下心来，弯唇道："喻博士，请说。"

"陆小姐，从你的学历和履历来看，你的学习和记忆能力非常不错，但最出众的应该还数你的观察能力。正因如此，你才能在当年事发后搜集那么多的相关线索寄到公安局。当年的事，江队告诉我一部分，然而回顾整个案件，我还是想借助陆小姐的观察能力，重新带我回到八年前的七中六班，利用你的记忆力，利用你的眼睛和感觉，帮我好好回想回想，对于当时的班主任周老师，你有什么看法？"

陆嫣闭眼回想。真是奇怪，每次想到周老师，最突出的一幕就是他穿着白衬衣站在讲台上的情景。

阳光金灿灿的，光线中飘荡着细小的浮尘，周老师的声音低沉、圆润，一声一声回荡在教室里。

她慢慢回想："周老师是位对学生特别有耐心的老师，脾气温和，对学生一视同仁，因为业务能力出众，每年都被评为优秀教师。他教的是物理，很多疑难的问题经他讲解，马上就变得容易入手了，所以学生们当时都很崇拜他。我记得邓蔓高一的时候物理成绩不大好，直到高二在周老师的执教下，才慢慢变得好起来。"

喻正的声音变得低柔："周老师在整个高中执教期间有没有过情绪不稳定的时候？"

陆嫣微侧着头回想了很久，才道："没有，在我的印象中，周老师的情绪始终很稳定。"

"一个善于伪装的人。"喻正从怀中掏出一个巴掌大的小本子和一支笔，开始写写画画。

"在周志成的人生阶段，至少遇到过三次重大的情感挫折。第一次是2000年他妻子意外流产。第二次是妻子遇到车祸，此后他妻子成为植物人，在床上躺了三年。第三次是妻子病故。当然，第一次事件发生时，你们才九岁，还没有到七中上学，而第三次事件发生于2010年9月，彼时你们已经毕业离校——"

他话锋一转，问江成屹："江队，刚才你在介绍周志成的妻子林春美的资料时，我发现她的体格与后来的遇害者非常相近，都是166cm到167cm，50kg左右，相貌也非常秀丽。不知你们有没有查过——嗯，我是说，林春美当时流产的诱因，究竟是自然流产还是有什么别的外力因素？"

江成屹说："我们在查。但是林春美的父母回老家探亲去了，目前不在市内，而周志成这边……在获得进一步线索前，我们暂时不想打草惊蛇。目前从邻居处打听到的消息是，林春美生前跟她父母一样，性格比较泼辣、跋扈，不大好相处，论人缘，远没有她丈夫周志成好。"

喻正点点头，有些遗憾："林春美如果受家庭影响较大，很有可能跟她父母一样，都属于强势偏执型人格，就算有了儿女，也未必会是一位合格的母亲。但是周志成的人格画像跟罪犯的画像又有些出入，无论是哪方面……都不大符合，如果能知道周志成的童年经历就好了。"

他十指交叉放在唇边，久久不语，脸上那种常见的闲适微笑不见了，代之以深深的困惑。过了好一会儿，他抬眼看向江成屹："江队，你确定周志成没有儿女？"

"从目前得知的信息来看，没有。"江成屹知道陆嫣饿了，菜一上来，就先帮陆嫣舀汤，"而且，就算周志成有儿女，他于1997年结婚，他的儿子顶多于当年出生，长到今年最多十九到二十岁，而本系列案的凶手能辗转于B市和S市之间，购买入侵网站的黑客软件，转移尸体，满足被害人的愿望，布置现场，以上这些通通需要雄厚的经济实力来支持。二十岁的年轻人也许具备犯罪动机，却不大可能拥有这样的物质基础。"

喻正拍拍额头，露出自我嘲讽的笑容："是我太急于求成了。不过刚才在看林春美的照片时，我忽然有了灵感，总觉得邓蔓不是这一切的起源，林春美才是，可是就目前掌握的线索来看，林春美身上又有很多地方跟我的推论有相悖点。"

他沉吟了一会儿，说："江队，我非常赞同你们将调查的重点放在七中的人和事上的做法。"

江成屹的动作微滞了一下，他思索了几秒，这才说道："像这样的系列杀人案，最传统的办案思路就是追根溯源，只有找到源头，才能摸清整个案子的脉络。可惜直到现在我们还不清楚究竟谁才是这一切的开端。但不管怎么说，冬至网站也好，至今找不到他杀迹象的邓蔓也罢，都与当年的七中有着脱不开的联系，所以七中是整个案件的核心。"

一片寂静中，陆嫣看向喻正，就见他眼中突然绽出一种棋逢对手的光彩，下一秒就听他说道："江队，你的直觉和侦查能力都很出色，我期待你接下来的调查。另外，我还要补充一句，我对自己的专业能力也非常自信。关于林春美和周志成，我相信当中漏了某些关键环节。"

吃完饭，喻正谈兴正浓，直到上车前，还在跟两人讨论罪犯大脑控制情感和行为方面的缺憾及PCL-R（精神病态检测量表）。

送走喻正，两人上车，江成屹对陆嫣说："我妈还在裕恒广场等你，走吧。"

陆嫣还没接话，手机就响了。果然是江母。

"嫣嫣，你们什么时候过来？这一季的大品牌太给力了，有非常多适合年轻lady（女士）的款式。还有你那位好朋友唐小姐，你有没有给她打电话？阿姨最喜欢跟年轻人相处了，要是她有空，务必一起过来玩。"

陆嫣瞟瞟江成屹，见他不反对，便说："好的，阿姨，我们已经过来了，我试着给唐洁打电话。"

他们很快就到了裕恒广场。

唐洁像是正好在附近的商场购物，到得比她还早。

一下子来了两位重量级客户，品牌SA（销售顾问）忙把他们领进里面的贵宾室。

江成屹百无聊赖，坐到单人沙发上玩手机。

江母见陆嫣只在旁边给她和唐洁提供参考意见，自己却一件衣服都不试，非常不满："好嫣嫣，你别给江成屹省钱，他工资是低，但他爷爷给他留的股份每年的分红非常可观，这些衣服你只要有看中的，只管买下来就是。"

话没说完，江成屹依旧凝眉看着秦跃发过来的资料，却从怀里取出钱夹，取出其中一张卡，递给旁边的SA。

唐洁笑得肚子都快痛了，偷偷拉陆嫣到一边："江成屹倒是一点没变，还是跟当年一样对你那么大方。不过，我说，你婆婆可真是个妙人。"

她们这边悄声议论，江成屹却只顾浏览手机。很显然，他人虽在这儿，心思却在案子上。

唐洁和江母顿觉无趣，继续拉着陆嫣试衣服。

本季设计可圈可点，唐洁全程兴致勃勃，江母却不时将注意力放到陆嫣身上。

在她们两人的强烈要求下，陆嫣最后试了一套黑白相间的针织裙，是经典款，短上衣配超短裙，设计简单，剪裁完美，玲珑身材展露无遗。她从试衣间出来，江母和唐洁立刻围拢过去。前者点头微笑，后者两眼放光，一致认为这套裙子非常适合她。

陆嫣余光朝江成屹溜过去，原以为他根本不会注意到这边，没想到他早已经抬头看过来，目光在她身上缓缓滑过，最后落在她的脸上。

SA走过来开单，眼含微笑，声音甜腻："小姐，江先生已经买单了。这条裙子只有一个尺码，一般人驾驭不了，小姐身材和气质都这么好，这裙子简直就是为您量身定做的。"

一番血拼，各人俱有收获。

在江母的要求下，她选中的那几套衣服稍后会由店里送到江家。唐洁是急性子，买来的新衣服恨不得第二天就穿上，催着 SA 打包好，直接就拎着走人。

一行人到了停车场，唐洁跟陆嫣说了一会儿体己话，又跟江母约好下次逛街的时间，这才拉开车门挥手告别，驾车离开。

江成屹送江母和陆嫣到了车前，对江母说："妈，最近有人跟踪陆嫣，我不放心她一个人在家，我想让她先跟您一起到那边去。等忙完了，我再过去接她。"

"那你呢？又要去加班？"

"我有个嫌疑人要去盯梢，得走开几个小时。"

江母越发疑惑："你忙完都不知道几点了，干吗这么折腾？让嫣嫣在家里住，你明早再来接嫣嫣不就是了——"

话未说完，她明白过来，儿子这是一个晚上都舍不得跟陆嫣分开呢。她甜甜蜜蜜地一笑："知道了。"

陆嫣脸色微红，走到一边，轻声嘱咐江成屹："一定要注意安全。"

江成屹有意压低声音："一忙完就去接你，反正不会让你等很久。你给我精神点，千万别在我爸妈那儿睡着了。"

陆嫣假装没听出他话里的暧昧之意，明眸一睐，转过身，跟在江母后面，上了江家的座驾。

江成屹看着母亲和陆嫣离开，这才上了车。

江成屹父母住在滨江别墅，江成屹的父亲不在家，江母将陆嫣安置在江成屹在家时的卧室里。

江母注重养生，平素最讲究早睡早起，她陪着陆嫣说了好一会儿话，便回到楼上卸妆安置。

陆嫣脱下大衣，抬头打量这个房间。

房间整洁、阔朗、色调温馨。墙上挂满照片，多数是江家一家三口的合影，也有不少江成屹少年时的单人照，有数十张，均被细心地装裱起来，挂在房间里显眼的位置，一望而知出自江母之手。

陆嫣逐一看过去，发自内心地微笑。二十来年的时光，江成屹从胖乎乎的小男孩长成了俊朗的年轻人，这时再看，莫名有种亲切且奇妙的感觉。

等到凌晨时，她有些困了，趴在他床上昏昏欲睡。这时，江成屹的电话来了,与此同时,外面传来刻意压低的说话声。她打开门,就见江成屹正在门口跟刘嫂说话。她连忙回房间取了包,对刘嫂抱歉地道声"晚安",跟着江成屹离开。

他们回到家时近凌晨一点了。
一进门,江成屹就脱衣服进浴室洗澡,速度非常快,十分钟不到就洗完了。他出来时腰间系着一条浴巾,头发一滴一滴地往下淌水,亮晶晶地缀在眉间。
陆嫣取来毛巾帮他擦头发,咕哝着抱怨:"你怎么都不吹头发?"
他催她洗澡,任由她摆弄:"吹什么?反正一会儿还会出很多汗。"
真是够了。陆嫣瞪他一眼,推开他,转身进了浴室,打开水龙头,准备洗澡。她弯腰的时候,忽然觉得身体有些不适,检视一番,"大姨妈"居然提前造访了。她坐到马桶上,惆怅又微妙地松了口气。也好,前面几次都没做安全措施,她怕怀孕,一直悬着心。不是不想要孩子,只是……虽不知江成屹是怎么想的,她暂时还没有做好心理准备。

江成屹先给自己和陆嫣倒了水,再拿毛巾胡乱地擦了一把头发,最后捡起一张名单,到沙发上细看。他看得正入神,就听陆嫣的声音从浴室里闷闷地传来:"江成屹。"
"啊。"他头也不抬,"什么事?"
"帮我从那边房间的床头柜拿点东西。"
"什么东西?"
"粉色纸盒子,里面有很多根那种东西,你帮我拿一根过来。"
很多根?他古怪地抬头。听她催得急,他虽然纳闷,但还是打开房门出去了。
他进门打开床头柜,找到她说的粉色纸盒子,取出东西一看,脸一黑。
"陆嫣,"把棉条隔着房门送进去时,他悻悻地表达不满,"这事有没有办法提前打个招呼啊?"虽说他不是那种精虫上脑的人,但盼了一整晚,突然被泼了一盆冷水,要说不失落是假的。
陆嫣没理他。这段时间她情绪大起大落的,经期也跟着紊乱了,还真就没办法提前通知。
洗完澡出来,她摸到床上躺下,即便被子够轻够软,手和脚却仍比平时冷,没办法,激素变化导致皮下血管收缩,影响了末梢循环,每次来"大姨妈"都会如此。

"江成屹,"她将被子拉高到下巴处,眼睛亮晶晶地看着他,语调又轻又软,"能不能帮我到那边房间拿双厚袜子过来?"

江成屹掀被子上床,把她搂在怀里:"怎么,冷啊?"

她点点头。

他的身体滚烫,犹如移动的小太阳,一靠过来,她就下意识地将整个人蜷缩成虾米状,钻进他怀里。

他揽住她的肩,另一只手往下捞了捞,摸到她冰凉的脚,用手掌裹住,问:"这样会不会好一点?"

她环住他的腰,声音透着笑意,鼓励他:"好多了。"

他垂眸看着她乌黑的发顶,想起高中时她有一回来"大姨妈"也是没做准备,不小心弄脏了裤子,后来还是他把自己的校服给她披上,还打了出租车送她回家。正是那一回,他才知道女孩子"大姨妈"经常不准。

她的身体又软又饱满,他怕自己越搂越难受,为了转移注意力,他伸手将床头柜上那张名单拿过来。

陆嫣微闭着眼,两只脚塞到他的小腿下面,脚指头轻轻地蹭来蹭去,借以取暖。

他被她撩得心里痒痒的,这种感觉有别于欲望,更多的是一种充溢整个心房的静谧和满足。

像是想起之前的事,她睁开眼睛,凑近:"刚才你是去盯梢周老师了吗?"

江成屹研究着那张名单:"嗯,小周在那儿盯了几个小时,我过去换个班。"

"这又是什么?"陆嫣顺着他的目光看过去。

"那晚去丁婧家吊唁的人。"

"这么多人?"她微微一惊,粗粗扫一眼,名单上有上千人。

"嗯。"

这几年丁家虽说败落了,但在本市的关系盘根错节,人脉很广。丁婧是丁建国的长女,她出了事,丁家的那些朋友于情于理都该来慰问。

想了想,江成屹说:"剔除刘雨洁被注射吗啡前半个小时就离开的客人,现场还剩一百多人,而在刘雨洁被发现的前几分钟,这一百多人中又有三十余人乘坐电梯离开。"

也就是说,人人都有作案嫌疑。

陆嫣注意到江成屹在这份名单中将几个人的名字重点圈了出来,第一个就是"周志成"。她试着推测:"根据当晚刘雨洁被害的情况看,凶手就混在宾客中,既然有了来宾名单,是不是就可以缩小范围了?"

江成屹思忖着说:"别忘了凶手善于伪装,按照他常用的作案手法,在杀害丁婧前,他很有可能曾跟踪过丁婧一段时间,对丁婧的生活圈及朋友圈有一定程度的了解。不排除他利用这一点伪装成丁婧的熟人或朋友前去吊唁,并且使用的还有可能是假名,这么一来,这份名单便有了误导性。"

真要一一排查,该是一个庞大的工程,为了缩小怀疑范围,江成屹这几天显然没少下功夫。

陆嫣想起下午听到的那句"师生恋",问:"丁婧怡园路那套房子里搜出了什么东西,你们下午看的是什么光盘?"

江成屹怕她情绪波动,尽量淡化语气:"光盘里面是当年跟踪者偷拍下来的邓蔓和周老师在一起的片段。"

陆嫣耳朵一麻,一种强烈的不适直冲嗓子。这么多年过去,猜想是一回事,被证实又是另一回事。

"偷拍的人是丁婧?"她努力稳住声音。

江成屹没点头,也没否认,目光里透着几分迟疑。

"难道不是丁婧?"她很是惊讶,"当年不正是丁婧利用拍到的这些片段去逼迫邓蔓吗?而周老师因为不想名誉受损,也被迫参与其中。想来想去,这件事最大的受益者就是丁婧啊。"

江成屹转眼看向她,淡淡地嗯了一声:"网站创办后,丁婧是第一个在网站上许愿的,许下的愿望还是'希望江成屹赶快甩了陆嫣那个小 bitch(贱人)'。"

资料可循,一查即知。

陆嫣暗暗翻了个白眼:"那可真要恭喜她了,虽说后面事态的发展远远超出她的想象,但作为始作俑者,她当年也算得偿所愿了。"

江成屹不语。

综观后来的几名被害人,每个人在网站上许下的心愿都得到了满足,唯有丁婧的许愿行为存疑。

如果这三段视频是丁婧自己拍摄的,并且利用这一点逼迫邓蔓去破坏他和陆嫣的感情,那么从某种意义上来说,丁婧自己满足了自己的愿望,完全是自己的主宰者,又怎么会沦为凶手仪式中的一环呢?

"我怀疑当年拍摄这段视频的另有其人。"

"怎么说?"

"那人利用偷拍的视频捏住了你最好朋友的命脉,在提供视频给丁婧的同时,无疑也提供了一种满足丁婧愿望的方式,但由于这种方式有太多不确定因素,太过青涩、稚嫩,不排除是早年的凶手所为。只可惜时隔太久了,这些光盘来源无法确定,不然就能确定到底是丁婧本人录制……还是由他人提供了。"

陆嫣听了这话,脑海中快速闪过一幅画面,可惜那画面跑得太快,转瞬即逝。她稳住心思,努力回想,过了许久,她的记忆一点一点被唤醒,继而停留在高三毕业的那个暑假:"你还记得有一次你送我一双红色漆皮有蝴蝶结的鞋吗?"

"怎么了?"江成屹当然记得。那晚她太美了,他陪她逛街,给她买东西,跟她商量着填报志愿,后面不受控制地起了歪心思,哄她偷尝了禁果。

"那次我们约好在市中心公园见面,你临时去帮我取鞋,迟到了。我在等你的时候,无意中撞见了丁婧。当时她从公园里的玫瑰园方向跑出来,脸色白得像纸。我觉得奇怪,还顺着她跑出来的方向往里面瞧了瞧,没看见有人出来。再然后,你来了,我也就没顾上细究。可是这件事……我直到现在还费解,总在想,丁婧当时在公园里见到了什么呢?"

听到"公园"这两个字,江成屹皱眉:"会不会是她当时撞破邓蔓和周老师在公园约会,被吓到了——"

他没说完,马上自我否定:"不对,从丁婧家里搜出的那几张光盘上面写着2009年4月,我们那次约会是在高考完的6月,那个时候丁婧不但早就知道邓蔓和周志成的事,还以此作为把柄威胁邓蔓——"

"当时丁婧的样子太慌张了。"陆嫣努力回想当时的画面,"像见了鬼似的,以她的性格,就算撞见邓蔓和周老师的事,也只会幸灾乐祸,不至于吓成那样。"

见鬼……江成屹揽住陆嫣的肩膀:"中心公园只有一条小径通往里面的玫瑰园和人工湖,丁婧走了以后,你有没有看到有人从里面出来?"

陆嫣摇头:"她一走,你就来了,然后你就给我换鞋,我的注意力全在你身上,根本没往旁边看。嗯,我就记得当时过去了好些女孩子,因为她们都在看你,我有点不高兴,就扫了一眼,但也没仔细看。"

江成屹紧紧盯着她:"你好好想想,当时那些人里,有你觉得眼熟的吗?"

陆嫣见他如此慎重,点点头,慢慢静下心,竭力回想当时的事。她想了半天,记忆始终如蒙了一层白雾,唯有位于正前方的江成屹是明晰的。她记得他那晚出奇地帅气，因而她的心思全在他身上，根本舍不得移开眼睛。

她鼻端有着玫瑰的香气，耳边有女孩子们嘻嘻哈哈的声音。她偏头看过去，就见一群女孩子从身边走过。都是跟她差不多年纪的女孩子，阳光开朗，彼此之间打打闹闹，见到帅哥行注目礼，可是每一个人看上去都非常正常……完全没有奇怪的地方。

她越看越觉得没有可疑之处，摇摇头便要眯开眼，可就在这时候，视线左侧忽然出现一个身影，毫无预兆地跟在那群女孩子身后。当时天色有些昏暗，那女人穿着一条连衣裙，颜色她记不清了，就记得是大波浪头，少妇打扮。怪就怪在那女人虽然身材苗条，小腿肌肉却很发达，而且步子迈得很大很快，匆匆走在暮色中，整个人都透出一种说不出来的违和感。正因如此，她才会时隔多年还对那女人有些印象。相比这个女人，其他人的面目早就变得模糊不清了。最怪的是，那女人明明一直低着头，在路过江成屹身后时，却抬头飞速朝她看过来。

当时江成屹正给她穿鞋，虽说只是一错眼的工夫，但那女人像认出江成屹似的，那一眼的含义非常复杂，说不清是嫉恨还是冷漠。可惜那女人戴着一次性口罩，她没能看清那女人的脸。

陆嫣的心猛地跳了一下，她抓住江成屹的胳膊："我想起那次有个女人古里古怪的，步子迈得很大，有点像男人，而且我觉得她好像认出了你，因为她看到你冲着我笑，好像非常生气，可是她很快就转过脸去了，之后再也没回头。你起身后也注意到了那女人，我本来以为你会跟那人打招呼，但你明显不像认识对方的样子，我就以为我看错了。可是……那个人说不上来哪个地方不对劲，我就没忍住多看了几眼。"

江成屹的声音沉了下去："那人认识我？"

陆嫣有些迟疑："我不大肯定。而且我也不确定丁婧之前那么害怕是不是跟那个女人有关。但是我们在那里待了十几分钟，我再也没见到其他人出来。如果是那个女人吓到了丁婧，她的打扮普普通通的，为什么会让丁婧那么害怕呢？"

"如果丁婧以为自己见到了死人呢？"

陆嫣怔住。

江成屹沉默了很久，点点头，说："之前刘雨洁在我眼皮子底下被袭击，我曾经认为凶手是有意挑衅，但因为怕影响喻博士的判断，我没把我的主观想法告诉他。可是现在我没办法摆脱一种直觉，我总觉得凶手很有可能就是我们七中的人。"

　　第二天一早，江成屹刚洗漱完就忙着打电话："您好，我是重案组的江成屹。是这样，昨天我们组里的老秦传了一份名单过去，麻烦您帮我们筛查一下，看这些人中有没有曾就读于七中的。还有周志成的直系亲属那边，能不能尽快催一下结果？"

　　陆嫣帮他找出外套和衬衣，到厨房做早饭。

　　两人正在吃时，江成屹手机就响了。
　　"好，麻烦您传过来。"
　　陆嫣凑过去一看，是条信息。
　　"江队，你好。第一，已向周志成父母确认，周志成在就业前一直在本地读书、生活，没有恋爱经历，无子女。第二，现场宾客中曾就读于七中者名单如下……"
　　陆嫣坐到江成屹边上，仔细一扫，名单上人很多，除了三班和六班的同学，还有文鹏、禹柏枫。

Chapter 12

"凶手的犯罪冲动只与他迫切想要完成一种
使命密切相关。"

看完信息，江成屹接过陆嫣递来的外套，往玄关走："这几天我得抓犯人，很忙。白天我不在家的时候，我让刘嫂他们过来陪你，司机受过训练，懂得应变，有他们在，我也放心点。"

说话间，陆嫣的手机响了，她点开一看，是主任转发的一条关于病例竞赛初赛的微信。她来不及细看，先对着江成屹拍胸脯保证："你安心去工作吧，我在家做课件。这比赛挺重要的，我师兄去年进了全国十强，今年轮到我了，我得好好准备，怎么也不能给我的导师丢脸。"

江成屹回头望向她。跟从前一样，她对自己要求很高，也懂得如何安排自己的生活，往往不动声色就能把事情做到最好。再想到她没被这段时间的怪事弄得心神不宁，心理素质还算过硬，他不禁笑了笑，捏捏她的脸颊，再三强调："你是凶手明确派发过婴儿贴纸的对象，家里万一有客人来访，一定要多留个心眼，除非我提前给你打电话，否则一律别开门。"

"知道啦。"

"哦。"他按完电梯按钮，想起了什么，一本正经地问，"今天这算第二天吧？"

"什么第二天？"她纳闷。

他似笑非笑："还有几天结束？"

她这才反应过来，慢吞吞地勾住他的脖子亲他一口，故意逗他："一个多星期吧。"

"这么久？"他吃了一惊。

她扑哧一笑："傻子。"

他被气笑了："行，陆嫣。晚上回来再收拾你。"

"我现在这个身体状况，你怎么收拾？"她瞅着他，很有底气。

"别跟我叫板，陆嫣。"他穿上外套，语气淡淡的，"反正有的是办法。"

她才不怕呢，推搡他："赶紧走吧，别迟到了。"

她笑靥如花，他心里仿佛吹进一缕清风，莫名酣醉，简直迈不动腿。

幸亏这时门铃响了，陆嫣点开屏幕一看，是刘嫂和司机。见江成屹点了点头，她便忙按下开门键。

进了电梯，江成屹想起一件事，对陆嫣说："一会儿我给你发几张照片过来，你帮着认认照片里的人，看能不能跟八年前那个女人对上号。别太勉强，想得起来就认，实在想不起来就算了。"

陆嫣知道江成屹指的是当年市中心公园那个有点像男人的女人，出于对自己记忆力的自信，她点头："好。"

江成屹走后没多久，刘嫂和司机就上来了。进屋以后，刘嫂忙着打扫屋子，司机则坐到沙发上看电视。

陆嫣给他们端了茶，又陪他们说了一会儿话，便回房间做功课。

床单早已换好，窗帘拉开，阳光透进来，屋子里空气清爽。她先是把手机拍的病例截图一张张下载到电脑里，又拉出一个课件模版，然后在脑海里理了一遍思路，便开始做PPT。

这种病例竞赛对年轻医生的临床思维能力要求极高，短短的十分钟内，课件要简洁明了，剖析要深入、透彻，选定的病例还必须兼顾新颖性和代表性。总而言之，到了比赛那天，是骡子是马，拉出来遛遛就知道了。

陆嫣查资料，组织语言，一丝不苟地做了十几分钟，总算想起于主任给她转发的那条微信，打开手机一看。

"全国青年麻醉医师病例竞赛即将拉开序幕，根据大赛主办方的要求，兹定于本月15日在本市举行初赛，届时会由评委选定十个优秀病例进入全国决赛。初赛地点定在本市翰林山庄酒店，时间为晚上七点，有晚餐及住宿安排，比赛活动细则如下……"

15日？岂不是过几天就要进行初赛？不知是导师太忙还是对学生盲目自信，早前只告诉过她决赛时间，压根儿没提初赛时间。

不过，这实在不能怪导师，以往她对这种业务比赛一向很上心，也就是这段时间遇到了太多事，她才没有主动跟进。

陆嫣打开搜索引擎，查"翰林山庄酒店"。

是个老牌五星级酒店，位于郊区，离××影视基地非常近。这么资财雄厚的大赛主办方还真少见，难怪在国内医学界具有那么大的影响力。

她回了一条信息给于主任："知道啦，老板。"

陆嫣刚放下手机，又收到一条消息。

是江成屹。

短短几个字，附上一张照片："照片上的人，有没有印象？"

她往下拉，见是位二三十岁的女性全身照，照片中女人的打扮很过时，黑色波浪头，淡紫色连衣裙，粗跟白皮鞋，幸而身材高挑，脸蛋也很端正，才没被那身打扮压下去。

她盯着照片看了又看，只觉得陌生，但在看到女人的波浪头和皮鞋时，又隐约想起一点影子，便回道："我见到的那人小腿比这人粗多了，没这女人秀气。嗯，这人是谁呀？"

"周老师的妻子林春美。"

"啊？"

"林春美十年前出了车祸，以植物人状态从2007年躺到2010年，于2010年9月病逝。"

她蒙了一会儿，才领悟江成屹的意思："你是怀疑八年前我见到的是林春美？可八年前她不是已经成为植物人了吗，怎么还能跑到市中心公园去？"

"林春美生前是电力局的职工。刚才我打电话给丁婧的父亲，证实丁婧的姨妈也在电力局上班。丁婧小时候经常去电力局玩，如果那时从玫瑰园里出来的女人是林春美，也难怪丁婧会吓成那样。当然，目前一切只是猜测，毕竟丁婧已经遇害，无法再证实。"

陆嫣愣了一会儿，输入："那天喻博士说邓蔓不是这一切的起源，林春美才是，凶手又那么喜欢假扮被害人，难道我在市中心看到的那个人是假扮成林春美的凶手？"

江成屹那边却没下文了，估计忙去了。

她试着又发了一条："江成屹，当时那人的长相我记不大清了，可那个人真的好像认识你的样子。"

没回音。

❄ ❄ ❄

江成屹和喻正、秦跃上了警车。

"江队，咱们这是直接去周志成家，然后把他请到局里问话？"趁发动引擎的工夫，秦跃回头。

"对。"

"周志成自从得病就没再上班，这时候应该在家里吧？"

"小周在那边盯了一晚，我让他先回去休息了，现在换为廖崎。刚才小蔡打电话过来，说周志成从昨晚到现在一直没出过门。"

开到半道，秦跃从后视镜里看向喻正："喻博士，咱们现在掌握的线索越来越多了，照您看，周志成是凶手的可能性大不大？"

喻正还在低头看江成屹跟陆嫣的聊天记录："上午我看了周志成的履历和成长记录，也大致了解了周志成父母的情况，我依然维持我原有的判断——周志成是本案凶手的可能性非常小。"

"可是，喻博士，您想想，不管是当年的邓蔓，还是今年遇害的丁婧，都跟周志成有着千丝万缕的联系。您看，邓蔓是他师生恋的对象，结果当年跳河自杀了。丁婧曾偷拍过他和邓蔓幽会的情景，八年后被人当蛹扔进水里了。而且丁婧那所怡园路的房子还被人撬过锁，从9月份、10月份的监控录像来看，周志成曾几次出现在小区门口，嫌疑很大。更别提周志成的外观与您的侧写相近了。反正我想来想去，都觉得周志成是凶手。"

相较秦跃的困惑，喻正显得很从容："1992年，犯罪学家R. M. Holmes（霍姆斯）和J. De Burger（德·伯格）根据作案动机划分不同类型的系列谋杀犯：1.幻想型；2.任务导向型；3.享乐型；4.视力／支配导向型。从本系列案件的犯罪特点来看，凶手是任务导向型和视力／支配导向型混合型罪犯。在作案过程中，凶手对四名女性被害人无性侵犯行为，性的成分在本案中可有可无。凶手的犯罪冲动只与他迫切想要完成一种使命密切相关，而我怀疑凶手这种使命感的得来与其童年的经历有关。就在刚才，我调到了周志成在附一院就医时的体检报告，他的大脑核磁共振和CT显示，他的前额叶皮质层区域无任何信号变化，大脑中的杏仁核区域也表现正常。当然，生理指标只是其中一个参照点，最关键的是，以我对周志成本人及其成长环境的初步了解，周志成的人格特征与本案罪犯有很多不同之处，就算周志成有一天犯罪，也很有可能是深思熟虑的'物质寻求型'，不会是本系列案件这种支配型冲动犯案。"

秦跃挠挠头，苦笑："没怎么听懂。不过，博士，照您说，就算周志成是凶手的可能性比较小，当年的事他至少也该知道点什么。您看，他的老婆年纪轻轻就出了意外，他的师生恋对象邓蔓当年死得不明不白，到了今年，就连涉嫌威胁他的丁婧也死了，我总觉得，这些事或多或少都跟周志成有点关系，要么周志成认识凶手而不自知，要不他是帮凶。"

"你的推论极有可能接近真相，所以你们江队才决定将周志成从嫌疑对象转为保护证人，并打算亲自过去拎人。我非常同意你们江队的看法，凶手就算不是七中的学生，也应该与周志成认识。"

江成屹接过喻正递回的手机，拨给廖崎，问："周志成还在家？"

"对。"对方回答，"前几天周志成每天都会出去散步，买东西，到邻居家串门，但这两天出门较少。"

"我们已经快到楼下了。你先上去敲门，要是他不肯开门，你就见机行事，无论如何都要保证他的人身安全。"

"知道了，江队。"

一行人到了楼下，刚要上楼，江成屹手机就响了。

廖崎的声音透着惶急："江队，周志成自缢了！"

江成屹脸色一变，三步并作两步奔到周志成所居住的二楼。

"出什么事了，江队？"秦跃也忙跟在江成屹后面上楼。

喻正只觉得眼前人影一晃，还没做出反应，旁边的两名警察就像风一样消失在楼梯间。等他爬到楼上并看清屋内情形，心脏猛地一跳，就见江成屹正半跪在一名中年男性旁边做胸外按压。

地上那人应该就是周志成，脖子上有机械外伤的痕迹。江成屹脸色发白，CPR（心肺复苏）的手法非常专业，频率是每分钟105次左右，深度和部位也完全合格。

应该是早已经打过120，秦跃正在屋内进行搜查。

那名叫廖崎的年轻警员跪在周志成头侧，有些无措地对江成屹说："上午还看见周志成在阳台上喂鸟，完全没看出他有自杀倾向，而且整个白天都没有人进出过周家，也就是周志成刚接了一个电话，没多久就出了意外。通话时间有四十分钟，但不知道他自杀跟这通电话有没有关系。"

江成屹满头大汗，咬牙说："窒息时间不久，先把人救活再说！"

❄ ❄ ❄

120救护车来得很快。

由于CPR施救及时,周志成被搬上救护车没多久,监护仪上便出现了室性心律,这是复苏有望成功的信号。急救医生一边继续静脉给药,一边立即着手进行电除颤。

到了医院,江成屹和秦跃在急诊科外面守了一个多小时,被告知:病人即将被转入中心ICU,但因为病人出现过心搏骤停,转归最后会如何,目前无法预估。

"江队,"事出突然,小周临时被喊过来,"周志成自缢前那通电话是从一个公共电话亭打来的,定位是海源路那边。等我们赶过去的时候,那人早就跑了。我们调了周边的好几个监控录像,发现打电话的是个戴着帽子和墨镜的女人,而且那人反侦查意识很强,打完这通电话就直接叫出租车离开了。我们联系上了那辆出租车的司机。据司机回忆,那女人的目的地是蓝城小区,但在开到半路的时候,那女人突然要求停车。因为赶着要接下一单,司机也没注意那女人下车后究竟走的是哪条路。哦,对了,那女人的支付方式是现金。"

江成屹脸色奇差,听完小周的话,思考了一会儿,说:"你和廖崎留在医院,要是周志成这边有什么消息,立刻给我打电话。"

既然周志成这边暂时无法有新的进展,他决定先回公安局。如今看来,他们的思路应该是出现了一些偏差,他想来想去,决定重新从那几份卷宗入手。

"犯人太狡猾,你和小廖一定要提高警惕。"秦跃跟着江成屹一起离开,走前不放心,再三嘱咐小周。

回去的路上,江成屹和喻正前所未有地沉默。

等到了公安局,江成屹一进办公室,就把丁家吊唁当晚做过笔录的七十余人的资料调出来,一一进行比对,又再三细看几处凶案现场的勘查记录。

组里的其他人也因为一种说不清道不明的挫败感,多多少少都陷入了焦虑的情绪。

喻正之前来过几次,对办公室的环境早已熟络,拒绝秦跃端来的热茶后,他从随身携带的单肩包里取出一包速溶咖啡,不紧不慢地给自己泡上。

他嗜喝咖啡,对他而言,咖啡因除了能让他集中注意力,还有一种安抚情绪的作用。

组里有称作老刘的警员火气比较大，他翻着翻着卷宗，想起连日来的事，没忍住，骂道："八年，四桩案子，要是再加上周志成、林春美和邓蔓，那就是七桩！难怪喻博士说这狗东西脑子好使，依我看，这家伙何止是狡猾，简直是变态，为了所谓的完美犯罪，每回犯事之前不知做了多少准备。你们看，丢李荔薇尸体的桃花公园人工湖事前出现过断电现象。丢汪倩倩尸体的南石公园不但封闭了一年多，监控还早就坏了。丢丁婧尸体的燕平湖呢，好家伙，不只给人掐断电源，还正好选下暴雨那晚。几处现场，要么痕迹被破坏得一塌糊涂，要么根本没办法第一时间采集信息。最变态的是这人事后还模仿被害人，这要是破了案，我非得问问他，他自己照镜子的时候就不觉得瘆得慌吗？"

喻正端着咖啡杯，为了静下心来思考，他有意放慢速度来回踱步。虽说他久不说话，周围的人却似乎都能听到他大脑飞速运转的声音。

听了老刘这话，他摇着头说："这种类型的罪犯，对自己所犯的罪行普遍缺乏罪恶感和内疚感，就算在法庭上做出悔恨的表现，也只是为了逃避责罚。只要他们一日不被捉拿归案，他们终其一生都会回味犯罪时获得的快感，并会在犯罪冲动的驱使下继续犯案。总而言之一句话，反社会人格的形成太复杂了，而且一旦形成，就很难逆转或干预。"

"我觉得我们之前的思路错了。"他顿了一下，再次开口，"因为怀疑凶手认识周志成，我们在搜索凶手时一直有意将侧重点放在'求学期间曾就读于七中'或'与周志成或其父母有亲属关系'这两方面，但是除了这两类人，还有一种人，根本无须满足这些因素，同样可以熟识周志成的生活环境。"

"邻居。"江成屹眉头紧皱，目光始终没离开过那份名单。

"对！"喻正很高兴有人能跟上他的思路，"所以说我们漏了一条线索，如果再加上这一点，我们很快就可以缩小范围。"

秦跃霍地站起来："我现在就带人去周志成所住的裕隆小区。那小区不大，最多明天上午我们就能搞到小区业主和租住户的名单。剔除那晚刘雨洁被袭击前半小时就离开的宾客，现场还剩一百多人，这一百多人里，有一部分在刘雨洁被发现前五分钟就离开了，但我们保存了当时的电梯监控，个个都能对上号。剩下一部分被江队滞留在现场，也通通留下了笔录。等我们搞到裕隆小区住户的名单，跟那晚的名单一对比，就不信找不出交集点。"

喻正谨慎地制止了秦跃："不对，就算要从周志成的邻居入手，也要往前推个八九年。"

见秦跃和其他人疑惑，江成屹站起身，看向大伙说："虽说目前无法确定是不是凶手拍下了周志成跟邓蔓幽会的片段，但从凶手知道七中女生里多了个冬至网站及模仿邓蔓乃至林春美（疑似）这两点来看，他不但非常熟悉七中的环境，也熟悉周志成的家人。要是排除亲属作案的可能，那么此人跟周志成做邻居的那段时间只会在 2009 年之前。而资料上显示，周志成五年前才因为拆迁搬来裕隆小区，在此之前，他一直住在一个叫水龙潭的小区，他的妻子林春美也是在水龙潭居住期间发生意外并去世的。"

　　"水龙潭，"小周马上打开电脑进行查询，"这名字真挺气派的，像住着龙王似的。噫，怪了，江队，怎么查不到这个小区？"

　　"嘿，那地方现在不叫水龙潭，叫润旺路。"有人插嘴，"我老婆娘家在那儿附近。那小区在卢安区，有点远，几年前就拆了，还真就没几个人知道。如果要打听周志成那时候的邻居，还要再回过头去找当时的住户名单，挺麻烦的。"

　　江成屹看看腕表："水龙潭那边的街道办事处不知道现在搬哪儿去了，你们谁给确认一下？现在不到五点，那边应该还没下班，我这就过去一趟。"

　　看完那条微信，陆嫣打电话到医务科去核对比赛的地点和细则，接着又打电话给师兄，向他打听去年比赛时的心得。

　　等打完这两通电话，她心里大致有了数，便继续在桌前做课件。

　　晚饭时，江成屹没回来，陆嫣打电话给他，想提醒他按时吃饭，可他显然太忙，没接。

　　晚上，刘嫂和司机在客房安置，陆嫣回到房间做自己的功课。

　　到了十点，她洗完澡，放了一杯暖茶在床头柜上，然后一边坐在床上查资料，一边等江成屹。

　　十二点，江成屹还没有回来的迹象，她困意上来，决定不再等他。笔记本搁到床头柜上，她拉高被子准备睡觉。

　　屋子里温度调得很高，可是她两只脚实在太冷了，躺了半天还没有半点暖意，她不由得有些后悔没先穿上一双厚袜子再上床，又想起昨天晚上江成屹帮她焐脚时的情形，对比过于鲜明，以致她翻来覆去好久都没睡着。

　　后来，她总算睡着了，可还没等她睡沉，就被身边轻微的动静弄醒了。她下意识地睁开眼，就见江成屹刚好掀被子上床。他应该是沐浴过了，她靠近的一瞬间，一股熟悉的清冽味道袭来。见她醒了，他明显怔了一下。

　　"你怎么还没睡？"

她太警醒，他动作够轻了，没想到还是把她吵醒了。

她揉揉眼睛，不知现在是几点，肯定是后半夜："怎么样，案子还顺利吗？"

江成屹嗯了一声，怕影响她睡眠，没提周老师的事，只说："等明天上午再确认两件事，差不多就能锁定目标了。"

说话时，他往下摸了摸，古怪地看着她："你这是什么体质，睡了这么久，怎么脚还这么凉？"

他从小到大身体都好，无论冬夏，从没有过手脚发凉的时候，在他看来，陆嫣这种情况简直就是怪胎。

"大惊小怪。"她努力把脚指头往他掌心蹭，"要不怎么叫生理期？要是不穿袜子保暖，我一整个晚上都热不起来呢。哦，对了，后天晚上我得到翰林山庄酒店参加初赛。"

"后天？"

"嗯，晚上七点，整个比赛要三个小时，主办方还给安排了住宿。"

"我看看吧。如果明天能顺利抓到犯人，我就送你过去；要是实在走不开，我就跟上面申请保护证人，抽我们组里的人跟你走一趟。"

"好。"她抬眼，见他明显比前些天倦怠，便轻声问，"这案子这么复杂，你最近压力是不是特别大？"

"压力山大。"他冷着脸回答。还不多疼疼他？

她读懂他眼里的含义，主动帮他揉肩："有件事我一直想不明白。你说，就算我不小心撞见凶手假扮邓蔓，可我从来没在网站上许愿，为什么也会被凶手派发婴儿贴纸呢？"

这也是江成屹一直想不明白的一环。为了缓解她的恐惧和焦虑，他一本正经地逗她："这凶手对七中情况那么熟，没准以前见过咱们。哦，是不是你以前到处许愿说'我要跟江成屹复合'的时候被那人听见了？"

"什么呀！"这人实在太臭美了，她瞪他一眼，"江成屹，你自我感觉还可以再好一点。"

"真倔。"他轻轻捏住她的下巴，"你说一句你爱我爱得不行能少块肉啊？"

两人肌肤相贴，她的身体温软诱人，他心中悸动，低头吻住她的唇，手顺着她的衣摆下缘一路灵活地往上探去。

他一碰她，她的身体便不由自主地微微战栗，没多久便软软地歪在他怀里。

他笑道："陆嫣，你自己说说你有多想跟我复合。"

她恼羞成怒道："你都压力山大了，还不早点休息，净折腾我干什么？"

"哦，早上跟我叫板，这时候倒忘了。"

怕她冷，他用被子将两个人蒙住，双臂撑在她头侧，哑声说："再说了，这可是缓解压力最有效的一种方式。"

很快，她就领略到了他变相在她身上纾解压力的方式，拗不过他，不得不哼哼唧唧地尽力配合他。

他翻着花样折腾她，直到她累得气喘吁吁才停止，然后俯身在她耳边说："等这案子破了——"

他见她昏昏欲睡，显然倦极了，看了她一会儿，给她拨了拨头发，决定作罢，搂着她睡了。反正这事还得好好筹划筹划，说出来就少了些意思，还是等心静下来再计划吧。

❆　❆　❆

早上起来，江成屹在床边穿衣服，见陆嫣还在酣睡，没忍心叫她，自己收拾完就走了。

这天，陆嫣在家里做了一整天的课件。

晚上，她给江成屹打了个电话，跟昨天一样，他还是没接。

躺到床上，她想起昨晚江成屹说的"锁定目标"，忽然有种预感，今晚他怕是不会回来睡觉了。这么一想，她睡意更浅，只暗自琢磨，要是凶手能落网，那么当年邓蔓的事差不多也就能水落石出。这些年她不断地搜集证据，一再寄信到公安局，不知不觉八年过去，到了今天，随着其他被害人依次浮出水面，整个系列案子总算有了真相大白的迹象。

想到此，她有些激动，辗转反侧，久不能寐。

她好不容易入睡，心绪依然不宁。

梦里，她依稀回到那年跟邓蔓逛的那家文具店，两人在柜台前流连。邓蔓在一旁给她提供参考意见。她挑来挑去，最后看中了那支派克钢笔，可惜因为预算超过了她的零花钱，她没舍得买。

然后不知怎的，突然就到了邓蔓的房间。

在床边怔怔地坐了一会儿，她仿佛受到某种启示，伸出手去，拉开邓蔓的抽屉，然后看见一支崭新的派克钢笔安安静静地躺在里面，不知邓蔓是何时买的。但她知道，邓蔓没能将这支钢笔送出去就"没"了。

漆黑发亮的笔身、金黄色的笔帽，沉稳而锐利地配在一起，刺痛了她的眼。

她捧起那支钢笔，心里酸涩得无法言喻，潸然泪下。

她早上醒来时，枕巾湿了一片。她闭着眼睛，伸手往旁边摸。果然，旁边床单上一丝热乎气都没有，江成屹昨晚根本没回来。

她又给他打电话，那边一直处于通话状态。

吃了早饭，她专心致志地重温课件，又随手整理了一些比赛时教授们大概会问到的问题，一一温习。多年的踏实学习和努力在这时候体现出效果，不过短短一个上午，她已经有了七八分把握。

吃完午饭，江成屹还没联系她，她默默把洗漱袋找出来，开始准备到郊区酒店过夜的物品。

下午一点，江成屹给她发了条微信，说他要去抓犯人，暂时走不开，稍后会由小周送她去酒店，但是他一忙完就会过去找她。

❄ ❄ ❄

安山区刑警大队。

重案组通宵未眠。

辗转了几个街道办事处，直到下午，江成屹才终于在某个办事处档案室堆积如山的户籍资料里翻出水龙潭小区未拆迁前的住户资料。

水龙潭小区位于老城区，是老式单元楼，邻里街坊互相接触很多。该小区规模很大，居民楼彼此连成一片，住户有近千户，由于居住人员混杂，人口流动性极大。

周志成和林春美自从结婚就搬进了水龙潭小区，从1997年一直住到2012年。考虑到林春美是2010年去世的，组里人员把筛查范围缩小到1997年到2010年。

麻烦就在这里，2005年以前的户籍资料没联网，全是纸质资料，一份一份翻起来特别费时间，组里人员迫切想破案，也不用江成屹吩咐，都自告奋勇地加班。

大家通宵作业，到早上时总算在汪洋般的户籍档案里找出了点眉目。由于户主都不是登记在册的嫌疑人本人的名字，他们又费了好一番功夫，才终于在水龙潭小区户主名下蜘蛛网似的亲属关系网里找到了两个熟悉的名字。他们忙完这一切，都上午十点了。江成屹将那两份档案抽出来，立即打电话跟上面要搜查令。

"文鹏，1989年5月21日出生，二十八岁，本市人，1995年到2007年在本市读书，2007年赴美国加州某大学学习电影专业。三岁时父母离异，离异后母亲出国，其后文母便与男友定居在加拿大，此后虽然定期给文鹏支付抚养费，却从未回国探望过文鹏。文鹏的父亲文斌在他八岁时再婚，现任七中校长。

"1997年，也就是文鹏父亲再婚当年，由于父亲和继母工作繁忙，文鹏被送到水龙潭的爷爷奶奶家寄住，与周志成家仅隔一个单元。而为了就近读小学，其父还将文鹏户口迁入了水龙潭。文鹏此后一直跟随爷爷奶奶在水龙潭小区生活，直到2007年高中毕业出国求学。正是在2007年4月份，周志成的妻子林春美发生了电动车意外。

"文鹏本人身高169cm，体重68kg，弹跳能力极佳。在七中就读期间，他曾视NBA著名后卫球星蒂尼·博格斯（净身高160cm）为偶像，并主动担任校篮球队后卫。2011年，文鹏顺利获得学士学位并回国，其后在朋友的引荐下，正式进入影视圈，并频繁往返于B市和S市。"

江成屹在这边说，那边秦跃对照着文鹏这几年的出入境记录，在白板上依次写下几名被害人死亡的时间顺序。

邓蔓：2009年6月自杀（存疑）。
李荔薇：2014年11月22日遇害。
王微（B市）：2017年7月8日遇害。
汪倩倩：2017年11月28日遇害。
丁婧：2017年12月3日遇害。

"文鹏家境较富裕，在美国就读期间，除了毕业前的那一年去欧洲旅行，剩下的三年，每年都会利用假期回国探望爷爷奶奶及父亲。也就是说，从2007年到2011年，出入境管理中心都能找到文鹏的出入境记录。"

喻正抽出档案里文鹏生母和继母的照片，发现两位女士均相貌姣好，身材苗条。

江成屹接着介绍第二位嫌疑人。

"程舟，男，二十五岁，1992年7月3日出生，本市人，从出生起一直住在水龙潭小区，现为国内知名化妆师，英文名叫David，听说现在是明星郑小雯的专用化妆师，在圈中有一定影响力。

"程舟三岁时，程舟父亲因抢劫罪及伤人罪数罪并罚入狱，家庭经济来源就此中断。为了维持生计,程舟的母亲李小兰被迫外出打工,先后当过超市收银员、推销员及餐厅服务员。后来在足疗城担任足疗师时,李小兰结识程舟的继父,并于当年再婚,当时程舟七岁。继父职业是长途车司机,常年不在家。再婚后李小兰未再外出求职,经常在小区的麻将馆内打麻将。婚后第四年,李小兰又生下一女,名叫张媛,今年十四岁。

"高中毕业后,程舟考上美术学院,不知是不是因为继父不肯负担学费,档案上显示程舟申请了助学贷款。程舟大二时,也就是2012年,程舟的父亲出狱,此后其父在建筑工地打工,程舟却因大学毕业后未能顺利就业,开始转行学化妆。因为有美术功底做基础,程舟很快出师并接活儿,当年便在某工作室找到了工作。"

喻正翻出程舟母亲李小兰的照片。

"模样也挺周正的。"秦跃凑过去。

喻正努了努嘴:"最漂亮的还数文鹏那位移民国外的生母、文校长前夫人。"

交代完两名重大嫌疑人的背景资料,上级的批示下来了。

江成屹整理好配枪,一边穿外套,一边布置行动计划。

"文鹏现住景湾小区B栋1单元3302。程舟住富隆湖苑7栋501。老秦,你和老刘他们负责文鹏那一块,我带人去程舟家。老金,你留在队里,除了后应,还负责联系相关单位,让他们做好相关准备,从现在起,禁止这两名嫌疑人离开S市。还有,两名嫌犯都是自由职业者,无固定工作场所,半个小时内,你负责将两名嫌犯目前的位置定好发给我。大家记住了,嫌犯非常狡猾,一会儿无论遇到什么情况,都给我打起精神来,绝对不能再出任何娄子!"

破案在即,众人前所未有地情绪高昂,齐声应了。

富隆湖苑不在市中心,路上又堵,江成屹带人一路风驰电掣,开了一个多小时才到。

封锁好小区出入口,一行人摸到7栋501门口,廖崎将盖了大红章的搜查证举在手中,在江成屹的示意下敲门。

无人应答。

一行人打开门,戴上手套、脚套,鱼贯而入,四处搜查。

房子不大,两室两厅,但装潢不错,也很整洁。

他们搜查了半刻钟,秦跃的电话打过来了:"江队,我们这边在文鹏家的浴缸下水口发现了一小块塑料,又白又亮,照我看,有点像浮尸用的那种防水材料。"

江成屹一顿，道："抓人。"

挂断电话，江成屹又接到队里老刘的来电，被告知：文鹏和程舟在同一个剧组，程舟负责给郑小雯化妆，文鹏则是该戏的导演，两人目前都在××影视基地。

❋　❋　❋

陆嫣坐在小周的车上，偶尔跟小周聊几句。

像是因为没能参与一线行动，小周情绪有些低落，陆嫣跟他聊了好一会儿，他才慢慢打起精神。

翰林山庄酒店挺远的，路程近两个小时，这一来一回小半天就过去了，难怪比赛主办方会主动提供住宿。

小周来之前就被江成屹叮嘱过：不能让陆嫣离开视线范围。他牢记着江队的这条命令，一停好车就跟陆嫣一起下了车。

陆嫣背好自己的随身小包，跟小周走出停车场，边走边打量酒店周围的环境。

典型的庄园风格，占地面积广阔，雕塑和喷泉交相呼应，随处可见大片绿油油的草坪。

酒店门口零零散散地站着不少人，要么抽烟，要么四处张望。小周出于职业习惯，警惕地朝那些人扫了几眼，很快就从对方的行头认出他们是记者。

"怎么这么多娱记？"他有些不解，"陆医生，你们这比赛是全国性质的吧，晚上的比赛过程是不是会上卫星直播？"

陆嫣也早就注意到了那群记者，微笑着说："会不会上卫星直播我不知道，但为了扩大影响力，大赛主办方肯定早就跟媒体联系了，但我觉得……应该不会是娱乐记者。"

"哦。"小周点头，"这里离影视基地挺近的，我估计有什么明星入住了酒店，这些人在这儿等着抢头条呢。"

两人进了大堂，往前台走的时候，有两个女孩子跟他们擦身而过，身上都背着大包小包，有点明星助理的样子。两人一边走，一边不时用目光在大厅里四处搜寻，满脸焦灼，分明是在找人。

211

其中一人说:"她说就在房里睡两个小时。好,现在人不见了,电话一直打不通,说撂挑子就撂挑子,现在服装那边在等她,David 也早来了。大家都等着给她上妆呢。薇薇,你说说,她这一年来弄出多少事了,都快把我们折腾死了。"

陆嫣若有所思地看了那两人一眼,收回目光,跟小周走到前台。

"你好。"陆嫣打开微信,找出主办方发过来的认证信息,递过去,"我是冠华杯比赛的参赛者,想办理入住手续。"

"好的。"前台人员很快在电脑上确认了陆嫣的信息。

就在这时,几个二三十岁的男人从一边走过,个个衣饰光鲜,彼此之间还保持着客套的笑容,像有生意要谈的样子。其中有一个高个子男人,相较之下最年轻,本来已经走过去了,无意中瞥见陆嫣,又停下。仔细辨认了一会儿,那人眼中闪过一丝犹豫,最终对身边的同伴低声说了几句话,朝陆嫣走过去。

小周警惕性很高,立刻朝那人看去。

可是那男人很有分寸,在离陆嫣还有一米左右时就主动停了下来,然后望着陆嫣紧张地咳了一声,开口说:"那个,请问,你是陆嫣吗?"

陆嫣转过脸,觉得对方有些眼熟。过了几秒,她脸色微僵。咦,这不是高三的时候跟踪过她的那个邻校学生嘛,好像姓冯,是邻校篮球队的。当时出了那事,她对他印象很深,而且要是她没记错,唐洁上回好像还跟她说过这人现在娶妻生子了,对老婆、孩子还挺好的,至少从表面上看比当年正常不少。但是实际上心理是不是还有问题,估计只有他自己知道。

她微微挑眉,好巧不巧,居然在这儿碰上这个人。

那人见陆嫣态度淡淡的,不接话,不由得苦笑:"你的表情告诉我你认出我了。没错,我就是当年'跟踪'过你的那个人。我叫冯霖,没想到能在这儿碰到你。你别怕,我没别的意思,就是有句话我憋了好多年了,一直想告诉你,既然遇到了,请你务必让我说出来。那什么,陆同学,当年的事有点误会,我真不是变态。"

陆嫣戒备地看着他,如果不是小周在身边,她估计会当即离开。可是冯霖的神态和语气又多少勾起了她的好奇心。在人身安全可以得到保障的前提下,她不想弄得太失礼,便扯扯嘴角,等着他往下说。

冯霖像生怕陆嫣不听完就离开,语速非常快:"我这人吧,其实挺开朗的,遇到喜欢的女孩子就去追。打初赛的时候我就见过你几回。我不知道那时候你们学校的江成屹也在追你,就买了礼物想送给你。但毕竟跟你不是一所学校的,我也不敢贸然跟你搭话，当时的确是跟踪了你一次。可我就是单纯地想认识你，绝没有别的坏心思，后来不知怎的就被江成屹知道了，就认定我是变态。陆同学，你不知道，我当时真是百口莫辩，后来不管跟谁说起这事，人家一句话就把我给堵回来了：'你就说你跟没跟踪过人家小姑娘吧？'

"跟过，的确是跟过，但真就那一回。这事闹开以后，我心里堵得慌，总想跟你解释这事，但是后来一直没能找到机会。再后来，大家上了大学，这事也就慢慢淡了。不过，陆同学，既然今天遇上了，我必须向你澄清，我当年对你就是普通爱慕者的心态，虽说做法欠妥，但真就跟过那么一回。"

他语气非常恳切。

陆嫣并不是容易相信别人的人，但听完这番剖白，再看着对方真诚的眼神，她居然真有几分动摇。

"其实，我也没指望你相信，"冯霖笑着摇摇头，"我现在家庭挺幸福的，而且这事过去这么多年了，要是我自己不提，没人会知道。不过，说实话，如果我真的心里有鬼，刚才认出你的时候，我就不会主动过来跟你说话。"

陆嫣："……"

冯霖擦了擦汗，郁闷地说："不管陆同学你信不信，这些话迟了八年，能一口气说出来，我心里多少舒服了一点。其实，你那时候应该挺受欢迎的，因为那次我准备送你礼物，发现还有别的男生跟着你。我还记得那人比较瘦小，白白净净的。我看他穿着七中校服，本来以为是你们七中的，但是后来他脱了外套，里面的球服背心又不像七中球服，所以我也搞不清了。但不管怎么说，我后来也没听说别的事，就没往心里去。好了，陆同学，谢谢你肯听我解释。"

冯霖说完这番话，像彻底了了一桩心事，冲陆嫣微笑着点点头，转身离开。

陆嫣却在原地又想了一会儿，直到前台人员提醒她取房卡，她才回过神来。

"陆医生，"小周笑嘻嘻的，"原来我们江队高中的时候就追过你啊。"

陆嫣漫不经心地点点头。

她记得很清楚，当年那个人绝对不止跟踪过她一回，因为无论是她下晚自习进小区，还是一个人去学校上奥数课，都能感觉到有人跟在身后，有时候她还能听到脚步声，尤其到傍晚时，这种感觉最明显。

直到后来她跟江成屹正式在一起，从此无论去哪儿都有他陪着，那种被人跟踪的感觉才彻底消失。她一直以为是因为他们揪住了冯霖，却没想到，原来当时还有一个瘦小的学生跟过她。

叮——电梯响了。两人进了电梯。

进了房间，小周有意把房门敞开，先是出于职业习惯往各处扫视了一圈，接着便挺规矩地坐到一边的椅子上，拿出手机，开始给江成屹打电话。

陆嫣犹豫了一下，走过去关门。

门刚掩上，还没彻底关紧，走廊上正好有两个人经过。因为没注意到陆嫣这边的动静，一个人压低声音对另一人说："我在圈里这么多年，怎么连消息的真假还判断不准吗？我告诉你，章大山的的确确跟郑小雯领证了，而且就是周一的事！这事本来是你哥我弄到的独家，不知谁给走漏了风声，那帮孙子一窝蜂跑这儿来蹲郑小雯呢。好好的头条被抢了。嘿，别提了，你哥我现在特别不爽。"

另一人压低声音说："我还说是怎么回事呢。不过，我说，郑小雯跟了章大山多少年了，十八九岁还在电影学院读书的时候，她就没名没分地跟着章大山吧？跟了这些年，可算转正了。"

两人的声音渐渐远去。

陆嫣关上门，回头朝小周看去，这才发现他神色特别凝重。

"陆医生，"小周对陆嫣说，"江队他们怀疑嫌犯在影视基地，马上就过来，这儿附近很快就会被封锁起来。江队叫咱们别乱走，好好待在房间里。"

"嫌犯在影视基地？"陆嫣想起刚才冯霖说过的话，脑子里快速地闪过什么。她心里有些乱，意识到自己急需静下心来思考。她坐在床边想了一会儿，越想越觉得不对劲。

原来，当年跟踪她的还有一个个子不高的学生。还有，凶手竟然在影视基地。不知怎么回事，她居然想起那晚在大钟生日派对上那个郑小雯用塔罗牌许愿的行为，总觉得有种微妙的巧合。

想来想去，她决定给江成屹打电话，可是接连打了好几次，他的电话总是占线。

小周也帮着打，依然没能打通。

不行，一定要告诉江成屹。她换成给秦跃打。这回通了。

"老秦，"小周抢着说话，"我是小周，我们这边有重要信息要提供——"

"快说，快说，这边忙着呢。"

"陆医生当年可能被凶手跟踪过，虽然她不太确定那人是不是凶手，但那人很有可能不是七中的学生。"

"什么七中不七中的啊，凶手肯定是文鹏！"秦跃急得心头火星子乱蹦，"就那个女明星，郑小雯，中午在影视基地失踪了！这也就算了，同时失踪的还有那个文鹏。文鹏本来就是嫌犯之一，现在出了这事，大家都怀疑郑小雯就是文鹏选定的下一个目标。最要命的是，郑小雯的助理刚才在房间里发现了文鹏留下的'威胁'录音。女助理一慌，就到处打电话，把这事宣扬出去了。先不说了，你保护好小陆医生，我们这就到影视基地了。一会儿到了那儿，我们必须火速在附近展开搜捕。"

两人还要接着说，走廊里却传来阵阵喧哗声，像是很多人同时从房间里拥出来，脚步声杂沓至极。

有人兴奋至极地喊道："这辈子我也算赶上一个劲爆头条了！标题我都想好了——当红花旦郑小雯失踪，疑似卷入凶杀案！"

无数人朝外拥。

事情来得太突然，陆嫣耳旁仿佛被人开了一枪，血流直往脑门涌去。

Chapter 13

> 江成屹，我们来玩个游戏。

"江队，"秦跃放下手机，疾步走到江成屹面前，"据郑小雯的助理说，郑小雯凌晨有场戏，拍完的时候是凌晨五点左右，而下一场戏要到下午四点才开拍，郑小雯看时间还早，就说回酒店房间休息。到中午十二点的时候，助理打电话提醒郑小雯别忘了下午的戏，郑小雯说她要继续在房间休息两个小时，就挂了电话。可是直到下午三点五十分郑小雯都没出现。刚才已经证实了，凌晨五点二十分的时候，文鹏就驾驶他那辆车牌号为××××980的白色轿车离开了影视基地，监控录像显示当时郑小雯是和文鹏一起上的车，两个人似乎还有说有笑的。我现在已经请交管部门封锁所有出城的路，并请他们尽快调出文鹏那辆私家车的行进路线。"

江成屹还在反复听郑小雯房间发现的录音笔里的录音。

"江成屹，我们来玩个游戏，如果你能在二十四小时内找到郑小雯，我就把你想知道的一切都告诉你。"

确定是文鹏的声音，含着淡淡的笑意。录音持续时间约五秒，无人为拼接的痕迹。

"江队，"老刘带人在翰林山庄周围搜查了一大圈，快步奔过去，"没有发现郑小雯的行踪，附近也没有人工湖或洞穴，这两人应该是凌晨离开影视基地后就再也没回来。怎么办，江队，咱们是不是得赶快回市区找文鹏，还有必要封锁这一片吗？"

走廊上的脚步声和说话声越来越嘈杂。

外面的嘈杂更衬得屋内沉寂。陆嫣咬唇想了一会儿,从床头柜上取了遥控器,打开电视。

A 台——

"大家可以看到我身后是翰林山庄酒店,据可靠消息,郑小雯和文鹏就是在这家酒店失踪的。"

B 台——

"我们现在就在郑小雯所在的剧组外面。不知是不是跟郑小雯失踪有关,目前整个剧组都处于停机状态。啊,看到章导了。章导,您好,我们是《星周刊》的记者,听说——"

"滚。"章大山怒斥。

镜头出现剧烈的晃动。

C 台——

一群记者同时往一个方向拥去。

"快!警察来了!"

"您好,请问您是负责这件案子的警官吗?我们是×台记者,郑小雯目前是否涉嫌被绑架?另外还有人说文鹏可能是此前几桩凶杀案的凶手,不知这消息是否属实,能说说吗?"

镜头里是几位陌生的警察,他们径直分开人群,像是正要进行搜索,一眼看去,不见江成屹的身影。

陆嫣接连换了几个娱乐频道,全是关于这件事的报道。

信息爆炸的时代,消息蔓延的速度令人咋舌。记者们本来是冲着郑小雯和章大山的婚讯而来,现在意外得到更劲爆的新闻,自然显得尤为亢奋。

小周走到门口,检视走廊和过道,回屋后,再一次仔细检查卫生间和窗户,最后把窗帘拉上,一副随时应对突发事件的状态。

陆嫣看着小周在屋内走来走去,暗想,本来是一桩刑事案件,经媒体这么曝光,立刻变成全民焦点。郑小雯又是那么有影响力的公众人物,要是此事继续发酵,江成屹面临的压力可想而知。可是她听刚才老秦的语气,他们的重点怀疑对象是文鹏,难道……就没有别的可能吗?电话虽说打了,但场面那么混乱,老秦未必想得起将刚才的话转告给江成屹。她拿出手机,决定再试一次。

幸运的是,她这回拨过去,仅响了一声,电话就通了。

江成屹的声音有些沙哑,偶尔有对讲机的声音传来,背景显得很嘈杂:"什么事?"

她长话短说:"我们当年可能怀疑错了对象。那个跟踪我一个多月的人身材瘦小,皮肤白皙,而且有人看见他校服里面穿的是别的学校的球服,很有可能不是七中的。我在想,这个人会不会跟我们学校的哪位老师或同学比较熟,所以才弄到了我们学校的校服。"

江成屹听她说完以后才开口:"知道了。"

陆嫣一愣,疑心他的判断跟老秦的并不一致。

他说:"我们现在要搜救郑小雯,一会儿我会让我们组里的同事送喻博士到你们房间。安全起见,你们在房间里待着,哪儿也不要去。哦,对了,陆嫣,把你房间号告诉我一下。"

陆嫣报了房间号。

与此同时,一行人从影视基地出来。

副导演说道:"大伙先回房休息,今晚如果小雯那边还没消息,咱们再考虑要不要回市区。也都别太担心,小雯爱开玩笑,文导留过洋,算半个西化的人,这两人平时不闹则已,一闹起来都挺疯的,没准这两人心情不好,上哪儿玩了,过两天也就回来了。这事大家出去都别乱传,外头可全都是媒体,小心越描越黑。对了,David呢?刚才警方一直在找他,好像有话要问他。"

"早走了。"

David和助理小威快步朝停车场走去。小威个头跟David差不多,在男人中都算秀气、白净的,不同的是,David是黑头发,小威则染了红色,David不戴眼镜,小威则戴着黑框眼镜。

David脚上穿着一双约5厘米高的名牌男士靴,打扮得非常潮,他边嚼口香糖,边撸袖子看腕表。

小威帮老板提着小小的化妆箱,抱怨说:"小雯姐到底在搞什么鬼,白白耽误咱们David哥一个多小时,下午那场秀还等着哥去化妆呢,这下好了,差点就赶不上了。"

David头痛地揉了揉太阳穴,瞪他:"跟你说过多少遍了,说话注意场合。没看到周围都是人,别净给你哥我招黑,我跟小雯是什么关系?为她推掉一百份工作都是应该的。"

"我错了，David 哥。"小威吐了吐舌头，"时间不早了，咱们别迟到了。"

"你车钥匙呢？"David 忽然停下脚步，不耐烦地撩撩刘海儿，"我那车出了点问题，这地方也不好叫车，我还赶着去品牌方那边。下午那场秀你别去了，你在这儿继续等小雯的消息。要是她回来了，你赶紧给我打电话，别让人说我只顾着赚钱，一点也不关心小雯的死活。哦，顺便把你的身份证和驾照也给我，怕碰到交警，懒得跟他们啰唆。"

"哦。"小威只愣了几秒就从背包里把东西翻出来，递给 David，"David 哥，要不我来开吧？"

David 随手把那些证件放在口袋里，斜睨他一眼："你这驾照考下来才三个月，上路总共不到五次，我敢放心让你开吗？还有，下次在剧组说话，你最好给我注意点。"

"啊？"

"啊什么啊？没看到刚才你嘀嘀咕咕的时候，小雯那几个助理瞪了你好几次？小威，你 David 哥我再次提醒你一次，小雯现在是什么'咖位'你不知道啊，多少人想靠都靠不上，你最好给我跟她们把关系搞好一点。"

"知道了。"小威乖乖受教。

"房卡给你，去我房间休息。知道你爱喝咖啡，我床头柜上放了好几瓶，都是朋友从国外带过来的，比外面买的好。"

"谢谢 David 哥。"小威笑起来。

David 皮笑肉不笑地哼了一声，一扭腰，转身就走："把箱子给我。"

"那 David 哥你路上注意安全。"小威急追两步，把手里沉沉的小箱子递给 David。他老早就觉得今天的箱子比平时沉，可是 David 哥只说添了些新的道具，不让他打开看。

David 接过箱子就往停车场深处走。走了两步，他打开手机，进入某新闻 App 客户端。

里面正在报道知名女星失踪的新闻，镜头一闪而过，一群记者攀上一个穿深色西装的年轻男人，那人身高腿长，长相俊朗。

"原来您才是负责这案子的警官。江警官，能不能告诉我们现在案件进展到哪一步了？听说为了此案，警方还请了著名的犯罪心理专家全程跟进，能不能跟我们说说嫌疑人文鹏的动机？"

江成屹避而不答，跟同事一边一个拉开警车的门，砰的一声，将嘈杂人群关在车外。

David 的嘴唇微微翘起，对着屏幕里江成屹的侧脸做出一个飞吻的动作，微笑着说："So long（再见）。"

上了小威的车，他打开化妆箱，取出一款红色短发假发戴上，又用眉笔和阴影粉略微在脸上画了几笔，最后戴上一副黑框眼镜。

箱子里装满一格又一格的化妆品，透过缝隙，依稀可以看到底下放着厚厚一摞人民币，像是临时从银行取出来的。

在最短时间内做完这一切，他关上箱子，系上安全带，正要发动引擎，车窗忽然被人从外面敲了敲。

David 扭头一看。

两名警察还都挺年轻的，应该刚就业不久。

"你好，检查。"其中一名警察开口，"麻烦出示一下证件。"

"好的。"David 开口时带着小威的外地口音，语速也放慢了不少，交出证件时，他有意留下驾照。

那警察看看身份证上小威的照片，又看看 David 的脸，来回比对。

"请把眼镜摘下来。"

David 丝毫没有犹豫，取下眼镜，放到中控台上。转头之前，他眨了眨粘着肉色双眼皮贴的眼睛，以便让双眼皮褶皱更深。

那名警察看见 David 未戴眼镜的脸，不由得愣了一下，再看向身份证时便露出一点疑惑的表情，并把照片递给旁边的同伴。

David 保持镇定的微笑。小威的身份证是五年前办的，比现在瘦，五官也没现在长得开。

看了好一会儿，两名警察才移开目光，又看向车内，除了副驾驶座位下那个 50 厘米见方的铝制小箱子，没发现其他物品。

他们认出那是化妆箱，这地方是影视基地，从影人员多，刚才过去的几辆车里就有好几个化妆师随身带着这玩意儿。

"麻烦打开后备厢。"

警察终于把身份证还给了 David。他们一人留在原地，另一人到后备厢检视。几分钟后，后面那名警察终于说："可以了，走吧。"他将注意力放到缓缓驶近的下一辆车上。

David 慢条斯理地重新戴上眼镜，又整理了一下安全带，这才从容地驾车离开。

影视基地及酒店周围有好几个出口，如今全部戒严，所有车辆出入均须经过严格的检查。

为了尽快找出文鹏和郑小雯的下落，江成屹让老刘带一部分警力先行赶往市区，自己则留在影视基地的东出口，以便亲自辨认每一辆车的车主。

秦跃在西出口进行检查。虽然他没弄明白江成屹为什么不亲自去找文鹏，而是非要执意盯着那个David，但出于多年来的职业素养，他仍不厌其烦地拿着对讲机再三嘱咐："江队交代了，嫌犯二十五岁左右，长相端正，职业是化妆师，有变装技巧，嫌犯的车是一辆黑色保时捷轿跑，车牌号为×××674。但为了躲避追查，嫌犯很有可能搭乘他人私家车离开。大家检查时，多留意车上同时载有多名乘客的过往车辆，尤其注意副驾驶座上的乘客。"

廖崎打电话过来："江队，剧组人员已经离开影视基地了，现在都在酒店休息。我已经查到了程舟（David）的房间号，这就过去检查。"

"搜仔细点。"虽然这么嘱咐，但江成屹知道，以那人追求完美的犯罪风格，多半不会在房间里留下什么线索。

十分钟过去，几个出口均一无所获，江成屹不免有些焦躁。

"怎么样，南出口检查了多少辆车，有没有什么发现？"

"没有，江队。"那边如实以对，"倒是过去了几个化妆师，但要么车牌号对不上，要么车主对不上，而且从证件和车辆来看，都是车主本人无疑，车上和后备厢也仔细检查过了，都没看出什么不对劲。"接连查了好些车辆，对方语气有些疲惫。

挂掉电话，江成屹拦住下一辆车，出示证件："你好，麻烦配合检查。"

就在这时候，廖崎的电话打过来了："江队，程舟的房间里躺着一个二十多岁的年轻男性，唤不醒，应该是丧失了意识，身上没有证件，房间里也没有其他人。程舟可能跑了！"

江成屹脸色一沉："立即核实这人的身份。"

"可是，这人没有证件……好，没关系，我这就用系统查！"

"系统？你脑子不会拐弯吗？直接到隔壁房间去问别的剧组人员！"江成屹吼道。

难得他这样疾言厉色，旁边同事吃惊之余都有些发怵。

很快，那边就打电话过来了："江队，那人叫王威，是程舟的助理，开一辆银灰色的大众Polo，车是新买的，但他们都不知道车牌号。"

几分钟过去，江成屹在中央监控室切换到了那辆崭新的银灰色Polo离开南门出口的片段。

"这出口有一条近路离高速路口不远，从路线来看，程舟很有可能会直接上高速。小廖，立刻打电话给相关部门，要他们马上封锁相关路段。老刘带几个人留下，其他人上车跟我走。"

❅　❅　❅

陆嫣在房间里等到晚上十一点多，昏昏欲睡。江成屹组里的一名警员终于把喻博士送来了。

"陆医生，"一见陆嫣，喻正就跟她主动握手，并自我嘲讽，"我们也算同病相怜，你的比赛取消了，我被江队送到这个房间，我们两个人都失去了施展才华的舞台。不过没关系，虽说嫌犯侥幸逃脱了，但经过四个多小时的追捕，目前已锁定他的逃离路线。相信以江队的能力，嫌犯很快就能落网。"

陆嫣有些吃惊，忙请喻博士落座。

虽说已近深夜，但电视里仍在播放相关报道，从消息更替的速度来看，几乎做到了实时更新。全国都在关注这件事的进展。

屋子里谁也不说话，都盯着屏幕。

"博士刚才说的嫌犯指的是文鹏吗？"见喻博士看得异常专注，陆嫣试探着问。

"文鹏？"喻正微微惊讶，"怎么会是他？"

说这话的同时，他捕捉到陆嫣微微松了口气："陆医生，难道你知道文鹏不是凶手？"

陆嫣便将自己当年被跟踪过一个多月的事告诉了喻博士。

"当然，这个跟踪者未必就是后来的凶手，但因为发生的时间有些巧合，而且凶手惯常的作案手法里似乎包含'跟踪'这个固有的特点，所以我还是把这件事当作一条参考信息告诉了江成屹。不过，直到现在，我都没办法确定那个人是不是七中的，但如果他不是我们学校的，又怎么会有我们学校的校服？"

喻正双手交叉放在圆滚滚的肚子上，思考了一会儿才道："在来影视基地的路上，我利用路上的两个小时，对文鹏和另一名嫌犯程舟的家庭进行了详细的了解。"

"程舟？"陆嫣对这个名字完全陌生。

"就是那个郑小雯的化妆师。"小周在一旁插嘴。近十二点，他早就饿了，不敢点外卖，便打开陆嫣从家里带来的饼干，一一分给大家吃。

到了这时候，大家都有些困倦，但为了等消息，大家都强打着精神。为了给大家提神，喻博士取出随身带来的速溶咖啡，给他们每人都泡上一杯。

咖啡的香味弥漫开来，房间的气氛因而稍稍轻松。

喻正喝了一口咖啡，说："早在水龙潭居住期间，程舟就跟周志成的家庭来往密切。但周志成应该并不知道程舟的真实人格，只是把他当作一个邻居家的普通孩子来照顾。我想，程舟后来对于七中的了解，都是从周志成的口中知道的。"

陆嫣疑惑："照这样说，程舟跟周志成的关系应该还不错，为什么后来会——"

这时候外面忽然传来一阵脚步声，还有低声的交谈声，从声音上判断，来人不少。

房间里所有人都静了下来。

不一会儿，有人敲门。

"小周，我是老秦，快开门。"秦跃的声音响起。

小周警惕地从猫眼张望了一下，异常惊喜地打开门："真是老秦。嫌犯落网了？"

除了秦跃，还有好几个组里的同事。

"嫌犯已经被江队押往分局，但是郑小雯和文鹏还没下落，我们得连夜审问。"秦跃眼睛通红，满脸疲态，"喻博士，陆医生，走吧，时间紧迫，我们要尽快赶回市内。"

什么？蒙了好一会儿，大家才反应过来。抓到了？

喻正激动得直搓手："好好好。"

陆嫣呆站了好一会儿，心中莫名激荡，忙取了包。一直到了楼下，她的心情还平静不下来。

等她真正消化完这个消息，心中不由得五味杂陈，肩上仿佛突然卸下一块压了多年的重石，整个人都松快几分，就连刮在脸上的夜风都不那么冷了。

这时候，她手机响了。

是江成屹发来的短信，短短一行字："在家等我，我忙完就回家。"

陆嫣眼圈一红，无声而微涩地笑了起来。

❄ ❄ ❄

凌晨四点。

安山区分局刑警大队。

一楼到三楼灯火通明，重案组所有人都在加班。

为了抓捕嫌犯，S市到X镇的高速公路段被连夜封锁。嫌犯程舟逃至阳江镇休息站后，将车丢弃在该休息站的停车场，随后利用化妆箱里事先藏好的女性假发到洗手间进行变装。出来后，他又以女性身份搭乘某长途货车司机的便车离开休息站。由于该休息站车流量大，晚上照明不如白天，警方又花了几分钟才在监控里捕捉到疑似程舟的那位女乘客。此后连续追捕了两个多小时，江成屹终于在某高速公路出口处，在嫌犯程舟打算故技重施时截到了他。

现在嫌疑人被关在审讯室。

公安局外蹲满了记者，郑小雯的数千万粉丝在微博实时汇报最新消息，无数双眼睛盯着案件的最新进展。

安山区分局上至局长，下至刚毕业的年轻警员，全都在等候下一步的审讯。

名人效应所带来的社会影响是不可预估的，如果郑小雯还活着，却因警方施救不及时而发生意外，那么接下来警方将面对什么样的舆论压力，可想而知。换言之，抓捕仅是第一步，尽快问出文鹏和郑小雯的下落才是最关键的。

他们在文鹏家附近的一条巷子里找到了文鹏的车。根据监控片段，文鹏和郑小雯将车开至该巷子后便下车了。两人最后一次出现在监控里是清晨六点五十分，可惜那儿附近是监控盲区，未能追踪到接下来文鹏和郑小雯的画面。市内和郊区的几个人工湖都已展开搜寻，目前尚无任何消息。

江成屹到水龙头下面洗了把脸，借冷水将倦意驱散几分，回来后，又接过小周泡的咖啡喝了一口，这才说："程舟心理异于常人，我估计他不会痛快地交代罪行，我们要好好想想接下来的审讯如何展开。大家集思广益，有什么想法都可以说出来。"

老刘是组里资历较老的警员，从事刑侦工作多年，早已积累了丰富的审讯技巧和经验，见江成屹、秦跃连续赶了几个小时的路，眼下都显得异常疲惫，便自告奋勇道："江队，要不让我去啃这块硬骨头？"

这时候秦跃正好送喻博士进来。

听到这话，喻正有礼貌地制止："刘警官，郑小雯是程舟系列犯案的最后一位被害人，以他的犯罪风格，哪怕身陷囹圄，他也会执意让这个案子照他的想法圆满落幕。我有预感，如果不借助心理手段，审讯过程会变得非常艰难。容我冒犯地提两个要求：1. 要想尽快找到罪犯的突破口，审讯过程会与常规流程有些差异，所以我希望接下来由我和江队来主导审讯思路；2. 审讯现场控制在五人以内。"

考虑了几秒，局长拍板："就按照喻专家说的办。"

江成屹说："我、喻博士，还有老刘，进去审嫌犯，小周在边上做笔录。"

在去往地下审讯室的路上，小周想起录音笔的事，非常费解，本想问江成屹，但见江成屹脸色不好，又转而问喻正："喻博士，如果文鹏是单纯的被害人，那程舟是怎么让他心甘情愿地录下那段录音的？"

喻正微笑："小周，愿不愿意跟我玩个游戏？"

"游戏？"

喻正手中有一摞卡片，他一边走，一边递给小周："如果你能在三分钟内把这些卡片上的话一字不落地复述出来，我就把我近一年来关于犯罪心理分析的实例复制一份给你。当然，这些资料上相关当事人的名字均已隐匿。"

小周早就有向喻正学师的想法，听了这话，不禁喜出望外："太好了。"

他接过卡片，复述第一张卡片上的一行字："VICAP（暴力犯罪搜捕数据库）无法用来申请犯罪画像评估。"

第二张……

第三张……

第十张时，喻正提醒他："卡片还有四十张，但游戏只有一分钟就要结束了。"

小周头皮一紧，根本来不及细看卡片上的内容，仅凭本能用最快速度复述。

等他复述到倒数第二张时，喻正掐下手机里的计时表："时间到。"

小周沮丧地叹了口气："我就知道这游戏不会这么简单。"

喻正宽和地一笑："虽然失败了，但小周你放心，心理分析实例我会传一部分给你，但仅供你自己学习，不能外传。现在你来听听这支录音笔里录下的片段是不是你自己的声音。"

说着，他便从口袋里取出一支录音笔，点开播放键。

几秒后，小周的声音蹦了出来："我不想当警察。"

小周一愣："这是什么时候录下来的？"

刚才卡片里根本没有这条内容。

"在我打断你并提醒你时间不多的时候录下来的。这是一个非常简单的心理魔术，但玩这个游戏需要具备四个前提：第一，我开出的条件非常诱人，足以在短时间内激起你的好胜心；第二，我要懂得适时地打断，并进一步加强你的紧迫感，以便为我切入录音的时机提供机会；第三，事先我需要经过反复的练习；第四，也是最重要的一点，你必须非常信任我。"

小周往前翻卡片，见上面写的是："我不想当井茶。"

老刘回头："程舟早就想找文鹏做替死鬼了吧，不然怎么能每一步都提前设计好？"

快到审讯室了，喻正的语速下意识地加快："从程舟的高考成绩来看，他不但是美术专业类奇才，就连文化课成绩也远远超过同期的美术特长生。大学毕业后，他仅花了三个月的时间便掌握了非常不错的化妆技巧，并由此顺利转行，仅仅一年时间便在圈子里一炮而红。由此可见，他的学习能力有多强。所以说，千万不要小瞧任何一个罪犯，至少程舟绝对是我近年来见过的高智商型罪犯之一。"

审讯室门口的同事打开门，一行人进入。

室内开着冷色调的 LED 灯，程舟脸上的妆容和假发都已被撤除，素着一张白白净净的脸，更显得孩子气。按照喻正的要求，他身上连接了监护仪，他的每一次心率和血压的变化都可以被这台仪器如实记录下来。

他脸上没有半点普通犯人惯常有的紧张或者颓丧情绪，而是闭目养神。可是听到身后的脚步声，他立刻扭头朝江成屹看去，然后像见到心爱玩具的小朋友，露出近乎天真的笑容。

江成屹对程舟投过来的那种抚摸似的目光毫无反应，拉开椅子坐下，将卷宗丢到桌上，然后便背靠椅背，直视程舟。

小周心理素质远不及江成屹，瞥见程舟的表情，立时起了一身鸡皮疙瘩。

江成屹重新播放了一遍文鹏留下的那段录音，打破审讯室里的寂静："程舟，你借文鹏之口给警方定下了二十四小时的期限，怎么，你是打算用这种方式跟警方玩最后一场游戏？"

出于一种微妙的心理不适，江成屹有意用"警方"替代了"江成屹"三个字。这话像是引起了程舟的不满，他微微嘟起嘴，不高兴地看着江成屹。

喻正仔细捕捉程舟的每一个细微表情。观察了好一会儿，他微笑着说："现在是凌晨四点五十分,离文鹏和郑小雯失踪已过去二十二个小时。我猜,他们都还活着,但郑小雯作为你最后一个猎物,会在两个小时内按照你既定的仪式死去,我说的对不对?"

程舟这才正眼瞧向喻正,见对方是个身材矮胖的男人,很快便嫌弃地移开眼睛,否认说:"我听不懂你们在说什么,我今天只是跟我的助理小威开了一个玩笑,我根本不知道你们为什么要把我抓来这里,更不知道你们为什么要问我这些奇怪的话。你们跟江警官一样,都在欺负我。"

这回不止小周,连老刘都被恶心得后脊发麻。

喻正非常从容地看了看程舟旁边的监护仪:"半个小时前,你的心率波动为68~75次/分钟,血压波动为112~120/65~75毫米汞柱。但是在听到还剩两个小时时,你的心率飙升到了107次/分钟,这是你交感神经系统兴奋的表现——"

程舟毫无波澜地看着喻正。

"你追求这种你主宰的生命随着时间流逝的快感,越接近你定下的时间,你越感到刺激。如果你事先便把他们杀害,那么你留下的那条录音便毫无意义,只有被害人仍然活着,才能让你体会到跟江队较量的快感。程舟,你多年前就认识江队了,而且挑战他会让你产生一种前所未有的满足感。怎么样,我说的对不对?"

程舟用舌头在口腔里抵住一边的脸颊,非常轻佻地看向江成屹,却仍沉默着。

江成屹回视他:"去掉过去的二十二个小时,我们仅剩下两个小时去挽救这两名被害人的生命。程舟,你之所以无所谓是否被我们抓住,是因为你笃定我们找不到被害人,更拿不出指控你的证据,对吗?"

他把衣袖向上扯了一点,垂眼看看腕表,突然笑了笑,说:"程舟,你就这么有把握自己一定会赢?"他原本表情沉肃,这一笑却绽出一种异样的自信光彩。

程舟看在眼里,仿佛想起了什么,说不清是兴奋还是别的情绪,眼睛倏尔一亮。

这时,江成屹的手机进来一条微信。他点开一看,见上面写着:"江队,市内及郊区所有人工湖都找了,没有任何发现。程舟、郑小雯,还有文鹏名下所有物业也都找遍了,包括亲戚和朋友家在内,都不见他们两个人的身影,也就是说，活不见人，死不见尸。"

江成屹放下手机，再一次看向腕表。五点，还剩一个小时五十分钟。他尽量不让自己的焦躁显露出来，只翻开卷宗，盯着其中一张女人的照片，淡淡地说："要不我们先从你母亲李小兰说起吧。"

听到这三个字，程舟黑黝黝的眸子仍然毫无波动。

可是江成屹跟喻正对了个眼色，将那张女人的照片从卷宗中取出，放在白板前，打开LED灯。

照片上的女人瓜子脸，容貌清秀，身材高挑，正是程舟的母亲李小兰。

盯着照片看了几秒，江成屹转头看向程舟："你三岁的时候，也就是1995年，你的父亲程忠因伤人罪入狱，你母亲李小兰为了维持生计，不得不外出打工。但因为只有初中文化程度，李小兰没能找到称心的工作，只能从事服务类行业，因而收入十分微薄。这种状况一直持续到1999年，也就是你母亲再婚，你们母子的经济状况才有所好转。当然，这一切都只是表面现象。"

说到这儿，江成屹走回桌前，重新坐下，抽出卷宗中一张泛黄的纸。

"这是1996年12月20日水龙潭派出所接到的一个匿名报案电话，报案人称该小区4单元内经常有小孩的哭闹声，怀疑楼内有人虐打子女。民警姓陈，接到报案后立即赶到4单元进行排查，最后确定是501住户，户主叫李小兰，也就是你母亲。

"民警进屋后，发现你身上有多处外伤。考虑到你母亲情绪不稳定，民警当晚便将你带离，并送到附近的医院就医。医院X光片结果显示你颅脑内有轻度积水，医生完成检查后，立即将这一结果告知了陈姓民警，并提醒民警：患儿不是第一次被虐打。

"陈姓民警对此事异常重视，回去后就向上级汇报了此事。经过商讨，派出所立即联系你在本市的亲戚，很快便了解到你父亲是独生子，且父母早亡，而你的外公外婆不在本市生活。权衡利弊后，派出所决定联系你外公。可是你外公在接到电话后表现得非常冷漠，并无主动将你接走的意愿。

"所里经过商讨，只好仍将你交给你母亲抚养。陈姓民警非常负责，在你外伤好转后，对你母亲进行了严厉的批评教育，事后还定期到你家走访。此后你母亲表现正常，又因为在超市找到了工作，情绪也日渐稳定，在后来的日子里未再虐打你。可惜第二年年初，该民警就调离了该片区。之后该派出所未再接到相关报警。

"可是在第二份档案里，我们了解到，在你读小学六年级时，你的班主任刘某无意中发现你背部有一小片瘀紫（约5厘米×7厘米），出于对你的关心，她立刻到你家家访。

"当时你母亲已再婚，刘某在麻将馆找到了你母亲。你母亲否认曾虐打你，并当场拒绝了跟刘某回家长谈的提议。出人意料的是，班主任在跟你母亲沟通时，你虽然就在旁边，却表现得非常抗拒和冷漠。事后刘某放心不下，选择报警。民警来了解情况，你跟你母亲的说法一致，否认曾受到虐待。考虑到你当时已经十二岁，已经具有一定的判断能力，民警只好对你母亲和继父进行了批评教育，没有采取下一步的行动。"

江成屹将两份报警记录读完："怎么样，程舟，想起什么了吗？"

程舟轻松地耸耸肩。

江成屹看向喻正。

喻正会意，故意用一种同情和怜悯的目光看向程舟。

在这种目光的长久注视下，程舟死水般的眸子终于出现了波动，他微微扯扯嘴角："你那样看着我做什么？"

喻正看向监护仪，果然，心率再一次出现了变化，由80次/分钟变成110次/分钟。

他呵呵笑着，气定神闲地下结论："你的心率上来了，不过这一次不是因为兴奋，而是因为愤怒。程舟，你在愤怒，不是因为我们提起了你的家庭，而是因为我怜悯你。"

程舟慢慢收敛笑容。

"也是，这个世界上，谁有资格怜悯你呢？你程舟是自己的主宰者，是自己的神。"喻正了然地笑了笑，啪的一声合上卷宗，"接下来我要说的每一件事，都是档案上没有记载的，所以我要抛开纸质资料，从你的邻居、老师、同学入手，因为只有这样，才能一点一点追溯你的人格形成体系。

"我们还是从你那位负责任的班主任刘某说起吧。在报案后不久，刘某在回家的路上被身后飞来的小石头砸中，因此造成了颅骨轻微骨裂。她当时痛得差点失去意识。在回头的一瞬间，她看到了一个男孩的身影，认出是你，感到非常意外。即便到了今天，她仍无法理解，她当时是在帮你，为什么会引来你的敌视？针对这个问题，我可以立刻给出答案：帮晚了！

"从三岁到十二岁，历经九年，你的异常人格已经形成，到你十二岁的时候，外界的温情式帮助非但不会帮到你，反而会激起你的愤怒和暴力冲动。

"我们都知道，零岁到三岁是人格初步建立的第一个关键阶段。不幸的是，在你三岁时，你父亲入狱，而你的母亲由于人格上的缺陷，在面临生活环境的巨变时，没有足够的心智去适应这种变化，反而将所有的不满都发泄到你身上。这种来自母亲的虐待让你的第二次人格成长出现了大幅度断层，也是你人格发生遽变和扭曲的第一个诱因。

"当然，你母亲李小兰的人格我以后会进行分析，现在我只有兴趣讨论你。程舟，我猜你母亲在第一次被警察警告时非常恐慌，一方面无法控制自己用虐打你的方式来发泄对生活的不满，另一方面为了避免受到惩罚而不断恐吓你。你太幼小，心智和人格远远没有成熟到去判断这种威胁是否合理的程度。出于求生的本能，在很长一段时间内，你都将李小兰视为你生活的主宰者，本能地服从她。"

监护仪上的心率迅速飙升到了120次/分钟，呼吸也由12次/分钟骤升到了30次/分钟，这是程舟情绪失控的初兆。

小周立刻注意到了，用崇拜的眼神看一眼喻正，低下头继续做记录。

"这种异常的生活环境也许足够让你形成这种复杂的人格，并让你在具备犯罪的能力后有意挑选跟你母亲李小兰体格相近的女性，一再地实施犯罪。但这还不足以解释你对犯罪仪式的那种执着，所以我想，在你被母亲李小兰虐待的过程中，至少出现过一次濒临死亡的经验，就是在那一次，你陷入了极度的绝望，并将你母亲狰狞的面目深深地烙印在意识深处，而且时至今日，这种印象仍不时激起你的犯罪冲动，令你一生都无法摆脱。"

心率140次/分钟，还伴随着鼻翼翕动和胸膛起伏。

喻正开始匀速而缓慢地转动手中的笔，并用诱导的语气轻而缓慢地说："告诉我，那一次发生了什么？"

程舟有一瞬间的恍惚。

江成屹紧紧盯着程舟。

所有人都静了下来。房间里静得几乎能听见彼此的心跳。

十秒。

二十秒。

四十秒。

程舟终于有了反应，却是缓缓地低下头去，闷笑道："你们在说什么？"

喻正转笔的动作一顿，所有人脸上都闪过一丝失望的神色。

江成屹不动声色地看看腕表，还剩一个小时二十分钟。早在展开审讯前，他就预料到这会是一场硬仗，于是努力调整情绪，很快便恢复平静。

为了不引起程舟的注意，他开始假意翻看卷宗，注意力却始终放在身边的喻正身上，时刻准备着辅助喻正找到切入点，进而展开第二次心理审讯。

喻博士面含微笑地跟程舟对视，小周他们几个人紧张得一言不发。经过这几次的接触，小周他们都知道这时喻博士大脑在飞速运转，面对这样狡猾的犯人，第一次心理攻关没能成功，要顺利找到第二个突破点谈何容易？

江成屹翻过一页又一页卷宗，有些心不在焉。

在第三次注意到"水龙潭"这三个字时，他心头仿佛掠过什么，停顿了一下。可是下一刻便感受到对面投过来的那种暧昧目光，他压住心中的恶心，快速掠过那一页，往后翻去。

❄ ❄ ❄

被小周他们安全送回家后，陆嫣简单洗漱了一番，便上床睡下。

她一直睡到早上六点才醒。江成屹还没有回家，应该在连夜审问犯人。

想到江成屹已经连续两晚没睡觉了，她也没了睡意。她起床，一边洗漱，一边将手机放在洗手台上。

江成屹没有消息过来，怕影响他工作，她也不敢主动联系他。

她点开几个微信群，看到了堆积一晚的消息。最热闹的是六班同学群，翻看了一会儿聊天记录，她才知道，昨晚群里同学们一致讨论要不要去医院看望周老师。

在昨晚从影视基地回来的路上，她就从喻正那儿得知了周老师自杀的消息。

她知道周老师目前住在ICU，截至昨晚仍未转醒。照群里同学们讨论的情况来看，虽说警方有意隐瞒周老师住院的消息，但周老师的邻居还是传扬出去了。

同学们在讨论周老师到底住在哪家医院，最后都怀疑他被送到了附一院，就是不知道住哪个科。

陆嫣没参与讨论，自从确认周老师跟邓蔓的师生恋关系，她就再也无法对此人产生好感。

可是一想到周老师也是其中一个被害人，又想到他应该知道不少关于程舟的事，要是能醒，一定会对破案有些帮助，她就犹豫了几秒，仍试着给ICU的同事发了条信息。

"起了吗，昨天你们谁上晚班呀？"

"陆嫣呀，你怎么也起这么早，最近没见你在医院，休假去了？"

"哦，我正好有个比赛要准备，所以请了几天假。对了，我一个老师，叫周志成，是住你们科吧？他现在情况怎么样？"

"窒息导致心搏骤停的那个？现在几个指标还不大好，但心肌酶和血气分析的 pH 值都比前两天好多了，肾功能也没大问题，总体还算乐观。我刚给他开了头部 CT 的医嘱，一会儿看看脑部水肿的情况，如果没波动的话，今天没准可以恢复意识，不过也说不准。"

"那就谢谢你了，他是我高中班主任，麻烦你务必多关照关照。"

"没问题。对了，陆嫣，你这个班主任不是有什么事吧？这两天警方天天守在我们 ICU 外面，每隔半个小时就问一次他的情况，搞得我们也跟着紧张兮兮的。一直到昨天半夜才突然走了一个，现在外面只剩一个警察了。不过刚才那警察像是到楼下买早餐去了，也不在。"

走了？难道是因为程舟落网，警方认为没必要再留两个人继续保护周老师，所以临时抽走了一个？

陆嫣在屋子里来回走了两圈，想起昨晚的爆炸式新闻，便退出微信，点开新闻客户端。

铺天盖地都是关于郑小雯失踪的讨论。一会儿是粉丝们齐声为郑小雯祈福的画面，一会儿是记者们在安山区分局外面的现场报道。显然，虽说过去了大半晚，但郑小雯和文鹏仍未被找到。

她猜，此时此刻，江成屹不是在搜寻现场，就是在审讯犯人。

想了想，她找出唐洁之前帮她存的秦跃的号码，打了过去。

秦跃很快就接了。背景声很乱，不时有突突突的声音传来，像在进行某种大型的机械作业。

"陆医生，什么事？"

"秦警官，不好意思，打扰了，我刚才跟我 ICU 的同事了解了一下，如果顺利的话，周老师今天也许可以恢复意识。我想，既然他认识凶手，只要及时参与审讯，应该可以提供一些有用的信息。"

她不知道搜救进行到哪一步了，但那位守在 ICU 外的警察最好能时时刻刻守在 ICU 外面，因为病人随时可能会醒，而且这种经历过心肺脑复苏的病人随时可能再次陷入昏睡。她在隐晦地提醒老秦，机不可失，时不再来。

秦跃那边有哗啦啦的水声，远远地有人在喊："没有，湖里的泥都快翻遍了，还是什么都没有。"

秦跃应了一声，又回过头对陆嫣说："陆医生，谢谢你的提醒，我这就给我医院的同事打电话。我这边有点忙，就先不说了。"

陆嫣松了口气。

秦跃非常世故且精明，很快便听出了她委婉的暗示。秦跃一挂掉电话就拨给廖崎："谁在医院守着周志成呢？"

"李茂和刘清吧。"廖崎显然也正忙着，"哦，不对，是刘清。"

"到底是谁？说明白点。"

"刘清，刘清。李茂被临时抽调到郊区去扫燕平湖了。"

秦跃忙给刘清打电话，听到电话里有汽车过去的声音："你小子干吗呢？"

刘清头皮一紧，忙扒拉几口面条："我一晚上没吃饭，出来吃个面条，怎么了，秦老师？"

"周志成呢？"

"还没醒。"

"你赶紧给我回医院守着去。大夫说他随时可能会醒，程舟到现在还不肯开口，周志成那儿要是能提供什么线索，你赶紧跟江队联系。"

刘清知道事关重大，忙擦擦嘴，站起来，付完钱就往医院跑。因为周志成迟迟不醒，他刚才还打算在楼下溜达十来分钟，可是经老秦这么一提醒，他意识到自己如果不尽快回去守着，很有可能会错过向证人要口供的最佳时机。

他赶到ICU门口时，里面一片死寂。他松了口气的同时，又隐隐有些失望。

守了一整晚，他有些累，便从烟盒里取出一根烟，蹲到一边。正要点燃，他抬眼看到墙上的"无烟区"标志，又默默掐掉，索性站起来，在空无一人的过道里来回走动。

他刚走到走廊尽头，ICU的门一开，有个胖乎乎的女医生从里面探出头来："谁是周志成的家属？病人醒了。"

❄ ❄ ❄

程舟仍不松口。

江成屹将案卷翻了个遍，最后回到第一页，盯着程舟的户口所在地"水龙潭"那三个字，眉头微皱。

手机在桌上振动，他扫过去，见是刘清打过来的，立刻接起，就听对方说："江队，周志成醒了。"

江成屹眼睛微亮，连忙看向身边审讯经验非常丰富的老刘，侧身过去，压低声音说："老刘，周志成醒了，你赶快抓紧时间过去，想办法问出关于程舟的线索。"

老刘立刻会意，二话不说便起身。

程舟表情未变，却不由自主地开始注意这边的动静。

老刘走后十五分钟，喻正终于打破僵局，淡淡地笑道："要不我们来聊聊你的邻居周志成和林春美两口子吧。"

程舟毫无触动，只努了努嘴，微微扭动身子。

江成屹的手机却再次振动起来。见是老刘的号码，他心跳稍稍加快，接起，目光仍盯着程舟。

"江队，周志成还是迷迷糊糊的，但我问他认不认识程舟，他只反复说：'那孩子掉到井里了，救……救——'"

"没说别的？"江成屹隐隐有些失望。

"没有。他马上又陷入了昏睡状态，然后医生就把我们赶出来了。"

喻正已经再次展开心理审讯。

挂掉电话后，江成屹仍觉得房间里有些憋闷。距离程舟给出的死亡期限只剩四十分钟，程舟的态度依然顽固，如果接下来不能在短时间内找到突破口，那么郑小雯和文鹏只有死路一条。

他不得不打断喻正，示意喻正跟他出去。

"你是说，周志成醒来后听到程舟的名字，只说了一句：'那孩子掉到井里了，救……救——'"

"是。"

"井……"喻正却陷入了思考。

"对，井。"江成屹前所未有地焦躁，来回在走廊上踱步。

"孩子？"喻正思忖着说，"如果这句话指的是当时的程舟，那应该还是在两家都住在水龙潭的时候。"

"水龙潭"三个字再次传来，江成屹脊背一僵，转脸看向喻正："喻博士，您刚才的话再说一遍。"

234

喻正一字一句地复述道:"我说,如果这句话指的是当时的程舟,那应该还是在两家都住在水龙潭的时候。"

"对!水龙潭!井!"江成屹脸上闪过一丝喜色,连忙打电话给秦跃:"你们赶快查一下原来水龙潭没被拆迁时附近有没有井。对,井或者小池塘之类的,立即找一找,一有消息就给我打电话。"

二十分钟后,秦跃电话打过来,带着狂喜:"找到了!水龙潭现在不叫水龙潭,叫润旺路,改了名字以后,附近居民没几个知道这儿有口井。那井就在废弃的塑料二厂后面,挺宽的,又有点像水潭,郑小雯和文鹏被绑着丢到井里面了。"

"活着吗?"江成屹心跳微顿。

"活着!活着!"

Chapter 14

> 朋友间的误会已经产生了，接下来只差一个死亡的契机。

放下手机，江成屹走到窗口吹了一会儿冷风，直到心绪平复，这才跟同样激动的喻正一起回到审讯室。

坐下后，江成屹取出录音笔，当着程舟的面再一次播放那段录音。

"江成屹，我们来玩个游戏，如果你能在二十四小时内找到郑小雯，我就把你想知道的一切都告诉你。"

他盯着程舟："这是你设下的条件，对吗？"

程舟挑挑眉，眼神越发炽热。

江成屹看看腕表："现在是早上六点五十五分。五分钟前，我的同事已经在水龙潭找到了活着的郑小雯和文鹏——"

最初几秒，程舟像没听懂这话的意思，表情微僵，等反应过来，脸上的笑容像被看不见的抹布一把抹去，只剩下一双黑沉沉的眸子。

"很抱歉。"江成屹将录音笔丢回桌上，自信地笑了笑，一字一顿地说，"程舟，游戏结束了。"

❄ ❄ ❄

陆嫣给老秦打完那通电话，虽说仍挂念江成屹那边的情况，但因为暂时无法联系他，便只能在家中静候消息。

放下手机，她到衣帽间去换衣服。

早在前两天，她就将她的随身物品陆陆续续地挪到了江成屹的主卧，衣服也一件一件从行李箱中取出，挂到了衣帽间。

换衣服时，她暗想，如果确定凶手是程舟，那么她应该很快就可以安心出门了。等江成屹那边给个准确答复，她第一件事就是去南杉巷多拿些衣服过来，免得来来回回就那几件衣服换洗。

穿好外套，她到餐厅吃饭。

刘嫂已经做好了早餐，司机也在，两人早就从江成屹那边得知最近有人跟踪陆嫣，在得到江成屹通知前，都不敢擅自离去。

正吃着早饭，陆嫣手机响了。

是唐洁。

"陆嫣，快看电视。"她语气很兴奋。

陆嫣忙放下碗，用纸巾擦了擦嘴，走到客厅打开电视。

仍是铺天盖地关于郑小雯的新闻，可是与之前不同，紧张和压迫的氛围已经一扫而空，代之以满屏的兴奋和喜悦。

某台背景是某老旧工厂，记者在拥堵的人潮中艰难立足，举着话筒，声嘶力竭地进行报道，说话时表情亢奋，隐约可见飞溅的唾沫星子。

"早上六点五十五分，这里是星闻速递。大家可以看到记者身后是润旺路附近的塑料二厂，郑小雯和文鹏导演就是在这里被成功营救的，两人目前仍未恢复意识。据悉，在被警方发现前，他们被丢弃在工厂后面负责排放污水的水井里，这口井曾被环卫部门改造过，现在底部与城市排水系统相连，每到早上七点，就会有成吨的污水从井下通过，幸亏警方五分钟前及时找到了两名被害人，要是再晚五分钟，后果简直不堪设想。"

记者身后有喧嚷声传来："麻烦让一让。"

人潮自动向两边分开，两副担架被医护人员从里面抬着出来。不用说，其中一位正是郑小雯，镜头稍稍晃动了一下，立刻推近。然而为了保护当事人的隐私，郑小雯头部早已被警方盖上了外套，画面一闪而过，什么都没能看清。

陆嫣紧紧盯着屏幕，半天挪不开眼，直到这一刻，她悬了一夜的心才踏踏实实地落了地。

电话里唐洁见陆嫣半天不说话，喊了一声："喂，陆嫣，看新闻了吗？说句话。"

陆嫣这才想起唐洁："看到了，你也一直关注这件事呢？"她开口时，已经换为一副轻松的口气。

"当然，文鹏和郑小雯都跟我们大钟是好朋友。从昨天到现在，大钟电话接打个不停，圈子里都炸了。为了这事，昨晚大钟也就睡了三个小时，天没亮又被吵醒了。直到刚才看了新闻，得知两人没事，大钟才算消停了一点。对了，我听说这案子是由你家江成屹负责，那你知道凶手是谁吗，那人为什么要绑架郑小雯和文鹏？"

截至今晨，警方都未公布关于嫌犯的具体信息，连媒体都被蒙在鼓里，更别提广大民众了。

陆嫣含含糊糊地说："我也不清楚凶手是谁，过两天警方应该会发布消息，反正凶手没能得逞，现在郑小雯和文鹏都被救出来了。"

"也是。"唐洁笑起来，"你家江成屹行啊，够厉害。怎么样，你还闷在家里呢？什么时候咱们能出去一起逛街？"

"快了吧。"陆嫣走回餐厅，打开落地窗，到露台上尽情呼吸新鲜空气，"只要能出门，我立刻给你打电话。"

冬天的早晨，晨雾仍未散尽，太阳比平时升起得晚，天色明澈，一切迹象都表明今天会是个大晴天。

陆嫣斜倚在栏杆上，浑然忘了冷，只想起书中看过的一句话："当事物大到极致时，往往是没有阴影的，比如天空和大海。"

此时此刻，她极目远眺，也有这种感受。目光所及之处，哪有半点阴影，天空光滑湛蓝得连一丝云都不见。

她正出神，餐厅忽然隐约传来说话声，她偏头辨认了一会儿，忙回了屋。

"陆嫣呢？"江成屹似是刚进门，四处不见她，便问刘嫂。

还没等到刘嫂说话，他就看见了她。

目光相碰，陆嫣莞尔，快步朝他走去。

刘嫂和司机都很识趣，拔腿就溜回了各自的屋。

陆嫣一把搂住江成屹的脖颈，大亲一口，高兴极了："你真棒！"

江成屹虽也高兴，但为了躲避她没完没了的亲吻，头不免微微后仰，笑说："你够了，我可两天没洗澡了，等我先回屋好好洗洗，再让你亲个够。"

陆嫣的笑容根本掩饰不住，她推着他就往屋里走："吃早饭没？饿不饿？要我陪你一起洗吗？"最后一句有意压低了声音。

"吃了。不饿。要。"标准的江成屹的答案。

陆嫣几乎是欢笑着将他推回主卧。

一进屋，江成屹就脱下外套，开始解衬衣："洗完澡，我还得赶回局里。喻博士已经审了一晚，到我走的时候，他还在对程舟进行心理攻关。不过，看程舟的表现，应该扛不了多久。"

陆嫣刚拧开水龙头，听到这话，诧异地回头："你的意思是说，从昨晚落网到现在，程舟一个字都没说？连喻博士都没能撬开他的嘴？"

那他什么时候能交代邓蔓的事？

"快了。"江成屹将脱下的脏衬衣扔到脏衣篓里，"程舟基本是我审过的最顽固的犯人，要不是攻破了他的心理防线，从他嘴里根本别想得到任何信息。前面幸亏从周志成嘴里得到了线索，不然我们也想不到水龙潭会有一口能藏人的水井。"

他说得轻描淡写，可是陆嫣深知他经历了怎样惊心动魄的一刻，不由得感慨万千，踮脚捧住他的脸："你真的很棒……我的英雄。"

江成屹跟她对视，理直气壮地提要求："那你的英雄累了，现在要求你帮他洗澡。"他握着她的手，拉开淋浴间的门，就要拽她进去。

"我身上还穿着衣服呢。"她笑着挣扎，把他往里推，"你先洗，我就过去。"

他不肯。她拧不过他，见他身上脱得只剩下长裤，索性含笑从后面环住他的腰，用她纤细白皙的手指帮他解扣子，哄小孩似的："那好吧，我先帮你脱裤子。"

短短几秒，他就被她弄得起了反应，喉咙动了动，手不由自主地往后摸去。

她扳开他的手："没结束呢。"

他有些悻悻的，嘴硬说："想什么呢，就算结束了也没时间，半个小时就得赶回局里，哪够我们折腾。"

两个人推推搡搡，在浴室里磨了十几分钟才出来。要不是江成屹没时间，估计得在里头混上一两个小时。

出来时，陆嫣里里外外全湿透了，不得不重新换了衣服，又把湿头发散开，到浴室里打开吹风机。

江成屹穿上干净衣服，在外面说："对了，刚才我听老秦说，早上是你打电话告诉他说周老师快醒了？"

陆嫣骄傲地翘起嘴角："对。"

"啧。"江成屹进了浴室，让她回身贴在自己的胸前，"那要我表扬你一下吗？"

"难道我不值得表扬吗？"陆嫣慢条斯理地环住他的腰。

他静静地看了她一会儿,学着她的语气低声说:"我老婆真棒。"

陆嫣愣住。

"跟我去局里吧。"他轻轻帮她撩开仍有些湿的头发,"程舟落网了,你作为目击证人,过去辨认一下,顺便再录个口供。还有,你之前为了邓蔓的案子连续给局里写匿名信,我看能不能争取向上面申请申请,把程舟交代邓蔓的那一段录下来给你听听。当然,这事不怎么合规矩,你别抱太大希望。"

他知道邓蔓的死一直是陆嫣心中的一块大石,她努力多年,只为给好友求一个公道和真相。

陆嫣鼻根有些发酸,拼命点头:"好。"

去往公安局的路上,江成屹说:"要是今天能顺利审出一部分案子,晚上我带你出去吃饭吧,整天圈在家里都闷坏了。"

陆嫣求之不得,想了想,说:"要不我们去吃四川菜?"

"四川菜?"

陆嫣不满:"就是高中的时候我们常去的那家。"

"那家还开着?"江成屹很惊讶。其实陆嫣不怎么爱吃辣,但他不知是什么怪毛病,怪喜欢吃的,所以当年每次去那儿吃饭,其实都是她主动提起的。可是她每次只吃几口就辣得不行,剩下的时间就只能眼泪汪汪地在对面看着他吃。

她轻哼一声,打开手机:"生意还越来越好了呢,得提前订位子。"

"你能吃辣吗,要不去别的地方吧?"

"可是我想吃辣了。"

"哦。"他摸摸她的头,心想"你说什么就是什么"。

两人到了局里,办公室分外欢腾。其实大家已经连续两晚没睡,但因为顺利破获了特大连环杀人案,都显得精神十足。

好些人手里都端着一盒热气腾腾的方便面在吃,满屋欢声笑语,有几个静不下来,一边跟周围的同事说笑,一边在办公室里走来走去。

秦跃正说得起劲,冷不丁瞥见陆嫣,一愣,继而绽开满脸笑容:"陆医生来了。"

这种欢悦的气氛很能感染人,陆嫣会心一笑,跟在江成屹后面进了办公室。

"一会儿带陆嫣去认认嫌犯,再帮她做个笔录。"江成屹把陆嫣交到秦跃手里,"我到楼下的审讯室去了。"

"好嘞。"秦跃赶紧扒拉了两口方便面,在一片热闹声中领陆嫣在一边坐下:"陆医生,你先等一会儿,我这就吃完了。"

陆嫣坐下后,见江成屹还在门口看着她,便冲他眨眨眼,他这才放心地走了。

❄ ❄ ❄

去审讯室的路上,江成屹接到了老刘的电话。

"江队,周志成刚才又醒了,但还是很迷糊。我问他是否认识程舟,他点头,但他好像不知道程舟就是那天给他打电话的人,更不知道程舟与当年的事有关。不过,照程舟一贯的作案风格,我估计周志成这些年可能根本就没怀疑到程舟头上。"

"那周志成有没有说'孩子掉到井里'那句话是怎么回事?"

"我问了。这事,他好像印象挺深的,断断续续地说了。他说,以前住在水龙潭的时候,有一天晚上他和几个邻居回来,路过水潭的时候,发现程舟妈妈站在边上一动不动,活像吓傻了一样。周志成他们觉得不对,奔过去一看,发现程舟掉水潭里了,正咕咕嘟嘟地往下沉。他和邻居们吓得不轻,忙七手八脚地把孩子捞上来了。他还说,那个水潭解放前就有了,水龙潭的名字也是因为那个水潭而来。不过,拆迁后,政府为了环卫工程,把那个水潭进行了改造,那地方也就不叫'水龙潭'了。"

"行,等周志成进一步好转,你再问问他那通电话的详细内容。"

到了审讯室门口,江成屹推门进去。

里面只有喻正一个人说话的声音。

小周低头奋笔疾书,不时扫一眼一言不发的程舟。

程舟满脸淡漠,见江成屹进来,他像是因坐得太久脖子有些发僵,前后扭动了一下脖子,脸上那种气定神闲的自负已看不见,隐约透着几分焦躁。

到了这时候,喻正显然比程舟更沉得住气,虽说连续两晚未睡,但他根本感觉不到困倦,说话时思路依然清晰、严谨。

江成屹坐下,将刚才老刘了解到的情况告诉喻正。

喻正听完,精神一振,沉吟片刻,点点头,继续刚才的话题。

"再来看看这份2000年林春美到市妇幼保健院就医的病历报告。从病历上看，当时陪她一起就医的是她的丈夫周志成，挂的是产科急诊，病人自诉'怀孕 13w+，但一个小时前不小心摔了一跤，然后就出现了见红症状，遂前来就医'。

"但经过详细检查，医生发现林春美的胎儿已经停止发育半个月了，也就是说，半个月前，该胎儿就出现了稽留流产，林春美的所谓见红不是摔跤所致，而是一种'不可避免流产'。医生还建议林春美完善检查后尽快到门诊手术室去做清宫术。

"当然，这只是病历上的记录。我之前联系了几次林春美的父母，可是他们直到昨天才从外地旅游回来。从他们口中，我了解到林春美出院后曾到邻居家大吵大闹，因为导致她摔跤的正是那户人家一个八九岁的孩子，也就是你程舟。据说，她下楼时，你刚好上楼，由于你当时跑得太快，她不小心被你撞倒了。

"尽管医生已经明确告知林春美的胚胎半个月前就停止了发育，但林春美性格偏激、脾气火暴，接受不了自己流产的事实，仍三番五次去找你的麻烦，非但一再跟你母亲吵架，甚至当着众人的面打过你的耳光。

"虽说经过周志成的劝说和调停，林春美没再上门找过你的麻烦，但因为她之后一直没能再次怀孕，此后只要在小区里看到你，她就会对你横加冷眼，乃至破口大骂。"

说完，喻正将周志成妻子林春美的照片跟李小兰的照片并排放在一起："虽然在我们外人看来，林春美跟你母亲李小兰长得一点都不像，但是到了你程舟眼中，这两个人无论是体格、人格，还是对待你的态度上，根本就是一个人。换言之，林春美就是另一个李小兰。到了 2007 年，经过长期的冷待，你对她们的不满终于到达了顶点，但因为当时你还未成年，李小兰作为你的母亲，依然是你生活的主宰者，你只能通过惩罚另一个李小兰的方式来满足你的犯罪冲动，于是就有了当年林春美的电动车意外事件。

"林春美出事后，林春美的父母选择了报案。但是我们从派出所的调查报告来看，林春美电动车的制动装置和刹车盘均无人为损坏的痕迹，调查到最后，警方不得不排除林春美意外事件中有人为因素的可能。"

程舟轻声笑了笑，像是想起了非常愉快的往事。

喻正深深地看着他："程舟，你总是利用你的聪明一次又一次躲过法律的制裁。为了让林春美的'意外'看上去像真的意外，我想，你事先一定做了很多试验，哪怕你当时才十五岁，却已经老练、严谨得像个老手。然而不幸的是，虽说在实施犯罪这件事上你拥有无限的耐心，但是不久之后，你遇到了一个更严重的问题,就是你发现仅仅惩罚林春美无法让你得到满足,你心里仍有一个巨大的空洞。直到两年后,也就是2009年,出现了另一个被害人——邓蔓,你的犯罪欲望才真正得到了纾解。"

"两桩案子,相同点是,两个人体格相近,都排除了他杀的可能。而不同点,也是最关键的一点——邓蔓死在水里。"

喻正紧紧盯住程舟:"程舟,能不能说一说,这么多年过去,为什么你执意要让一个又一个'李小兰'死在水里?"

程舟注视着眼前虚空的一点,很长时间都面无表情。这是犯人心理防线崩溃的前兆。

江成屹立刻有所察觉,起身关掉室内的照明灯,让审讯室陷入黑暗,彼此都看不清对方。

喻正坐着不动,只盯着连接程舟生命体征的监护仪上的数字,缓缓说:"那天晚上很黑,你的母亲外出工作回来,也许是工作特别不顺心,她前所未有地暴怒。她觉得她目前生活上的不幸全都是因为身边有一个累赘的你,于是将满腔怨气都发泄到了你身上。没多久,她就发现仅仅虐打你还不足以让自己的情绪平复,她忽然想起小区后面的水潭,然后萌生了一个可怕的念头。她把你带到那里,也许犹豫过,也许丝毫犹豫都没有,总之,最后她不顾你的哭闹,把你推到了水潭里。"

监护仪上的心率迅速飙升到了145次/分钟。

"水很快就漫过了你的身体,你万分惊恐。时间一分一秒地过去,你离死亡越来越近,周围全是冰冷的水,黑得离奇,可是你的眼睛只能看见站在边上沉默地看着你的母亲,你看不清她的面孔,但月光将她的身形勾勒得无比清晰。你不知道自己做错了什么,不知道自己为什么要受到这样的惩罚,不知道为什么要被丢到水里。你拼命挣扎、呼救、哀求,可是这一切通通没有用,最后你只能无助地在水中慢慢死去——"

对面传来粗重的呼吸声,越来越急促,越来越急促。

小周的心猛地提了起来。

几秒后,对面爆发出一声低吼:"该死的是她!该被丢进水里的是她!是李小兰!"

程舟彻底失去控制,如被困的兽一样不断发出短促的咆哮:"是李小兰!李小兰!"

昏暗中,囚椅上挣扎的冰冷机械声和程舟嘶哑变形的吼声掺杂在一起,刺耳又惊心。

小周想要起身安抚，却被江成屹制止，僵站了一会儿，又不得不坐下，暗地里却捏了一把冷汗。

喻正的声音里充满同情。当然这一次，他并非有意将这种情绪表露出来，而是出于一种人类的悲悯本能，他柔声说："是，该死的是李小兰，该被丢到水里的是李小兰，该受到惩罚的是李小兰。她人格破碎，根本不配做母亲，更没资格成为你生活的主宰者。于是，在你后来的生命里，你一再还原那个黑暗冰冷的夜晚，一再用你的方式去惩罚'李小兰'。"

程舟的呼吸仍很粗重，但态度总算不再像刚才那样歇斯底里了。

喻正慢慢地开口："不管怎么说，总之，你做到了，而且做得非常完美。那么现在，你能不能告诉我，你惩罚第一个'李小兰'时做得那么漂亮，究竟是怎么做到的？"

程舟沉默了很久才开口。喻正他们看不清他的表情，但能听见他嘶哑的笑声："这还不简单，她天天骑电动车，在她的电动车上做点手脚不就行了？"

"你一定做得天衣无缝，所以才没被警察发现。"喻正表现得很好奇。

"他们那么蠢，能发现什么？"

"是，你太聪明了，不像我，我就什么都猜不到。"

"你当然猜不到，呵呵，我在那个女人电动车一边的后视镜上贴了一样好东西。"

"什么好东西？"

程舟笑得很得意："一种银色的贴纸，看上去像镜面，但没有照物功能。贴上去的当天，她刚开出小区没多久，就被卡车撞倒了。当时围了很多人，她出了很多血。我在边上看着她，后来我趁人不注意就把那张贴纸撕了下来。"

"她出了很多血，她很痛苦，她的生命在一点一点流逝，可是你预想中的快感并没有到来，如同隔靴搔痒，你对这种惩罚方式一点也不满意。而且你没想到的是，出了这件事，你的好朋友周志成居然表现得很伤心。怎么会这样？他太不争气了，对不对？"

程舟冷笑："他太不可理喻了，谁摊上一个'李小兰'那样的妻子都是一种灾难，我这可是在帮他。"

"是啊，他各方面都比不上你，但在很长一段时间内，你还是只有他一个朋友，因为他脾气温和，比你大二十多岁，既像你的大哥，又像你的父亲，所以你经常到七中找他。然后没多久，你就在那儿发现了第二个'李小兰'，也就是邓蔓。让你不高兴的是，这个'李小兰'也跟你的好朋友周志成关系密切，不过你当时并没有立刻着手惩罚这个'李小兰'。我猜，你一定是在七中发现了更有趣的人。这个人是谁呢？他一定比平凡不起眼的周志成有意思多了。啊，我来猜猜，会不会是江成屹？"

程舟闷声笑起来，并不否认。

"我想，你一定是在篮球场或者校园里发现他的，因为无论他走到哪里，身边都有很多朋友环绕。他真幸运啊，听说他家境也很好，无论男孩子们还是女孩子们，都很喜欢他。你在远处看着他，就像看天边的北极星一样遥不可及。最可怕的是，你发现他还有一个好妈妈。你观察了他很长一段时间，发现他的生活完美得无懈可击，他幸运极了，拥有很多你没有的东西，你体会到了前所未有的挫败感。这种感觉太糟糕了，所以有一段时间，你连周志成身边的那个新'李小兰'都没兴趣关注了。

"可是没过多久，你发现江成屹也有渴求的事物——一个女孩子，他看上去似乎很喜欢她，总在想方设法引起她的注意，不断地制造机会跟那个女孩子见面。可不知什么原因，那女孩子并没有马上接受江成屹。

"啊，原来江成屹也有求而不得的时候。你兴奋极了，这种感觉冲淡了你的挫败感，激起了你的惩罚机制，最关键的是，你发现那个女孩子的体格跟李小兰也很像，于是你开始跟踪她、观察她。如果我没猜错，你想让她成为第二个'李小兰'，这样你就既惩罚了李小兰，又砸碎了江成屹的完美世界，如果他的世界变得跟你的一样破碎，那感觉真是刺激极了。"

"哼，可是那个'李小兰'太狡猾了，我本来想让她泡在水里，最好泡得胀胀的，然后让江成屹看到她的尸体。你不知道，我连DV都偷好了，就为了拍下他那一刻的精彩表情。可是我还没动手，'李小兰'就发现我在跟踪她，然后这件事很快就传开了，这样我还怎么下手？"他非常遗憾。

听到这儿，江成屹情绪像是出现了波动，牙关发出一声轻响。

小周同情地瞥一眼异常沉默的江成屹。

喻正接话道："啊，对，DV，那是个好东西。虽然那一次你没能用上，但我想你后来还是用上了，对不对？"

他有意停顿，等着程舟继续往下说，可是程舟只是再一次笑起来，并且在接下来的时间里完全沉浸在自己的回忆中，好半天都不言语。

喻正不得不继续诱导："虽说你跟踪陆嫣的计划被打断了，但你的想法始终没有变过。学校里的功课对你来说太轻松了，母亲常年不管你，为了打发时间，你四处游荡,而最常去的地方就是七中。你去那儿监视你的老朋友周志成,顺便看看你的新朋友江成屹,尤其是后一件事,简直让你乐此不疲,因为你只要看到江成屹遇到挫败的模样,就会感到很开心。

"可是没几天,你发现江成屹居然追到了陆嫣,而且他追到她的契机恰好是因为你跟踪她,你非但没杀掉她,还意外促成了江成屹的心愿。事情的发展与你的预期完全相反,你除了吃惊,说不定还气急败坏。

"接下来该怎么办?江成屹跟他的女朋友在一起,一天比一天开心。你看在眼里,简直气得要发疯,怎么才能让那个完美的江成屹陷入痛苦的绝境,怎么才能惩罚层出不穷的'李小兰'?程舟,你比我聪明多了,告诉我你接下来是怎么做到的。"

程舟意味不明地哼了一声。

喻正顿了顿,说:"是不是这个时候七中的女生里有人弄出了新的事物?嗯,比如说网站什么的。"

"一群傻子在上面许愿。"程舟自负地说,"周志成听到了一点风声,跟我说了这件事。不过,他认为这是学生课余时间的小打小闹,不觉得有什么,也不关心那个网站具体是干什么用的。我费了半个学期才黑进那个网站,然后我发现很多傻女人在上面许愿。"

"我想,你发现了邓蔓的愿望跟周志成有关。不过,这件事你早就知道了,这没什么,最有意思的还数那个丁婧许的愿望,她想要江成屹和他女朋友分开。你没想到世界上有人的想法跟你不谋而合,这简直太对你胃口了。于是你的跟踪目标换成了丁婧,并由此发现了关于丁婧的很多秘密,对不对?"

"哼。"程舟轻蔑地笑了笑,"那个蠢女人许了愿,但不知道怎样做才能达成心愿。她得知了邓蔓的愿望,就发匿名信威胁邓蔓,还让邓蔓假装喜欢江成屹,好去破坏陆嫣和江成屹的感情。但邓蔓那个傻女人并没有理会那封匿名信。不过,通过这件事,我得到了灵感,我把拍到的周志成和邓蔓在一起亲热的DV偷偷寄给了丁婧,借这种方式完成我们两个人共同的心愿。幸好丁婧那个女人还没有蠢到家,很快就知道该怎么做了。"

"这真是一个聪明的决定。"喻正由衷地"称赞"他,"这个方法让你产生了一种新的体验——原来你也可以成为别人的主宰。这感觉真的很妙。除此之外,你还让丁婧有了充分的把柄去威胁邓蔓。你一直认为世界上的'李小兰'都是蠢得无可救药的东西,江成屹身边的那个'李小兰'自然也不例外。可是你没有想到,邓蔓被迫按照丁婧的要求去做了,陆嫣却没有因此跟江成屹分手,甚至跟江成屹连一次争吵都未发生过。

"真是个让人捉摸不透的人。这一次你除了被激怒，还感到困惑，因为无论是江成屹还是陆嫣，都让你遇到了意想不到的困难，他们的聪明程度不输于你，他们不像别人那样容易被揣摩，他们还有很强硬的性格，一点也不好摆布。总而言之，很少输的你，再一次在这对情侣身上碰了壁。"

程舟冷冰冰地哼了一声。

"你想来想去，还是想杀陆嫣，可是江成屹跟她寸步不离，你根本就别想接近她。而且你看过江成屹是怎么揍另一个疑似跟踪者的，心里很清楚，如果自己不小心在他面前暴露无异于找死，所以你不得不放弃陆嫣，转而继续跟踪丁婧和邓蔓。我想，在接下来的日子里，你一定发现了什么。"

程舟很鄙夷："哼，我发现那个陆嫣对邓蔓也很好——一种多余的情感，真是可笑。"

喻正努了努嘴："看来陆嫣很重视她的朋友们，也很在乎朋友们的喜怒哀乐，你由此冒出了一个念头——朋友间的误会已经产生了，接下来只差一个死亡的契机。挑来又挑去，你还是选中了邓蔓，你当时也许仅仅是想让陆嫣痛苦，或者还存了一点制造陆嫣和江成屹误会的期待。但现在回过头来想，这个计划真是无懈可击，既促成了江成屹和陆嫣分手，又作为主宰者实现了丁婧的愿望，还杀死了第二个'李小兰'，并成功逃脱法律的惩罚。程舟，你真是我见过的最聪明的人。你能告诉我，你究竟是怎么一步一步把邓蔓逼入绝境的吗？"

程舟笑起来。邓蔓的死应该是他生命中最得意的事之一，直到现在，只要一想起这件事，他就抑制不住满心的成就感。

"她早就被 DV 的事情搞得一团糟了。"他闷声笑着说，"高考失利，友谊也快维持不下去了，这个脆弱的人每天都过得很痛苦。为了帮她完成最完美的'被自杀'，我提前做了很多准备。我提前到他们约会的河边勘查，把每一个监控死角都摸清，又到我们小区里一个神经衰弱的老人家里偷安眠药，每天偷两粒。我还提前把 DV 里面的一些亲密片段打印出来，并诱骗周志成录下了两段录音。做好这一切，我时刻都在等着那一天的到来。

"后来有一次邓蔓从学校里跑出来，哭得很伤心。我想，她应该要么又被丁婧胁迫了，要么就是跟另一个'李小兰'彻底决裂了，这女的被胁迫时好像只会愤怒，所以我猜是后者。机会终于来了，所以我跟在她后面回了她家，看她打算怎么办。可是她很快又从家里出来了，还跑到文具店去买钢笔。

"当晚她和周志成见面了。害怕恋情暴露,他们觉得城里不安全,每次都约在城郊的那条河边上见面。那地方很僻静,无论白天还是晚上,都没几个人路过,因此他们觉得那地方是最佳的约会场所。可是他们一见面就吵架。邓蔓打算向朋友坦白一切,周志成却不同意,因为师生恋发生的时候她还在上高中,还没有成年,如果传出去,他会连教师都做不成。邓蔓那个蠢女人很爱周志成,几乎把周志成当成她的命,总之,因为这句话,邓蔓没能说服周志成,最后他们不欢而散。

"第二天,我到周志成家去。林春美已经成了木头人,整天躺在床上。我在周志成的饮料里放了几片安眠药。等他睡着后,我就把他的手机关机,然后到城郊监控拍不到的树下等邓蔓。她果然来了,我装作很惊慌的样子朝她跑去,边跑边喊:'有人跳河了。'她吓一跳,问发生了什么事。我把我手里的录音笔和那些黑白影像资料给她看,说刚才有人跳河了,我在河边捡到了这个。

"我让她欣赏自己和老师在一起的样子,还当着她的面播放提前录好的周志成的录音:'这件事在学校里已经传开了,我没脸活下去了。'邓蔓信以为真,因为丁婧早就匿名给她发了最后通牒,如果她不肯在规定时间内按照要求去做,就把这件事宣扬出去。她虽然猜到了是丁婧,但并没有证据,现在我给她造成一种假象,因为她不听话,丁婧开始行动了。

"我说的时候,一直紧张地看着她。我在想,如果她不肯去河边,我就用别的方式把她杀掉,然后嫁祸给周志成。我告诉她:'那个人可能快要死了,你先救人,我马上喊人来。'她整个人都吓呆了,看上去非常着急,果然想也不想就往河边跑。然后没多久,我就听到了跳河的声音。她应该是会游泳,但那条河里水草很多,她捞了很久,都没能找到周志成,便开始挣扎着呼救。我躲在不远处的树后看着她,一直看到她死了,我才离开。"

江成屹面无表情地看着程舟。

喻正说:"我猜,当晚的那一幕给你留下了很深的印象,因为你通过这种方式无意中复制了多年前的那一晚。尤其让你感到满足的是,这一次在水里痛苦挣扎的人换成了'李小兰',你眼看着她在水中慢慢死去,内心的巨大空洞终于得以填满。总而言之,这件事的起源是丁婧,被害人却是邓蔓,你作为主宰者,既满足了丁婧的愿望,又害死了邓蔓,还让陆嫣和江成屹都受到了牵连。这次完美的犯罪行为奠定了你接下来犯罪的三大要素——许愿、'李小兰'、水,而且从这一次起,你开始追求犯罪时的美学。"

程舟微闭上眼，露出回味无穷的表情。

"我想，你的下一个目标本来是丁婧，因为你已经成为她的主宰者，你可以像当年的李小兰对待你那样，任意地把她丢到水中。可以说，邓蔓虽然不是你仪式的第一人，却是你犯罪方式发生转折的关键人物。容我问一句，你当年为什么没有立即对丁婧动手？"

"她出国了。"程舟很遗憾，"她以为邓蔓是自杀的，而且是在她的胁迫下自杀的。她怕这件事暴露，跑到国外躲了四年，就连暑假也不回来，我找不到机会下手。"

"原来是这样。"喻正双手交叉搁到下巴下面，"虽然没能杀掉丁婧，但你成功击碎了江成屹的完美世界，你赢了，还赢得相当漂亮。所以，在后来的很长一段时间内，你都对江成屹和陆嫣提不起兴趣，你很快就转移了目标，去找寻第三个'李小兰'。我猜，如果当时邓蔓的事没成功，你一定还会想别的办法，直到你成功拆散江成屹和陆嫣为止。"

程舟的眼睛在一片昏蒙中亮晶晶的，显得很愉悦。

"不管怎么说，你从这件事中尝到了甜头，从此将目标对准冬至网站，并定期从网站的许愿用户里挑选下一个'李小兰'。可是你发现'李小兰'们的愿望不那么容易实现，大多跟金钱有关，有时候甚至需要一定的社会地位。

"你虽然蠢蠢欲动，但始终没能找到符合你三大要素的完美被害人，直到你大学毕业转行做化妆师，慢慢有了经济收入，你才找到几年来的第一个被害人——李荔薇。嗯，资料上显示，她并不缺钱，愿望应该与钱无关。那么你能说说，她当时许下了什么愿望，你又是怎么满足她的吗？"

程舟嗤笑："她那种蠢女人能有什么远大的志向，不就是想让她变心的老公回心转意？这太容易了，我跟踪了她老公的情妇一个月，本来打算让那个情妇'意外'死掉——"他的语气随意得像要去超市买菜。

"嗯，然后呢？"喻正等着他往下说。

可是他突然失去了兴趣，鼓起腮帮子百无聊赖地吹了口气，不再说话。

"是不是有一天你无意中发现那个情妇也有情人？"

他沉默了。

喻正看了他一会儿，喝口咖啡提神："看来我又幸运地猜中了。这就好办多了，接下来你只需要想办法让李荔薇的老公知道这件事就行。李荔薇的老公得知消息，果然甩了那个情妇，当时就回到李荔薇身边。你满足了李荔薇的愿望，顺理成章让她成为第三个'李小兰'，而这一次，你觉得有必要给她的死亡赋予一种美感，还特意为她设计了一场仪式。"

程舟像是想起一件很丢脸的事，直撇嘴："可惜那个防水袋半路破了，尸体沉下去了，等发现的时候她都臭了。哦，一点也不美，真是糟糕透了。"

喻正似乎也感到很"遗憾"："对你来说，李荔薇是一只破碎的蝶蛹，没能脱胎换骨。事后你一定反思了很久，所以等轮到 B 市王微的时候，你已经能把现场布置得足够完美了，比如说，为她准备了非常好的防水浮尸袋，成功地让她'获得了新生'。而且今年你已经是知名化妆师，以你现在的经济基础，我想，很少再有你满足不了的愿望。所以，在你今年干掉 B 市的王微之前，你满足了她什么愿望？"

"她？"程舟的笑声里充满讥讽，"她的愿望最简单了——欧洲四国一月游。"

"真容易满足。可是我想不到你是怎么做到的。"

半年前，王微在遇害前的确利用假期到欧洲旅游过，但在查到冬至网站之前，B 市的警方没有想到这件事会跟王微遇害有关。

没等来程舟的下文，喻正只好用猜测的语气说："是不是假装旅行社工作人员在路边等着她，以发传单的方式让她参加旅行社的抽奖活动，让她以为自己中了奖？还是通过什么别的方式？"

"差不多吧。"程舟讥笑道，一点也不想多浪费口水。

"那看来的确跟旅行社有关。那汪倩倩呢？"喻正很感兴趣，"她刚失恋，我猜，她的愿望一定跟她的现男友有关。"

程舟嘟了嘟嘴，很懒散地动了动，歪着身子靠在椅背上，如果不是坐在囚椅上，他看上去很想把二郎腿跷起来。

小周瞪着他，很想呵斥一句"老实点"，但被江成屹制止了。

过了会儿，程舟垂下眼看着黑暗里的那点金属幽光，好半天才挑挑眉说："她出门旅游的时候，我跟她乘坐同一趟高铁，我故意把本市单身俱乐部的 VIP 卡落在她脚下。那个女人虚伪得要命，马上就捡走了。"

"真是个绝妙的主意，"喻正眼睛发亮，"我想，那个俱乐部在本市很有名。"

据江成屹他们之前的调查结果，汪倩倩生前的确参加过一个俱乐部，名叫顶睿。俱乐部里的成员都是本市的富豪和名流，普通人很难弄到门槛卡，不过他们始终没能想明白汪倩倩是怎么加入的，问过汪倩倩的现男友，对方也不知情。

"我想，汪倩倩当时急于找到一个比她前男友更好的现男友，她捡到那张卡以后，一定如获至宝，没多久她就去了俱乐部，并如愿以偿认识了现男友，对不对？"喻正接着说。

这么弱智的问题。程舟才懒得接话，只懒洋洋地前后转动了一下脖子。

"那陆嫣是怎么回事？"喻正很好奇，"她并没有在冬至网站上许过愿。让我想想，时隔八年，你突然再一次把她定位成目标，是不是因为你杀汪倩倩那天被她撞见了？"

很久过后，程舟才冷冷地说："八年不见，我都快忘记这女人了。"

"是啊，都八年不见了，撞上的那天，你正好是'邓蔓'。她看见了你，应该显得很惊讶。当时你应该也马上认出了她。你知道这女人很狡猾，怕她猜到当年的事，当时就想杀她，可是她很快就走了。后来你想，要不干脆把她当作下一个'李小兰'好了，可是这样一来，许愿的事怎么办？"

"以后找机会慢慢诱导她就是了。"程舟说得很轻松。

"我想，这可能有点难。"江成屹冷笑。

程舟鼻子里哼了一声。

喻正苦笑道："你那么聪明，应该知道每个人都不一样。以陆嫣的人格，她显然更倾向于依靠自己，而不是将希望寄托在神明身上。不过，你刚才提到了邓蔓，她作为你的第二个'李小兰'，早就死在八年前，可是直到八年后，你还不时把自己打扮成她。对你而言，这种'替代'的乐趣是从什么时候开始的？是从第一个'李小兰'——周志成的妻子林春美——开始的吗？"

程舟很懒散地歪着头："我每次到周志成家玩，看到那女人瘫在床上的死样子就忍不住想揍她，可是又怕留下伤痕被周志成发现，只好以毁坏她的东西为乐。我翻她的衣柜，发现她的衣服还挺多的，便趁周志成不注意，偷了几件出来。有一次我穿上了她的衣服照镜子，发现还挺有意思的。"

"是。你看着镜子里那个全新的林春美，觉得满意极了。其实你也说不清镜子里面的那个人是你理想中的母亲、伴侣，还是爱人，总之，坏的'李小兰'被你消灭了，新的'李小兰'诞生了。你迷上了这种感觉，于是从林春美开始，你一再将自己打扮成想象中的'李小兰'，有时趁着夜色，你还会穿成那样出门。久而久之，你的伪装和模仿技巧越发娴熟。但随着次数增多，我猜，你可能不小心吓到过几个人，例如你当年扮作林春美的时候是不是去过市中心公园？"

喻正看一眼江成屹，这件事是江成屹之前告诉他的，但只是推测，现在需要进一步从程舟嘴里得到证实。

程舟显然觉得这件事根本不值一提，没接话，但也不像否认的态度。

喻正了然地点点头:"难怪,我想,你那一次可能吓到了丁婧,而且在后来的几年里,这种偶遇的机会也时有发生。当然,有时候你知道,有时候你不知情,但无论如何,你陶醉其中,再也停不下来了。"

程舟神经质地笑了笑。

"对了,"喻正跟江成屹对了对眼色,缓声说,"能说说周志成是怎么回事吗?为什么在你给他打完那通电话之后,他就自杀了?你究竟是怎么做到的?"

"前提当然是我非常了解周志成。"程舟冷笑,"邓蔓'自杀'以后,他好像受到了很大的打击,整天闷闷不乐,还消瘦了很多,而这一切都是因为第二个'李小兰'这个愚不可及的人。"

"我猜,他得了抑郁症。你是不是也这么想,并且你的想法很快就得到了证实?"

程舟一脸漠然。

小周在一旁干着急,心想,这个人的嘴真像被缝住了一样,太难撬了。

喻正却表现得不急不躁,继续引诱程舟往下说:"是因为他定期到医院去开药,还是你偷看了他的就诊记录?"

"中重度抑郁症。哼,这人太蠢了,有一次还想开煤气自杀,被邻居及时发现了才没死成。"

喻正点头:"诱导一个有抑郁症的人自杀的确比诱导普通人自杀简单。我想,周志成后来之所以跟踪丁婧,是因为开始怀疑当年的事与丁婧有关。可是他到底是通过什么契机怀疑到她头上的?"

"参加学生们的聚会,也不知聚会上发生了什么,回来后他就开始跟踪她,还总想把当年那些光盘拿回来。蠢男人。"他语气里充满不屑。

喻正像是越来越欣赏程舟了:"周志成是个瞻前顾后的人,你很清楚这一点。为了这事,他是不是还上网钻研过撬锁技术?直到你把丁婧处理了,他才觉得自己暂时安全了,那……刘雨洁又是怎么回事?为了再一次挑衅江成屹?"

"嗬。"程舟觉得无聊透顶,宁愿抬头看黑漆漆的天花板,也不想跟喻正说话。

"你发现江成屹正查这几件案子,觉得你的挑战又来了。为了刺激他,你在他眼皮子底下给那个跟丁婧走得很近的刘雨洁注射了吗啡。过了几天,你发现他又盯上了周志成,怕周志成无意中把你泄露,就决定抢先一步对周志成下手？"

"他不是想轻生吗，那我帮他下定决心好了。"说到周志成这种没意思的人时，程舟简直想打呵欠。

"于是你用变声器给他打电话，告诉他你捡到了当时那些光盘？"

程舟翻翻眼皮，过了很久才说："你总算聪明了一回。"

"很荣幸能跟上你的思路。"喻正微笑，"我想，你为了让他相信你真的有这些光盘，还详细描述了他们每一次约会的地点。嗯，我必须说这又是一次完美的犯罪，程舟，你真的太让我佩服了。"

程舟得意扬扬，总算肯多说一点了："我告诉他，如果他不给我一百万，我马上把光盘送到学校和他老婆的娘家去，这样他很快就会被学校除名，还会被怀疑跟当年邓蔓的自杀有关。他的声音直发抖，告诉我他这些年的积蓄都用来治病了，拿不出那么多钱。我说：'你如果不照做，连退休金都别再想拿到，你很快会身败名裂，邻居们也会对你指指点点。'"

还没说完，他就低声闷笑起来。

"打完这通电话，你知道很快就会等到你想要的结果，因为以你对周志成的了解，就算他不当场自杀，在被警察抓去问话回来也会自杀的。果然，这个懦夫一挂掉电话就自杀了。"

程舟收住笑，像是觉得自己已经浪费了够多口水，非但懒得理喻正，还进入了那种闭目养神的状态。

"你真是深谙你身边每一个人的弱点。"喻正"钦佩"地看着他，"我想，正是因为这个，你才成功诱骗到了文鹏和郑小雯。"

"哈。"程舟掀了掀眼皮，态度轻松。

喻正等了很久，没能等到下文，只好继续说："警方在那儿附近找到了电动车的轮胎印。我猜猜，他们两个都是喜好聚会的人，你应该很早就开始做准备了。录音、特殊邀请卡，让他们知道城里有个很有意思的保密派对（或者类似的活动）。而派对开始的时间就在那天凌晨。为了参加派对，文鹏特意把郑小雯的戏定在那天凌晨五点，一拍完戏他们就赶了过去。"

半个小时前，文鹏已经在医院醒来，但郑小雯仍旧昏迷不醒，因此这部分内容仅得到了文鹏方面的确认。

"他们到了卡片上指定的地方，看到你也在那里，毫无防备就喝下了你准备的饮料。等他们睡着后，你把他们捆好，用电动车先把文鹏绑在你背上，运到水龙潭，然后把他丢到那个井里。弄好一切后，你再用同样的法子把郑小雯也丢进去。你回家睡了一觉，中午再赶到影视城，然后在剧组里假装等着给郑小雯化妆。但你知道她根本来不了，污水很快会把她和文鹏淹没——她将成为你的第六个'李小兰'，文鹏则变成你的替罪羊——"

喻正顿了顿，说："程舟，我的犯罪天才，我猜的对不对？"

"无聊，真无聊。"程舟轻声抱怨，语气不知不觉又变得轻狂起来。为了转移注意力，他开始在椅子上活动筋骨。

啪！照明灯打开。

在黑暗里待久了，程舟的眼睛一时适应不了光明，只觉得头顶的照明灯分外刺眼，他本能地闭上了眼睛。

Chapter 15

> 从今往后，只有笑容，再没有眼泪。

秦跃领着陆嫣进到地下室的一个房间门前，刷卡开门。

站在门口，陆嫣疑惑地往里看，四面刷白，方方正正，再普通不过的一个房间，实在不大像辨认嫌犯的地方。她刚要问老秦，隔壁房间就亮了起来。然后就透过那一整面玻璃墙看见了程舟。

早就不是第一次见面，但由于这一次她明确地知道他就是嫌犯，在看到他的一瞬间，她仿佛迎面被什么重物痛击了一下，一种金属般的异味猝不及防地在鼻腔弥漫开来。

听不见对方的声音，但她能看见他在说话。

说话的时候，他神情那么轻松、倨傲，要不是知道他是受审的犯人，她简直会误以为他正坐在咖啡馆里喝咖啡。

上一次她在大钟的生日派对上见到这个人时，他太会伪装，明明早就认识她和江成屹，却表现得像第一次跟他们见面。

一想到这个人八年前就跟踪过她，还跟邓蔓的死有关，她就再也站不住了，快步走过去，将手掌贴在那面玻璃墙上，紧紧盯着他。

秦跃让组里另一名警察带陆嫣进行指认，自己则关上门在外面等着。等陆嫣辨认完嫌犯，他才进来。

见陆嫣仍旧一动不动地盯着程舟，他走到陆嫣身边，想要带她离开房间："陆医生，我们走吧。"

"好。"陆嫣咽下咸苦的滋味，慢慢松开攥紧的手。

手续办完后，秦跃说话也就随便了几分。站在走廊上，他重重地叹气，说：

"供词到现在依然不完善。两天一夜，那人顽固得像块冰冷的石头。审到后面，喻博士的心理攻关虽说多少起了作用，但这人的心理跟正常人太不一样了，只轻描淡写地吐了一小部分，还有很多关键性的作案细节不清楚。而且这人太狡猾了，行凶多年，几乎没有相关人证和物证。好在天网恢恢，疏而不漏，陆医生，到了这种时候，你的供词显得尤其重要，而且既然到了我们这儿，不怕这狗东西不松口。"

审讯像是告一段落，没多久，隔壁的门一开，江成屹和喻正一前一后出来了。

秦跃忙也跟陆嫣一起过去。

"这还只是开始。"喻正背对着他们，看上去有些疲惫，"你看，作案思路和作案时间线勉强算知道了，但作案手法和抛尸过程都还是一片空白。照嫌犯的顽固程度来看，后续肯定还有大量的工作需要我们来做。江队，我已经做好了打持久战的准备，在接下来的半个月里，我会继续配合你们的工作，直到完善嫌犯的供词为止。"

"接下来的工作太琐碎，都交给我来安排吧。喻博士，这几天您太辛苦了，先去好好休息休息，这两天的审讯工作就由我来做。"说着，江成屹目光忽然掠过喻正，朝陆嫣他们看过去。

一见陆嫣，他心里就觉得踏实。尤其是刚才经过那样一番审讯，他胸膛像是被两块硬石板重重地压住，憋闷得根本喘不过气来。审讯期间，有好几次他不寒而栗，冲动之下，他甚至想离开审讯室，亲眼去确认她的安危。到了此时此刻，明知她安然无恙，他仍忍不住再三打量她。

陆嫣缓步走近，目光始终跟他的粘在一起，很沉默，但并不消沉。

"陆医生，"喻正回头，"怎么样，辨认完了？"

陆嫣不想让自己的情绪流露出来，走到江成屹身边，勉强笑着说："对。"

喻正笑呵呵的，又有些感慨："嗯，不容易，不过，总算过去了。"

四个人都有些默然。

江成屹转脸对秦跃说："老秦，你也累了，跟喻博士都去休息吧，下面的事交给我。"

"江队，这叫什么话？"秦跃显然知道还有很多工作要做，坚决不肯休息，"我先带小陆医生去录证词，一会儿就过来跟你一起审那个变态。"

陆嫣惦记着程舟关于邓蔓的那段供词，但江成屹没提，场合又不对，她自然不敢问。

进了电梯,陆嫣仔细瞧了瞧喻博士的脸色,关切地问:"喻博士,你脸色不太对劲,是不是身体不舒服?"

喻正摇摇头,声音有些发闷:"没事。就是好久没啃过那么难啃的骨头了,也好久没遇到过像江队这么出色的搭档了,说起来有点兴奋。"

电梯门打开,他抬起脚就要往外迈,可是没能迈动,身子一晃,直挺挺地往前倒去。

到了医院,喻博士被诊断为一过性高血压、电解质紊乱,急需卧床休息。

晚间,江成屹和陆嫣看完喻博士,得知他情况稳定,便从医院出来。

"我们先去吃个饭。"江成屹还惦记着早上陆嫣要去的那家四川菜馆,"等吃完了,我还得赶回局里加班。"

"晚上还不能回家睡觉吗?"

他连续熬了两晚,她实在担心他的身体。

"回。"车上暖气太大,有些闷,他脱下西装,解开第一粒衬衣扣子,散散身上的热气。

她望着他,不说话。

"怎么了?"他倾身过来,亲自替她系好安全带,"可能回去得晚一点,你要是累了,就先睡。以后我不在家的时候,我都让刘嫂在家陪你。"

她还在默默看着他,总觉得经过刚才那几个小时,他的态度发生了微妙的变化,无论在公安局还是在医院,他都恨不得时时刻刻盯着她。

"程舟交代了关于邓蔓的事吗?"意识到他一直有意回避这个话题,她干脆主动提起。

他把手机放到一边,避而不答。

她的心一沉,眼睛直勾勾地看着他:"到底是怎么回事,邓蔓到底是自杀还是被害?跟程舟有关系吗?"

停车场的灯光透过车窗玻璃,淡淡地打在他的侧脸上。

他沉默了一会儿,从左边裤袋里取出一支录音笔,转脸看向她:"这案子太特殊了,程舟的供词不能进行转录,但喻博士作为全程协助警方破案的心理专家,被获准保存嫌犯的供词。早在昨天我跟喻博士沟通时,他就同意我将他的一部分影音资料带给你。"他还是有些犹豫。

"所以，我可以听，对吗？"她问，不由分说地从他手中接过录音笔。

他转头看向前方，没再反对。

她胸口阵阵发闷。等待八年，只为一个真相。她一接过就小心翼翼地点开播放键，听见了一个男人的声音："她早就被DV的事情搞得一团糟了。高考失利，友谊也快维持不下去了，这个脆弱的人每天都过得很痛苦。为了帮她完成最完美的'被自杀'，我提前做了很多准备。"

江成屹一共截取了三段供词，加在一起，约莫四十五分钟的录音片段。

停车场里，车来车往。

陆嫣听得异常专注，浑然忘了周围的世界。她已经很努力地控制情绪了，可是到了后面，在听到邓蔓跳入河中时，她胸口一阵翻江倒海，眼泪扑簌簌地掉落下来。尤其是听到程舟说他亲眼看着邓蔓去文具店买钢笔，她心里仿佛塌陷出一个巨大的空洞，哭声渐大，终至号啕大哭。

"邓蔓——"她泪水滂沱，手里紧握那支小小的录音笔，手指因为用力而微微发白，仿佛握着的是当时水里的邓蔓的手。

江成屹听在耳里，只觉得说不出来的情绪把心口堵得满满的，便侧过身，一把将她揽到怀里，沉默地亲吻她的发顶，无声地安慰她。

她哭得上气不接下气，为友谊、为爱情、为逝去的生命。哭到后面，她已经分不清到底为什么哭：邓蔓，她和江成屹，还是她自己？她只知道，她从来没有这么难受过，压抑了八年的情绪急需一个宣泄口。走投无路之下，她根本想不到用别的方式去发泄，只能一再地痛哭，把他的衬衣哭湿了一大片，哭得声嘶力竭还没有停下来的意思。

车开起来了，她转移了阵地，蜷缩在座位上，又把椅背哭湿了一大片。可她已经哭上了瘾，只觉得各种情绪塞住她的胸膛，愤怒、悲凉、无奈，从四面八方向她逼来，她的心头被压得喘不过气，哀哀地哭着，像被困的兽。

车停下了，江成屹将她揽到怀里，也许又哭了一个小时，她才渐渐安静下来。他解开安全带，下了车，从前面绕过车头，打开她那边的车门。

他拉着她在外面走了一段。周围人来人往，人声鼎沸，她认出是去往那家四川菜馆的路，便紧紧握着他的手，终于不哭了。

到了人相对较少的路段，她忽然说："江成屹，我还是很难受。"

"怎么才能让你不难受？"他停下来，帮她抹了一把泪，无比耐心地看着她。

"背我一段好吗？"眼睛肿成了胡桃，她理直气壮地提要求。

她站在那里，他离她很近，她这副模样一点也不难看，反而有种稚气，在这一瞬间，他仿佛看到了十八岁的她，莫名有些心痛，又有些心慌，几乎没有犹豫，他就痛快地转过去说："上来吧。"

她伏到他背上，由着他稳稳当当地将她背起。

两个人都没有说话，走了好一会儿。她始终搂着他的脖子，贴着他的侧脸，只觉得一种异样的安全感扑面而来，她情愿被他背一辈子。

"陆嫣，"沉默了一会儿，他开口，"我们结婚吧。"

周围一静。

等反应过来，她鼻根直发酸，紧紧搂住他的脖颈，丝毫没有犹豫，哽咽着说："好。"

他的脖子上落了什么东西，异常滚烫。他知道那是她的眼泪。走了一段，他淡淡地说："要哭今天晚上一次性哭完。"

"为什么？"她莫名委屈，眼泪根本止不住。

他微微侧过脸，很有底气地说："从明天起，就只剩下笑，再没有机会哭了。"

她怔了好一会儿，用力扳过他的脸颊猛亲，边亲边噙着泪花笑着说："江成屹，你怎么这么好？"

一言为定。

就按你说的那样。

从今往后，只有笑容，再没有眼泪。

❄ ❄ ❄

第二天一早，陆嫣刚起来就到厨房里做饭。

江成屹比她起得晚，连续两夜加班，他格外疲惫，一觉睡下去，直到早上十点才醒。起来后，江成屹比以往任何一天都精神，知道陆嫣在厨房，本着挑剔的本意，到厨房去参观陆嫣做的早饭。他看过一遍，又尝了一口，最后没吭声。

"怎么样？"陆嫣眼睛亮晶晶的，"有长进吧？"

他嗯了一声，打开蒸屉，里面有两碟菜，开盖的瞬间，热气往外一冒："这又是什么？"

"给喻博士做的。"陆嫣戴上隔温手套，把菜一盘一盘取出来，"喻博士的爱人还在外地，晚上才能赶回来，医院伙食不太好，所以昨天我就答应喻博士了，今天会从家里给他带午餐。"

他看着她往餐盒里装饭。还真是小瞧她了，一大早，居然在厨房里弄出了这么多花样。

"喻博士可是土生土长的 B 市人，喜欢咸重口味，你口味太清淡了，做的菜未必合他口味。"

"就算不合口味，也比医院食堂的好吃。"陆嫣转身，见江成屹蹙眉，自信地说，"你那是什么眼神？我做的一点都不差，反正我觉得喻博士肯定会喜欢。"

两人到了医院。因为血压不稳定，喻正现在住在心内科。他们进病房的时候，喻正正坐在床上看报纸。

"喻博士，今天好些了吗？"陆嫣笑着走过去，顺手将餐盒放在床头柜上。

"好多了。"应该是饿了，一闻到饭香，喻正就连忙跳下床，快手快脚地把小饭桌放在床上，期待得两眼放光，"我认为自己马上就可以出院，可是医生坚持说还要再观察观察。真香，陆医生做的菜一定很好吃。"

江成屹笑着说："我们陆嫣的手艺一般般。我在 B 市待过几年，喻博士要是想吃家乡菜了，等我晚上回家做了，再给喻博士送过来。"

陆嫣轻轻瞪他一眼。

"太好了。"喻正显然是个非常爽快的人，"很荣幸能尝到江队的手艺，我想，一定非常棒。不过，陆医生做的菜已经够好吃了，嗯，无可挑剔。"

吃完饭，江成屹到外面接电话。

喻正喝水时见陆嫣忙着收拾餐具，便透过杯沿，若有所思地看着陆嫣。像江成屹这样幸运的孩子，世界上没几个，程舟的家庭太极端，也许不具有代表性，但以陆医生为例，即便成长在破碎的家庭里，依然能长成健全的人格。人性太复杂，哪怕他再花十倍精力去研究，终其一生，恐怕也只能摸到一点皮毛。

"陆医生，你和江队其实很像，但最突出的一个共同点就是你们两个人都很有人情味。"

陆嫣微笑着把餐具收好，坦然接受这句夸奖："喻博士又何尝不是一个有人情味的犯罪心理专家？如果不是您参与了案件调查，邓蔓的案子也许不会这么顺利侦办，我早就想好好感谢您了。"

这时江成屹回来了，对喻正说："李小兰的确得了肝癌，目前在家养病。但据她的医生说，李小兰已经进入终末阶段，活不了多久。"

"是吗？"喻正顿时来了精神，"还有别的什么发现？"

"程舟大学毕业后从来没有给过他母亲生活费，也从不去看她，但今年突然给李小兰买了一套房子，就在她被诊断出肝癌之前。"

喻正意味深长地眯了眯眼："嗯，很有意思。不用说，这套房子一定是李小兰的愿望，而程舟满足了她。"

"那为什么程舟没下手？"陆嫣表示费解，"因为他母亲将不久于人世？"

"哦，不会是这样。"喻正摇摇头，"在程舟的眼里，不大会有生老病死的概念，'选定目标、筹备、执行'是他脑子里固有的作案模式。之所以还没对真正的李小兰下手，我想，他是为了这次狂欢的到来。他这几年没少做准备，他一向很有耐心，因此等待李小兰的也许是一场空前的仪式，或者是升级的犯罪手法，但还没等到他实施，就产生了什么异变的点，让他突然觉得恶心，或者对目标暂时失去了兴趣。"

喻正困惑，思考了很久才说："我有点能理解，又不大能理解。我想，李小兰被确诊肝癌以前已经瘦了很多，病到现在，就更不用提了，也许她的样子早就跟年轻时大不一样了。可惜没有她现在的照片，无法证实我的猜想，"

江成屹和陆嫣对了个眼神，面色古怪："李小兰现在很痛苦，每天需要服用大量的止痛药才能入睡。我估计，程舟攻击刘雨洁的吗啡可能就是从她那儿得到的。另外还有一件事很奇怪，在得知李小兰生病后，程舟几乎每个月都会给她送大量的昂贵保健品。"

"哦？"喻正像是得到了启示，从床上跳下来，来回踱步，"从这一连串的被害人来看，程舟对目标的挑选是近乎严苛的，从体重到身高，都有他自己的一把量尺。可以想象，那个病得变形的李小兰早就不是真正的李小兰了，但他不肯放弃自己的想法，尤其在想好仪式的升级计划后，李小兰的死对他而言简直是一场狂欢。我猜，会不会是为了让李小兰短时间内能恢复原来的模样，所以他才送大量的保健品？"

可是，显然，得了肝癌的患者只会日渐消瘦、憔悴，因此李小兰始终没能恢复成程舟心目中的那个李小兰。

喻正补充道："当然，这都只是我个人的猜想。"

❄　❄　❄

第三天是周末。

江成屹睡得正香，忽然觉得脸上似乎有小蚂蚁在爬，轻轻的，痒痒的。他困意正浓，翻个身继续睡。然而那只"蚂蚁"不依不饶，非但很快就转移到了他的后颈，还顺着他的脊背一路往下爬啊爬，越来越痒。

"别闹，陆嫣。"

耳边有人在轻笑，他的意识倏地一轻，像长出了金色的翅膀，往久远的地方飞去。

好像是一个周末的午后，他和陆嫣在空无一人的教室里看书。快考试了，他做试卷，她温习笔记，四下里一片寂静。

每次在一起温习，她都会和他约法三章：复习完功课之前，谁也不许招惹谁。

完成一张试卷，他想中场休息，斜眼瞥瞥她，她依然很专注。他伸手捏捏她白皙的耳垂，她也不理不睬。他觉得无趣，就把椅子的方向一转，身子往后一靠，准备小憩。

天气太好，窗子被晒得发暖，头枕在上面很舒服，可惜阳光太刺眼，即便闭上眼，还是觉得白晃晃的，为了睡得踏实，他顺手就把书盖在脸上。

他耳边有钢笔在纸上写字时发出的沙沙响，鼻端有不知从哪儿飘来的草木清香，不知过了多久，他迷迷糊糊的，真要睡着了，突然感觉下巴上有什么东西在轻轻地爬。

他皱了皱眉，不动声色地感受了一会儿，意识到是什么在作怪之后，维持着不动的姿势，出其不意地伸出手，一把扣住了她的手腕。

她忙要躲，没能躲开。

"这回是谁招惹谁的？"他拿开书，似笑非笑地看着她。

她咪咪地笑："我只是想告诉你，姿势不对，起来重睡。"

…………

江成屹后背上的感觉越来越清晰了，陆嫣的声音柔柔的、坏坏的："江成屹，睡了一晚上了，该起床上厕所了。"

他闭眼往后一捞。

她哎哟一声，想要跳开。可还没等她跑开，就被他一把拽到床上，压在身下。

"一大早，你闹什么呢？"他假装生气。

她顺势搂住他光溜溜的肩膀："都十点了，还早呢？再不起床，太阳就要下山了。"

忽然感觉到什么隔在他们中间，她不由得笑眯眯地往下摸去，然后故作惊讶："咦！它不像你这么懒，起得比你早！"

"原来你也知道它起床了。"他垂眸看着她，"它这么难受，你能不能帮帮它啊？"

她不说话，眼睛却水汪汪的，捧着他的脸颊，沿着他的脖颈往下亲，行动中的暗示意味已经非常明显。

他心中一动，往下一探，一喜，仍故意绷着脸："骗子。"

"骗子？"

"昨天晚上还告诉我说不行。"

"昨晚是不行。"她笑，"可是现在行了。"

"所以你刚才吵我就是为了告诉我这个？"

一定是。

她想矢口否认，可是他没再给她机会。

这几天都快憋坏了，他一点也不想再浪费时间。

短暂的前戏之后，她很快就做好了准备。

眼看要直奔主题了，他忽然想起什么，从她身上翻身下来，打开床头柜，拿出一样东西。

她很吃惊："你什么时候买的？"

"昨晚，便利店里。"

"你很不想要孩子吗？"她嘟嘴。

"要。"他微微一怔，"但今年还是算了。"

"为什么？"

"这不是明摆着吗？陆嫣，你让我也舒服一两年行不行？后年，或者大后年，我们想要几个都行。"

陆嫣一口咬住他的肩膀，心想，这还差不多。

等他们从主卧出来，都快十二点了，房间、浴室地板、洗手台上，处处都是水渍。
一出来，江成屹就接到了母亲打来的电话。
她非常兴奋："成屹，怎么样，你们选好蜜月地点了吗？"

❄ ❄ ❄

得知江成屹和陆嫣领证，当晚江母就邀集江家一众老友开了个 party，又是开香槟，又是征集婚礼建议，高兴了一整晚。
不仅如此，在开完 party 的第二天，江母还立刻就着手筹划婚礼。
江成屹和陆嫣都希望婚礼从简，但显然这件事他们两个说了不算。
跟陆嫣的妈妈商量后，最后江家决定把婚礼时间定在明年开春。江母本就天性浪漫，加之人逢喜事精神爽，从酒店到请帖，事事都恨不得亲自过问。
唯有一件事，就是蜜月。完全得看两个孩子自己的意思，无法由她替他们做主。为了这事，她一大早就打电话过来确认。
江成屹正琢磨着怎么回，陆嫣的手机也响了，江成屹不得不打开落地窗，走到露台上："陆嫣还没跟单位请好假，我这边也还要再看看。"
"可是我听说因为破了重案，你们局里要给你们组表功。"江母很自豪，"何况结婚可是人生大事，局里怎么也不会不批假的。还有，下个周末我和你父亲要去拜访陆嫣的爸爸妈妈。"
"嗯。"江成屹沉默了一下，"这事，我和陆嫣知道。"
陆嫣的爸爸妈妈离婚多年，尤其是陆嫣的爸爸前一阵子三婚，这次见面会有多特殊，几乎可以预见，一个处理不好，场面就会变得十分尴尬。
"放心。"江母显然已经经过周详的考量，"我和你爸爸做了很多安排，也都事先跟陆嫣的爸爸妈妈商量好了，到时候肯定不会有问题的。到了那天，你们也早点过来，我们一家人好好在一起吃个饭。"
母亲语气很轻松，但江成屹早前见过他几个哥们儿结婚，很清楚或隆重或温馨的婚礼都经过怎样的苦心经营。
"谢谢妈。"透过落地窗，他远远望着在客厅里走来走去的陆嫣，暗想，母亲一定是对陆嫣很满意，才会对他们结婚的事这么上心。他不由得在刚才那句

264

"谢"里加上了陆嫣的那一份，因此语气也就显得格外郑重。

江母有些意外，更多的是欣慰，怔了好一会儿，才笑着说："傻孩子。"

❄ ❄ ❄

数日后，12月22日，冬至。

天还没亮，S市下起了入冬以来的第一场雪。

下雪之前，S市已经接连阴了好几天，太阳每天都被厚薄不均的云层覆盖，整座城市灰蒙蒙的。

到了这天，扯絮般的云终于被风彻底吹散，暖融融的冬阳慷慨地照向大地，雪白的地平线上绲着一长溜金光，天地之间顿时晶莹、辽阔不少。

到了陵园，陆嫣跟江成屹下车，吸了一口寒浸浸的空气，就和江成屹并肩朝邓蔓的陵墓前走去。

按照邓家的习惯，孩子每年都过农历生日，邓蔓的生日又恰好在冬至前后，因此自从八年前邓蔓发生意外，陆嫣和唐洁每年都会在这时候过来看望邓蔓。

他们到了那儿，除了邓蔓父母和唐洁，还有好几个六班的同学。

随着程舟案的公开审理，不少人都知道了八年前的真相，也知道经过连续半个月的审问，嫌犯终于开始交代案情，换言之，案件的明朗化指日可待。

"陆嫣，江成屹。"看到他们，唐洁走近。她脸上戴着大黑墨镜，情绪比平时低落。

得知邓蔓的案子正是由江成屹负责后，班长刘勤和其他几位同学惊讶之余还感到钦佩，忙过来打招呼："来了。"

短短两个字，无限感伤。

江成屹面色沉静，默然站了片刻，便将手里的那束鲜花放到邓蔓的墓前。

陆嫣蹲下身子，静静注视着照片上的少女。

时间在邓蔓身上静止了，照片上的少女跟八年前一模一样，还是那么恬静、温柔，一点都没变。

她将那支钢笔放在唇边吻了吻，仿佛要郑重地把它收藏在心里，然后抬手，轻轻抚摸照片："程舟认罪了。"

邓蔓的妈妈一直捂着嘴无声地啜泣，听到这话，不禁放声痛哭起来。

邓蔓父亲仰头想让泪水回到眼眶，最后还是泪流满面。

所有人都沉默下来。

真相和公道来得虽迟，但还是来了。

树枝上的鸟被哭声惊动，扑棱扑棱往碧蓝的天空直冲而去，最后化作一个小小的黑点。

从陵园出来，邓蔓的父亲和母亲一路无言相送。

到了门口，唐洁帮陆嫣紧了紧大衣的领口："走吧，别错过了飞机，玩得开心点，路上注意安全。"她说话时带着浓重的鼻音。

陆嫣跟江成屹对视一眼，说："大家都保重。"

"嗯。"

两人走了一段，邓蔓妈妈突然含泪说道："谢谢！"

陆嫣讶然回头，邓蔓妈妈遥遥地站在他们身后，正努力冲他们挤出微笑。

陆嫣心头蓦然有一种莫名的情绪涌上来，虽不知邓蔓妈妈这句话是对她还是对江成屹说的，但她还是释然地点点头，然后握紧江成屹的手，大步往前走去。

机场。

陆母和江母到得比江成屹、陆嫣还早，见两位正主迟迟不出现，怕误了登机，都格外焦急。

她们正要打第五个电话时，两人终于出现了。

"你这孩子，"陆母一把拽过陆嫣，"平时挺稳重的，今天是怎么回事？"

陆嫣没提去看邓蔓的事，只说："这不赶上了嘛。"

陆母还要说，江成屹护妻心切，对着丈母娘笑了笑，解释说："不怪她，是我单位临时有点事。"

陆母的脸色这才阴转晴。

江母拉过陆母耳语几句，两人同时露出神秘的微笑。

江成屹看在眼里，颇觉不妙，拉着陆嫣就往里走："再不走的话，就只能等下一趟了。"

他们刚走到一半，就听见母亲在后面欢悦地说："儿子！加油！"

加油什么？他和陆嫣古怪地对了个眼神。

"希望回来就有小屹屹和小嫣嫣的消息。"陆嫣的妈妈笑着补充。

呵呵。江成屹保持微笑，心想，那是不可能的。

经过十来个小时的飞行，他们终于抵达旧金山。

陆嫣想去的地方太多，但因为读书交换期间去过德国，还趁机在欧洲做过深度旅行，因此纠结来纠结去，她还是决定去美国，计划从加州一路玩下来，最后到夏威夷收尾。虽说假期不到二十天的时间，但勉强够用。

江成屹对这个提议表示反对。

陆嫣说："反对无效。"

其实，从很小的时候起，江成屹就被他母亲拉着满世界飞，无论去哪儿对他来说都没区别，见陆嫣坚持，他最后还是屈服了。

习惯了国内的隆冬，乍见到加州刺目的阳光，陆嫣还有些不习惯。

江成屹带她去码头吃海鲜，在当地见朋友，到处游逛。短短几天时间，陆嫣就把旧金山的美食吃了个遍。

他们到洛杉矶，按陆嫣来时的计划去拜访教授。

他们飞到纽约，吃犹太早餐，去 Hummus Place（鹰嘴豆泥店）。

他们到夏威夷，白天玩各种水上项目，晚上在房间里闹腾。

时间过得飞快。

临回国前两天，陆嫣计划到免税店买礼物，早早就起床到浴室里洗漱，却半天不肯出来。

江成屹等了好一会儿，忍不住敲门："陆嫣，你掉厕所里了？磨蹭什么呢？"

门开了，陆嫣一脸沮丧，闷闷地说："江成屹，你上次是在哪儿买的避孕套？是正规品牌吗？假货吧？"

江成屹心里一咯噔："怎么了？"

陆嫣举起刚才在 Drug Store（药店）买的验孕棒，举到他面前："这是什么？"

江成屹头微微往后仰，目光落在那两条横杠上，错愕了几秒，很快就明白过来那意味着什么。然后，他立马怒了："这不是坑人吗，有这么玩人的吗？"

见她不高兴，他安慰她："避孕套会出现问题，验孕棒也有可能出现问题，等回国我们上医院好好检查检查。"

说不定是虚惊一场。

晚上，陆嫣还是很沮丧，可是两个人路过岛上的婴儿用品店时，江成屹的

267

目光还是不由自主往里面瞟了。

"看什么看！"陆嫣愤怒地强行扳过他的脸，以前是谁极力主张暂时不要孩子的？

江成屹宽容地不跟她计较。

下午他上网研究了半天，大致推算了一下陆嫣肚子里宝宝的日期，从那一次同房到现在，已经过了四五十天，早孕反应快来了，这女人出现任何异常情绪都可以理解。

果然，头天晚上这女人还咕咕哝哝失眠到半夜，到第二天起来的时候，情绪明显好转。去机场的路上，她还神秘兮兮地问他："你觉得是男孩还是女孩？"

"我哪知道？"他无语，"反正只要是你生的，无论是男孩女孩，我都喜欢。"

陆嫣对这个答案表示满意。

到了机场，她接连收到了两位妈妈的短信："快上飞机了吗？明天什么时候能到国内？"

可怕……她几乎可以想见两位妈得知她怀孕后的反应，情绪反而急转直下："江成屹，我们可不可以投诉那个避孕套厂家？"

"陆嫣，你能正常点吗？"他扳过她的肩。

她突然热泪盈眶："江成屹，我怕我做不好母亲。"

他怔住，帮她拭泪："要是你还做不好母亲，世界上就没几个能做得好母亲的了。"

陆嫣深思熟虑了几秒，终于点点头："这话好像很有道理。"

两个人在免税店闲逛，陆嫣给每一个人都买了礼物，除了双方父母、唐洁、大钟，还有邓蔓的父母和小妹、喻博士、导师、同事，就连老秦和小周也有份。当然，其中也包括好些软绵绵的婴儿服。

江成屹虽然没明确说想要男孩还是女孩，可他见陆嫣挑的全是蓝色、白色的，很不满意，又自作主张地加了好多套粉色小衣服。

陆嫣在一旁看着他结账，脑补了一下他哄女儿的画面，头一次对肚子里的新生命产生了深深的期盼。

两人等飞机，陆嫣有些困倦，倚在江成屹肩上。他把衣服脱下来给她盖上。

她手机响了，进来好几条微信。第一条内容显示在屏幕上方："恭喜陆医生，你已经成功通过全国病例竞赛初选，顺利进入全国总决赛，接下来敬请大赛主办方的决赛消息。"

"是医院的通知吗？"陆嫣闭着眼睛说，"帮我看一看好不好？"

江成屹试着输入密码。第一次用的是她的生日，不对，换了他的生日才解了锁。

"第一条是通知你进入了决赛。"

"哦。"陆嫣还是没睁开眼睛，嘴角却翘了起来。

第二条是陆嫣妈妈发过来的。

"嫣嫣，我在你南杉巷的房子这边打扫，衣柜里有一个大箱子，里面好多东西，挺占地方的，妈妈给你一件一件收到抽屉里去吧。你记得妈妈都给你放哪儿了，回来别找不到。"

接下来就是陆嫣妈妈拍的箱子里的几张照片——

一双用玻璃纸包好的红色漆皮蝴蝶结鞋。

一支用完了的某品牌唇膏。

一块小小的镶钻女士手表。

一个首饰盒，里面是一条"J&l"项链。

都是他当年送给她的，每一样都曾在他记忆中烙下过痕迹，八年过去，它们跟他记忆中一样完好，璀璨如新，不用想也知道它们都经过主人怎样的一番苦心保存。

陆嫣没等来江成屹的回答，睁开眼睛，凑近说："就一条微信吗？"

她看清图片，脸微微一红，一抬眼，见江成屹正用一双黑幽的眸子似笑非笑地望着她。

就在这时候，广播通知登机。

江成屹心情空前地好，拉着她起来："走吧，陆同学。"

人生如逆旅，岁月如金。失去过，才分外懂得珍惜。从今往后，他们还有很多个八年，他们会一直紧握彼此的手，再也不松开。

陆嫣满足地舒了口气，与江成屹相视一笑，往人潮中走去。

❄ ❄ ❄

他们到国内时，已经是晚上了。

江母和陆母都来机场接机,一见两个孩子出来,立刻围上去。

揽着两人细看,两位母亲同时将目光落在陆嫣脸上,笑着说:"看来这趟玩得很开心,嫣嫣都胖了。"

陆嫣本就一直惦记着那根验孕棒的事,这话落在耳里,简直如一道惊雷。她忙干巴巴一笑,下意识握紧江成屹的手。

江成屹挠挠她的手心,要她淡定点。

江家司机开来了一辆大房车,众人同乘一辆车返回市区。

倒时差,加之路上颠簸,陆嫣直犯困,一上车就靠在江成屹肩上打瞌睡。

江母见状,忙让后座的刘嫂取来毛毯给陆嫣盖上。

亲家如此心细,陆母看在眼里,脸上的笑意不由得加深几分。

下周就是除夕,两位母亲一路都在讨论春节的安排。听江母的意思,很希望两家人在一起过年,陆母却有自己的顾虑。

江成屹低头看着陆嫣,想起高三第一学期期末时,有一次他问她过年怎么安排。她说,除夕会帮妈妈做年夜饭,初二会陪母亲去看外婆,剩下的时间就在家里温习功课。

他当时听了,心里很不舒服:"你们家就你和你妈两人过年啊?"

她摊手:"不然呢?"

想到这儿,他轻轻吻了吻陆嫣的额头,回头对陆母说:"妈,要不今年一起吃个年夜饭吧?"

他的语气很诚恳,陆母听得一怔。

"成屹说得对,嫣嫣妈妈,今年是成屹和嫣嫣新婚第一年,两家人在一起团团圆圆吃个饭,也是个好兆头。"江母补充道。

陆嫣妈妈思忖了一下,笑着应了。

第二天是周末。

大晴天。

陆嫣昨晚一回家就上床睡觉,足足睡了十多个小时,到上午十一点还不肯起来。最后还是江成屹怕她睡傻了,强行把她从被窝里拽出来。

起床后,陆嫣翻出行李,取出送给各人的礼物,逐一整理好,打算在接下来的几天里陆陆续续送出去。

"你过年要加班吗?"先前江成屹一直在外面接电话,好不容易等他挂了电话进来,她问道。

"到时候看组里的安排。"

"我初二到初七每天都有班,但除夕和初一休息。"她语气轻松,显然对这个安排很满意。

他冷笑,这女人倒挺知足常乐的。他拽她起来:"别总蹲在地上。我问你,你什么时候去医院抽血?"

"今天不是周末吗?"她下意识地回避这个话题。

"周一总能查了吧?"他扬扬眉。

"差不多吧。"她回答得很含混。

"反正你给我悠着点。"他捏住她明显有些圆润的脸颊,"你们工作强度那么大,到底怀没怀孕,你最好能早点确认。"

她"恶狠狠"地回捏:"知道了。"世道真是变了,连江成屹都变得婆婆妈妈了。

两个人下午都没安排,陆嫣决定先去南杉巷打扫房子,出来后就和江成屹去逛街买日常用品,到了晚上再去江成屹父母家吃饭。

她近一个月没回南杉巷,前两天妈妈虽帮忙打扫过,有些地方仍然有一层薄薄的灰。

陆嫣到阳台上取吸尘器,江成屹径直走到卧室。

卧室被陆嫣布置得简单、温馨,一张一米五的窄床居中,一边是床头柜,另一边是书桌。

他双手插在裤兜里,先在房间里走了一圈,然后蹲下身子打开抽屉,把那几样珍藏了多年的宝贝都取出来。

陆嫣在客厅里忙活了一会儿,听江成屹没动静,探头进去一看,就见他不知从哪儿弄出来一个纸箱子,正不紧不慢地收拾那些东西。看来他打算把这些东西一起拿到松山路那边的房子里。

果然,听到她进来,他转脸问她:"还有什么东西要搬的,都一起收拾出来。"

这房子陆嫣暂时不住,常穿的四季衣服肯定得拿走。她慢吞吞地说:"东西太多了,今天一天恐怕搬不完。"

"也行。"他搬起箱子,"其他的都能再买,这几样拿走就行。"以后做传家宝。

客厅里地板只吸了一半,陆嫣出来后还要接着收拾,谁知刚弯下腰,就被江成屹夺过吸尘器:"一边去。"

她被赶到沙发上,干脆拿起茶几上的水果刀,给他削起了苹果。

还别说,江成屹干活儿挺像模像样的,不到半小时就把客厅和厨房收拾得差不多了。

她把削好的苹果切出一小块,起身送到他嘴里,非常狗腿地说:"江队辛苦了。"

他一口就把那块苹果吃了,回头看她,见她上面穿着一件天蓝色宽松毛衣,底下是一条白色的牛仔裤,脸蛋有一层柔光,眸子晶莹透彻,婷婷站在那儿,漂亮得犹如一朵玉兰。他心中一动,把抹布扔到桶里,到卫生间洗了手,就拉着她跟他一起坐下:"累了,歇会儿。"

陆嫣被他抱坐在腿上,还以为他真累了,可是没过一会儿,他的手就开始不老实。

"江成屹,"她笑眯眯地握住他的手腕,"你是真累了还是有别的想法?"

"你昨晚不是说腰酸吗?"江成屹回答得一本正经,"我给你揉揉。"

"我腰酸,你揉哪儿呢?"

"不得慢慢来吗?"他声音哑下去,噙住她的耳垂,掌心的热度直透衣料贴近她的肌肤。

她呼吸一顿,忙推他:"还没确认是不是怀孕呢。"

他埋头在她颈间又吮了一会儿,颓丧地往后倒在沙发背上:"那你能不能早点确认?怀孕跟同房矛盾吗?"

"早期不得注意点吗?"她瞪他,"你每次闹的时间都那么久。"

还那么猛,弄出问题来怎么办?

"陆嫣,"他闷了一会儿,忽然想起一件事,坐直,捧着她的脸颊,低声问,"你觉不觉得我们比八年前和谐多了?"

果然,这男人现在满脑子都是这个……

第二天陆嫣下班,江成屹在停车场等着她。

他目不转睛地看着她上车,问:"检查了吗?"

她看出他有点紧张,嗯了一声,从包里取出结果,递给他。是HCG(人绒毛膜促性腺激素)的检查结果,显示早孕。她还查了全套,所有结果都正常。

他一张一张认真地看完,简直想仰天大笑,搂过陆嫣,捧着她的脸蛋亲个没够:"好老婆。"

陆嫣心里不自觉也跟着高兴起来:"你就这么想要孩子吗?"明明前几天还信誓旦旦地说不要孩子。

"陆嫣,你傻了吧?"江成屹不跟她计较,"这可是我们的孩子,真有了,我能不高兴吗?"

因为要商量婚礼的细节,两个人每晚都得去江家吃晚饭,今晚自然也不例外。

到了江家,两人下车。

临近除夕,江家人员来往多,每晚都高朋满座。难得今晚江父也在家,因此一吃完饭,江成屹等其他人去了旁厅,就开口说:"爸,妈,我和陆嫣有事要跟你们说。"

江母正要拉着陆嫣去看定制好的婚纱,见儿子如此郑重其事,微微惊讶地说:"什么事?"

江成屹看一眼面露微笑的陆嫣,正色说:"陆嫣怀孕了。"

江母蒙了一会儿,喜极而泣:"这可是天大的好消息。"

江父威严地看向江成屹,眉宇间也透出喜色。哼,这逆子忤逆多年,总算让他高兴了一回。

江成屹陪陆嫣去卧室试婚纱时,江母仍激动不已:"3月的婚礼,嫣嫣的肚子还没有特别显怀,这样最好了,不需要改婚礼的时间。"她又期盼不已地说,"等到明年这时候,家里就多一个小家伙了。"

江成屹问陆嫣:"你们试婚纱大概需要多少时间?"

婚纱都是店里送到家里来的,但一件一件试下来也需要好几个小时。

"怎么了?"陆嫣看他。

"今晚就在这边住吧。"江成屹说,"懒得来回跑了。"

"很对。"江母挽住陆嫣的胳膊,"你们就住在江成屹以前的卧室里,我让刘嫂去打扫一下。"

Chapter 16

> 整个世界安静得只剩阳光和他。

整个春节他们都过得很忙碌。

婚礼的筹备工作细碎而繁杂，陆嫣和江成屹白天上班，晚上还须赶到江家帮忙。

陆嫣体谅江母操劳，在最初的日子里，哪怕下班再晚，也奔波得毫无怨言。谁知早孕反应说来就来，没多久她就撑不住了。

有一次，下班上了车，江成屹问陆嫣打算什么时候跟医院请假休息，陆嫣还没来得及回答，胃里突然一阵翻江倒海，她就哇啦哇啦吐了起来。最悲惨的是，变故来得太快，她连车窗都来不及降下，全都吐在车里了。她一边吐，一边还在想，江成屹有洁癖，突然来这么一下，估计能把他恶心死。

江成屹倒是没被恶心着，可是眼见陆嫣这么难受，他二话不说就掉转车头开回了松山路。回到家，他顾不上清理车厢，先拽她到浴室帮她里里外外都清洗了一遍，然后用浴巾将她整个人包住，催她："上床歇着去。"

陆嫣找出睡衣穿好，躺到床上，然后看着他打电话。

婚礼只剩不到两个月了，还有好些细节要商议，也不知江成屹具体跟江母是怎么商量的，总之，他一打完电话就过来对她说："明天咱们不用过去了，我妈会带人过来。"

换言之，婚礼的筹备主场会转移到松山路这边。

陆嫣有些忐忑："妈会不会太累？"

他进浴室之前看了她一眼："你什么身体状况不知道啊，明天刘嫂也会跟妈一起过来，以后别来回折腾了。"

既然江成屹拍板了，她也就不用再矫情，立刻缩进被子里，身体一暖，连胃里的不适感都减轻不少。

过了会儿，江成屹洗完澡从浴室里出来，问她："什么时候能跟单位请假休息？"

她在被子里摇头："去年年底我陆陆续续休了一个多月，实在不好再接着请假。而且我们单位还有好几个同事怀孕呢，跟她们比起来，我这早孕反应都算轻的。"

"那晚班怎么办？"他最担心的就是这个。

"我跟我几个同事换了班，跟他们说好了，等我休完产假再慢慢还他们晚班。"

"还有这种操作？"江成屹微微惊讶，擦了一把头上的水，上床搂着她。

"要不还能怎样？我们单位的晚班可都是一个萝卜一个坑。"

当初这女人学什么专业不好，非要学医。

手自然而然地放在她的肚子上，他以批评的口吻对她的肚子说："你跟你妈一样都不听话，昨天还夸你懂事，今天就折腾上了。"

灯光下，他的脸跟八年前一样英俊，眼睛幽深得仿佛一泓潭水。她笑眯眯地托腮看着他，心中莫名酣醉。

他察觉到她的目光，抬眼瞅她："看了老半天，看过瘾了吗，要不让你亲一下？"

"真够自作多情的。"话虽这么说，她还是毫不客气地亲了上去。

❄ ❄ ❄

陆嫣不由得想起高一下学期，她跑去体育馆参加啦啦队。在等待报名的间隙，她一眼就看到了场上的江成屹。没办法不注意，因为他太显眼了。所有队员里，就数他又高又帅，他控场能力很强，传球的动作矫健、流利，投篮时更是一气呵成，不知不觉就吸引了场上不少人的目光。正如欣赏世间所有美好的事物一样，她默默注视着他的一举一动，直到中场休息，她才乖乖地收回了视线。

整个过程中，他就没朝观众席上看过一眼。

下场之后，他先是接过好友递来的汽水喝了好几口，然后站在场边跟几个男生说话。她视力极佳，虽然离得远，但仍可看到他顺着脸颊流下来的汗。他

275

脸上始终挂着那种漫不经心的表情，好像观众席上那些兴奋的女生根本不值得他多看一眼。

她很快就将这件事抛到脑后了，因为她每天要忙的事太多了，学习、课余活动、朋友，比起关注一个不相干的男生，她更感兴趣的是如何好好规划接下来的高中生涯。

她参加的课余活动有限，啦啦队算其中之一，每周一次或两次，队员们会固定到体育馆排练，怕影响球员训练，她们一般都会选在篮球队开练之前进行排练。

排练时，她偶尔会碰到江成屹，可大多数时候还没等他们这些篮球队队员过来，她们就已经练完散场了。

就这样到了高二。

功课越来越紧，为了节省时间，她中午不再回家，而是跟唐洁和邓蔓到学校后面的小饭馆吃中饭。

那里一整条街都是各种快餐店，从盒饭到洋快餐，再到咖啡店，一应俱全。她们比来比去，最后选中了一家看上去最营养、干净的小饭馆。她们跟老板约好，先提前交一个月的饭钱，然后请厨师每天中午十一点五十分开炒，每到十二点下课，她们就会过来吃饭。

这家饭馆里也有其他同学。她们吃饭的位子正好对着外面那条街，她们边吃边聊，时不时会抬眼看看外面。

那时候学校的风云人物算起来不少，但江成屹绝对是其中最显眼的一个，只要他和他哥们儿路过，店里的人很难注意不到。

陆嫣发现他很少到这条街上来，就算来，估计也嫌饭馆里的菜需要现炒，等起来太费时，通常都是直奔对面的洋快餐。

有一天考完试，店里的同学在等菜的间隙齐声哀号这次考题太难。

陆嫣正忙着跟唐洁、邓蔓对答案呢，店里忽然一静，一抬头，就见门口来了好几个男生。众人定睛一看，居然是江成屹和他的几个好友。

他们应该是第一次来，一坐下就喊点菜。

这时候陆嫣她们这桌的菜上来了，陆嫣把三个人的碗筷分好，便开始吃菜。几个菜中，西红柿炒蛋最好吃，她接连夹了好几口还觉得吃不够。

正要夹第四口的时候，她突然觉得不对劲，抬头一看，就看见江成屹正望着她，脸上挂着一丝若有似无的笑意。

见她看过来，他的目光先是慢慢落在她面前的那盘西红柿炒蛋上，然后他将手中的矿泉水喝完，开口说："老板，再加一个西红柿炒蛋。"

她的脸微微发热，移开眼，神色如故地将碗里的饭吃完。

她们起身离开的时候，他们的菜还没上来。

他在跟朋友说话，坐在靠门口的位子。店堂逼仄，他的腿太长，往桌边一伸，她们连过路都困难。

她走到近前，他好像根本没注意到她们，完全没有让开的意思。她穿着裙子，跨过去显得极为不雅，不得不提醒他："同学，麻烦让一下。"

他这才看她一眼，慢悠悠地把腿挪开："哦。"

第二天是啦啦队的排练日，周五。离初赛日越来越近，为了筹备一次正式的排演，老师规定当天所有队员都必须换上表演服。

陆嫣和邓蔓都是啦啦队的成员，下了课，两人就抓紧时间跑到卫生间换衣服。

表演服是类似网球服的白色短T恤和短裙，要是穿在个子较高的女生身上，裙子的长度约在膝上10厘米，对学生而言，这种裙子太短，太活泼，好在只穿这么几次，而且裙子里面配有打底裤，不必担心走光。

两人换好衣服出来，唐洁还在外面等着。一见陆嫣，她就艳羡地说："妈耶，陆嫣，你这腿真绝了，又白又直，要是能长在我身上就好了。"

"你够了吧。"陆嫣接过唐洁递来的书包，"我们先走了，你要是想看我们排练，一会儿也来篮球馆，等训练完，我们再一起回家吧。"

唐洁提建议："明天不上学，要不我们晚上到后面吃麻辣烫去吧？"

邓蔓反对："我训练完就得回家，"

唐洁横她一眼："那就不算你，我和陆嫣去。"

怕迟到，陆嫣和邓蔓一从教学楼里出来，就紧赶慢赶往篮球馆赶。

到了那儿，负责训练的女老师果然已经到了，陆嫣忙跑到平时排练的位置上站好。

排练时间一般都定在队员训练前半个小时，谁知那天她们刚排好阵形，篮球队的男生们就来了。

球场边上有一长排用来休息的长椅，江成屹他们一来就坐到了椅子上。

丁婧本来在队伍的最前列，见江成屹来了，就跟老师打声招呼，跑过去找他说话。

陆嫣一板一眼地跟着老师做热身动作，转身时不可避免地往那边瞄了瞄。

江成屹穿着一身蓝色球服，底下是一双白球鞋，左边膝盖上戴了黑色护膝，左手上还戴着护腕，普普通通的打球装备。然而跟别人不同的是，他从头到脚都显得很干净。

她想了想，男生就算再讲卫生，毕竟总搞运动，不可能干净、体面到这种程度。所以她猜他家里肯定有人经常帮他换洗衣服。

她不由得想起前几天她坐在观众席上看漫画，不小心被他的篮球弄脏了鞋面。回家后，她刷了好一会儿才把鞋面刷干净。

想到这儿，她不禁多看了他几眼。

他的注意力全放在他身边几个队友身上，偶尔才接两句丁婧的话，一边说话，一边心不在焉地玩着手上的篮球。

她注意到他不管是玩篮球还是投篮，惯用手都是左手，应该是个左撇子。

她正瞎猜呢，两道目光落在她脸上，她抬眼迎过去，才发现江成屹不知何时朝这边看了过来，眼睛黑漆漆的，跟他的头发一样黑。她连忙转过脸。

这时，老师拍了拍手，大声说："要开始排演了，还没归队的同学快归队。过几天就是高中篮球联盟大赛，我们身为场中的啦啦队，不但能帮助带动场上的氛围，更能代表我们七中的风貌，所以同学们一定要认真对待这几次排演。"

说着，老师弯腰按下音箱上的播放按钮。

背景音乐选的是某韩国女子组合的当红曲目，老师认为这首歌不但很有节奏感，还比较欢悦，用来做啦啦队的表演开场曲再合适不过。

音乐一响起，观众席上立刻就有好些人起哄。

不知消息是怎么传开的，总之，全校的同学都知道啦啦队的队员们换上了表演服，今天可以大饱眼福，因此前来观看表演的同学不少。

表演动作早已经烂熟于心，陆嫣跳了几个走位，想起唐洁，时不时往观众席上瞄一瞄。人太多，她找了好一会儿都没能看到唐洁。正好变换队形，她双腿微微分开，弯腰将啦啦球从左手递到右手，而在扭身的工夫，恰好碰上后面的人的视线。

是江成屹。他手里拿着一罐饮料，没喝，像是盯着她的背影看了很久，她回头的一瞬间，他的脸一红，很快便移开了目光。

她们跳完后，老师显然对训练成果很满意，表扬了她们几句，又嘱咐了几句注意事项,便宣布大家可以暂时退场。

陆嫣一边散汗,一边和邓蔓到观众席上找唐洁。

当时唐洁正对篮球队一个娃娃脸的男生有点好感,一直琢磨着找那个男生搭话,好不容易找到机会看比赛,自然不肯走。三个人只好并排坐下。

邓蔓着急回家,看了一会儿就提前走了。

中场休息的时候,有个男生从隔壁观众席上过来打招呼:"陆嫣。"

陆嫣仰头一看,是四班的一个男生,名叫于茂,成绩很好,长得高高壮壮的,还爱踢足球。于茂以前给她写过情书,还当面跟她告白过,当然,通通被她以"要专注学习"的理由明确拒绝了。

于茂一走到边上,就跟陆嫣旁边的女生低声商量起来。那女生很知趣,马上就跟于茂换了位子。

唐洁朝这边瞄了一眼,见是陆嫣的追求者之一,也没在意,继续吃零食。

"你刚才跳得真好。"于茂坐下后,挠挠头,笑着看陆嫣。

陆嫣注意到他脸上长了一粒红亮的青春痘,笑了笑,很客套地说:"谢谢。"

"你这次期中考试考得怎么样?"于茂斟酌着找话。

陆嫣刚要回答,场上忽然一阵哗然,就听唐洁吐槽:"江成屹是怎么回事,眼看要到手的三分球就这么飞了。"

在接下来的几十分钟里,于茂忙于跟陆嫣说话,陆嫣几次想找机会开溜,都被唐洁扣住了。

"一会儿到学校后面吃点零食再回家吧。"唐洁直冲陆嫣挤眼,她一直想找那个男生告白,非常需要陆嫣给她打气。

终于散场了,唐洁去找那个男生说话,陆嫣则到篮球馆的卫生间换衣服。她换好衣服出来,发现于茂还等在外面。

他看看手机上的时间,说:"都快八点半了,挺晚了,你们两个女生回家不安全,要不我送你们回去吧?"

"不用了。"陆嫣忙说,"一会儿我们直接打车走。"

于茂盯着她,无奈地说:"我就知道你不肯,那我陪你们走到学校门口总行吧。"

再也找不到理由回绝,陆嫣只好随他去。

陆嫣在过道里等了一会儿,见唐洁没出来,便给她发了一条短信:"要不我到学校后面的那家麻辣烫等你?"

发完短信，陆嫣刚要离开，手机就响了，是唐洁。

"我这就出去。"

与此同时，她就听后面有人说："于茂，有事找你。"

陆嫣一回头，见好几个男生刚从休息室里出来，说话的那个是四班的体育委员。

于茂走过去，说："怎么了？"

话音未落，江成屹也从里面出来了，目光先不经意地落在陆嫣身上，然后看向于茂。

四班那人见状，忙抓住于茂的肩膀，笑嘻嘻地说："走，有事找你。"

不等于茂出声反对，一行人强行拽他离开，很快便一哄而散。

过了会儿，有人在门口促狭地喊："江成屹，一会儿别忘了过来。"

灯光不算明亮，喧闹声已经远去，转眼间，走廊里仅剩陆嫣和江成屹。

江成屹站了一会儿就往外走，陆嫣盯着过道深处，耐心地等唐洁出来。

过道不宽，仅容两人并肩通过。他走近的时候，她闻到了淡淡的汗味，并不难闻，还把周围的空气都带热了几分。

眼看他即将与她擦身而过，她正考虑要不要侧身，以便跟他拉开距离时，他却突然停了下来。紧接着，他手里的篮球忽然一滑，再一次落在她的鞋面上。

陆嫣一惊。

江成屹弯腰捡起篮球，直起身："同学，真不好意思，要不我赔你一双吧？"

她抬眼看着他，不吭声。

他的表情和语气都一本正经，眼睛里却透着淡淡的笑意，一点也没有抱歉的意思。

这样面对面站着，陆嫣才发现江成屹比自己想的还要高一点，她得仰起头才能跟他对视。

他也在看她，还看得很仔细，先是眉毛，再是眼睛，然后才是她的唇角。谛视了一会儿，视线一抬，他盯着她的眼睛，淡笑着说："你叫什么名字啊？我赔你一双新鞋吧。"

空气里仿佛浮荡着什么让人发闷的东西。

她尽量不让自己去琢磨这种异样的感觉，很冷淡地瞄瞄鞋面，说："不用了，我回去刷一下就行了。"

他的样子很真诚："要不我给你刷？都弄脏两次了，怪不好意思的。"

"别弄脏第三次就行了。"她瞥瞥他。

他的脸皮比她想的要厚多了，他像是压根儿没听出她的不满，只笑着说："要是再弄脏第三次，我就只能赔你一双新的了。"

说着，他看一眼她的鞋，"好心"地提议："刷鞋挺费工夫的，我给你刷，好不好？"他声音很低，有种震荡空气的意味，说话时，一直专注地望着她，目光里的笑意让她耳根无端发热。

他会刷鞋吗？她很怀疑，本想一口回绝，又起了捉弄他的心思，点点头，说："那好吧。"

以这人的控球技术，她才不相信他会接连失手两次，既然他这么无聊，那就让他尝尝刷鞋的滋味。她从书包里取出用鞋袋装着的凉鞋，当着他的面换好，然后把球鞋放进去，心安理得地递给他，微笑着说："那就麻烦你了。"

他半点都不惊讶，还真的接过去了："刷干净了，我就给你。"

明明是个促狭至极的提议，他却接得如此自然，她的笑容不由得微微一凝，脑海中忽然冒出平时唐洁生气时总说的一句话："那人真欠揍啊，好想打他。"此刻她虽然维持着笑容，心里却有这种想法。

"对了，你叫什么名字？"他面不改色地转移话题。

"陆嫣。"她淡淡地回答。

"陆嫣。"他装模作样地重复这两个字，故意说得又低又慢，像在咀嚼果汁糖似的。

她心跳加快，严肃地皱眉："还有什么事吗？"

听他笑了笑："我叫江成屹。"

她也像第一次听到这个名字似的，淡淡地"哦"了一声。

周末两天，陆嫣在家温习功课。

周一有啦啦队排练，午休的时候，她想起江成屹说会把鞋放到篮球馆的观众席下面。于是她从教室出来后直奔篮球馆。

中午篮球馆通常没人，她打算先在那儿把鞋换好，然后再出来吃饭，也免得下午排练时没鞋穿。

谁知她到了那儿，江成屹和其他队员正在场中练球，应该是临近初赛，被教练抓来加练了。

她进来的时候，江成屹刚好扣篮，根本没朝门口看。

陆嫣找到观众席上那个座位，往下一摸，果然有她的鞋袋。她打开一看，刷得比她想象中干净多了，不止鞋面，连鞋带和鞋垫都焕然一新。

她脸颊一热，莫名生出少女特有的拘谨。

不知有意还是无意，就在这时候，江成屹朝这边看了过来，与她目光相碰的一瞬间，他像是笑了一下。

她有些坐不住，突然没法再像那晚那样当着他的面换鞋，于是提着鞋袋溜下了观众席。她刚要离开，就听到身后有人喊她。

是江成屹。

"怎么样，还满意吗？"他出了汗，利落的短发贴在额前，指指她手中的鞋，问她，没笑。但她总觉得他目光里有种捉弄人的意味。

"还行吧。"她的口吻很挑剔，却笑得很大方，"谢谢。"

"哦。"他挑挑眉，接着往下说，"你吃饭了吗，这两天耽误你穿鞋了，要不我请你吃饭吧？"

"不用了，我跟同学约好了。"她挤出一丝笑容，拒绝跟他再有交集。至于理由，她自己也说不清楚，总之，她觉得有必要跟他保持距离，于是一说完，她转身就走。

然而等她跑出去老远了，还能感觉到有人在后面看她。

啦啦队的最后一次排演已结束，剩下的事就是等待比赛通知。

篮球队却不同。为了彰显本校"德智体美劳"全面发展的名校风采，校方对 S 市高中联盟比赛很重视，随着比赛日期临近，巴不得队员们将课余所有时间都用在训练上。因此，在接下来的好些天里，陆嫣都没再见过江成屹。这使她莫名轻松了一点，原因不明，她也不想深究。

过了几天，联赛初赛正式开始，怕影响学生功课，比赛时间在周六、周日这两天，地点则定在市体育馆。

下午才是七中的比赛，陆嫣三点多到了市体育馆。

由于经常举行各类大大小小的比赛，观众席上足可容纳近万人。而为了给自己学校加油，全市十几个中学的学生几乎都来了。置身其中，满眼都是攒动的人头，满耳都是嗡嗡的说话声。

啦啦操跳完，全场氛围都被带动起来，在一片欢悦声中，陆嫣和队友回到观众席休息。

七中被分在黄区，隔壁是一中的啦啦队。

根据比赛规则，先进行小组赛。所有参赛的中学里，实力最强的就数七中和一中，不巧被抽到同一组。随着裁判的哨声吹响，堪称本赛季最激烈的一场比赛正式拉开了序幕。

陆嫣跟邓蔓她们坐在一起，刚喝几口水，就听有女生兴奋不已地低声说："快看，快看，那男生太帅了吧。"

"废话，那可是七中的男神。"有人答。

陆嫣往场上一看，就看见了江成屹。

那几个女生像是发现了新大陆，比赛期间，一直兴高采烈地低声议论："本来以为我们学校那几个就够帅了，没想到一山还有一山高啊。"

她们的声音不小，丁婧听到了，似乎有些不满，接连往这边看了好几眼。

有人插嘴说："我说，你们能不能别那么肤浅？七中可是我们学校的劲敌，要是这场比赛输了，接下来可就悬了。都这时候了，你们还有工夫关注七中姓江的那家伙的颜值。"

"原来他姓江！"有女生准确地捕捉到了关键词。

"花痴。"那女生干脆闭嘴不说了。

比赛打得异常艰难，上半场时，七中领先几分，下半场时又被一中追了回来。到了最后的加时赛，赛况牵动全场的心。

看至激动处，一中的不少学生站了起来，给自己的学校鼓劲："一中！加油！"

七中也不遑多让："江成屹，加油！七中，加油！"

到了这时候，光有过硬的技术和心理素质已经不够了，脑子也很关键。

平时看江成屹打球，陆嫣总觉得他有股骄狂劲儿，谁知到了最关键的一场比赛，他却显得非常稳，不管对方咬得多么紧，他都打得不急不躁。

加时赛一开场，七中就夺得先机，此后的五分钟，一直保持领先。最后，江成屹的一记篮板绝杀，奠定了稳胜的局面。

比赛结束的哨声一吹响，七中的学生顿时欢呼雷动，江成屹被教练和同伴环绕，百忙之中，居然还抽空朝观众席上看了一眼。

赛后，邓蔓说妈妈过生日，不肯去参加聚会。等她走后，剩下的同学一个劲儿地商量晚上庆功的事，名为庆功，无非是想找个借口放松一下。

上次，唐洁去找那个男生表白，本来信誓旦旦地要将其拿下，谁知临了犯了尿，东拉西扯了一大堆，最后还是没能扯到点子上。就这么放弃吧，她又不甘心，因此一听说晚上搞聚会，她就忙对陆嫣说："我想去！我要去！"

陆嫣只好跟妈妈打电话请假。妈妈听说很多同学都去，略微放了心，问清楚了聚会地点就叮嘱道："九点钟之前必须回家，实在不行，妈妈过去接你。"然后挂了电话。

到了聚会地点，两人一进门，唐洁暗恋的那男生刚好跟同班同学路过。

唐洁眼睛一亮，忙把随身物品都交给陆嫣，拔腿就去找那个男生。

陆嫣要上厕所，等了她一会儿，临时没抓到眼熟的同学，只好背着大包小包去找卫生间。

谁知她刚出走廊，就见江成屹和其他几个男生迎面走过来，旁边还有好些女生，大部分都是三班的，也有别班的。

丁婧似乎感受到了来自周围女生的威胁，本来跟江成屹并肩而行，又突然停下，从随身背的小包包里取出一包湿巾，踮脚要给江成屹擦汗。

江成屹正跟哥们儿说话呢，冷不丁被丁婧的湿巾一碰，像被什么脏东西碰了一样，一偏头，躲开她的继续碰触，皱着眉说："干吗？"

大家都有些尴尬，江成屹旁边的男生忙解围："江成屹，你还行不行了，不就一张湿巾嘛，看把你吓的。"

丁婧笑得很自然，说："我是处女座的，但说起洁癖，还真比不上你江成屹。我怀疑阿姨当时记错你的生日日期了，你根本不是天蝎座。行了，拆开的你不肯用，没拆开的总可以吧？这包新的给你，你拿着擦擦汗吧。"

"不用了。"江成屹到底不肯接那湿巾，一转脸看见陆嫣，不说话了。

陆嫣没再看他，只不过跟他们擦肩而过时，冲其中一个科技小组的男同学笑了笑。那人叫梁东，上个月和她一起参加过科技大赛，比起其他人，她跟这人最熟。

几个男生颇为艳羡，暧昧地说："行啊，梁东。"

陆嫣很快就走到了走廊尽头，一拐弯，找到了卫生间。她把书包放在门口的行李架上，推门而入。

她洗了手，从卫生间出来，取下行李架上的书包，重新背上，没走几步，就看见了江成屹。他身边其他人都不见了，走廊里就他一个人。

"这么巧。"见她出来，他一笑。

她瞟他一眼："挺巧的。"

他看着她走近,目光落在她肩上的两个书包上:"东西这么多,拿得动吗?我帮你拿吧。"

"不用了。"她微笑着拒绝。

"别啊。"他笑得懒洋洋的,"上次的事我还没正式道歉呢,你把书包给我,我就当赔礼道歉了。"

陆嫣想起之前那一幕,忽然起了捉弄他的心思,便停下,说:"好吧,那就谢谢你了。"

她递给他其中一个书包,等他接过后才慢悠悠地扯谎:"刚才这个书包放在卫生间的洗手台上面,恐怕不怎么干净,别嫌脏。"

江成屹面不改色地辨认了一下那书包上的名字,很快便笑了笑,说:"这算什么。"

陆嫣才发现自己下意识递过去的是自己的书包,见他非但不嫌弃,还接得那么自然,她又有点心慌。

他跟她并肩而行,好一阵没说话,在路过KTV自带的零食售卖店时,他忽然问:"想吃点什么吗?"

她的确很饿,就指指书包:"我带了很多吃的,放书包里了。"说着,她就走到他面前,拉开书包拉链,从里面取出一个面包。

撕开纸质包装,她刚咬一口,一抬眼,见他正含笑望着她,也不知道是在看她,还是在看那个面包。她犹豫了一下,问他:"你要不要?"

"要。"他回答得很迅速。

她就又从书包里拿出一个面包,递给他。

他不肯接,只盯着她手上的:"你那个好像比较好吃,随便分我一半就行。"

"可是这面包我已经咬了一口。"

"我知道。"他一副笃定的语气。

她抬眼看他。在他的注视下,她不光脸开始发烫,连白皙的脖颈都慢慢染上一层粉红色。

傻,再也装不下去了。

过了很久,陆嫣听到自己干巴巴地说:"可要是分你一半,我自己就不够吃了。"

这话说得委婉又直白,拒绝的意味很明显,以江成屹的聪明脑瓜,不可能听不懂。为了缓解预料之内的尴尬,她顺手又将另一个面包递过去:"这个新

285

的，你要不要？不要的话，我就收书包里了。"

然而他的心理素质远比她想的强多了，只停顿了一秒，他就退而求其次，接过了她手中的另一个面包，笑了笑，说："行吧，有的吃总比没的吃强。"他除了自我解嘲，还隐约透着一种放长线钓大鱼的耐心。

陆嫣更觉得不妙了。从进高中起，她身边就不乏向她示好的男生，以往遇到这种情况，她总能处理得很漂亮，今晚不知为何，思维却发钝。

他接过那个面包后并没有吃。

两人并肩走了一段，她目光往边上一瞟，见他穿着牛仔裤、白球鞋，再看看自己，裙子下面也穿着白球鞋，而且好巧不巧，还是被他刷干净的那双。她猜他早就看到了，于是心里更乱了，就停下来，说："那个，我要去找唐洁了。"说着，她就把书包从他肩上拿下来。

"你家住哪儿啊？"他低声问，"离这儿近不近？"

"挺近的。"她背好书包，冲他挤出一丝友好又疏离的笑容，"拜拜。"

她转身就走了，直到转过那条走廊，才舒了口气。

陆嫣找到了同学们所在的包间。没多久，唐洁也来了，还哭丧着脸，不用问，她一定是被那个男生拒绝了。

当晚，唐洁将失恋的痛苦都发泄在了麦克风上，俨然成了该包间的麦霸，唱了一首又一首，始终不肯歇气。

到八点多时，陆嫣惦记着回家。唐洁嗓子喊哑了，也没兴致再唱下去。她们不顾同学们的拉劝，从包间里出来，谁知一出来，就发现走廊上还站了几个男生。其中一个正是江成屹，听到身后的声响，他也没回头。

平常遇到这种情况，唐洁总能被勾起八卦心，今晚却失了兴致，一直蔫巴巴的，经过的时候，看都没往那边看。

陆嫣拉着唐洁出了KTV，到路边打车。虽不算太晚，夜色中却渐渐有了萧瑟的意味。两人刚走到树下站好，她背上就冒出一种被人窥视的感觉，她张望了一圈，却没看到可疑的人。

她心里正发怵时，江成屹他们也出来了。奇怪的是，他们一冒头，她身上那种被人盯梢的感觉立刻就消失了。松了口气的同时，她不由得想起电视上那些治安新闻，唯恐江成屹他们走了之后，那种怪异的感觉会再出现，于是她更加迫切地希望能早点打到车。

然而她等了十来分钟，连个出租车的影子都没看见。好在整个过程中江成屹就不远不近地插兜跟几个男生说话，始终没有离去的意思，这多少让她心安。

这时候，唐洁也发现不对劲了，对陆嫣说："江成屹他们干吗呢，在等人，还是在等车？"

这时候出租车终于来了，陆嫣忙拉着唐洁上车。坐好后，她往外面瞄了瞄，就见江成屹似乎朝这边看了一眼。出租车启动后，他又在原地站了一会儿，这才转身跟那几个男生朝另一边走。

周一上早自习时，陆嫣才知道唐洁因为感冒，请了好几天假。

中午吃完饭，她和邓蔓到图书馆里的阅览室上自习，跟教室比起来，这里安静不少。可是没多久，邓蔓就说有笔记本落在教室了，要回去拿，先走了。

邓蔓最近总这样，她也没多想。整理了一会儿上午的功课，她察觉到周围很安静，忽然觉得不对，最近一些日子，不管是于茂还是别班追求她的男生，通通不见了。

这样倒也好，平时总嫌他们耽误她的时间，这回彻底清净了，琢磨了一会儿，她困意上来，就趴到桌上睡觉。周围没几个同学，在这里睡觉比在教室自在多了。可没睡多久，她就感觉身边不远处有人坐了下来，只当那人是同学，她也没在意。

悠悠然又睡了一会儿，她左边胳膊枕麻了，就换到另一边，继续睡。转头的时候，她迷迷瞪瞪一睁眼，才发现刚才来的那人离她大概两个座位，从她的角度看过去，正好能看见那人的鞋。

等她发现那人的球鞋特别眼熟时，睡意顿时没了，抬起头一看，就见江成屹正饶有兴味地看着她，手里还转着笔。

见她醒了，他仍靠着座椅懒洋洋地坐着，面上却一笑，露出一口白牙："真巧。"

这人中午不练球吗？她淡定地坐直："真巧。"

他指指她腮边亮晶晶的口水，"好心"提醒她："要不要擦一擦？"

陆嫣脑中血流一冲。她向来有泰山崩于前而色不变的本事，然而到了这时候，她心里不免飙出一万句骂人的话，直想找地缝钻进去。没找到，只能硬扛，亏得她特别能装，才不至于马上崩溃。她调整了几秒，努力让自己显得淡定自若，只从牙缝里挤出"谢谢"俩字，便扭过身，到书包里翻纸巾。

翻了半天，没找到。她想了想，才记起中午吃饭的时候纸巾都被她用完了。

她脸上那种黏糊糊的感觉太明显了，要是不擦，过会儿会形成一道白印子，落在旁人眼里，无比尴尬。

他笑得很促狭："我去给你买吧。"

外面有贩卖机。

她忙说："不用了。"

可是他已经起身走了，回来时，不但买了湿巾、纸巾，还附赠一大堆零食。

她拆开湿巾，硬着头皮擦口水，一抬眼，才发现他还在看她，脸上那种坏兮兮的笑不见了，代之以一种意味不明的专注。

整个世界安静得只剩阳光和他。

"谢谢。"她的心怦怦直跳，嗓子还直发痒，怕他看出自己的局促，她忙放下湿巾，指指那堆零食，说，"嗯，这些东西多少钱？"

江成屹挑挑眉梢："陆同学，你是认真的？"

当然是认真的。出于一种未知的原因，她急于跟他划清界限，于是用最快速度在脑子里组织了一下语言，就要接话时，外面走廊传来女生的声音。

过了会儿，有人进来了，是丁婧和刘雨洁她们。

看见陆嫣和江成屹，她们愣在门口，都显得很惊讶。一个没忍住，丁婧开口道："江成屹？"

江成屹仍盯着陆嫣，却慢悠悠地直起身，说："我得去练球了。"他像是对陆嫣说的，因为声音压得很低。不等丁婧进来，他将外套搭在肩上，就往门口走了。

他走后，丁婧没挪步，还在原地望着陆嫣。

陆嫣没理丁婧。早在半个月前，她就莫名其妙被丁婧和刘雨洁诬陷过一次，为此，她还差点被啦啦队除名，虽说后来事情平息了，但从那之后，她就正式与此人交恶。此时此刻，面对丁婧不善的目光，她自问没有理会对方的必要，自顾自收拾好东西，就离开了图书馆。

傍晚放学铃声一响，同学们像被圈了一整天的鸽子，迫不及待地往外冲，教学楼的楼道因而显得异常拥堵，到处人头攒动。

晚上要参加啦啦队训练，陆嫣和邓蔓从教室出来，一边商量去看唐洁的事，一边在人潮中艰难前行。

走到二楼和一楼之间的楼梯口时，陆嫣刚要下台阶，突然被人从背后用力推挤了一把，她一时不防，身子猛地往前一扑，忙用手撑住墙，可毕竟受力太大，脚腕还是崴了一下。

邓蔓吃了一惊，忙扶稳她："没事吧？"邓蔓想要蹲下身查看她的脚，奈何周围太挤，站都困难，何况弯腰。

陆嫣怕邓蔓也跟着摔倒，忙说："没事。"她往后看，就见身后是三班的一个同学，叫李曼莉，和刘雨洁一样，是丁婧的狗腿子。

李曼莉见陆嫣盯着自己，无辜地说："怎么了？"

这时旁边有个男生说："李曼莉，你这就不地道了，刚才我都看见你推陆嫣了。"

"你怎么这样啊！"邓蔓脸都气红了，她不善与人争执，声音和气量都不足，但控诉的意味很明显。

周围顿时射来好几道视线，李曼莉咬了咬唇，下不来台，不得不硬着头皮道歉："陆嫣，真对不起，我刚才不是故意的，人太多了，连我也差点摔倒，我都没意识到自己推你了。你的脚怎么样，没事吧？"

同学们还在往前挤，三人勉强站了一会儿，又被人潮推着往下走，谈话被迫中断。一直到了一楼的平地上，三人得以脱离人潮，这才站稳。

陆嫣的确伤得不算重，但想想前因后果，她总觉得这事太蹊跷了，便对李曼莉说："你扶我去医务室吧，校医应该还没下班。"

李曼莉露出为难的神色："可是啦啦队就要开始训练了，我上次已经缺席过一次，再迟到的话，老师会把我除名的。我看你伤得也不重，要不你让邓蔓陪你去，我帮你们跟老师请假。"

"伤得重不重得医生看了才知道。"陆嫣意味深长地看着她，"这事其实很简单，我们一起到篮球馆去，请完假，你再陪我去医务室。"

邓蔓也说："离决赛只有三个月了，老师早就说过了，每一次训练都不能缺席。突然来这么一下，要是陆嫣上不了场，老师不知道会怎么想呢。既然你'不小心'推了陆嫣，我们最好一起去跟老师解释清楚这事。"

李曼莉没办法，只好说："那好吧。"

到了篮球馆，陆嫣和邓蔓拽着李曼莉去跟老师说明原因。

李曼莉一味避重就轻，说话时还不时朝丁婧和刘雨洁瞄一眼。所幸陆嫣口齿伶俐，很懂得抓重点，加之有邓蔓在旁边帮腔，总算没让李曼莉赖过去。

老师是体育专业出身，对常见的运动损伤有些经验，弄清楚前因后果，就让陆嫣坐到一边的座椅上，给她查看伤势。

老师仔细检查了一番后，对陆嫣说："问题不大，但为了避免伤情恶化，今天你还是别训练了，也不用到医务室去，随便让哪个同学到医务室给你拿点药酒擦擦就行。这两天你就在看台上看同学们做动作，等完全好了再加入训练。"

"哟，这是怎么了？"身后忽然有人说话。陆嫣抬头一看，是几个篮球队的男生，像是刚从后面的休息室出来，见状，有些惊讶。说话的正是其中一个圆脸的男生。

江成屹也在一边，虽然没说话，可当他的目光落到陆嫣身上时，还是几不可见地皱了皱眉。

"这位同学扭伤脚了。"老师起身，转头看向李曼莉："既然是你不小心推了同学，那你就替陆嫣到医务室走一趟。"

李曼莉"哦"了一声，怕老师怀疑到别的人身上，转身就跑。

老师对其他人说："时间不早了，同学们快归队。"

邓蔓把书包放到陆嫣脚边，担忧地说："那我先排练，有什么事，你再叫我。"

"去吧。"陆嫣尽量表现得很轻松，"动作记熟一点，回头还等着你教我呢。"

这时，篮球队队员也在长椅上坐下来，由于练球时间还没到，他们一边喝汽水，一边聊天，显得很散漫。然而他们之间仿佛有某种默契，无一例外都跟陆嫣保持着一定距离。

陆嫣注意到江成屹只露个面就不见了，正纳闷，忽然有人坐在自己边上，她一转头，就见江成屹不知从哪儿冒了出来，还递给她一个盒子："给。"

"这是什么？"

"治运动损伤的。"江成屹笑说，"像你这种情况，擦两回就好了。"

陆嫣看那东西包装得异常精致，莫名觉得这里面的东西会比市面上的好，也知道脚伤会带来诸多不便，为了尽早恢复，她接过了："谢谢。"

还有一个原因，她虽然极想跟他保持距离，却不想当着这么多人的面表现得太敏感。

她打开盒子，见里面有一个喷雾、一个小药瓶，还有一卷白色膏药类的东西，包装上印着英文，密密麻麻全是说明。

这时李曼莉跑了回来，手里拿着个塑料袋，里面装着一瓶红花油。到了陆嫣面前，她应付式地说："给你。"

江成屹不让陆嫣接，只讽刺地说："这玩意儿，你自己留着用吧。"

李曼莉的心不由得一阵抖，做了这么久的同班同学，她十分了解江成屹，心知他看上去似乎人畜无害，但一切只不过是表象。她越想越手脚发凉，戳在边上，半天不知道该怎么接话。

丁婧频频往这边张望，不经意对上江成屹冷淡的目光，脸色也变得极为难看。她急于将自己撇清，只当没看见李曼莉投过来的求助目光，硬着头皮转过脸。

陆嫣打开那说明书看了一会儿，就拧开瓶子，开始擦药酒。

"你力气也太小了。"江成屹看着她的手，有些心不在焉，"就你这个擦法，半个月也好不了。"

"那该怎么擦？"

"我帮你擦啊。"江成屹声音一低。

陆嫣脸唰地一红，抬眼望他，他的样子很真诚，丝毫没有诚心冒犯的意思。

旁边那几个男生耳力惊人，不知怎的就听见了，忍着笑说："哇，江成屹，服了，服了。"

江成屹无声地吐出一个"滚"字。

那帮人仍在低笑，但还算识趣，马上不说话了。

"不用了。"陆嫣一口回绝，脸烫得要燃起来，总觉得江成屹蔫坏蔫坏的，光回绝还不够，她又附赠一个白眼。

第二天中午，邓蔓考虑到陆嫣脚伤未愈，一下课就到外面给陆嫣买午饭。

同学们都出去觅食了，教室里空荡荡的。陆嫣坐了一会儿，从书包里翻出那个小盒子，给自己擦药，擦着擦着，桌上忽然被人放了一份外卖。

"饿了吧？"

她抬头，见是江成屹，迟疑了一下："不用了，我朋友帮我买饭去了。"

"我知道。"江成屹扬了扬眉，"以你朋友的速度，半个小时都未必能买回来，先随便吃一口吧。"

外卖的盒盖虽然盖得很严，却不时有香味飘出来，陆嫣目光瞟过去，见是学校门口一家很受欢迎的章鱼烧，男生不喜，女生却很爱吃。也就是一眨眼工夫，她口水就被勾了出来，挣扎了一会儿，明知江成屹吃准了这一点，她还是很没尊严地打开盒盖："那好吧，谢谢。"她又问他，"你吃了吗？"

"吃了。"他显然对这种东西提不起兴趣，只在边上看着她吃，今天她的头发扎了起来，露出一截莹白柔腻的脖颈。他看了一会儿，只觉得喉咙有些发紧，连忙转移目光。余光不经意掠过她的脚踝，他暗吃一惊，连忙蹲下身，仔细一看，直皱眉："你的脚怎么比昨天肿了那么多？"

陆嫣一顿，暗想，昨天的确没这么严重。可就在昨天傍晚，邓蔓打车送她到小区门口，等她下了车，刚走一段，就感觉后面有人跟着她。她往后看，又什么人都没有。想起前两天的遭遇，她不由得吓出一身冷汗，忙摸出手机给母亲打电话，但因为太慌，一不留神，脚又崴了一下。

后来，她把这事告诉了妈妈，妈妈担心不已，连晚饭都顾不上吃，就到小区保安室问保安。

保安却信誓旦旦地说："刚才进小区的就几个孩子，跟您女儿一样，都是放学回来的学生。您放心，咱们小区治安一向很好，不会随便放社会上形迹可疑的人进来。"

陆嫣听了这话，怕妈妈担心，就说可能自己太神经质了，白白让妈妈跟着虚惊一场。

当然，这些话实在犯不着跟江成屹说。她轻描淡写地说："哦，昨天晚上在家不小心扭到了。"

江成屹拿起那个药瓶，把药酒倒在掌心，蹲下来，要给她擦药："你这得揉开，要不然还得肿很久，再缺席几次，啦啦队估计就能把你除名了。"

陆嫣的心跳差点停止，吓得手里的章鱼烧都快要掉了，她忙说："不用，我自己揉就行。"

"昨天晚上你自己揉了，揉开了吗？"

她语塞。

"陆嫣，别把我想得那么坏，行不行？"

她还是摇头："不行，不行。"

江成屹似笑非笑，一语双关地说："陆嫣，你怕什么呢？"

她怔住。

她怕什么？她自己也不知道。她只知道，跟其他人比起来，江成屹总能让她感到不自在。以往的淡然自如不见了，只剩被动和局促，这种感觉让她很不安，像有东西在她心里生根发芽了，总让她患得患失。最要命的是，她明明有一万种办法拒绝他，眼下却一个字都说不出口。

他看出她的迟疑，只当她默认了。

他的掌心像带着电流，一碰上她的肌肤，就让她背上起了一层鸡皮疙瘩。她整个身体都随之绷紧，差点就忘了痛，等意识回笼，她不禁叫了一声："好痛啊。"

"很快就好。"他的耳朵唰的一下就红了,"忍着点吧。"

所幸过程不长,他三五下就涂好了药,起身时,他明显不像往常那样坦然。

初夏的阳光慷慨地洒进教室,周围异样安静,陆嫣无意识地盯着他的T恤,耳畔仿佛有热浪在冲刷,思绪也被这股莫名的力量搅动得片刻不休。

像有种预感似的,她不安之余还有起身逃开的冲动。不知过了多久,一片寂静中,她突然听见他说:"陆嫣,别躲我,我……喜欢你,只想好好保护你。"

他的声音跟平时有微妙的不同,有种清泉流过溪石的澄澈感,意外地低沉、动听。她只觉得心弦被人轻轻拨动了一下,心剧烈地跳动起来。

Chapter 17

"知道你好，但不知道你这么好啊。"

像是有同学外出回来了，楼道里传来说笑声，到了陆嫣的耳里，更加剧了她的慌乱。她根本来不及多想，拒绝的话就冲口而出："不用。"

他面色一滞："为什么啊？"

"因为我现在只想专心学习。"

旖旎的氛围慢慢消散，理智随之回笼，她坐正身子，瞥见满桌的书本，更觉得自己的决定很对。

"这矛盾吗？"

"反正我不需要人保护。"说完，她忙又补充道，"我不喜欢你这种类型的。"

他静了一会儿，再开口时，像是意味不明地笑了一下："真不喜欢？"

这人……反正只要在他面前，她时常会被被动、不安乃至局促的感觉笼罩，到了这时候，这种陌生又难熬的滋味加重了。为了让自己显得不那么无所适从，她坚定地摇摇头："嗯，不喜欢。"

也许她表现得太冷静、从容，话一出口，一种无形的压力就当头罩下。

以她对江成屹的了解，这人应该从来没尝过被人拒绝的滋味，这一次，他非但被她拒绝了，还被拒绝得这么彻底。不用想也知道他此时的脸色绝不会好看。她垂眼盯着桌上翻开的一页课本，硬着头皮顶住那股压力。

两人相对无言，安静了好一会儿，她听见他低声说："我到底哪儿不好啊？"

她的心莫名一软，细想想，这是她懂得婉拒男生好感以来最没有技术含量的一次。不安之余，她不禁拷问自己，怎么会弄得这么糟？以前的大方和圆滑都跑哪儿去了？

这时候，陆陆续续有同学回来了，见到教室里的情形，先是一愣，紧接着便有同学暧昧地笑起来："江帅哥，你到我们六班来干什么？"

　　同学们的声音嘈杂，一传过来，陆嫣就被拽回了现实世界，再想想下午就要公布期中考试的成绩和排名，她连仅有的那么一点心软都消失了。她定了定神，抬眼看向江成屹，不说话，但眼睛里拒绝的意味更加明显。

　　他的眼睛很黑，四目相对时，常常让她想起在博物馆看过的中国水墨画，要是他笑起来，水墨画里的墨渍就像化开来似的，一点一点渗进人的心里。此时因为主人情绪莫辨，那墨仿佛凝住了，黑漆漆、乌沉沉的，无端让她心慌。

　　会不会刚才拒绝得太生硬了？她琢磨着要不要把话说得再漂亮点，就听后面传来塑料袋的沙沙声，邓蔓提着大包小包回来了。她看上去很急，一进教室就径直朝陆嫣这边走过来，没料到会看到江成屹，明显愣了一下。

　　江成屹慢慢直起身子，淡淡地说了句："知道了。"知道她不喜欢他了。

　　陆嫣并不看他，自顾自盯着桌面，直到他走了，才暗暗舒了口气。

　　"饿坏了吧？"邓蔓惦记着陆嫣没吃饭，也顾不上细问江成屹的事，就把东西放到桌上，她刚要打开塑料袋，就看到了旁边的外卖，"咦，这是谁给你买的？"不会是江成屹吧？

　　陆嫣慢慢收拾桌上的碗筷，轻描淡写地说："刚才隔壁班的同学多买了几盒，我饿了，就让她们给了我一盒。"

　　邓蔓显然对这个说法存疑，可是陆嫣不愿深谈，她也不好追问。

　　陆嫣随便扒了几口饭，只觉得味同嚼蜡。

　　接下来的几天，陆嫣以脚伤为借口，不再去篮球馆。邓蔓回来教她动作时，她虽然学得认真，却已经做好被啦啦队除名的准备。

　　七中一向重视学生的综合素质培养，在发下来的学生守则里，明文规定所有学生必须有一种课外特长，并以此作为高三选拔保送名额的一个重要指标。而一众课外活动中，又数啦啦队最轻松、活泼，所以高一一入学，就有无数女生自发前去报名。但因为啦啦队对学生的身高和外貌有一定要求，最终只有三十位女生被选中。

　　要是就这么半途而废，陆嫣自己也觉得挺可惜的。几天后脚好了，听说老师还是同意她归队，她就又回去了。

到了篮球馆,她先做热身动作,正抬胳膊呢,就见江成屹从后面的更衣室出来,他穿着白球服,跟其他男生比起来,无比干净、帅气,然而跟以前不同,这回他到了场中,看都没看她一眼。

加上在教室里那回,他前后被她拒绝了好几次,而他显然是个骄傲的人,并没有死缠烂打的癖好,从那天起,再也没来找过她。

这样多好。她这样告诉自己。

练完操,她和邓蔓一起回家,但不知怎么回事,不管路上邓蔓跟她说什么,她一律听不进去。

她隐约有些不安。根据以往拒绝其他男生的经验,江成屹不再来找她,她不该感到轻松吗?为什么一点释怀的感觉都没有,还觉得心里空落落的?琢磨了一会儿,她冒出一个可怕的想法:该不会是自己喜欢上江成屹了吧?她忙拼命摇头,仿佛这样做就能把这猜想甩出脑海。

傍晚放学回到家,她接到了妈妈的电话。

妈妈说临时要加班,要她自己在家写作业,菜已经切好了,都放在冰箱里,要是饿了,她自己炒一下就行了。

陆嫣说知道了。

吃完饭,她给妈妈留了菜,就到房间里温习功课。

直到八点,妈妈才回家,一进门就扔下包,然后整个身子都陷在沙发里,好半天不言不动。

陆嫣知道妈妈这是在工作上遇到不顺心的事了,便悄悄给妈妈倒了杯水。她乖巧地提醒妈妈:"妈妈,饭还热着呢,快吃吧,一会儿就凉了。"

妈妈这才回过神来,从沙发上站起的时候,艰难得像从泥淖里拔出身子一样。

"作业做完了吗?"她柔声问陆嫣,同时往厨房走去。

没等陆嫣回答,她突然想起了什么,停下脚步:"对了,期中考试成绩出来了吗?名次没有下滑吧?"

"没。"

"年级前三?"

"第二。"

妈妈眼睛一亮:"真棒。好孩子,高二最关键了,只要保持这个成绩不下滑，到时候咱们想报什么大学都不是问题。"

"知道啦。"被妈妈表扬，陆嫣很高兴。

她知道，拜失败的婚姻所赐，妈妈这些年生活得一点都不快乐，曾不止一次告诉她，女孩子想要自强自立，唯一的出路就是好好读书，至于感情、婚姻、誓言……通通是靠不住的。这话不免有些偏激，但毕竟是妈妈小半生岁月得来的教训，由不得她不认真对待。哪怕妈妈不在身边，这话也时常在她耳边响起，让她栗栗自危。

回到自己房间，她望着书页上的题，出了神。字无端地跳动，她半天都读不进去，与此同时，某人的形象却在眼前清晰起来。

篮球到了这人手中，显得那么灵活自如。投篮时，他利落的短发会跟着扬起又落下——想了一会儿，她鬼使神差地放下笔。

脚上的伤早就好了，但只要撩起裤脚，她就能看见他半蹲着给她擦药的模样。他的肤色在男生中算白的，可当他的手握住她的脚踝时，还是显得比她的肤色要黑那么一点。而且明明离得那么远，他掌心的温度却能一路熨到她心上似的。

"嫣嫣，"妈妈在门口喊她，"要不要吃水果？妈妈洗好了，给你拿进来好不好？"

"哦，好。"她慌里慌张地应了一声，连忙驱散脑子里不该有的想法。

接下来的几天，陆嫣很少在学校里见到江成屹，偶尔在走廊里遇到，他也像根本看不见她，虽说并未冷脸相对，却比之前跩多了。每到这时候，她要么跟邓蔓、唐洁说话，要么目不斜视，总之，比他表现得更淡定。

过了两天，年级组长通知她去参加市里的中学生英语口语大赛，还告诉她，学校里一共选了四个人，每组两人，她是其中一组，搭档是四班的于茂。而且为了避免僵化的应试教育，大赛方有意将比赛时间提前了，也就是说，他们周末就得去参加比赛，只剩一天的练习时间。

中午下了课，她到外教老师那里强化训练，到了那儿才知道，另外一组是江成屹和七班的王娜。

她早该猜到。刚参加啦啦队时，她就听丁婧说过，江成屹小时候在国外住过一段时间，英语口语相当地道，参加这种比赛理应游刃有余。

她进门时，外教还没来。江成屹面对着窗口站着，王娜正在低头看稿子，时不时地，王娜会抬头跟江成屹交流两句。

见她进来，王娜冲她友好地笑了笑。

"来了。"于茂走近，喜不自胜地说，"陆嫣，真没想到我们能搭一组。"

陆嫣接过于茂递过来的稿子，问："比赛流程都在上面吗？"

"对。"于茂点头，"一共三段场景对话，每段对话一分钟，然后每组选手抽签选一个问题，由评委发问，最后一段对话算即兴发挥，所占的分数比例也是几段对话中最大的。"

"那我们先熟悉前面三段场景对话吧。"她说。

练了一会儿，她就听见王娜对江成屹说："时间太紧了，江成屹，我怕我到时候会拖后腿，要不晚上放学我们再练习一个小时，好不好？"

她耳朵不由得支棱起来，想听江成屹怎么回答，就听他说："哦。"

他回答得可痛快了。

不知是不是从这个建议中得了灵感，下午课间休息时，于茂特意跑到六班来找她，让她放学先别急着走，到时候两人一起练习一会儿。

可是临放学时，王娜过来通知她，说老师让他们放学后去找他，方便四个人一起练习。明明中午讲课的时候老师还没有一点这方面的意思，怎么不过一个下午就突然改变了主意？

虽然觉得奇怪，但她还是立刻就答应了。她放学到了那儿，王娜正拉着江成屹练习，江成屹穿着黑T恤、牛仔裤，底下是白球鞋，手里拿着稿子，眼睛却看着窗外，王娜则双腿并拢，笔直地坐在他对面。跟江成屹的懒散比起来，王娜显得非常严肃。从她这个角度看过去，她才发现王娜是自然卷，乌黑的卷发衬托着白皙的皮肤，巴掌大的脸蛋圆圆的，笑时还会露出两个梨窝，有一种洋娃娃的洋气、精致感。

她收回目光，走进房间，然后从书包里拿出资料，也坐到椅子上。

过了会儿，于茂来了，笑着说："陆嫣，你不知道吧，学校后面又新开了一家西安凉皮。我记得你挺爱吃的，等下了课，我陪你去买一份啊。"

陆嫣还没说话，就听王娜说："江成屹，别光顾着发呆呀，下一句呢？"

老师来后，他们练习了一个钟头。

结束时，天色有点晚了。

王娜说跟江成屹顺路，正好可以一起回家。江成屹似乎也没有反对的意思，于是两人先走了。

于茂依然坚持要跟陆嫣一起走。当时是周五，学校里还有一些学生，但明显比白天少多了。谁知他们刚走一段，四班的几个男生不知从哪儿冒了出来，只说足球队有事找于茂，就把于茂拉走了。

陆嫣一个人到了学校门口。想起这些日子那种被人盯梢的感觉，安全起见，她决定打车回去。

等了一会儿，她无意中回头，才发现江成屹不知何时到了她身后，并不朝她看，只双手插兜站在远处。王娜不见了，就他一个人。

过了会儿，车来了，她连忙钻进车里。

到了家，她照常做功课、洗漱、睡觉。可是只要她闭上眼，就能看见江成屹坐在窗前的样子，跟王娜说话时，他那么客气、礼貌，在纠正王娜发音时，他甚至会笑笑。两人相对而坐，居然还……挺配的。她一颗心仿佛泡在柠檬水里，酸溜溜的。真烦人啊。为了缓解这种无助又矛盾的感觉，她把整个身子都缩进被窝。

半梦半醒间，她居然冒出一个可怕的想法：要是江成屹再来找她一次，她说不定真的会答应他。

❄　❄　❄

周末，比赛地点定在离家较远的大剧院。怕迟到，陆嫣不到七点就起来了。路上行人不多，交通丝毫不堵，等她上了公交车，就连车厢都比往常空敞。

可就在陆嫣换乘地铁的时候，那种被人盯梢的感觉又来了。

以往都是在傍晚被盯梢，白天出现这种情况还是第一次。陆嫣心里直打鼓，仗着周围人多，她开始不动声色地仔细环顾四周。正值周末早上，整个车厢除了逛公园回来的大爷大妈，便是些跟她一样背着书包的学生。

观察一圈下来，陆嫣自己都产生了疑问：到底是真有人跟踪她，还是最近自己精神太紧张，以致出现了幻觉？

她到大剧院时还不到八点。

为了给陆嫣他们加油，七中师生来了不少，另外还有别的学校的学生，此时都聚在门口。

见了邓蔓和唐洁，陆嫣把这些天发生的怪事跟她们俩说了。可惜还没等她们三个讨论出个结果，比赛就要开始了。

江成屹和王娜被分在 A 组，陆嫣和于茂则在 B 组。

A 组先比。等陆嫣从台上比完下来，江成屹和王娜早就比完了。

大剧院的房间特别多，比赛结束，根据老师的要求，陆嫣和于茂一起到后台的一个房间里等结果。这个房间里还有别的学校的学生，都在讨论刚才的比赛，江成屹和王娜也在。

江成屹似乎跟一个外校学生相识，陆嫣进来的时候，他正在和那人说话。

于茂显然很担心比赛结果，跟陆嫣说了几句话就焦虑地掏出手机打电话。

王娜并不比于茂好多少，为了分散注意力，她似乎很想加入江成屹他们的谈话。可是江成屹显然没给她这机会。她站了一会儿，又走到陆嫣身边，有些忐忑地笑笑："不知道结果什么时候能出来。"

陆嫣本来挺有信心的，但刚才比赛时见识了其他学校选手的风采，也知道强中自有强中手，尤其是比赛过程中，于茂因为太紧张，发挥得实在不好，对结果可能造成了影响。因此对于到底能不能拿名次，她心里完全没底。

等了一会儿，比赛成绩出来了，江成屹和王娜顺利进入前三甲，而陆嫣和于茂这组因为差了 0.5 分，只得了第四，无缘决赛。

这还是陆嫣自参加这种校际比赛以来第一次名次不佳，知道结果后，她有些沮丧，背上书包，闷闷不乐地出了房间。

于茂赶上她，满含歉意地说："陆嫣，真对不起，刚才如果不是我太紧张，也不至于连累你进不了决赛。"

这种比赛靠的是团体合作，是两个人的事，怎么能全怪到于茂头上？陆嫣忙摇摇头，宽慰他说："第四名也很好，今年没进决赛，明年不是还有机会嘛，下次如果还能参加比赛，再好好发挥就是了。"

于茂还是觉得很不好意思，说："陆嫣，你渴了吧？我去给你买饮料。"说完，他也不等陆嫣回绝，拔腿就跑了。

陆嫣走了两步，王娜一阵风似的欢快地从她身边跑过，一边跑，还一边给爸妈打电话："爸爸妈妈，我进决赛啦。"看上去高兴得不得了。

过了会儿，江成屹也从里面出来了。经过陆嫣时，他居然斜斜地瞥了她一眼。

陆嫣本就情绪低落，碰上江成屹的目光，只觉得他正在以胜利者的姿态存心炫耀，心底的烦闷一加重，忍不住回瞪。瞪完又后悔了，她既然能够冷静客观地安慰于茂，又凭什么迁怒江成屹呢？刚才那一瞪，颇有无理取闹的意味。

江成屹微怔了一下。

陆嫣尴尬不已，连忙转头看向窗外。

大剧院延续了 20 世纪的建筑风格，红油漆木地板，阔大的落地窗，目光所及之处无不古朴、洁净，而为了风格统一，就连后院都栽满了绿油油的芭蕉树，站在窗前往外看，满目碧色逼人。

不知何时起，学生们都走得差不多了，偌大的走廊只剩下她和江成屹。

江成屹走了几步又停了下来，不远不近，就站在她几步开外。

发现他没有离去的意思，她假装淡定，却心跳如擂鼓，空气吸到鼻腔里，意外给人一种胶着感，她察觉到这种变化，脊背悄悄绷直。

就在这时候，于茂去而复返，跟在他后面的还有唐洁和邓蔓。

"陆嫣。"看见她，她们俩噔噔噔地跑过来。

"咦，江成屹。"跑到跟前，于茂和唐洁脚步一缓。

邓蔓却因为对陆嫣和江成屹之间的事早就有所察觉，并不像唐洁那么惊讶，只拉过陆嫣，说："走吧，你不是说这段时间总有人跟踪你吗，趁还早，我和唐洁送你回家吧。"

于茂买了一堆饮料，正要给大家分发，听到这话，吃惊地说："跟踪？陆嫣，有人跟踪你？"

江成屹本来已经打算走，听到这话又停下。

唐洁说："陆嫣现在还只是怀疑，毕竟她没有见到那个跟踪者。不过，现在变态这么多，应该不会是陆嫣的错觉。就是不知道谁这么坏，天天这么吓唬陆嫣，最好别让我们逮住，否则我非揍死他不可。"

后来，唐洁和邓蔓怕出事，送陆嫣到家，又在她家玩了一下午才走。

周一去篮球馆排练，陆嫣没看见江成屹，后来才知，因为顺利进入了决赛，江成屹和王娜这段时间都会集中培训。

傍晚放学时，路上风平浪静，陆嫣不由得暗暗松了口气。谁知到了第二天，那种被人偷窥的感觉再次出现了。这一回，陆嫣真正感到害怕了，等妈妈回到家，就跟妈妈说了这事。

担心女儿出事，妈妈第二天亲自送陆嫣上学，并决定从下周起每天都接送她。

周三，陆嫣到篮球馆排练，见场中突然多了好些陌生的男生，才知道因为三中的篮球场在维修，特意借了七中的场地练习。三中教练还提议，干脆明天两校借此机会搞一场热身赛。

跳了一会儿，正好变换队形，陆嫣身子一转，变成了面对休息区的方向，就见江成屹背靠着墙坐着，一边喝水，一面面无表情地盯着一个男生。

她从来没见江成屹那样看过人，只觉得奇怪，往那边一看，见是个高高大大的男生，样子很陌生，应该是三中的学生。

见她望过来，那个男生脸一红，还对她粲然一笑。

第二天放学，陆嫣本来想留下来看晚上的热身赛，但因为妈妈晚上要加班，接她回家后，妈妈还得急急忙忙往单位赶，不同意她在学校逗留。她只好跟妈妈回了家。

次日早上到了学校，陆嫣一进教室，就听见有同学八卦："要不怎么说篮球队的男生体力好呢，这一架打得真刺激，你们没见昨晚那男生差点被打吐血，教练拉都拉不开。"

唐洁本来在吃面包，见陆嫣来了，拉她坐下："你总算来了。"

陆嫣惊讶地放下书包："出什么事了？"

唐洁说："你还不知道？昨天晚上热身赛的时候，江成屹跟三中那个变态男生打了一架。"

江成屹？打架？陆嫣心猛地一跳："怎么回事？"

"就是跟踪你的那个男生，嗯，昨晚被找到了。"邓蔓补充道。

"对对，没想到那家伙也是学生，还是三中的。江成屹他们应该盯那人好几天了，不但核实了那人的身份，还拍到了那人跟踪你的全过程。那男生确实挺变态的，光这几天就跟踪过你两回，一次在校门口，只露了个面就走了，第二次就过分了，差点跟到你家里。"

陆嫣皱了皱眉："这人也太恶心了吧？然后呢？"

"昨晚比赛完，大家还没散场，江成屹就问他是不是跟踪过你、吓唬过你。那男生死不承认。江成屹也不废话，揪住那人的衣领就开揍。大家都吓蒙了，后来还是几个教练一起拥上去拉架，才总算把江成屹拉开。有照片为证，那男生也没办法抵赖，可是江成屹打得太狠了，把那男生的牙打掉了一颗。一大早，那男生家长就气势汹汹地找到学校来了，听说家里是开公司的，这事估计一时半会儿收不了场。江成屹这家伙以前从不惹事啊，这次闹这么大，也不知道会不会受处分。"

"那江成屹自己没受伤吧？"

"肯定也挂了彩啊，别忘了那变态也是篮球队的。"

一上午，陆嫣都心事重重。

中午下课时，陆嫣谎称老师有事找她。等邓蔓和唐洁出去吃饭，她就跑到三班去"慰问"江成屹。她往里瞄了瞄，没看到他，又转而去篮球馆，谁知他也不在。

后来她到外面买外卖，路过药店时就进去买了碘伏、棉球和一包创可贴，打算见到江成屹时当作慰问品交给他。

想起妈妈这几天为了接送她忙得焦头烂额，下午她就给妈妈发短信，说跟踪者已经被抓到了，放学后她会和邓蔓、唐洁一起回家。

傍晚，跟唐洁、邓蔓路过篮球馆时，她一犹豫，就让她们俩到学校门口稍等她一会儿，自己则到篮球馆找江成屹。没想到他还是不在。她心想，算了，如果明天能见到他，再给他吧。

走了一段，她想起下午唐洁说江成屹可能会为了这事受处分，又踟蹰起来，想了想，最后还是决定到三班看看。

教学楼里静悄悄的，刚走到三班，她就听到里面有声音，往里一瞄，看见了江成屹和几个男生。那些人在说话，他则沉默不语。她瞄了好几眼，没能看清他的伤势，倒被里面的人发现了。

"陆嫣？"有个男生走过来。

陆嫣笑了笑，不得不硬着头皮走进去。

那几个男生暧昧地对了个眼色，将外套搭在肩膀上，笑嘻嘻地走了。

江成屹背靠窗站着，淡淡地看着她走近。

到了跟前，陆嫣才发现他额头、鼻梁、嘴角都破了，伤口还没结痂，应该昨晚就处理过了，但因为主人漫不经心，已经有了发炎的迹象。至于其他地方，由于有衣服挡着，她看不着。不过，看他精神还蛮不错，伤得应该不重。

"你没事吧？"

他一言不发地盯着她。

她放下书包，取出里面的碘伏和棉球，冠冕堂皇地说："再不好好处理的话，你的伤口会发炎的。"说完，她见他没有反对的意思，就把蘸了碘伏的棉球递给他。

他不接："我自己看不到。"

她瞅着他，不动。

他居高临下地看着她，眼里的固执一目了然。

僵持了一会儿，她决定退一步，便再次蘸湿棉球，抬手给他擦药，反正才几个伤口，很快就能处理好。

可还没等她手里的棉球碰到他的脸，他突然偏开脸，一把扣住她的手腕："你可想好了，要是帮我擦了药，你就再也不能忽视我了。"

她心跳如擂鼓，跟他对视一会儿，移开目光，手里的棉球碰上他额角的伤口，很轻，很慢，但并不犹豫。

他的脸唰地一红。

她不再看他，转而专注地处理那些伤口——额角、眉骨、太阳穴、鼻梁，一个都不落下。

晚上回到家后，她一进门就溜进了卧室。

坐到书桌前，她沉下心做了一套卷子。看看时间不早了，她就躺到床上，拿出手机。她没存他的号码，全记在脑子里了。等进入短信界面，她给他发过去一条空白短信。

她本以为他不会这么快发现她给他发了短信，没想到他很快就回了过来："陆嫣？"

她心里却仿佛完成了一件大事，回过去一条空白短信，就甜甜蜜蜜地把手机放在枕头下。可是只要闭上眼，她就能看见他带着伤痕的脸。她越想越心慌意乱，辗转反侧，久不能寐。

第二天是周末，不上课，她在家温习功课，虽然还像从前那么专注、认真，却隐约觉得时间过得太慢。

她不知道，这两天江成屹比她过得更煎熬。

好不容易盼到了周一，一下课江成屹就来找她。

在同学们心领神会的目光中，她收拾好课桌，慢吞吞地出了教室。

他看上去心情颇佳，见她出来，一笑，好像阳光都在他脸上化开了。明明前几天他还阴晴不定，今天却像变了个人似的。有这么高兴吗？

她假装坦然地走近他。她给他带了妈妈做的青团，但能看出他并不怎么喜欢吃，把青团放进口里，如同在吃抹布，无端有种大义凛然的姿态。

"有那么难吃吗？"她讪讪的。

"谁说难吃了？"他忙予以否认，"你没看我吃了三块了？"

"下次我还是不带了吧。"她看着都替他难受，而且其实她对妈妈的厨艺也不是很有信心。

"别啊。"他面不改色地表态，"只要是你带的，什么我都爱吃。"

后来有一次，她吃到了他家里阿姨做的青团，对比之下，她才知道妈妈做的多粗糙，也真是难为他了，那天居然能面不改色地吃那么多。从那以后，她再也没脸从家里给他带吃的了。

打架风波平息后，江成屹回到篮球队练球。一天下了课，她跑到篮球馆找他。

她给他准备了温水，还将削好的水果放在便当盒里。知道他有洁癖，从盒盖到玻璃罐身，她把每一个角落都擦得干净、透亮，水果码在里面，红的是火龙果，黄的是猕猴桃，一眼看去，整整齐齐，鲜亮，水灵。

等他练完球，她把带的东西一股脑地交给他："这回不是青团了，可以放心吃了。"

其他队员还没走，在旁边看见了，羡慕得眼珠子都快掉出来了："江成屹，你小子掉糖堆里了吧。"

"滚。"

等他们都走了，江成屹拉着她到后面的休息室。

他捧着盒子看了半天，突然有点舍不得吃了，抬眼看着她说："陆嫣，你怎么这么好？"

陆嫣正用牙签叉起一块猕猴桃，送到他嘴里。听了这话，她故意表示费解："哟，搞半天你都不知道我好？那你当时追我追得那么起劲干什么？"

"知道你好，但不知道你这么好啊。"

啧，男生都这么会说话吗？她想了想，不对，这话要是于茂那几个男生说的，她估计会起一身鸡皮疙瘩，从他嘴里说出来，却让人那么舒服、熨帖。她心里甜甜的："我的好处还多着呢。"

❄ ❄ ❄

江成屹每周会练三次球，每到练球日，她就在观众席上边做作业边等他。怕成绩下滑，一有时间，她就会加倍用功。在等他的那一个钟头里，她通常会先专心致志地做两套卷子，然后帮他整理笔记。等检查完对错，她再跑出去给他买水，如果之前给他准备了填肚子的东西，就会连水一起拿给他。

有一次，她陪他去吃麻辣烫，只吃了两口，就因为辣得不行，不得不放下筷子。

305

江成屹三两口吃完，拉着她去别的地方找吃的。路上，他问她："陆嫣，你该不会是因为我爱吃辣的，才主张到这儿来吃麻辣烫吧？"

"不然呢？"这人反射弧可真长。她当然会把他的喜恶一一记在心里。

他愣了一下："我们反过来行不行？你爱吃什么，我陪你去吃。"

"那我们去吃糖醋小黄鱼。"知道他最讨厌吃这个了，陆嫣连忙提议，不等他反对，拉着他就走。

到了那儿，他还真的吃了，只不过事后狂喝了好几瓶汽水，把她笑得肚子都痛了。

十七岁生日正好赶上周日，陆嫣上午在家温习完功课就跟妈妈说下午想跟邓蔓、唐洁出去看电影。

只要女儿名次不下滑，妈妈一向都是主张女儿劳逸结合，略作考虑，也就同意了。

江成屹在小区对面等她。

两个人跑到电影院看电影，选的是两人都爱看的科幻片。等从电影院出来，她提议去喝冷饮。

他突然拉住她，然后拿出一个盒子，递给她："给，生日礼物。"

她一怔，接过来，见是个黑色盒子。不大，然而拿在手里，居然像石头那么沉。

她打开一瞧，里面是一块女士腕表，是柔和的白色云母表盘，周围镶有一圈熠熠生辉的碎钻，两端配以细窄的黑色表带，整块表静静地嵌在黑色绒面上，出奇地秀气、精致。她翻过表盘一看，背面居然是透明的，机芯里，齿轮的咬合和转动一览无余。

"这很贵吧？"看出它价值不菲，她犹豫要不要收。

"不贵。"他轻描淡写地予以否认，把手表从盒子里取出来，给她戴在手腕上，笑着问她，"喜欢吗？"

"喜欢是喜欢，"她点点头，抬起手腕，在夕阳下打量那堪称绝妙的工艺，"可是这实在太贵重了。江成屹，能不能换个正常点的礼物？比如洋娃娃什么的——反正只要是你送的，什么我都喜欢。"

"谁告诉你这表贵了？"他盯着她。

"我又不傻。"更不瞎。

"陆妈，这表真不贵。"

她哼哼着不接话。说得这么轻描淡写，仅是对他而言不算贵吧。

"而且今天是你十七岁的生日，也是我给你过的第一个生日，为了给你挑礼物，你都不知道我花了多少心思。你摸着良心想想，要是你不肯收，我会有多难过啊。"

陆嫣还真就摸了摸自己的"良心"，很清楚，就算不收这礼物，它也一点都不会痛。可是琢磨了一会儿江成屹的话，她承认她还是被打动了。是呀，这可是他们一起过的第一个生日，意义非凡。

看出她动摇了，江成屹再三向她保证："其实这表只是看上去漂亮而已，真不怎么值钱，等咱们结婚了，我再送你更好的。"编了一堆瞎话，趁陆嫣因为那句"结婚"的话脸红时，他终于成功哄得陆嫣收下了那块表。

"明年想要什么礼物？"两人从冷饮店出来，走了一段，他突然问。

陆嫣吃着抹茶冰激凌，不时抬手腕欣赏那块表，越看越喜欢，暗想回去后到底把它妥当地收在哪儿才好。听了这话，她漫不经心地说："明年？还早着呢。"

"早什么啊？你早点告诉我，我早点给你买回来，反正以后每年过生日我都会送你礼物。"

"每年？"

江成屹看出她的犹疑，脸色一冷："陆嫣，难道你还想换人？"

她横他一眼："当然不想了。"她只是觉得，他们还这么年轻……

他脸色稍霁，捏捏她的耳垂："而且我客观地问一句，陆嫣，像我这么好的人，你上哪儿找去？"

真自恋。她冷哼一声，道："那你能找到像我这样好的吗？"

他想也不想就说："自从遇见你，我就没想过要换别人。"

她心中一荡，笑眯眯地望着他："江成屹，你怎么这么会说话？"

"因为你真的很可爱。"江成屹看着她，在心里说。不过，他可不想让她翘尾巴，决定将这句话暂时收起来。

两人并肩而行，陆嫣不时抬头看看他的侧脸，心里充满了不可言说的快乐。跟他在一起的时候，时间总是过得那么快。走了一会儿，她惆怅地想，要是这条路能一直这么走下去该多好。

没料到这时候，突然从后面冲来一股重而突兀的力量。她来不及躲开，身子被撞得往前一扑，没能抓住他的手，就这样猝不及防地跟他冲散了。好不容易站稳，她仓皇地回头一望，不过一转眼的工夫，江成屹就不见了，四周全是陌生面孔。她心中着急，艰难地分开人群，试着找他："江成屹。"

没人回应。

最初，她喊得还算克制，后面越来越心焦："江成屹！"

像是找了很久很久，人群渐渐散开了，满街就剩她一个人，夕阳将她孤零零的影子拉得老长，无限寂寥。

她走啊走啊，喊啊喊啊，不知不觉间，夜色降临了。与此同时，一股巨大的悲凉感慢慢浸满她的胸腔，她备感无助，不禁放声痛哭："江成屹……"就像过去八年无数个黑漆漆的夜晚那样，她被痛苦压垮，在梦中无声地哭泣。

她想把眼泪吞入肚子里，但因为心头的悔恨和悲哀压得她喘不过气来，眼泪反而越涌越凶，心里仿佛有个缺口被拉扯着撕开，一到夜里就痛得发木，她像小动物那样无依无靠地蜷缩在被子里，于深夜里舔舐自己的伤口。她知道，就算再难熬的痛苦，只要咬牙熬到天亮，也就自动"愈合"了。

她就这样在梦魇和现实的交界线上挣扎，无助地等待黎明的到来。可是这一回，在她反反复复低喊他的名字时，有人从背后将她搂入怀中，那胸膛坚实而可靠，她一靠近，温暖的热意就包裹了她。混沌中，她忽然听见耳边有人在喊她："陆嫣。"

这声音熟悉极了，她顿时忘了啜泣，睁开眼，认出他："江成屹。"

她发现自己正躺在他怀里，目光所及之处，灯光明亮，床阔大而舒服、柔软，整个房间都暖意融融。

"怎么吓成这样？"他脸色不比她好看多少，搂她在怀，不断轻轻拍抚，等她稍稍平静一点，就抬手替她将湿漉漉的头发拨开，"做噩梦了？"

她抬手碰了碰他的脸颊，有别于梦中那个骤然不见的幻影，眼前的他那么真实。愣怔了一会儿，她猛地抱紧他："江成屹。"力气大得像要将他揉进自己身体里。

他费解又心疼："刚才梦到了什么？"

她在认真对比眼前的他和梦中的他。其实，他的五官变化并不大，气质上变沉稳了而已，八年前还是青葱少年，现在却是英俊的年轻男人。仔仔细细看了好一会儿，她显然心安了不少，头靠在他的脖颈上，语气微涩："我刚才梦到你跟我走散了。"

他静了几秒，皱着眉说："哦，你也知道是梦啊，你看我不是好端端地在你身边吗？"

其实，就在前几天，在程舟的判决书下来后，他也做过一次噩梦，梦见她被程舟跟踪，无端丢了性命。醒来时他满头大汗，牙齿都在打战，直到确认她安静地睡在他怀里，他剧烈跳动的心才慢慢平复下来。

横跨八年的罪恶，在得知真相后，他不止一次感到后怕。怕再一次失去她，不管上班多忙，他总会想方设法抽时间接送她上下班，就算不在家，也总会让家人陪着她。

也许是因为失而复得，他跟她都异常珍惜这份感情。

"你饿不饿？"

她怀孕四个月了，早孕反应早已消失，代之以尿频和旺盛的食欲。眼下是凌晨五点，他估计她早就饿了："我给你弄点吃的啊。"

这么富有烟火气息的问题丢过来，陆嫣彻底摆脱了刚才的阴影，认真想了想，说："你还记得咱们学校后面的麻辣烫吗？"

天还没亮，这是多么"惊世骇俗"的提议，然而，江成屹显然没有怕，睐她一眼，就掀开被子说："冰箱里还真就准备了佐料，你要吃，我去给你弄。"

下床的时候，他心里想，哇，刘嫂简直是块宝，太有先见之明了。

陆嫣心疼他早上还要上班，一把拽住他："别别别，你睡你的，我自己去弄。"

"你会做麻辣烫？"

她语塞，她不会。

"乖乖躺着吧，一会儿就好。"他捏捏她的脸。

她还是缠着跟他一起去了餐厅，在他身后忙东忙西，洗菜、择菜、泡粉条，非常自觉地给他打下手。

半个小时后，在第一道曙光里，她和他吃到了睽违已久的麻辣烫，难得的是，味道居然比较正宗。

吃了一会儿，她忽然想起以前两人在店里也是这样凑在一起吃，直至吃得满头大汗，不由得有些感慨。

"你说你怀孕以后变得这么爱吃辣，会不会怀的是女儿？"江成屹忽然说。明知道这说法没有科学依据，但因为太想要女儿，他还是选择了自我蒙蔽。

"儿子女儿不都一样吗？"她不满，"江成屹，你怎么能重女轻男呢？"

这人曾不止一次坚持说她怀的是女儿，还提前买了很多女孩子的玩具。

"有什么问题吗？"他真的很想要女儿啊。

儿子？除了打篮球，就是踢足球，等到了中学，必定会打架斗殴，说不定还会沉迷于游戏，继而顶撞老子，说来说去，跟他从小到大的成长轨迹有什么分别？呵呵，光想想就觉得没劲。

陆嫣大概知道江成屹的真实想法，却故作不知："当然有问题了，女孩我也喜欢，男孩我也喜欢，我才不像你有性别歧视呢。"

他懒得跟大肚婆争执，慢慢起身，满脸敷衍："行，我老婆说什么都对。"

怀孕五个月的时候，陆嫣终于跟单位请了几天假。一闲下来，她就被婆婆拉着飞到某埠买婴儿用品，购物之余，顺便在私人诊所做了个检查。

诊所的所长是婆婆多年的好友，知道他们并不计较胎儿是男孩女孩后，在确认婴儿性别方面，只给陆嫣照了个四维彩超。最后得出的结论是，很有可能是女孩。当然，也有一定误诊的概率。

江成屹虽然没去，但得知这消息，一下班就开车直奔商场，然后到婴儿柜台前，让服务员把所有女婴用品都打包。

几天后陆嫣回家，到婴儿房放东西时，见到满房间东西，愣了好一会儿，哭笑不得地说："江成屹，你这是把商场的女婴专柜都搬回来了吧。"

❄ ❄ ❄

八个月后。

除夕。

在客厅打完电话，陆嫣回头一望，见人还没出来，就往主卧走："江成屹，干吗呢？该出发了。"

她进门一看，就见江成屹半躺在床上，一只胳膊枕在脑后，另一只胳膊却虚扶着趴在他胸口上的一个小胖子的屁股。看这架势，他显然是怕小胖子不小心从自己身上滚下去。

小胖子大约三个月大，是个虎头虎脑的男孩，却非常违和地穿着粉衣裳。像是感觉到了来自头顶的不善目光，男孩两只肉乎乎的小拳头压在胸前，正不屈不挠地试图将脑袋抬起来。然而由于脑袋太大，接连抬了好几次，都只勉强抬到一半。

江成屹丝毫没有对儿子施以援手的打算。

"妈那边还等我们赶过去吃年夜饭呢。来，把豆豆给我。"陆嫣走近，要把孩子抱起来。

江成屹拦住陆嫣："明明前两天在我妈那儿还抬得好好的，今天怎么就抬不起来了？臭小子这是故意气我呢，再让他练练吧。"

陆嫣便蹲下身子，拍拍手，然后笑眯眯地对儿子说："乖豆豆，乖豆豆，你听见爸爸的话了吗？爸爸还等着你抬头呢，我们加加油好不好？等抬好头了，我们就去找爷爷奶奶，爷爷奶奶都好想你。"

像是知道今天要是不抬头就无法交差，豆豆勉强又试了一次，失败后，匍匐在爸爸的胸口微微喘气，显然在养精蓄锐，休整了一会儿，再次发力。

就在江成屹和陆嫣都以为儿子要奋力一搏时，儿子胖胖的腮帮子忽然一鼓，哇的一声，把刚喝下去的奶全吐了出来。

千防万防，江成屹没料到儿子会使出这一招，他脸色一变，忙抱起儿子就从床上滚下来，然后把儿子丢给老婆，急忙脱衬衣。他用毛巾擦了又擦，还觉得奶腥味久久不散，不由得恨恨地说："臭小子，你有种。"

陆嫣抱着豆豆走开，故意气江成屹，冷笑着说："你这么折腾他，他当然要吐给你看了。是吧，豆豆？谁叫爸爸这么坏。"下次在他身上拉屁屁才好呢。

她看过江成屹小时候的照片，豆豆活脱儿是一个小江成屹，而且随着豆豆月份越来越大，那种蔫坏蔫坏的劲儿也全得到了父亲的真传。

江成屹索性到浴室简单冲了个澡，等换好干净衣服，从陆嫣怀里接过儿子："别看这小子装可怜，这小子当初就知道把小鸡鸡夹在腿中间，耍了我们所有人，那时候我就知道他不简单。"

豆豆一向喜欢爸爸抱他，一到江成屹怀里，就无声地咧嘴笑起来。

江成屹跟儿子对视了一会儿，见儿子的笑容越发大，点了点儿子的鼻头，板着脸逗他："你傻笑什么？"

"都那么久了，你怎么还记得这事？"陆嫣瞪他。记得当时他在产房陪产，儿子娩出后，他满心以为是女儿，听到助产士说是儿子，他还以为自己听错了，好半天都没回过神来。

一家三口出了门。到车旁，江成屹把豆豆放到安全提篮里，提醒陆嫣："春节我们要在爸妈那边多住几天。"初三再到陆嫣妈妈家去。

"我知道。"陆嫣在后备厢检视一家三口要用的东西。

"你衣服带全了没？"

"什么衣服？"

"你买的新衣服啊。"他目光远远地落到妻子胸前。

陆嫣看他一眼，绕到他身后，趁停车场没人，踮脚咬了一下他的耳朵："带了是带了，可我就怕隔音效果不好。"

"别叫那么大声不就行了？"他显然觉得这根本不是问题，"而且爸妈家隔音效果只会比你想的更好。"

以婆婆一贯的作风，陆嫣倒不怀疑这说法。可是听到江成屹前面那句话，她不由得啧啧道："难道你就没叫过？"

明明他也会发出声音。

江成屹正要开车门，闻言回头看一眼，有意装傻："有吗？"

"你说呢？"

好吧，也许是有过那么两次。

他关好车门，发动引擎，从后视镜看了看陆嫣："八年，按我们现在每周五次的频率算，你自己算算大概欠我多少次。"

陆嫣正逗豆豆说话，闻言，呵呵一笑："急什么，江同学，反正咱们还有一辈子的时间慢慢算。"

街上年味正浓，家家户户迎新年，到处都是欢声笑语。她陪豆豆玩了一会儿，唐洁的微信进来了。

陆嫣滑开屏幕一看，满眼都是唐洁度假发过来的照片。一连看了好几张，她不免对一望无垠的皑皑白雪产生了向往："江成屹，明年过年，我们去阿尔卑斯山滑雪，好不好？"

"你想去？"

"嗯。"

"只要局里能批，我没意见。"

往后岁月那么长，只要他们母子在他身边，每一天都是节日。

图书在版编目（CIP）数据

冬至 / 凝陇著. -- 北京：北京联合出版公司，
2025.1. -- ISBN 978-7-5596-8103-4

Ⅰ.I247.5

中国国家版本馆CIP数据核字第2024N4T502号

冬　至

作　　者：凝　陇
出 品 人：赵红仕
出版监制：辛海峰　陈　江
特约监制：殷　希　穆　晨
产品经理：朱静云
责任编辑：周　杨
特约编辑：王苏苏　丛龙艳
营销支持：肖　瑶　祁　悦　陈淑霞
特约印制：赵　聪
内文排版：刘龄蔓
封面设计：白砚川（@白砚川）
版式设计：气味野生定制

北京联合出版公司出版
（北京市西城区德外大街83号楼9层　100088）
北京联合天畅文化传播公司发行
天津中印联印务有限公司印刷　新华书店经销
字数350千字　　710毫米×1000毫米　1/16　20印张
2025年1月第1版　2025年1月第1次印刷
ISBN 978-7-5596-8103-4
定价：54.80元

版权所有，侵权必究
未经书面许可，不得以任何方式转载、复制、翻印本书部分或全部内容。
如发现图书质量问题，可联系更换。质量投诉电话：010-88843286/64258472-800